本专著由广西民族大学中国语言文学一流学科经费资助出版

金元全真文学研究

以全真诗词为中心

郭中华◎著

中国社会科学出版社

图书在版编目(CIP)数据

金元全真文学研究:以全真诗词为中心/郭中华著. —北京：
中国社会科学出版社，2022.5
ISBN 978 - 7 - 5203 - 9922 - 7

Ⅰ.①金… Ⅱ.①郭… Ⅲ.①全真道—宗教文学—诗词研究
—中国—辽宋金元时代 Ⅳ.①I207.2

中国版本图书馆 CIP 数据核字(2022)第 047416 号

出 版 人　赵剑英
责任编辑　郭晓鸿
特约编辑　杜若佳
责任校对　师敏革
责任印制　戴　宽

出　　版　中国社会科学出版社
社　　址　北京鼓楼西大街甲 158 号
邮　　编　100720
网　　址　http://www.csspw.cn
发 行 部　010 - 84083685
门 市 部　010 - 84029450
经　　销　新华书店及其他书店

印　　刷　北京明恒达印务有限公司
装　　订　廊坊市广阳区广增装订厂
版　　次　2022 年 5 月第 1 版
印　　次　2022 年 5 月第 1 次印刷

开　　本　710×1000　1/16
印　　张　21.75
插　　页　2
字　　数　318 千字
定　　价　128.00 元

序

13世纪的中国，无疑处于一个传奇的时代。成吉思汗的金戈铁马及其疾风迅雷的征战，让世界惊奇。当他在西域大雪山时，有两位传奇文士相会其帐下。一位是佛教居士耶律楚材，一位是全真道士丘处机。丘处机应成吉思汗之邀来此讲道，耶律楚材已是成吉思汗帐下文士，他记录此次讲道，成《玄风庆会录》。在西域期间，两人畅游于西辽故地河中府，即今乌兹别克斯坦的撒马尔罕，游宴唱酬，写下了大量诗歌。两位奇人，在距中原万里之遥的西域，以这种方式，为元代文学开端。

那么，问题来了。研究金元文学，不研究他们行吗？对耶律楚材的研究已经很多，对丘处机的研究也有一些，那么丘处机代表的全真教，这些道士的大量诗词，是否应该纳入文学史研究的视野呢？他们的诗词作品数量巨大。根据《金元全真诗词研究》著者郭中华掌握的数字，存世全真道士词有3600余首，诗有5000余首。唐圭璋编《全金元词》，在金词部分收全真道士词2700余首，而该书收金词总数是3572首。从数量上说，全真词占据了金词的主体。这一巨大的存在，能视而不见吗？

但是，在文学史家看来，这些作品虽多，但文学价值不高。文学史的研究，是关注一个时期代表性的作家作品。全真教道士的诗词，是传教用的，审美价值不高。这是长期以来被普遍接受的观点。应该说，这是文学史研究中长期存在而又不易解决的一个矛盾。

今天的研究者，应该如何面对这一矛盾？

如果把全真教诗词当作一个文学史现象，那么在中国文学史上，它绝对不是一个孤立的存在，类似情况不少。比如唐代的寒山诗，我们举两首看："东家一老婆，富来三五年。昔日贫于我，今笑我无钱。渠笑我在后，我笑渠在前。相笑傥不止，东边复西边。""我见瞒人汉，如篮盛水走。一气将归家，篮里何曾有？我见被人瞒，一似园中韭。日日被刀伤，天生还自有。"中国是诗国，很多内容都会用诗的形式表达，那些要传道、布道的人更是如此，全真教士在这方面更是有着明确的自觉，丘处机《证道篇》说："修仙妙诀本无多，恐泄天机怎奈何？欲向人间留秘诀，万般比喻咏诗歌。""修仙妙诀"不能直言，他的诗是证道的，他以诗"留妙诀"，读者可以借诗悟道。儒者也有，宋代那位神秘的邵雍写有一百三十五首《首尾吟》，其中一首说："尧夫非是爱吟诗，虽老精神未耗时。水竹清闲先据了，莺花富贵又兼之。梧桐月向怀中照，杨柳风来面上吹。彼有许多闲捧拥，尧夫非是爱吟诗。"月到中天，风来水面，是类似于禅的一种心灵境界（其《清夜吟》诗云："月到天心处，风来水面时。一般清意味，料得少人知。"）人们嫌他的诗诗味不足，将其列为另类，称作"击壤体"。赫赫大家也有类似作品，如理学大师朱熹，其《斋居感兴二十首》也属此类，比较好的如其九："太一有常居，仰瞻独煌煌。中天照四国，三辰环侍旁。人心要如此，寂感无边方。"只是儒者在普通大众中没有那么多信众，接受度反不及全真教的传教诗词。这些作品，用高雅的话说，是以诗传道论道，通俗地说，是劝化大众。从审美的角度说，多有欠缺。这类诗有没有写得很美的？有，朱熹就有，比如他的《春日》诗："胜日寻芳泗水滨，无边光景一时新。等闲识得东风面，万紫千红总是春。"美倒是美了，他的本意却不为人知了，读者都当游春诗读了。但只要关注一个细节，就知道他不是在写游春，而是在写对圣人之道的体悟。因为泗水在曲阜，那时曲阜是金的地盘，朱熹是南宋人，他住在武夷山，是不可能到泗水滨"寻芳"的。对于传道布道的人来说，在诗句之美与教化效果之间，应该如何选择呢？对这一问题，古人的回答从来都是一致的"以意为主"。宁可不美，但要明白，能被更多人接受。他们未必没有把诗写"好"的本事，但那不是他们的追求。

说了这么多，这类作品应不应该进入文学史研究的视野的问题，还是没有回答。这本是一个难题，但要作出不同于以往的回答，可能要重新审视"文学价值"这一根本问题了。其实，我们所说的"文学价值"，只是我们自己认定的，或者说是文学史家认定的。一首诗是不是具有文学价值，或者文学价值的高低，从来不是绝对的。文学评价，原本也没有统一的、普遍适用的绝对标准。对于不同人，不同人群，不同阶层，文学价值的评判，原本就有极大差别，各自有着各自的选择与评判。一首诗，甲读了，感动不已，或手舞足蹈，或如冷水浇背；乙读了，可能木然漠然，毫无感觉。甲读了觉得好，受到了触动，对甲来说，就是好诗。乙读了没有感觉，对乙来说，就不是好诗。比如说，小孩子会背"举头望明月，低头思故乡。"（李白《静夜思》）思乡之作，古来很多，"陟升皇之赫戏兮，忽临睨夫旧乡。仆夫悲余马怀兮，蜷局顾而不行"（屈原《离骚》）多么动情啊！为什么不让孩子背？因为不适合。对于小孩子，《离骚》绝对不是好诗。还有"夜来风雨声，花落知多少。"（孟浩然《春晓》）杜甫的"一片花飞减却春，风飘万点正愁人"（杜甫《曲江二首》）比这动人多了，也没人让孩子背。不适合他们的诗，对他们来说，就不是好诗。当我们慨叹"阳春白雪，和者盖寡"时，在我们的潜意识里，是把"阳春白雪"当作普遍的好作品了，但其实它只是高雅之士欣赏的好作品。对于下里巴人，"下里巴人"就是好作品。当我们感叹"大声不入于里耳"时，应该明白，"里耳"自有"里耳"的价值认定，只是我们不愿意承认其价值而已。我们能不能改变一下自己，不把自己的鉴赏眼光当作普遍的价值评判标准，而把接受度作为评判文学作品价值的重要因素。能被接受、能影响人（自然是积极的影响）的作品，对于那些接受者来说，就是有价值的，就是好作品。按照这样的标准，全真道诗词，对于它的受众来说，是有价值的。而在那个时代，在北中国，其受众数量是极其庞大的。因为那时的北中国，到处都是全真："今东尽海，南薄汉淮，西北历广莫，虽十庐之聚，必有香火一席之奉。"（高鸣《清虚宫重显子返真碑铭》）所以丘处机说："千年以来，道门开辟，未有如今日之盛。"（尹志平《北游语录》卷一）如此被一个时代普遍接受，影响着广大受众心灵的作品，而这种影响，并不是纯宗教的，应该承认，这些作品具有相当高的"文学价值"。

对于这样一个困扰文学史家的大问题，年轻学者郭中华在他这部《金元全真文学研究》中作出了自己的回答，可见其学术眼光与学术魄力。该著对金元全真诗词的形式、内容、审美特征等做了深入的研究，视角转换和层次展开颇为精彩。作者在充分掌握文献的基础上，从文化、心理、社会等多种视角，对金元全真道教文学进行立体交叉式探究，获得了具有开拓性的学术成果。作者既以"大文学"的眼光审视研究对象，又回归文学，把全真道士看作诗人词人，把他们的诗词作为文学作品而非视作布道文献，着眼于其直指人心的感悟与感动之力，揭示其文学与文化价值，这无疑是重要的理论突破。由此展现了金元全真道教诗词独特的审美结构、审美指向与审美境界，因而也具有独特的审美价值。揭明金元全真诗词中蕴含的济世精神，包括生活劝诫与心灵接引，在这些济世精神的背后，还包含着深刻的文化内涵。作者认为，全真诗词中包含有尘俗天地、林泉天地与仙道天地，与之相应的则有尘俗情怀、林泉情怀、仙道情怀。在金蒙易代天崩地坼之际，全真诗词具有抚慰心灵的淑世功能。作者以其独特的视角，对历史上这类作品"文学价值"的重估，做出了很好的示范。

该著是国家社科基金项目成果。2018年，我做过一个《金元全真诗词研究》的项目结项鉴定，印象颇为深刻。今年春节过后，张震英教授说其高足郭中华有专著要出版，因为是金元段的成果，命我写几句话。见到材料，知道是我做过鉴定的成果。书如其人。郭中华是古代文学研究的后起之秀，性格淳厚，性情随和，为人诚恳，学风朴实，态度认真，治学勤奋，具有敬业精神和扎实的学术功底，近年来在全真教文学研究领域，取得了一定的学术成果，开辟了属于自己的学术天地，逐步形成了独具个性的学术风格。《金元全真文学研究》的出版，将是其学术进程的一个新起点，假以时日，相信会取得更加令人瞩目的成绩。我和张震英教授一样期待着。

查洪德

2021 年 3 月

目　录

绪　论

一　金元全真诗词的研究现状

金元文学是中国古典文学发展史上不可或缺的重要一环，但就长期以来文学研究的现状来看，金元文学研究却不及唐宋与明清。杨海明就此指出："在唐、宋、元、明这四个朝代的文学研究中，金元文学一直处于比较冷落的境地，甚至称为'门前冷落车马稀'也不为过。"① 赵维江亦说："在现代学术研究领域中，金元词基本上是一个被遗忘的'角落。'"② 这与金元文学发展的实际状况和文学研究的合理格局是不相称的。

而作为金元文学的一个重要支脉——全真诗词，因其作者身份特殊、用语趋于玄化、内容偏于出世劝化等原因，问津者更为稀少。金元全真诗词研究虽然相对薄弱，但也并非停滞不前，近年来其由冷渐趋转暖的趋势已经显现。随着古典文学研究的深入和研究领域的扩展，金元全真诗词渐渐被纳入了学者的研究视域，其文学价值和文化意义慢慢被激活和开发。20 世纪 70 年代之后，金元全真教诗词渐渐成为新的学术研究的增长点。随着时间的推移，金元全真诗词的研究成果呈递增趋

---

① 左洪涛：《金元时期道教文学研究·序》，人民出版社 2008 年版，第 1 页。
② 赵维江：《金元词研究八百年》，《西北师大学报》（社会科学版）1999 年第 5 期。

势；近十年来，成果数量显著增多。就目前的研究现状分析，金元全真诗词研究，主要分布在基础文献整理和文艺批评两个领域。

（一）基础文献整理

对金元全真诗词进行全面完整搜集汇编的，首推唐圭璋先生的《全金元词》（中华书局 1979 年版），该部词集收入金元两代词人作品共七千二百余首，其中约 1/2 为全真道士词，为后人研究提供了很大便利。《全金元词》出版后"金元词的研究才出现了一些令人欣喜的起色"①。

1988 年文物出版社、上海书店、天津古籍出版社联合出版的《道藏》，共 36 册，是明代《正统道藏》《万历续道藏》之合集，收入了大批道教经典、论集、科戒、符图、法术、斋仪、赞颂、宫观山志、神仙谱录和道教人物传记等珍贵资料，金元全真道士的诗词均见于此，可谓研究全真历史及文化的百科全书。

薛瑞兆、郭明志编纂的《全金诗》，于 1995 年在南开大学出版社出版；阎凤梧、康金声主编的《全辽金诗》于 1999 年在山西古籍出版社出版。这两部断代诗集几乎收录了所有金代全真道士的作品，并于作者之后附有小传，对所收诗和诗题进行数量统计，指明诗作文献来源，是较为精细的诗集文本。

2005 年由周立升主编的"全真道教文化丛书"第一辑，在齐鲁书社出版，包括：《王重阳集》《马钰集》《丘处机集》《谭处端·刘处玄·王处一·郝大通·孙不二集》等四部，该套丛书汇集了王重阳及全真七子的诗词集及其序文、传记、碑文、方志等相关资料，可谓详备。自2009 年之后，齐鲁书社陆续出版了"全真学案"丛书，包括：《马丹阳学案》《谭处端学案》《刘处玄学案》《丘处机学案》《王玉阳学案》《郝大通学案》《尹志平学案》《李道纯学案》《刘一明学案》《王常月学案》《陈致虚学案》《王重阳学案》《吕洞宾学案》《王志谨学案》《钟离权学

---

① 赵维江：《金元词研究八百年》，《西北师大学报》（社会科学版）1999 年第 5 期。

案》等。学案内容主要是对传主的评传、著作、传记资料等进行汇集，可作为"全真道教文化丛书"的辅助资料。

2013 年由杨镰主持汇编的《全元诗》在中华书局刊印发行。该部元代诗歌文献总集，收录近五千家元代诗人流传至今的十三余万首诗篇，其中包括元代全真作家之作。《全元诗》的推出，对元代文学、历史、社会等领域的研究，都有重要意义；对金元全真诗词研究来说，也有一定的推动作用。

（二）文艺批评

对金元全真诗词的文艺批评研究，主要集中在对全真诗词整体研究和对个体作家作品研究两个方面。

第一，对金元全真诗词的整体研究。对全真诗词进行宏观评述比较早者是金启华和张仓礼。金启华在《金词论纲》中指出："有大量的修仙学道、炼丹养性之作，宣传道教，企成神仙，浑似谶语、签文，虽以词牌名篇，而在思想意义方面，则无足取了。"① 张仓礼在《金代词人群体的组成》一文中对全真诗词评论说："这些道士词人之作，数量多而质量差，实为金词中的糟粕。"② 两者的结论均显偏颇而武断。之后的研究者渐渐对全真诗词有了客观的认识，立论渐趋公允。

虽是整体宏观研究，但各家观照视角各有不同，依据现有的成果来看，在金元全真诗词研究中，所展现的审视视角主要有以下几类：其一，从艺术形式、词曲关系等方面对全真诗词进行解读；其二，从全真诗词的语言风格及诗词体式等方面进行研究；其三，对全真诗词兴盛的原因进行分析；其四，对全真诗词的影响进行论述；其五，对全真诗词的思想文化蕴含进行阐释。

在整体宏观研究的成果中，具有代表性的专著有：詹石窗的《南宋·金元道教文学研究》（上海文化出版社 2001 年版）、陶然的《金元词通论》（上海古籍出版社 2001 年版）、杨建波的《道教文学史论稿》

---

① 金启华：《金词论纲》，见《词学》（第四辑），华东师范大学出版社 1986 年版，第 140 页。
② 张仓礼：《金代词人群体的组成》，《东北师大学报》1987 年第 4 期。

（武汉出版社 2001 年版）、左洪涛的《金元时期道教文学研究》（人民出版社 2008 年版）、李艺的《金代词人群体研究》（首都师范大学出版社 2008 年版），其中陶著对全真词的词史价值论述深刻，并指出全真词具有独特的文化价值，首次提出全真词的文人化倾向问题，影响很大。

而整体宏观研究的成果中，具有代表性的专论有：赵山林的《从词到曲——论金词的过渡型特征及道教词人的贡献》［《山东师大学报》（社会科学版）1992 年第 3 期］，张海新的《浸乎世风 染乎世情——全真教与元杂剧关系谈》（《上海大学学报》1999 年第 1 期），长虹的《重阳真人师徒词的特色》（《中国道教》2001 年第 2 期），吴国富的《全真教与元散曲讽世精神的淡化》（《江西社会科学》2001 年第 5 期），蔡静平的《瑶台归去恣逍遥——论金元全真道士词》（《江淮论坛》2002 年第 1 期），左洪涛的《论金元时期全真道教词兴盛的原因》（《新疆大学学报》2004 年第 1 期），吴国富的《金代全真词与元代散曲的俳体》（《中国道教》2005 年第 3 期），申喜萍的《元散曲与全真教》［《四川师范大学学报》（社会科学版）2008 年第 5 期］，于东新的《论金词之别宗：全真道士词》（《求是学刊》2012 年第 2 期），郭中华、张震英的《论金元全真诗词的文化心态》（《文艺评论》2014 年第 2 期），郭中华、张震英的《仙道文化的革新与升华——论金元诗词的内丹心性学说》（《中华文化论坛》2017 年第 4 期），郭中华的《隐逸文化的淳化与深化——论金元全真诗词的隐逸观》（《中华文化论坛》2018 年第 4 期）等。此外，还有从全真音乐与全真诗词关系的角度进行论述的，如于东新的《论全真音乐机制与全真道士的诗词艺术》［《中央民族大学学报》（哲学社会科学版）2012 年第 2 期］；对全真诗词中的意象进行分析的，如左洪涛的《论金元道教词中的"姹女"》［《宁波大学学报》（人文科学版）2005 年第 3 期］等。

第二，对个体作家作品的研究。对于金元全真道教个体作家作品研究，成果主要集中于对王重阳、马钰、丘处机等人及其作品研究上，尤以丘处机及其诗词研究为多见。

对于丘处机诗词的研究主要集中于以下几个方面：其一，对诗词的整体研究。比较有代表性的作品有：朱越利的《〈磻溪集〉创作时间考》（《文献》1994 年第 4 期）、舒天啸的《长春丘真人〈磻溪集〉词牌别名释解》（《中国道教》2002 年第 1 期）、金传道的《丘处机西游途中文学活动系年考略》[《内蒙古大学学报》（哲学社会科学版）2014 年第 3 期]、郭中华的《论丘处机诗词的影响》（《江西科技师范大学学报》2018 年第 3 期）；其二，对丘处机诗词中的思想内涵的探析。总括来讲主要有：三教合一思想、苦修证仙思想、内丹审美思想等。代表作品有：刘嗣传的《悟道咏道之绝唱——读丘祖〈磻溪集〉后》（《江西社会科学》2001 年第 12 期）；左洪涛的《论丘处机道教词的苦修思想》（《中国道教》2002 年第 6 期）；石玲的《丘处机〈磻溪集〉：道心的诗式表达》（《全真道与齐鲁文化国际学术研讨会论文集》2005 年 8 月）；其三，对丘处机诗词的单篇解读。如王洞真、李瘦卿的《丘处机及其咏崂山诗词》（《中华文化论坛》2000 年第 1 期），宋晓云的《丘处机的丝绸之路诗歌创作》[《新疆师范大学学报》（哲学社会科学版）2005 年第 4 期]，左洪涛的《"活神仙"丘处机的三首咏物写景词赏析》（《名作欣赏》2008 年第 5 期）等。上述专论对丘处机诗词进行了多角度的探析，对我们全面立体地认识丘处机作品无疑是一大推动。

对王重阳和马钰的诗词进行研究者相对较少，具有代表性的成果有：王树人的《全真道教之文化底蕴初探——王重阳诗魂育全真评析》（《中国社会科学院研究生院学报》2008 年第 4 期），张强的《马钰"全真"思想研究》（博士学位论文，山东大学，2010 年），解秀玉、于东新的《论金代王重阳与全真七子的"杂体诗词"创作》[《时代文学》（下半月）2011 年第 1 期]，左洪涛的《用事：王重阳词对柳永俗词的融摄》（《求索》2016 年第 10 期），吴光正的《道眼观世界——王重阳诗词的审美思维》（《学术研究》2017 年第 2 期），伏蒙蒙的《〈全金元词〉马钰〈神光灿〉词辨正》（《古籍整理研究学刊》2018 年第 4 期）等。其中王树人之文对王重阳诗词的文化内涵进行阐释，指出："全真道教创始人，以诗词或以具体实物等隐喻方式，陶铸自身和教诲弟子，正是体现中国'象思维'之文化传统。"① 张强的论文则对马钰的性命双修、先性后命、明心见性等思想以及以"真性"为修持之本体、以清静为炼养功夫、以损己利他等为代表的宗教伦理思想进行了全面深入的探讨。

另外台湾学者陈宏铭的《金元全真道士词研究》一书（花木兰出版社 2007 年版），对金元全真道士词既有整体评述，又有个体作家词作研究，因此将其单独列出。陈著对全真词的整体评述从词作内容、词作形式、词作价值等方面进行展开；对个体作家词作的研究，重点对王重阳及全真七子词从内容与形式两个方面进行解析，同时对全真后人王丹桂、长筌子、尹志平、姬翼、李道纯等人的词作进行了研究，涉及全真文人较多，较为全面。

综上所述，近三十年金元全真诗词研究经历了一个逐渐深入的过程，在一般性问题上形成了一些学术共识，全真诗词的文学价值得到了初步的肯定与挖掘，浅层的艺术品评较多，全真诗词真正的文学、文化价值还有待于进一步地激活。因此全真诗词的研究依然存在很多不足与空白，可归纳如下。

其一，诗与词研究失衡。从上面所列的研究成果可以看出，对全真词作的研究明显盛于全真诗作。事实上全真诗作在数量上远远大于全真词作，艺术成就与文化内涵也不亚于词作。

其二，研究视域不够开阔。全真诗词研究现有的成果，主要集中于思想内涵、语言风格、文体特点以及对元散曲的影响等方面，而对全真作品某些特殊体裁的诗词关注很少，如全真叙事诗词、全真山水诗词等；同时对于全真诗词的社会思想及文化内涵的挖掘亦显得十分欠缺。

其三，立论视角有失偏颇。对于全真诗词的研究，绝大多数的立论者首先关注的是作者的道士身份，其次才是作品文本。把作品文本置于道教的文化氛围下，立足于宗教视角审视宗教文学，总会遮蔽一些文学

---

① 王树人（老树）:《全真道教之文化底蕴初探——王重阳诗魂育全真评析》,《中国社会科学院研究生院学报》2008 年第 4 期。

所本有的韵味与嚼头。若把全真诗词归类于其应属的诗词行列，不以宗教的身份贯之，则其诗词特点与文学文化内涵就会更为显现与富赡。

总之，金元全真诗词研究，无论对金元文学研究来说，还是对道教文学研究来说，都是一个重要的环节。其所蕴含的丰富的文化信息，对当今时代的人有着重要的启迪意义。因此期待不久的将来，金元全真诗词能得到更广泛、更深入、多角度、多层面的研究与挖掘。

二　本专著的主要内容及学术意义

（一）本专著的主要内容

除"绪论"部分外，本专著共分为七章内容。

第一章"金元全真诗词概述"，着重从宏观、总体上对金元全真诗词进行概括性的分析描述。主要从金元全真作家群体及其诗词创作、全真诗词的体式分类与内容特点等方面进行展开。

第二章"金元全真诗词的文化特征"，着重就金元全真诗词中所浸蕴的丰厚的文化特征进行归纳和总结。金元全真诗词以"中和圆融"为文化旗帜，以"求全觅真"为文化标杆，以"修道证仙"为文化内核，展现了儒释道三教文化融为一体的独特的全真文化思想体系。这些文化特征，是金元全真诗词有别于其他诗词作品的一个重要的文化标志。

第三章主要围绕金元全真诗词的审美问题而展开。包括金元全真诗词的审美结构、审美指向与审美境界等方面。具体来说，主要是对金元全真诗词中开放与收摄的审美结构，回归与内观、否定与超越的审美指向，道法视角下"天人合一"、生命视角下"性命合一"、价值视角下"真善美相统一"的审美境界等问题进行深入挖掘和探讨，进而映现出金元全真宗师审美视域、审美境界的开阔与多重。

第四章探讨的是金元全真诗词的济世精神。金元全真宗师在自我了悟超脱之后，并未遁迹尘外，以全自我，而是希望把超脱的金针度于他人。所以金元全真诗词中蕴含着全真宗师丰富而深刻的济世精神，包括宗教济度、生活劝诫、精神接引等方面。在这些济世精神的背后，还蕴藏着诸多深刻的文化内涵，值得世人珍视与品咂。

第五章着重探讨和勾画金元全真诗词中的精神家园，对诗词中的尘俗精神家园消解，与新的家园建构等问题进行深入的探讨和解析。具体来说，主要从心性的觉识与尘俗精神家园的消解、精神家园的探寻与外置、精神家园的内置与回归等三个角度进行展开。

第六章论述的是金元全真诗词中的价值消解与建构。金元全真作家在诗词中展现了深刻而系统的价值思想体系，具体体现在对价值消解的发现，对价值消解哲理指向的阐释，对生命深层价值的建构，以及对尘俗生命终极价值趋向的喻示等方面。金元全真诗词独特的价值消解与建构的理念与模式，为当时及后世之人探寻与实现自我生命价值，提供了极有意义的借鉴与参考。

第七章重点对金元全真诗词中的多重天地与情怀进行探析与展示。其中就包含尘俗天地、林泉天地与仙道天地等三重天地，以及与之相应的尘俗情怀、林泉情怀、仙道情怀等多种情怀。

对于金元全真诗词中的叙事作品、山水诗词、龙门派诗词的"清雅格调"以及全真诗词中情理法的结构等问题，全真诗词中的"尚闲"思想、全真诗词中的哲学思想等内容，因篇幅所限，本专著不可尽述，具体内容可作为本专著的续篇或于他处再作进一步的探讨。

（二）本专著的学术意义

对于金元全真诗词的研究，其学术价值及意义可归纳为以下几点。一是推进对金元全真诗词的认识，促进金元全真诗词文学价值的展现。二是挖掘和激活金元全真诗词中丰富的思想、文化内涵；透视和展现金元全真诗词独特的审美与价值建构模式；认知和领悟金元全真诗词中的济世精神、精神家园以及多重天地与情怀。这些对于世人的道德修养、境界修行、生命时空的拓展等，均有莫大的启迪与规引意义。三是通过对金元全真诗词多方位、多角度的深入解读，从而更全面、更立体地了解、认识全真教及全真文化，促进传统文化的弘扬与传播。四是扩充和推进金元文学研究以及道教文学文化研究。

三　本专著的研究视角与研究方法

本专著从文学解读与文化解析两个方面架构金元全真诗词的研究体系，试图在文学与文化的综合视角下，以求多角度、多层面地对金元全真诗词的文学价值与文化意义进行把握和认知，为金元全真诗词构建一个更加客观、立体的文学、文化坐标。而文化探析、审美探讨、价值解析，为本成果的侧重之处，因此在章节的安排上也尽可能地突出重点和核心，不刻意于文章结构的平稳与完整。

在研究方法上，注重文献学与文艺学相结合，宏观把握与微观分析相结合，历史背景与文学创作相参照，文化思潮与境界追求相联系，作品内涵与作者思想相印证等。力求文学解读与文化解析互参互证，文学思想与生命境界相互比照，突出研究的重点和价值。同时突破文学研究的常规范畴，运用发散多层多样的观照视角（如审美视角、价值视角等），拓展和深化研究的广度和深度。

本专著在撰写之前对有关金元全真诗词、全真教及全真作者的文献资料进行了大量收集和整理，并对目前的学术动态及最新研究成果进行关注。在撰写过程中，尽力避免重复他人的观点，对现有的研究成就从略或不谈，并力求在视角与视野上逾越前辈，围绕所述重点，精练论述。由于金元全真诗词语言通俗易懂，几乎没有引经据典，所以为了行文精练，在引用其诗词作品时少有大篇幅的赏析与阐释。

第一章　金元全真诗词概述

金代和元代是我国历史上由少数民族女真族与蒙古族所建立的封建王朝。这一时期在我国北方的土地上，相继出现了太一教、大道教、全真教等新的道教流派。在这三支新道派中，独全真教发展兴旺，并迅速成为中国道教后期的两大宗派之一，与正一教对峙而传。

金元全真教是中国历史上与文人、文学（尤其是诗词）关系最为密切的道教流派，其在教团发展传播的过程中，逐步吸纳和培养了一个庞大的作家群体。这一群体在金元时期进行了大量的诗词创作，占据了金元文坛的相当大的领域，取得了不可小觑的文学成就。这批数量不菲的诗词作品，不仅丰富充实了全真文学与文化，而且也推动了整个道教文学的发展，在中国道教文学发展史上具有举足轻重的作用。

第一节　金元全真作家群体及其诗词创作

就金元两代的诗词创作整体来看，其作品大致可归为两类：一类是世俗文人之作，代表作家有蔡松年、党怀英、赵秉文、元好问、刘因、吴澄、赵孟頫、杨维桢等人。一类是宗教人士之作，主要集中于释道两家，所见居多者是全真道士之作，代表作家有王重阳、马钰、丘处机、尹志平、王丹桂、姬志真等人。

在金元文坛中，全真作家可谓风格独具的一个创作群体。他们以诗词传教宣教，表达自我对世人的劝示；以诗词畅怀，抒发自我对生命的洞识；以诗词述理，阐释自我对天地道法的哲思。他们同张伯端、白玉蟾一道，成为唐末以来将宗教（内丹道）与文学进行完美结合的一个重要的作家群体。

一　金元全真作家群体的数量与构成

全真教自创立的金初至元代中叶一百余年的时间里，涌现出了大批诗词作者。依据《道藏》等现有的史料及现存的诗词作品，可以确认金元全真诗词作者有 60 余人，其中留存作品较多、影响较大的全真作者有：王重阳、丘处机、马钰、谭处端、王处一、刘处玄、郝大通、王丹桂、侯善渊、尹志平、姬志真、于道显、李道玄、李道纯、长筌子、王玠等人。同一时期涌现出如此庞大的创作群体，在文学史及道教文学史上实属罕见。

而这一庞大的创作群体，其构成主要分为两个部分：一是教团内部培养的作家，二是教团吸纳接引的社会文人。

全真教在对以往道教进行继承和发扬的同时，更多的是革新与升华，在对待文字、文学方面就与旧的道教流派大不相同。其一改以往道教不立文字、不重言传，视文字为悟道蔽障的传统，大力倡导门众进行诗词创作，并以诗词为传教、宣教的媒介。如此一来，门人的文学文化素养，就成了教团关注的一个重点。自王重阳起，全真宗师对入教门人便有着诵读三教经典的要求。《重阳立教十五论》的第三论，便是"学书"论，是王重阳对弟子学书的具体要求与指导。他要求门人"学书"要学书之精髓，能够于内心吸纳、融会、贯通，进而转化成自我的智慧与洞识。他说："学书之道，不可寻文而乱目，当宜采意以合心，舍书探意采理，舍理采趣。采得趣，则可以收之入心，久久精诚，自然心光洋溢，智神踊跃，无所不通，无所不解。"① 其中舍书采理、舍理采趣、

_____

① （金）王重阳著，白如祥辑校：《王重阳集》，齐鲁书社 2005 年版，第 276 页。

采趣入心的论述，与《庄子》"外物篇"中所说的"筌者所以在鱼，得鱼而忘筌；蹄者所以在兔，得兔而忘蹄；言者所以在意，得意而忘言"①，思想意旨一脉相承。

经过这种深刻而透彻的"学书"锤炼，全真道众无论在思想品识、学理造诣还是在文学文化修养上，皆会得到切实的擢升与提高。王重阳在他的《爇心香》词中说："谑号王风，实有仙风。性通禅释、贯儒风。清谈吐玉，落笔如风。解著长篇，挥短句，古诗风。"② 词中王重阳展现了自我集"仙风""儒风""禅释"于一身的综合、高超的智慧与素养，同时对自我"清谈吐玉，落笔如风"的精湛文学造诣也深表自信。这无疑是其精诚研学的结果，这也为全真后学树立了一个光辉的学习榜样。

在全真教徒中，自入教后诗文造诣大为精进者不乏其人。如丘处机在入教前由于家道中落，并未求学受教，师事王重阳后，祖师特命其掌管全真典籍文献。《终南山神仙重阳真人全真教祖碑》载："（丘处机）幼亡父母，未尝读书，来礼真人。使掌文翰，自后日记千余字，亦善吟咏。"③ 时日既久，他的诗词造诣日益增进，以至于"动容无不妙，出语总成真"④。诗词创作即兴而为，"接物应俗，随宜答问"⑤。其诗词集《磻溪集》被时人誉为"片言只字，皆足以警聋瞆而洗尘嚣也"⑥。姬志真在《长春真人成道碑》中云："（丘处机）六年而造妙，以至出处语默，动容周旋，无非道用，玄关启钥，天府开局，知藏充盈，辞源浩瀚，一言之出，人竞诵之。"⑦ 可见其文学成就之高，道俗共仰，歆艳当时而激励后学。

又如全真宗师赵抱渊。张子献的《延安路赵先生本行记》中载：

① 陈鼓应注译：《庄子今注今译》，中华书局1983年版，第725页。
② （金）王重阳著，白如祥辑校：《王重阳集》，齐鲁书社2005年版，第268页。
③ （金）王重阳著，白如祥辑校：《王重阳集》，齐鲁书社2005年版，第323页。
④ （金）丘处机著，赵卫东辑校：《丘处机集》，齐鲁书社2005年版，第1页。
⑤ （金）丘处机著，赵卫东辑校：《丘处机集》，齐鲁书社2005年版，第4页。
⑥ （金）丘处机著，赵卫东辑校：《丘处机集》，齐鲁书社2005年版，第3页。
⑦ （金）丘处机著，赵卫东辑校：《丘处机集》，齐鲁书社2005年版，第435页。

赵抱渊家世业农，素不读书，拜刘处玄为师入道全真，"忽一日，梦真君召赐金一席，辞而弗受，复以道德二篇付之，先生即吞之入腹。自此性天明朗，心地开通，闻所不闻，知所不知，诗词歌咏，若涌泉之流注"。① 这段记述虽不免过于玄幻，但也告知了我们，赵抱渊入道全真后方善歌咏的这一信息。不难推理，赵抱渊投身全真后，写诗作词思若涌泉，得益于其在教团内的刻苦训练与学习。再如全真后学杨明真。刘祖谦的《终南山碧虚真人杨先生墓铭》曰：杨明真家世为农，"始从马丹阳学，复诣山东见丘、王诸师"，"先生（杨明真）素不识书，口占庚酬，略不停思，……道俗景仰，随问随答，顷刻诗颂积叠，人人满意"。② 元好问的《紫虚大师于公墓碑》载：刘处玄的弟子于道显，"初不知书，自是日诵百言，示之老庄，随读随讲，如迎刃而解，不数年遍通内外学，作为诗歌，伸纸引笔，初若不经意，皆切于事而合于理，学者至今传之"。③ 诸如此类的记述颇多，不可备引。由此我们已可窥得全真教团对入教者在文学文化方面的培养及其良好成效之一斑。

而这一注重对门徒培养与提升的教风，一直为全真宗师所继承。

在积极培养和提升教众文学素养的同时，全真教还倾向于吸纳接引社会文士加入教团，从而扩大全真作家群体的队伍。这一风尚肇始于教祖王重阳。王重阳儒士出身，李道谦在《七真年谱》中说其"自稚不群，既长，美须眉，躯干雄伟，志倜傥，不拘小节。弱冠修进士业，系京兆学籍。善于属文，才思敏捷"④。其于山东创教时，所收"七真"大都来自仕宦之家，通经达史、喜赋善文。如谭处端少有诗名，"至十有五龄，而志于学，咏物警策，其葡萄篇已脍炙人口"。⑤ 马钰弱冠能诗，孙不二自幼喜翰墨、善诗咏。而入教后的他们，均成了全真作家中

---

① 陈垣编纂，陈智超、曾庆瑛校补：《道家金石略》，文物出版社 1988 年版，第 439 页。

② 陈垣编纂，陈智超、曾庆瑛校补：《道家金石略》，文物出版社 1988 年版，第 462 页。

③ 陈垣编纂，陈智超、曾庆瑛校补：《道家金石略》，文物出版社 1988 年版，第 463 页。

④ （金）谭处端、刘处玄等著，白如祥校：《谭处端·刘处玄·王处一·郝大通·孙不二集》，齐鲁书社 2005 年版，第 507 页。

⑤ 陈垣编纂，陈智超、曾庆瑛校补：《道家金石略》，文物出版社 1988 年版，第 454 页。

的中流砥柱。

王重阳之后，全真后人在传教中承继祖师之风尚，注重诱化吸纳文士入道，以至于"士大夫之流寓于燕者，往往窜名道籍"。[1] 如全真词人冯尊师"本燕赵书生，游汴，遇异人，得仙学"。[2] 郝大通的弟子范圆曦"幼业儒，喜涉猎书传，务通大义而已"。[3] 丘处机的弟子冯志亨，"赋性明敏，业进士，年甫弱冠，府荐入京师，就住太学。两赴内试不中，适崇庆兵乱，还乡以诗书自娱，不复为举子计"。[4] 王志谨的弟子姬志真"年十三能诗，甫弱冠通天文地理阴阳律历之学"。[5] 宋德芳的弟子秦志安本陵川儒生，因"累举进士不中，遂放浪嵩、少间，读方外书，从道士游"。[6] 入道全真后的他们皆笔耕不辍，成为全真诗词创作的中坚力量。而从他们现存的诗词作品来看，皆有着文风畅达、圆融通脱的艺术境界。

在上述两种因素的共同促使下，金元全真教团内生成了一个稳定而又多产的作家群体，拥有巨大的社会影响力，其作品为道俗所景仰，广为传唱。

二　金元全真作家群体的诗词创作

金元全真作家首要的身份是全真道士，毫无疑问，参道、悟道、传教、度人是他们首要的人生目标。但从现存的文献资料来看，独特的身份与别样的人生目标，似乎并未影响全真作家作为文人的创作激情与水平。

事实上，修道与治学、传道与创作之间，并无直接的矛盾与冲突，

---

① 陈垣编纂，陈智超、曾庆瑛校补：《道家金石略》，文物出版社 1988 年版，第 580 页。
② 唐圭璋编：《全金元词》，中华书局 1979 年版，第 864 页。
③ 陈垣编纂，陈智超、曾庆瑛校补：《道家金石略》，文物出版社 1988 年版，第 503 页。
④ 陈垣编纂，陈智超、曾庆瑛校补：《道家金石略》，文物出版社 1988 年版，第 521 页。
⑤ 薛瑞兆、郭明志编纂：《全金诗》第四册，南开大学出版社 1995 年版，第 290 页。
⑥ 薛瑞兆、郭明志编纂：《全金诗》第三册，南开大学出版社 1995 年版，第 426 页。

对于全真作家来说，舞文与参道反而是相互促进、相得益彰的事情。自老庄以来，道家就认为道与世间万物紧密相关，道未曾脱离尘俗，未曾脱离人间，世间诸事百态定然蕴藏着自然之道法，诗词创作何其不是？而对于自然道法、天地玄理、林泉机趣、世事百态的洞察与参悟，反过来又促使了金元全真宗师审美境界与艺术表现的提升与深入，大大丰富和拓展了诗词的表现内容、文化内涵、思想意蕴与智慧哲思，使金元全真诗词拥有非同尘俗的艺术特色与文化魅力。因此全真宗师在参道之暇、传教之际寄情于翰墨，为后人留下了一批数量不菲、独具特色的诗词瑰宝。

（一）金元全真作家诗词创作的数量观照

全真教自王重阳创立以来，便十分注重诗词创作。作为教祖的王重阳，自甘河证道后，便以诗词诱化点拨世人，先后著述了《重阳全真集》《重阳教化集》《重阳分梨十化集》等诗词文集。这一独特的教门风尚为王重阳之后的历任掌教所接纳与阐扬。如全真第二任掌教马钰著有《洞玄金玉集》《渐悟集》《丹阳神光灿》等诗词文集。第三任掌教谭处端有《水云集》传世。第四任掌教刘处玄有《仙乐集》《黄帝阴符经注》《黄庭内景玉经注》等著作传世。第五任掌教丘处机有《磻溪集》《摄生消息论》《大丹直指》等著作传世。第六任掌教尹志平有《葆光集》传世，等等。全真金元两代的历任掌教，无不通过身体力行、积极倡导的方式，促使门众进行各自的创作实践。

若从数量观之，金元全真作家为后人留下的创作成果可谓丰硕。这些诗词作品均被收录于道教典籍《道藏》之中。唐圭璋先生经多年的搜集汇总，1979 年于中华书局出版了《全金元词》。该部金元词作总集，所录诸家之作，皆以善本、足本为据，且搜罗详备。其中收录金元两代词人二百余家，词作七千二百余首，其中全真道士之作约占半数，仅全真高道的作品就近 3000 首，如王重阳 670 首，马钰 880 首，谭处端 156 首，刘处玄 65 首，王处一 95 首，丘处机 151 首，王丹桂 148 首，侯善渊 259 首，尹志平 168 首，姬志真 162 首，等等。

与词相比,全真道士诗的数量显得更为可观。依据《全金诗》《全辽金诗》《元诗选》《全元诗》等诗歌集子,可以见到王重阳存诗500余首,马钰580余首,谭处端87首,王处一520余首,刘处玄500余首,丘处机420余首,侯善渊750余首,尹志平250余首,姬志真420余首……而同时期的著名文人蔡松年存词仅86首,存诗仅59首;党怀英存词5首,存诗69首;赵秉文存词10首,存诗较多亦不过640余首;而一代文宗元好问可谓金元时期诗词创作最丰者,存词仅370余首,存诗亦不过1300余首,足见全真道士诗词创作在数量上并不逊于世俗文人。

就目前的文献进行统计,金元两代全真作家所留存的诗歌有5000余首,词作3600余首,合计近9000首。

(二)金元全真作家诗词艺术魅力的映射

金元全真诗词虽有别于世俗文人之作,但其自产生之初便独具魅力。从现有的文献资料来看,金元全真诗词在创作之时便备受世人的关注与接纳,可谓炙手可热。

教祖王重阳自甘河悟道后,便致力于创教传道,其间创作的大量诗词,受到时人的喜爱并被广为传唱,"隔窗牖而求诗词者接迹"[1]。范怿评其所作曰:"诗章、词曲、疏颂、杂文,得于自然,应酬即辨"[2],"虽片言只字,无非发挥至奥,冥合于希夷之趣也"。[3] 王重阳与世人唱和往来之作,时常被惊叹为神仙之语。

王重阳之后的全真弟子之作,同样为世人所追捧。如丘处机隐修磻溪六载、龙门七载,其间所创诗词结集为《磻溪集》。姬志真在《长春真人成道碑》中说其"辞源浩瀚,一言之出,人竞诵之"[4]。远近的士人争相与之往来,所谓"远方学者咸依之"[5]。张子翼在《丹阳真人马

---

① (金)王重阳著,白如祥辑校:《王重阳集》,齐鲁书社2005年版,第218页。
② (金)王重阳著,白如祥辑校:《王重阳集》,齐鲁书社2005年版,第1页。
③ (金)王重阳著,白如祥辑校:《王重阳集》,齐鲁书社2005年版,第217页。
④ (金)丘处机著,赵卫东辑校:《丘处机集》,齐鲁书社2005年版,第435页。
⑤ (金)丘处机著,赵卫东辑校:《丘处机集》,齐鲁书社2005年版,第424页。

公登真记》云："（马钰）至于出口成章，咳唾珠玑，多至数千百篇，无非发挥玄奥，冥合于希夷之趣者，布于四方，人人传诵。"① 元好问的《紫虚大师于公墓碑》云："（于道显）作为歌诗，伸纸引笔，初若不经意，皆切于事而合于理，学者至今传之。"② 宋子贞的《普照真人玄通子范公墓志铭》云："四方请益之士多乞为歌诗，及其手字，公（范圆曦）布纸落笔动数百幅，殊不致思，而文彩可观，得片言只字，皆藏之什袭，以为秘宝。"③ 由此足以看出，时人对于全真诗词的热爱与珍视，推崇与钦仰。

然而时过境迁，斗转星移，在金元之后的明清两代，金元全真诗词的魅力，似乎并没有得到应有的散发，但在一些词论家的论著中，依然可以见到他们对金元全真作品的评析与赞赏。如明代学者杨慎在其《词品》中评丘词曰："长春，世之所谓仙人也，而词之清拔如此。"④ 此评颇中肯綮。丘处机及龙门一派的后学，他们的诗词模象造境多以清拔见长。丘处机有一首《无俗念·灵虚宫梨花词》，词曰：

> 春游浩荡，是年年、寒食梨花时节。白锦无纹香烂漫，玉树琼葩堆雪。静夜沉沉，浮光霭霭，冷浸溶溶月。人间天上，烂银霞照通彻。
>
> 浑似姑射真人，天姿灵秀，意气舒高洁。万化参差谁信道，不与群芳同列。浩气清英，仙材卓荦，下土难分别。瑶台归去，洞天方看清绝。⑤

此词之中深透着一股清爽、疏淡、自然、旷达之气，而少有世俗文人玩弄、雕刻、娇柔之态。作者的悟道通脱、湛然无滞，与梨花的洁白

---

① （金）马钰著，赵卫东辑校：《马钰集》，齐鲁书社 2005 年版，第 315 页。
② 陈垣编纂，陈智超、曾庆瑛校补：《道家金石略》，文物出版社 1988 年版，第 463 页。
③ 陈垣编纂，陈智超、曾庆瑛校补：《道家金石略》，文物出版社 1988 年版，第 503 页。
④ 杨慎：《词品》，上海古籍出版社 2009 年版，第 44 页。
⑤ 唐圭璋编：《全金元词》，中华书局 1979 年版，第 476 页。

烂漫以及月光的通彻溶溶已完美融为一体,充分展现出创作主体的圆融与自足,其中不掺杂任何世间的尘情与俗扰。所以清代学者冯金伯对此词甚为激赏,称:"丘有咏梨花［无俗念］词,极清拔。"① 清末学者况周颐的《蕙风词话》亦评曰:"丘长春《磻溪集》十九作道家语,亦有精警清切之句。"②

在清人校辑整理的诗词文集中,金元全真作品亦有被收入。如顾嗣立编选的《元诗选》中,就收有不少全真作品;朱祖谋的《彊村丛书》和陶湘《影刊宋金元明本词补编》亦收有全真词作。

时至当下的古典诗词研究,金元全真诗词虽然曾一度被搁置于正统文学之外,一度为学者所热衷的唐诗宋词所淹没,但随着古典文学及道教文学研究的深入,其渐渐被认知与了解,也得到了更为客观公允的解读与评说。李艺在他的《金代词人群体研究》专著中总结说:"曾有人说道家词(全真道词)枯燥无味,那也许是指其中的一部分的词作,并不能代表全部。"③ 并进一步指出:"金元之际的全真道,在诗、词等文学作品的创作上更是形成了道教文学上的一个奇观,不仅作者众多,而且作品数量也很巨大。……因此,研究金词不能不研究全真道词。"④ 詹石窗的《南宋·金元道教文学研究》专著认为:"作为中国道教后期的一大道派,全真道不仅在思想史上留下颇多创获,而且在文学方面也有独特的建树。"⑤ 于东新在其博士学位论文《多民族背景下的金代词人群体研究》中指出:"作为汉族词人群的别一宗,全真道士词人群的'道士词'则与'文人词'面貌迥异,其别样的特质尤值得深思。""全真道士词实际代表了金词成就之一大宗。"⑥ 这些论说都是立足于丰富可靠的文献资料基础之上的,可谓公允而不失偏颇。

---

① 唐圭璋编:《词话丛编》(第2册),中华书局1986年版,第1912页。
② 况周颐:《蕙风词话》,上海古籍出版社2009年版,第100页。
③ 李艺:《金代词人群体研究》,首都师范大学出版社2008年版,第245页。
④ 李艺:《金代词人群体研究》,首都师范大学出版社2008年版,第281页。
⑤ 詹石窗:《南宋·金元道教文学研究》,上海文化出版社2001年版,第4页。
⑥ 于东新:《多民族背景下的金代词人群体研究》,博士学位论文,河北大学,2010年。

由当时世人的追捧与赞扬，至今人的渐趋关注与认可，不难看出，金元全真诗词作为中国古典诗词的一大分支，并不缺乏独有的魅力与活力。客观而论，金元全真诗词与世俗文人之作在艺术风格上赫然有别，在诗词的长廊中大放异彩。具体而论，就表现形式而言，其通过口语，俚语、叠字、叠句，类声、和声，对数字的巧妙运用，以及对比喻、夸张、排比等修辞手法的运用，充分展现了其语言的个性化与修辞的多样性。就艺术审美而言，金元全真诗词拥有独特的诗词意象与神秘高妙的诗词意境，在诗词意象中不仅有大量的山、水、风、月、松、竹、云、鹤等自然风物，而且也有很多婴儿、姹女、青龙、白虎、金童、玉女、黄芽等丹道修行类意象。作者通过对这些诗词意象的巧妙运用，为读者充分展现了尘外世界的灵逸与美妙，以及得道心境的自适与超脱。尘外世界与得道心境，正是全真诗词所要传达的神秘高妙的意境。

从整体来看，中国古典诗词属于抒情文学，抒情特征十分明显，是作者借以抒发内心丰富情怀的文学样式。金元全真诗词与之类似，但又有明显区别。和世俗文人相比，全真作者借助诗词抒发的不是豪情壮志，不是悲苦失意，亦不是忧怨离愁，而是修道悟道后充斥于心的"道情"。如尹志平在题为"山中雨过赏月"的诗中曰："山静云收入夜清，月光澄彻九霄明。照人肝胆无他虑，惟有诗情与道情。"[①] 全真道士欣喜于道、充实于道、超脱于道、了悟于道，最后和合于道。这正是金元全真诗词深层魅力之所在。我们深信，随着人们视野与境界的扩展和提升，金元全真作品的深层魅力将会被更加深入全面地挖掘和认知。

第二节 金元全真诗词的体式分类与内容特点

就整个道教文学创作来看，魏晋至南北朝的道教文学创作尚处于发

---

① 薛瑞兆、郭明志编纂：《全金诗》第三册，南开大学出版社1995年版，第88页。

轫和酝酿时期，其在同时期的文学领域中无足轻重，算是对世俗文学创作的一个补充和点缀。时至隋唐及北宋，创作队伍遂为壮大，创作形式渐趋灵活，不再拘囿于以往的"游仙诗"和"炼丹诗"，作者的视域也大有拓展，人文风情和秀美山水成了道士们挥毫的视窗。至金元，道教文学创作已然娴熟，诗词尤是。

金元时期，道教文学创作的主力军则是全真作者群体，以往道教视文字为悟道障碍的传统至全真而被彻底打破。全真诗词门类齐备、内容丰赡，同时在创作队伍规模、作品数量以及创作技法等方面，都大大超越了以往的道教文学，可谓道教文学史上的一座高峰。

与世俗文人作品相比，金元全真诗词在创作体式上并不显单调。文人通常使用的诗歌体式在全真作品中几乎都可以找到。就诗词的内容而言，相较于世俗文人作品和其他道教作品，全真之作亦有着独特的个性。

一　金元全真诗词的体式分类

金元全真诗词数量丰富，所用题材广泛，诗词体式多样。若对其进行宏观分类，可分为：留题、唱和之作；自咏、述怀之作；写景、咏物之作等几类。

（一）留题、唱和之作

1. 留题之作

题诗这一诗歌样式历史悠久，始于两汉，盛于唐宋，历来为文人墨客所热衷。全真道士继用这一创作形式进行了不少题诗实践。但这一创作实践只存在于诗歌中，词中几乎没有留题之作。

全真留题诗中，所题之处以宫观、穴洞、书画、扇面、石桥、茶坊等居多。如题于宫观的代表诗作有王重阳的《题麻真人观》《题终南山资圣宫殿壁》，谭处端的《题延真观玉皇殿西壁》，刘处玄的《题灵虚宫》，丘处机的《题莱州招远县云屯山观》等。题于穴洞的代表诗作有谭处端的《题孔先生控中》，王处一《题云光洞二首》等。题于书画的代表诗作有马钰的《题文山孙会首画三仙图》，丘处机的《题阎立本太上过关图》《题支仲元画得一元保元素三仙图》等。题于扇面的代表诗作有王重阳的《题温凉扇两首》，丘处机的《题杨五纸扇》《题王生纸扇》《题周道全纸扇》等。

　　古之题诗者，或触景生情或睹物思人或应制遣兴，多有感而发有所寄托，或展雄心壮志或寓困顿生活或寄高情雅趣，其共性则是抒发作者一己之情思。与之不同，全真作者的留题之诗抒一己之情思者少见，而传达体道之美妙、得道之超脱的道情之作居多，其留题之目的就是使睹诗之人了然自悟、破除尘迷，进而反观自持、保性全真。如王重阳的《题茶坊》诗云：

　　　　已吃蟠桃胜买瓜，此般风味属予家。
　　　　只须换假全真性，指路蓬莱跨彩霞。①

该诗题为"题茶坊"，但内容却与茶坊并不相关。四句诗全在书写吃蟠桃、归蓬岛、跨云霞等方外仙家之活计，而茶坊人声鼎沸、迎来送往的热闹市井气息全然皆无，充盈全诗的只有浓厚的出世意味和显现的仙道色彩。

　　继王重阳及全真七子之后，创作留题诗作较多者是全真第六位掌教尹志平。他现存的留题诗有《题新张村庵》《题马谷观音阁》《题南庵》《题山水石砚屏》等。而在他之后的全真道士则鲜有题诗创作了。这说明随着全真教团的日益壮大，影响渐次深远，全真宗师不再倚重留题诗作这一形式来吸纳招求向道之人。

　　2. 唱和之作

　　继和赠答一类的唱和诗词在全真作品中所占份额很大，约有 1/2。与其他体式之作相比，该类作品最显著的特点是，其有明确的阅读对

---

　　①　薛瑞兆、郭明志编纂：《全金诗》第一册，南开大学出版社 1995 年版，第 210 页。

象。全真道士所继、和、赠、答的对象遍及儒、释、道三教门众。几乎在每一位全真作者的诗词集里，都可以找到数量不菲的与三教往来之作品。

以《重阳全真集》为例，其中与儒者往来之诗词，代表之作如《赠傅太丞》《赠终南主簿赵文林》《京兆来学正觅墨》等诗，《浪淘沙·唐秀才索春寒秋热词》《如梦令·赠县令》《河传令·知县董德夫小》等词；与道门中人往来之诗词，代表之作如《赠王道人》《道友索如何是修心定性》《赠道友韩茂先》等诗，《喜迁莺·赠道友》《渔家傲·赠道友》《小重山·道友求问》等词；与禅门中人往来之诗词，代表之作如《禅门初洪润乞无相》《老僧问生死》《僧净师求修行》等诗，《如梦令·赠僧子哲》《永遇乐·郭法师求》《卜算子·妙觉寺僧索》等词。

与三教门人往来的诗词只是该类作品中的一部分，更多的唱和之作则是与广大中下层士人的交往诗词，诸如以"杨公问""王公求问"之类为诗题或词题的作品比比皆是。

如此数量庞大的继和赠答之作，其内容上则以说教讽喻、切磋悟道心法为主题，如马钰的《复赠李大乘》诗；同时亦有作者对生活体悟、世事人情及道友情谊的表达，如马钰的《长思仙·寄长春子丘通密》等词。

（二）自咏、述怀之作

自咏、述怀之作是全真诗词中常见的一类作品，可见于每一位存作较多的全真道士集中。该类作品有明显的内在化抒写倾向，以阐发作者自我的生命体悟和生存感受为主题，意旨清晰明了，表意通俗畅达。其内容丰富而不落窠臼，蕴含着世俗文人作品所不具有的独特的信息，砥砺自我、启悟后人。

细而论之，作者以自咏、述怀之作主要表达了向道之志、度人之心、悟道之门径、体道之感受等几个方面的内容。全真宗师的这类作品皆以"述怀""自咏"为题目。如王重阳写有《述怀》《自咏》诗数首；马钰写有《自述》诗、《玩丹砂·自咏》词等作品；王处一、刘处玄、丘处机等皆作有"述怀""自咏"诗词。又如全真后学尹志平写有《凤栖梧·述怀》《踏云行·自咏》词；王丹桂写有《小重山·述怀》词；于道显写有《述怀》诗；李道玄写有《晚年述怀》诗；等等。不难感受全真宗师此类述怀、自咏诗词，在淋漓尽现自我向道之志、度人之心、体道感受的同时，亦深刻抒发着对自然道法的敬仰及对芸芸众生的劝示之意。

（三）写景、咏物之作

写景、咏物类诗词在全真作品中所占比例不是很大，但也并不鲜见。与其他几类诗词相较，该类作品以自然风光、自然风物为描写对象，用语清新自然、简洁质朴，多能围绕所写之景、所咏之物行文遣句，并以修道者独特的审美视角，向读者展示大自然内在的深层之美。

同时，读这类诗词我们能够深切地感受到，在修道者眼中自然之美是与道混一的。山水风月、茂林修竹其不加修饰、意出自然的情态中深蕴着自然之道法，自然风物是道的外化和具象。

与世俗文人写景、咏物之作的"以美寓情"相比，全真之作则是"以美寓道"，以自然之美寓自然之道。正如姬志真在其《山居》诗中说的那样："盘石巍巍权宝座，柔莎冗冗代青毡。灵岩月窦排幽胜，风伯山灵助法筵。溪水茂林俱演道，野花飞鸟尽通玄。须臾迳及无何有，不待言传决是仙。"[①] 茂林溪水、野花飞鸟均是道的衍生物，在这些自然风物中蕴含着自然之道性，通过参悟这些自然风物，人们可以体悟道法。这正是由于全真道士和世俗文人的审美情趣不同而导致的审美视角和终极关怀的差异。

1. 写景之作

金元全真道士的写景之作主要围绕山水风光和田园景色两大主题展开。这无疑是对盛炽于唐代的山水田园诗风的承继和发扬。全真教的山

---

① 薛瑞兆、郭明志编纂：《全金诗》第四册，南开大学出版社 1995 年版，第 304 页。

水田园之作，既有诗又有词。

王重阳在创教之初，便倡导云游悟道。主张在"登巇险之高山""渡喧轰之远水"① 中访师问道。所以从全真七子到后世门人，全真宗师多喜欢云游传教，游高山奇水、访明师大贤，于亲见中感受自然造物之神奇，于亲闻中领悟人生性命之玄理，每有所见所闻所悟，则情不自禁记于诗词，以期与知音者共鸣。就如尹志平所说："我有林泉兴，君无补缺心。一方圣境理幽深，物外结知音。"② 此类代表作品如王重阳的《烟霞洞》《骊山》诗，马钰的《咏秋景》诗、《瑞鹧鸪·过杨柳渡》词，谭处端的《游灵山寺》诗、《南柯子》词，刘处玄的《满路花》词，王处一的《满庭芳·住铁查山云光洞作》词，长筌子的《瑞鹧鸪·月照洞庭》词，尹志平的《西江月》词等。

若要以创作数量和艺术成就论之，全真写景诗词的代表作家当首推丘处机。他的出色的写景之作有很多，如《秦川》《磻溪》《幽居》《山居三首》《平堂山四首》《旧游》《望昆嵛》《游春》《烟霞洞四首》等诗，和《无俗念·暮秋》《水龙吟·西虢》《双双燕·春山》《望蓬莱·秦川》等词，均是诗境似画，词境深厚的佳作，读之让人备感清新舒展。

而对于田园景色全真作者亦有倾心。和山水诗词相比，在数量上田园作品略显稀疏，但凡是此类之作皆为佳品，田园风光的秀美与恬淡、安静与祥和尽显笔端。对于修道之人来说，山水风月尽涵于道，田园风光亦是如此，不管置身何地，只要有着向道之心，处处皆是修行的净地，正所谓"道不远人"。全真作者正是依循着这样的审视视角才发现了田园景色的另一层美。如丘处机的《报师恩·渭南泺里》《金莲出玉花·西虢南村》词，尹志平的《瑞鹧鸪·过龙泉峪》词，长筌子的《贺圣朝》，姬志真的《鹧鸪天》词等，皆是这类作品的代表。和世俗文人之作相比，全真作者笔下的田园风光似乎少了几分鸡犬相闻、渔樵互答

---

① （金）王重阳著，白如祥辑校：《王重阳集》，齐鲁书社2005年版，第275页。
② 唐圭璋编：《全金元词》，中华书局1979年版，第1172页。

的农家气息，多了几缕清新淡雅、天人相息的原始生机，而在清幽、自然的田园格调之中，更多了一层仙家气韵。

在全真写景作品中还出现了不少"四时"诗词，即以某地风光为对象把其春、夏、秋、冬四时的景象描绘于笔端，形成组合诗词，更为立体鲜活地展现所写之景的特色，此时的景色在时间的转换下具有了流动性和跳跃感，景随时迁，情态万状，如丘处机的《望江南》春、夏、秋、冬四首词，《公山春》《公山夏》《公山秋》《公山冬》四首诗；姬志真的《盘山四咏》春、夏、秋、冬四首诗等。

2. 咏物之作

如果说写景之作多是以宏观景象为描写对象，是抽象的瞭望式镜头的话，那么咏物之作则显得形象细腻，是具体的特写式镜头。咏物之作一般一题只咏一物，主题集中，所咏之物无论形美抑或神美，都可以得到形象立体的展现。

咏物之作，往往托物言志或借物抒情，通过对事物的咏叹传达作者的主观思想，所咏之物其内在气韵映射着作者所要传达的情理和哲思，全真道士的咏物之作亦是如此。

在全真作者笔下，所咏之物主要有：月、雪、竹、月桂、鹤等自然风物，这也是文人墨客所乐于吟咏的对象。但和一般文人相比，全真道士眼中的这些自然风物都别有深韵。此类代表之作有：谭处端的《酹江月·上元夜观月》词；王处一的《中秋二首》《对月》诗；尹志平的《山中雨过赏月》诗，《卜算子·天平兴国观中赏月》《江城子·沁州神霄宫赏月》词；李道玄的《中秋夜》诗；王重阳的《雪》诗和《望远行·咏雪》词；丘处机的《初雪》诗；丘处机的《无俗念·竹》词；王丹桂的《无俗念·咏竹》词；王重阳的《题净业寺月桂》；谭处端的《咏月桂》诗等。

除此之外，全真作品中所咏之物还有菊、茶、蝉等自然风物，代表作品有王重阳的词《雨中花》《菊花新》、诗《咏茶》，马钰的词《踏莎行·茶》，王重阳的诗《六月闻蝉二首》等。

与世俗文人之作相比，全真诗词咏物之作皆不拘于外在形态的赞赏，而重在内在神韵的烘托。因此诗词中这些意象的意旨更为丰富，且有着浓厚的超越尘俗的意味。

二　金元全真诗词的内容特点

（一）以传道说教为主要内容

对于全真宗师来说，自我了悟绝非难事，但若这种了悟仅仅终止于自我，其究竟有多大的意义？此绝非全真宗师的修行理想。把超脱的金针度与他人，使人人不游于黑路，个个超越于轮回，才是他们终极的宗教关怀。这与忘怀自我、飘然长去的羽客有着本质的区别。

全真高道是得道之人，也是宣道之人，亦是苦口婆心点化群迷之人。他们写作诗词时时不离"道法"，处处不忘警众，倾毕生精力履行着度己度人的宗教使命。其后世门人深承师风，诗词创作一如前人。传道说教成为全真诗词的主要内容，更是全真道士创作的主要目的。

读全真诗词，无论是题寄赠答之作、自咏述怀之作，或是写景咏物之作等，其中传道说教的主体意识十分清晰，读者自明，毋庸赘述。

（二）以三教合一为立论基调

"三教合一"是全真教基本的教理教义，是对东汉以来渐趋炽热的"三教圆融"思想的继承和发扬，更是全真宗师顺应历史潮流、依据金元社会现实所树起的一面运思高明的理论旗帜。在全真诗词典籍中，"三教一家"论处处可见。

从全真者的视角来看，三教之所以能够合一成为一家，首先，是因为儒释道三者的义理相通，真道相融。王重阳在答孙公问三教时说："儒门释户道相通，三教从来一祖风。"① 又在《示学道人七首》诗中

---

① 薛瑞兆、郭明志编纂：《全金诗》第一册，南开大学出版社 1995 年版，第 150 页。

说："心中端正莫生邪，三教搜来做一家。义理显时何有异，妙玄通后更无加。"① 全真后人李道纯在他的《水调歌头·示众无分彼此》词中说："道释儒三教，名殊理不殊。"②

其次，三教在开启群迷、济度众生上本质一致。圣贤设教之目的无外乎锻就众人刚毅之人格，锤炼众人澄澈之心境，启悟众人超俗之真性，使人们不昏昏于尘俗，不痴痴于尘迷。因此王重阳认为儒、释、道的开创者都是后世教众的宗祖，他在《金关玉锁诀》中云："太上为祖，释迦为宗，夫子为科牌。"③ 刘处玄也说："始终不变，圣贤来度。三教高真，便是师父。"④ 圣贤之于众人，可谓清醒觉悟者之于昏昏沉迷者，他们都怀有一颗点悟群迷、遍引众生的普度之心。王处一有《敬三教》诗云："三教同兴仗众缘，真空无语笑声连。放开法眼全玄理，莲叶重重作渡船。"⑤ 谭处端亦有诗云："三教由来总一家，道禅清静不相差。仲尼百行通幽理，悟者人人跨彩霞。"⑥ 王丹桂在《满庭芳·咏三教》词中云："共扶持邦国，普化人天。浑似沦溟大海，分异派、泛流诸川。然如是，周游去处，终久尽归源。"⑦ 这些诗词对三教的社会共性及度人的本质进行了清晰的阐释，此种阐释其视域已超出三教之外，融会三教亦不拘于三教，这也证明了全真作者境界的高远与思想的通脱。

再次，道、释在修行之理上相同相通。正如上面谭处端的那首《三教》诗所说"道禅清静不相差"，在修行理路上，释门与道户是相同的，都讲究清静无为、自然淡泊。在修行心法上，道、禅有殊途同归的修持理念——明心见性。对此王重阳在《答战公问先释后道》诗中

---

① 薛瑞兆、郭明志编纂：《全金诗》第一册，南开大学出版社1995年版，第156页。
② 唐圭璋编：《全金元词》，中华书局1979年版，第1234页。
③ （金）王重阳著，白如祥辑校：《王重阳集》，齐鲁书社2005年版，第288页。
④ （金）谭处端、刘处玄等著，白如祥校：《谭处端·刘处玄·王处一·郝大通·孙不二集》，齐鲁书社2005年版，第119页。
⑤ 薛瑞兆、郭明志编纂：《全金诗》第二册，南开大学出版社1995年版，第29页。
⑥ 薛瑞兆、郭明志编纂：《全金诗》第一册，南开大学出版社1995年版，第339页。
⑦ 唐圭璋编：《全金元词》，中华书局1979年版，第481页。

表述得十分清晰，诗云：

> 释道从来是一家，两般形貌理无差。
>
> 识心见性全真觉，知汞通铅结善芽。
>
> 马子休令川拨棹，猿儿莫似浪淘沙。
>
> 慧灯放出腾霄外，照断繁云见彩霞。①

全真后学深明此理，在诗词中多处显示和发挥，如于道显的《示人》诗云："为佛为仙在寸心，可能尘世废光阴。"② 全真后人在修持中无一不是遵循着性命双修、明心见性的修行理路，这也是全真内丹修炼的核心法门。

那么三教合为一家的情状如何呢？王重阳在《金关玉锁诀》中进行了形象的比喻。他说："三教者，如鼎之三足，身同归一，无二无三。三教者，不离真道也，喻曰：似一根树生三枝也。"③ 三教如同鼎之三足，树之三枝，俱汇于真道，这就是早期全真道三教融合的主流意识。这种核心思想在王重阳的词作中亦多有展现，如他的《武陵春》词说："道释儒经理最深，精气助神惛。"④ 他的《望蓬莱》词云："三教好，妙理最幽深。摆脱浮生并世事，这回前路赴蓬洲。"⑤ 他的《爇心香》词亦说："谑号王风，实有仙风。性通禅释、贯儒风。"⑥ 他的类似之作还有《特地新》《临江仙》等词。

与"三教合一"的基本教理相一致，全真教在伦理思想、修行观念上，亦对儒释进行了吸纳融会，从而援佛入道、援儒入道。最为凸显的就是把忠、孝、仁、义等儒家核心的伦理道德列为教戒，要求门人弟

---

① 薛瑞兆、郭明志编纂：《全金诗》第一册，南开大学出版社 1995 年版，第 145 页。

② 薛瑞兆、郭明志编纂：《全金诗》第三册，南开大学出版社 1995 年版，第 3 页。

③ （金）王重阳著，白如祥辑校：《王重阳集》，齐鲁书社 2005 年版，第 287 页。

④ （金）王重阳著，白如祥辑校：《王重阳集》，齐鲁书社 2005 年版，第 69 页。

⑤ （金）王重阳著，白如祥辑校：《王重阳集》，齐鲁书社 2005 年版，第 196 页。

⑥ （金）王重阳著，白如祥辑校：《王重阳集》，齐鲁书社 2005 年版，第 268 页。

子审慎遵行；把佛家的"三界""轮回""禅定"之说引入自我的修持方法中，同时仿效释门头陀的修行理念，以苦修为主，全真七子的修持皆以苦行相闻于世。

前已提及全真教如此鲜明有力地倡导"三教合一"，一是对由来已久的三教合一思想的承继和发扬，二是在战争频仍、民族矛盾激化、社会动荡的时代背景下，为世人提供身心双重拯救的舆论之需。后者则为主要原因。

援儒入道、援佛入道的目的，是吸纳儒佛的精髓为道所用，而不是模糊三教不分彼此。儒佛尤其是儒家之于全真，只是外在"真行"修持上的理论借鉴，主要体现在德识与人格的提升与保鲜上。而在内在"真功"修持上，在最为核心的修行心法——内丹修炼上，全真则十分注重门户的自重与师传，对本家修行始终保持着高度的自信心与优越感。全真两位掌教马钰和丘处机曾有诗词对此进行论说，颇有蕴涵。马钰诗云："身在儒门三十年，不知一字大如天。偶因悟彻风仙理，顿觉灵明满大千。"[1] 丘处机在其诗《访终南怀道村宁之道留宿竹园》中云："怀道访之道，摅情远世情。安居神自爽，欲睡梦还惊。仙院风光雅，琼林月色清。儒生真得趣，奚恋紫袍荣。"[2] 又在其词《西江月》中说："莫把修丹看易，无师坐破蒲团。药材火候少真传。妄泄天机受谴。世上黄缁千万，试看那个成仙。只因执著坐空禅。强把身心静敛。"[3] 此中意旨十分明了。

这一思想在全真后人中尤为凸显。略举全真后人于道显的几首诗作，从中便可窥见其意旨。

示龙窝张会首

吾家门户几人知，知者须明造化机。

---

① 薛瑞兆、郭明志编纂：《全金诗》第一册，南开大学出版社1995年版，第249页。
② （金）丘处机著，赵卫东辑校：《丘处机集》，齐鲁书社2005年版，第51页。
③ （金）丘处机著，赵卫东辑校：《丘处机集》，齐鲁书社2005年版，第157页。

清静之中含妙用，无为之内隐玄微。①

示史道人

众妙之门日日新，家风冷淡绝纤尘。

闲招云外长生客，同赏壶中不谢春。②

示费庄夏会首

我家门户本幽玄，寂寂寥寥任自然。

修短纤洪都莫话，饥来吃饭倦时眠。③

全真道士对本家修持保持高度的热衷和持重无可厚非，全真之所以为全真，自有其独特的文化核心与独树一帜的修行法门，全真道士有足够的理由维护其自信心和优越感。但全真门风又从未显现出"唯我独尊"排除异己的门户之见，反而对儒释取长补短、借鉴融合，摒除外在的分歧，存异求同，以求和合圆融。这恰也说明了全真文化的博融与独特，博采众家又不失本色。

三　以诗词记述布道历史

与以往的道教诗词相比，全真作品中有着凸显的历史意识，在诗词中着意记述着全真宗师及自我布道传教的历程，并从中寄托着作者对祖师设教传道的崇敬与敬仰，对自我得到点化接引的感恩与欣喜，以及皈依玄门后的那份精神快慰与自适。从这一角度说，全真诗词已具有了重要的史料价值。

王重阳于金正隆四年（1159），在甘河镇得遇仙人，并得授口诀，

---

① 薛瑞兆、郭明志编纂：《全金诗》第三册，南开大学出版社1995年版，第41页。
② 薛瑞兆、郭明志编纂：《全金诗》第三册，南开大学出版社1995年版，第43页。
③ 薛瑞兆、郭明志编纂：《全金诗》第三册，南开大学出版社1995年版，第46页。

之后他便拔尘离俗，慨然入道。对这段经历王重阳在其诗《遇师》中有所记述，诗云："四旬八上得遭逢，口诀传来便有功。一粒丹砂色愈好，玉华山上现殷红。"① 王重阳于大定七年（1167）七月十八日在山东宁海与马钰相识。九月丘处机自昆嵛山来谒见，请为弟子。是年冬，谭处端出家循道，前来拜师。次年（1168）二月初八，马钰经祖师耐心的点化规劝终于出家入道。同日，王处一自牛仙山来，投入王重阳门下。二月晦日，王重阳携马、谭、丘、王四徒入昆嵛山，开烟霞洞居之。三月郝大通来昆嵛山出家，早在王重阳刚到宁海之时，郝大通就曾与他谋面，因家中有年迈老母，未随即出家。重午日（五月五日），孙不二亦追随王重阳出家。九月王重阳于莱州点化刘处玄入道。至此"全真七子"聚集王重阳门下。

对于有宗教信仰的人来说，如果能够得到圣贤的点化与接引，那将是人生中无比的幸事。在循道证仙的征程中有了仙师的提携，生命的轨迹将会发生重大的改变，生命的意义也会发生质的飞跃，因此入道后的全真弟子对祖师的接度之功深怀感激，对祖师的传教事业及设教拯救群迷的壮举深表景仰，此情之真挚真切非世俗情感所可比拟，非世俗之人所可体受。情真意切之至，最好的抒发方式莫过于倾注于诗词，几乎每一位全真弟子都有着抒发如是情感的诗词作品。

曾富甲一方号称"马半州"的马钰，经祖师王重阳反复耐心的劝化方才出家入道。在"全真七子"中，马钰是受祖师劝化之功最多者。王重阳的《教化集》《分梨十化集》中的诗词主要就是为劝化马钰而作。相比之下，马钰身上也承载着王重阳更多的心血与教门重托。马钰出家于大定八年（1168），时年四十六岁，与祖师年龄仅相差11岁，有着同祖师类似的人生经历，生命体悟中与祖师也有许多共鸣之处。入道后的马钰对祖师的提携之恩触动最为深刻，他曾在《论恩》一诗中这样表达心中的感恩之情：

---

① 薛瑞兆、郭明志编纂：《全金诗》第一册，南开大学出版社1995年版，第170页。

> 天地日月父母恩，不能使我脱沉沦。
>
> 弟兄姊妹暂相识，妻妾儿孙愈不亲。
>
> 幸遇风仙传秘诀，致令马钰得良因。
>
> 断情割爱调龙虎，绝虑忘机产凤麟。
>
> 玉内金生丹结宝，水中养火气安神。
>
> 师恩深重终难报，誓死环墙炼至真。①

在马钰看来，父母、兄弟、姊妹、妻妾、儿孙的恩情都是尘俗的、短暂的，不足以超脱沉沦、长久存在，祖师的点化则使自己忘尘绝虑，金丹圆融、生命归于了永久，这样的师恩才是至真至大的。对修道之人来说，对师恩最好的回报莫过于勤参苦炼、循道而仙，修成终极道果，所以马钰挥笔写下了《十报恩》词，共十首。每一首表达的都是坚笃的向道成仙之志。如第十首云：

> 山侗十愿报师恩，劈碎金枷玉杻情。久视门中修久视，长生路上得长生。
>
> 昏昏默默澄澄湛，杳杳冥冥净净清。响亮丹成蓬岛去，重阳师父远来迎。②

在马钰的诗词中约有 1/4 的数量是传达感激师恩的作品。类似之作在丘处机、谭处端、王处一、刘处玄等人的作品中亦是随处可见。谭处端在《神光灿》词中说："谭哥昔日，赡养家缘，积孽有若山丘。因遇仙师，东历海岛三州。劝诱顽愚向善，悟轮回、舍爱回头。随缘过，守清贫柔弱，云水闲游。"③ 丘处机在《下手迟·自咏》词中云："落魄闲

---

① （金）马钰著，赵卫东辑校：《马钰集》，齐鲁书社 2005 年版，第 95—96 页。
② （金）马钰著，赵卫东辑校：《马钰集》，齐鲁书社 2005 年版，第 97 页。
③ （金）谭处端、刘处玄等著，白如祥校：《谭处端·刘处玄·王处一·郝大通·孙不二集》，齐鲁书社 2005 年版，第 26 页。

人本姓丘。住山东、东路登州。自少年，割断攀缘网，从师父西游。"①
再如丘处机的《无俗念·赞师》《金莲出玉花·得遇行化》词等，谭处
端的《酹江月》《如梦令》词等，王处一的《沁园春》《青玉案·谢师
恩》词等，皆是感念师恩的典型之作。

在全真后人的诗词作品中，同样随处可见感念师恩这一重要的情感
记述。如王丹桂的一首《满庭芳》词云：

> 雪霁郊原，冰凝池沼，时当深入穷冬。重阳此日，降迹阐真
> 风。还是丹阳师父，乱尘世、飞上天宫。玄元理，一升一降，显现
> 至神功。
>
> 无穷。真匠手，京南陕右，河北山东。但儿童耆老，谁不钦
> 崇。应物随机顺化，垂方便、三教通同。诸公等，从今已往，何日
> 再相逢。②

重阳祖师生于宋徽宗政和二年（1112）十二月二十二日，而马钰
升仙于大定二十三年（1183）十二月二十二日，两个日期恰好都是十
二月二十二日。这在全真门人看来，绝不是巧合，而是道机玄理的显
现。所以王丹桂在词中说："玄元理，一升一降，显现至神功。"而该
词亦写于十二月二十二日，众道友修斋完毕，为感念先师而创作一词。
词虽简洁质朴，不事华美，但所记先师事迹翔实，所抒情感敦厚，作者
纯然的念师之情与诚挚的慕道之志尽现无遗。在尹志平、姬志真、李道
玄、于道显等人的诗词中，此类之作亦俯首可见。

综上所述，金元全真教自创立以来，便是一个深具文学气息与文化
内涵的道教流派，其在发展与传播的过程中，培养和吸纳了一大批诗词
作家。他们在参道、悟道，传教、宣教的过程中，进行大量的诗词创作
实践，不仅丰富了道教文学，而且拓展和充实了金元文学，扩充了整个

---

① （金）丘处机著，赵卫东辑校：《丘处机集》，齐鲁书社 2005 年版，第 93 页。
② 唐圭璋编：《全金元词》，中华书局 1979 年版，第 479 页。

宗教文学的表现领域与内容。其诗词体式丰富而多样，阐述视角与审美境界独特而高妙，内容丰赡而充实。和世俗文人之作相比，金元全真诗词因其独特的宗教、哲学、思想、文化等质素，而成为金元文坛中异彩四射的一座文学宝库。

第二章　金元全真诗词的文化特征

金元时期的全真教，可谓中国历史上文化气息最为浓厚的道教流派。全真宗师熟识经典，且喜与儒、释中人相往来，不仅涵养性情、锤炼自我，而且体察世事、洞明万物，对宇宙、社会、人生有着超乎凡人的体认与感知。所以全真宗师笔下的诗词，不仅仅是怡怀遣兴、寄托情思的文字书写，更是表达哲思、传递文化的绝佳载体。因此，显现而丰厚的文化特征，就成了金元全真诗词有别于其他世俗作品的一个重要标志。

概括来说，金元全真诗词以"中和圆融"为文化旗帜，以"求全觅真"为文化标杆，以"修道证仙"为文化内核，展现了儒、释、道三教文化相融一体的独特的全真文化思想体系。

第一节　中和圆融的文化旗帜

中和圆融的思想在中国传统文化中可谓由来已久。儒家经典《论语》有曰："礼之用，和为贵。"① 又曰："君子和而不同，小人同而不和。"②《中庸》有言曰："喜怒哀乐之未发，谓之中；发而皆中节，谓

---

① 程树德撰：《论语集释》，中华书局 1990 年版，第 46 页。
② 程树德撰：《论语集释》，中华书局 1990 年版，第 935 页。

之和。中也者，天下之大本也；和也者，天下之达道也。致中和，天地位焉，万物育焉。"① 道家经典《老子》亦曰："万物负阴而抱阳，冲气以为和。"② 这些兴起于先秦时代，带有明显内指性的和合文化，深为后世接纳和阐扬，并成为中华文化特有的内在质素与特征。

成立于宋金交戈、兵燹四起之际的全真教，对于这一传统文化深有所悟。其不仅将中和圆融的思想运用于教团文化建设及修身处事上，而且对其文化内核与指向进行了深刻的挖掘和阐释，形成了视角独特、内涵丰厚的全真和合文化思想体系。

一 内圆心境

金元全真宗师深受中国修心文化的熏染，加之深刻而独到的修行，从而形成了对社会人生非同凡俗的认知与体验。他们对于内在自我的剖析与自省，较之于儒家则显得更为清晰和透彻。这集中体现在他们对"心"的透视与净化上。具体而言，在修养论上，全真宗师倡导自我心境的和合与圆融。牢捉心猿意马、勤拂心上凡尘、复归婴儿之素朴，使心思致力于内而不骋驰于外，达到心境圆满而无漏。在修行论上，全真宗师倡导明心见性，祛尘心而现本心，发明本心而彰显真性。而明心见性的修行功夫，实则以圆融心境的修养功夫为根基。心境臻于圆融无碍，本心方可得以彰显。

（一）心境圆融的实现——弥合分别之心

大千娑婆世界，形形色色，正如白居易所说："乱花渐欲迷人眼。"对于一般人来说，认知世界、认知社会首先注意的是事物的不同。这正如老子所指出："常无欲以观其妙，常有欲以观其徼。"③ 而从事物的不同出发，目光投射出去，由近及远地便产生了人我之别、物我之别、

---

① （宋）朱熹撰：《四书章句集注》，中华书局1983年版，第18页。
② 陈鼓应注译：《老子今注今译》，商务印书馆2003年版，第233页。
③ 陈鼓应注译：《老子今注今译》，商务印书馆2003年版，第73页。

物物之别、得舍之别、贵贱之别、荣辱之别等。目见分别，心就不免生出执着与贪求，由此也为自己的人生埋下了烦恼与矛盾的种子。《老君清静心经》说得极是，其曰："道不能得者，为见有心。既见有心，则见有身。既见其身，则见万物。既见万物，则生贪著。既生贪著，则生烦恼。既生烦恼，则生妄想。妄想既生，触情迷惑。"① 依此情理，不难看出，世人一切烦恼，皆因贪著；自我心神外驰，迷惑难止。而这一切矛盾与缺憾的根源，皆是由人我执见而生发出来的种种分别。

全真宗师深刻地洞察到这一点，在诗词中多次劝示众人。马钰在《瑞鹧鸪》词中云："我人起处愁无限，烟火消时乐有余。"② 在《示门人》诗中说："人我既除心性善，自然跳出生死关。"③ 明确指出了分别人我，是烦恼的根源；消除分别，则可以复归于性善。于道显有诗云："撒手便登云外路，是非人我一时休。"④ 尹志平亦说："终日豁畅恣高歌，日用不分彼此。"⑤ 对于修行之人抑或世俗之人来说，若能做到无分别，抑或时时想着无分别，其内在心境自然通脱无碍，和谐圆融。正如王重阳《山亭柳》词所描绘："见见分明个把，般般打破优游。净净自然莹彻，清清至是真修。"⑥ 马钰《满庭芳》词亦说："无情念，亦无憎爱，到处且和同。"⑦ 如此之下，自我内心便会获得一种"身中寂寂闲机少，境上融融和气多"⑧ 的和谐圆融景象。

然而红尘滚滚、世情繁复，久为世俗濡染牵扯，心上的分别已然形色万千而根深蒂固，要想真正实现心境的圆融无碍，则需对诸多分别之境一一进行祛除。刘处玄指出："心上通得一物，出得一物毂；通得万

---

① （宋）张君房编，李永晟点校：《云笈七签》，中华书局 2003 年版，第 417 页。
② （金）马钰著，赵卫东辑校：《马钰集》，齐鲁书社 2005 年版，第 201 页。
③ （金）马钰著，赵卫东辑校：《马钰集》，齐鲁书社 2005 年版，第 19 页。
④ 薛瑞兆、郭明志编纂：《全金诗》第三册，南开大学出版社 1995 年版，第 24 页。
⑤ 唐圭璋编：《全金元词》，中华书局 1979 年版，第 1168 页。
⑥ （金）王重阳著，白如祥辑校：《王重阳集》，齐鲁书社 2005 年版，第 69 页。
⑦ （金）马钰著，赵卫东辑校：《马钰集》，齐鲁书社 2005 年版，第 145 页。
⑧ 薛瑞兆、郭明志编纂：《全金诗》第三册，南开大学出版社 1995 年版，第 40 页。

物，出得万物毂。"① 若无万分的当下功夫，本心依旧为业障所蒙，心境难以圆融通脱。谭处端就此示门人说："种种计较、意念生灭不停，被此业障、旧来熟境蒙昧真源，不得解脱。"② 心境的支离与黏着，是中国修心文化及修行理论中的大忌，所以晋真人云："心清意静天堂路，意乱心慌地狱门。"③

事实上心境圆融的获得并非易事，需要坚强的毅力与卓绝的定力。基于此，全真宗师的倡导更是不遗余力，且对种种分别之心，分而述之。丘处机的《玉炉三涧雪》词云："是非人我绝谈论，却返生前混沌。"④ 谭处端的《满路花》词说："是非人我，岂论与愚贤。"⑤ 是对我是人非之心的弥合。王重阳的《王公求放生》诗云："知公能做自身观，物命于人没两般。只是形骸分别异，便令飞走复完全。"⑥ 尹志平的《悟南柯》"劝世"词云："处身谦让性和光。与物无私，心地得清凉。"⑦ 是对物我分别之心的弥合。王重阳在其《赠柳蒋张夷仲》诗中说："万户人家三岛莹，百般花草一般馨。"⑧ 又在《禅门初洪润乞无相》诗中云："修行须是辩西东，勘破凡躯物物同。"⑨ 则是对物物分别之心的弥合。马钰的《临江仙》词云："乞觅残余真活计，无羞无耻无荣。"⑩ 王重阳在其《满庭芳》"刘公问贵贱"词中云："推真妙，不论贵贱，便是大罗天。"⑪ 又在《苏幕遮》词中说："急急光阴，似水还如

① （金）谭处端、刘处玄等著，白如祥校：《谭处端·刘处玄·王处一·郝大通·孙不二集》，齐鲁书社 2005 年版，第 228 页。

② （金）谭处端、刘处玄等著，白如祥校：《谭处端·刘处玄·王处一·郝大通·孙不二集》，齐鲁书社 2005 年版，第 60 页。

③ （金）谭处端、刘处玄等著，白如祥校：《谭处端·刘处玄·王处一·郝大通·孙不二集》，齐鲁书社 2005 年版，第 60 页。

④ （金）丘处机著，赵卫东辑校：《丘处机集》，齐鲁书社 2005 年版，第 87 页。

⑤ （金）谭处端、刘处玄等著，白如祥校：《谭处端·刘处玄·王处一·郝大通·孙不二集》，齐鲁书社 2005 年版，第 48 页。

⑥ （金）王重阳著，白如祥辑校：《王重阳集》，齐鲁书社 2005 年版，第 78 页。

⑦ 唐圭璋编：《全金元词》，中华书局 1979 年版，第 1185 页。

⑧ （金）王重阳著，白如祥辑校：《王重阳集》，齐鲁书社 2005 年版，第 6 页。

⑨ （金）王重阳著，白如祥辑校：《王重阳集》，齐鲁书社 2005 年版，第 11 页。

⑩ （金）马钰著，赵卫东辑校：《马钰集》，齐鲁书社 2005 年版，第 183 页。

⑪ （金）王重阳著，白如祥辑校：《王重阳集》，齐鲁书社 2005 年版，第 63 页。

箭。荣贵虚劳休自羡。"① 则是对荣辱贵贱分别之心的弥合。除此之外，还有对美丑、有无、生死等分别之心弥合的倡导，均以消弭歧见、圆融心境相指引。

概而言之，全真宗师在诗词作品中，对分别之心的弥合进行了大量的阐述与倡导，目的在于通过诗词的传播，达到文化阐扬及思想劝化的作用。全真宗师的这种努力，不仅是对全真文化的一种构建，而且是对中国传统修心文化的激发。他们将这种直指人心的修养文化，从宗教修行领域移植到更为广阔的社会生活中去，获取更多的受众与价值空间，并在世俗伦理与修身理念中渗透深入。这不仅是对传统文化在空间上的移接，而且是对世俗和合圆融文化的一个内在质素的扩充。通过弥合分别之心，而实现自我心境圆融的修养论，显现出了全真文化自证、自省、自融的特性。这是全真宗师对和合文化从根本上的认知与解读。而对分别之心进行弥合，消除种种外在的分别，则是实现生命个体以及人类群体真正和谐圆融的良方金匙。

（二）心境圆融的审美指向——和合性命

就圆融心境而言，金元全真诗词中蕴含着深刻而精微的审美指向。这种审美指向，从宏观群体的角度来说，指向的是群体争执与矛盾的消解，社会和谐氛围的形成。此一义，显而易见而无须多论。从微观个体的角度而言，指向的则是个体性与命的和合与圆融。正如刘处玄所指出："尘心绝尽，则可全于性；色心绝尽，则可全于命；无明心尽，则可保于冲和。"② 对于个体生命来说，生命之美的展现方式可谓多种多样，而性与命实现应有的和合与圆融，则无疑是生命之美最好的展现。马钰有《清心镜·叹世》一词，词云：

> 西施客，潘安貌。达者观之，一场失笑。假火风、地水成形，

---

① （金）王重阳著，白如祥辑校：《王重阳集》，齐鲁书社 2005 年版，第 73 页。
② （金）谭处端、刘处玄等著，白如祥校：《谭处端·刘处玄·王处一·郝大通·孙不二集》，齐鲁书社 2005 年版，第 228 页。

终不免坑窖。

愿省悟，愿明晓。骋甚济济，跄跄外表，有内容，深可修完。得性命了了。①

全词用语质朴，表情达意直接而明了，劝化之情诚挚而恳切，却少有说教的意味。词上片，作者从世人熟知的历史人物西施、潘安谈起，从众人皆有的美丑观念入手，以"终不免坑窖"的结局告知世人，外貌的美与丑其结局终归如一，从而淡化世人对美丑的分别与执着之心。词下片既有拳拳的劝化之情，亦有深层的生命审美指向。把世人汲汲于外在的目光，引向对自我的内省与内观上，引向对性与命的打理与圆融上。

性与命的重要性对于每个人来说，都是不言而喻的，是名利、富贵等身外之物无可比拟与替代的。就此马钰指出："富贵荣华全小可，于身性命天来大。"② 而在现实生活中，人们却往往致力于身外之物的求索，执着于人我、有无及得失，对自身性与命无暇顾及，失于打理。这是一种舍本逐末，是一种身心失衡，更是一种生命的残缺。王重阳曾于《诫潘十四郎省悟》诗中说："一轮明月绝纤埃，一片灵光照玉台。一粒金丹人不识，一生性命有谁猜。"③ 王重阳作为宗教家，在遣词造句上不免有些玄化，但诗中对世人不识自家真宝、不重自我性命的抱憾之情显而易见。他又在《活死人墓赠宁伯功》诗中说："我今嗟彼世间人，来路前生作甚因。但恐性乖来路失，归时转转入灰尘。"④ 劝人省悟的拳拳深情溢于言表。

丘处机有《示众》诗，表达了与祖师相同的情怀，诗云："彼此众生性，朝昏杂念魔。静观无以救，长叹复如何。"⑤ 尘俗之人，受世俗观念的濡染，不免汲汲于富贵，戚戚于得失，处心于成败，忧虑于荣

① （金）马钰著，赵卫东辑校：《马钰集》，齐鲁书社 2005 年版，第 125 页。
② （金）马钰著，赵卫东辑校：《马钰集》，齐鲁书社 2005 年版，第 3 页。
③ （金）王重阳著，白如祥辑校：《王重阳集》，齐鲁书社 2005 年版，第 31 页。
④ （金）王重阳著，白如祥辑校：《王重阳集》，齐鲁书社 2005 年版，第 35 页。
⑤ （金）丘处机著，赵卫东辑校：《丘处机集》，齐鲁书社 2005 年版，第 58 页。

辱……以至于忧心忡忡、寝食难安，心念朝与昏都奔驰于魔境之内，心神散射、黏着于身外之物，而无法自观、自省、自圆。全真宗师以觉悟者的视角审视世人，不免于深惋而长叹。

对外在诸多分别进行弥合，将散射、黏着于外物的心一一收回，无疑是对自我性命残缺和失衡的一种修补与调和。马钰在《洞玄金玉集》中劝示众人说："劝诸公，名利灰心，早修完性命。"① 又说："同流听嘱咐，是非休辩，人我休争。叹行尸走骨，何辱何荣。急救自家性命，气神和、清结真形。"② 弥合了是非、人我与荣辱，心境复归于混沌与质朴。此境下的性命无执无着、无黏无滞，而走向饱满、无碍与圆融。恰如祖师《述怀》诗中所指出："汞铅相见入长途，性命坚牢得永苏。"③

作为一种修心与养心的文化，终归要有一些对生命终极关怀的素质，要有更上一层境界的指示与标引。金元全真诗词中心境圆融一义正是这样。金元全真宗师将分别之心弥合，以实现心境和谐圆融的意义与审美，指向性命的和合与圆融。这是对修心文化的审美建构，是对人生审美向上一路的标引，同时亦是对传统和合圆融文化的深化与升华。

二　外和尘俗

全真宗师以圆融的心境审视自我、体察社会，以通脱的心态体世历世、济人度世，他们对于尘俗世界有着更加理智而深刻的体悟和认知。对于世人依赖的尘俗，他们没有丝毫厌弃的情愫，而是倡导与之浑然相处，和其光而同其尘。全真宗师和合尘俗的倡导，其针对的不仅是教门中人，而且包括广大的世俗民众。概括来说，这一倡导的要义包含有不避尘俗、依俗就俗，和合人群关系，在俗不为俗等思想内涵。

（一）依俗就俗

在传统的宗教修行思想中，修道者多以"方外之人"来自我标识，

---

① （金）马钰著，赵卫东辑校：《马钰集》，齐鲁书社 2005 年版，第 120 页。
② （金）马钰著，赵卫东辑校：《马钰集》，齐鲁书社 2005 年版，第 153 页。
③ （金）王重阳著，白如祥辑校：《王重阳集》，齐鲁书社 2005 年版，第 40 页。

在身份定位上与方内之人相区别，以凸显自我的精神与个体离世的特征。这其中或多或少地揭示了他们心中那股避世的情怀，这种情怀甚至有些根深蒂固。而金元全真作者与之不同，他们心中似乎没有逃避尘俗的念想，有的仅是一种随缘入俗，依俗就俗的理念。马钰有诗云："不迷外乐不贪嗔，混俗和光笑语频。"① 亦有词云："且和光、混俗随时。"② 丘处机在《磻溪集》中说："日用孳孳为善者，虚心牢落且同尘。"③ 如此一来，修行与修心就不需要离尘避俗了。这不能不说是一种随缘通脱的心境表达。

在金元全真诗词中，随处可见全真宗师穿梭市井巷陌的行迹表述。马钰的《苏幕遮》词云："穿茶坊，入酒店。后巷前街，日日常游遍。"④ 谭处端的《满庭芳》词曰："随时，缘分过，饥来觅饭，逐处投栖。"⑤ 又其《满路花》词云："且随缘。街前展手，化个有缘前。"⑥ 这既是全真宗师对自我日常行迹的真实写照，亦是对门徒众生和合尘俗的由衷劝告。

全真宗师不仅能够混迹于市廛里巷，而且还能够依俗就俗，遵守乡规民约。他们在诗词中这样说道："灭无明，混俗和光，且闲施俗礼。"⑦ "但见老人童稚，便须当，礼乐先施。"⑧ "和光同尘随是非，化声相待无相诘。"⑨ 正因如此，全真教众所到之处均能受到民众的欢迎与接纳。恰如丘处机在诗中所描绘"扼年光时序，共磻溪一带豪民，结良因妙趣"。⑩ "城中信士往来多，物外交朋意气和。"⑪ 展现的是一片和合圆融

---

① （金）马钰著，赵卫东辑校：《马钰集》，齐鲁书社 2005 年版，第 6 页。

② （金）马钰著，赵卫东辑校：《马钰集》，齐鲁书社 2005 年版，第 100 页。

③ （金）丘处机著，赵卫东辑校：《丘处机集》，齐鲁书社 2005 年版，第 15 页。

④ （金）马钰著，赵卫东辑校：《马钰集》，齐鲁书社 2005 年版，第 198 页。

⑤ （金）谭处端、刘处玄等著，白如祥校：《谭处端·刘处玄·王处一·郝大通·孙不二集》，齐鲁书社 2005 年版，第 30 页。

⑥ （金）谭处端、刘处玄等著，白如祥校：《谭处端·刘处玄·王处一·郝大通·孙不二集》，齐鲁书社 2005 年版，第 49 页。

⑦ （金）马钰著，赵卫东辑校：《马钰集》，齐鲁书社 2005 年版，第 122 页。

⑧ （金）马钰著，赵卫东辑校：《马钰集》，齐鲁书社 2005 年版，第 220 页。

⑨ （金）丘处机著，赵卫东辑校：《丘处机集》，齐鲁书社 2005 年版，第 43 页。

⑩ （金）丘处机著，赵卫东辑校：《丘处机集》，齐鲁书社 2005 年版，第 94 页。

⑪ （金）丘处机著，赵卫东辑校：《丘处机集》，齐鲁书社 2005 年版，第 46 页。

的相处氛围。

全真后人多能依循前辈宗师的理路与倡导，对尘俗世界持有圆融通达的体悟与认知。于道显有诗云："应物随机信自然，自然之内隐真仙。"① 尹志平有词说："随机常寂定，应物自圆周。"② 王玠有词云："且藏锋挫锐，先人后己，和光混俗，岂辨高低。处世随缘，乐天知命，白雪壶中配坎离。"③ 王志坦有诗云："人人尽有白观音，应物圆通莫外寻。"④ 诗词的意旨明了显现，既是对世人思想的规引，又是对自我家风的展示。全真宗师的这种思想倡导及行为践行，不仅使他们更加深入世间、更深刻地体悟尘俗，而且也拉近了他们与世人的心灵距离，使全真教在创立之初，便广为世人所接纳，并迅速发展壮大。

（二）和合人群关系

一个人之于群体，恰似一滴水之于大海。其生存及生命价值的实现离不开社会群体。一个人和合于群体，不仅仅是形体上的汇入，更主要的是思想上的认同与归属。全真宗师对此深有洞察，因此他们在倡导依俗就俗的同时，还注重人群关系的和合与圆融。对于这一倡导，全真作者力避空洞的说教，而以具体切实的行为准则相宣示，既切中人心，又符于世事。如此一来，不仅拉近了与读者的心灵距离，而且增进了劝示的效果。

在具体的行事准则上，首先，全真宗师倡导态度上要谦让包容，与人相处要有一颗谦下而容众的心。谭处端在《望蓬莱》一词中说："无作无为绝视听，谦和柔弱没疏亲。寂寞守清贫。"⑤ 刘处玄在《白莲花词》中云："有德多谦少怒，莫要嫌贫爱富。万事包容众语，感动高天圣祖。"⑥ 尹志平的《悟南柯》词亦说："莫觅他人短，唯思自己长。处

---

① 薛瑞兆、郭明志编纂：《全金诗》第三册，南开大学出版社 1995 年版，第 13 页。
② 唐圭璋编：《全金元词》，中华书局 1979 年版，第 1175—1176 页。
③ 唐圭璋编：《全金元词》，中华书局 1979 年版，第 1161 页。
④ 薛瑞兆、郭明志编纂：《全金诗》第四册，南开大学出版社 1995 年版，第 494 页。
⑤ （金）谭处端、刘处玄等著，白如祥校：《谭处端·刘处玄·王处一·郝大通·孙不二集》，齐鲁书社 2005 年版，第 48 页。
⑥ （金）谭处端、刘处玄等著，白如祥校：《谭处端·刘处玄·王处一·郝大通·孙不二集》，齐鲁书社 2005 年版，第 86 页。

身谦让性和光。与物无私，心地得清凉。"① 即当遇见仇恨，亦要一笑泯恩仇。如马钰劝示众人："遇冤仇，当和解。""与人和，休打斗。"② 与此同时，马钰还提出"以恩复仇"的处事原则。他说："儒家云：'以德报德，以直报怨。'晋真人云：'以信结交，以恩复仇'，可以至矣。"③ 可见马钰对晋真人的"以恩复仇"观念表示赞同。他在"十劝"中对这一主张再次明确，"常行忍辱，以恩复仇，与万物无私"。④ 这其中谦让包容的态度十分显现，而宽阔坦荡的胸襟更令人敬仰。

其次，见利要先人后己，与物无争。教祖王重阳在《玉花社疏》中教化众人说："所行之事，先人后己，与万物无私。"⑤ 马钰在《满庭芳》词中唱和道："好事先人后己，做憨憨。有似弥勒。"⑥ 丘处机在《真仙直指语录》中亦说："先人后己，以己方人，乃外日用。"⑦ 谭处端于《赠濬州王三校尉》诗中亦劝示："利他损己通真理，忍辱慈悲达妙幽。平等顺和常大道，三人同上大神舟。"⑧ 见利思义，先人后己，是中国传统文化中向来就有的处事原则。对其进行深刻体认和切实践行，既是对自我境界的提升，亦是对自我价值的追寻。

再次，广施善举、推恩于民。行善济世、遍拔黎庶，是全真自立教以来的宗教愿望。广施善举也已然成为全真宗师们的日常行为准则。他们认为："常怀博施济众，气神和、丹结明珠。"⑨ 把对与人为善的体认与践行视作自我修性、筑立仙基的一个门径，显然是对存善为善者的褒奖，亦是对行善行为价值的终极认可。所以他们倡导："济贫拔苦慈悲福，功德无边。胜热沉栈。定是将来得上天。做神仙。""肯济贫穷。

---

① 唐圭璋编：《全金元词》，中华书局 1979 年版，第 1185 页。
② （金）马钰著，赵卫东辑校：《马钰集》，齐鲁书社 2005 年版，第 123 页。
③ （金）马钰著，赵卫东辑校：《马钰集》，齐鲁书社 2005 年版，第 258 页。
④ （金）马钰著，赵卫东辑校：《马钰集》，齐鲁书社 2005 年版，第 259 页。
⑤ （金）王重阳著，白如祥辑校：《王重阳集》，齐鲁书社 2005 年版，第 160 页。
⑥ （金）马钰著，赵卫东辑校：《马钰集》，齐鲁书社 2005 年版，第 229 页。
⑦ （金）丘处机著，赵卫东辑校：《丘处机集》，齐鲁书社 2005 年版，第 144 页。
⑧ （金）谭处端、刘处玄等著，白如祥辑校：《谭处端·刘处玄·王处一·郝大通·孙不二集》，齐鲁书社 2005 年版，第 8 页。
⑨ （金）马钰著，赵卫东辑校：《马钰集》，齐鲁书社 2005 年版，第 230 页。

管取将来不落空。赴仙宫。"①"常行矜悯提贫困，每施慈悲挈下殃。他日聪明如醒悟，也应归去到仙乡。"② 作者把行善的审美意义指向了修行果位的证得。这不仅仅是对全真教众的劝示，亦是对广大众生的精神趣味的接引。这种精神趣味的接引，既是对弃恶扬善文化审美指向的提升，也是对人类生命价值的凝练与总结。

这些和合人群的行为准则，全真宗师如是倡导，更如是践行，用实际行动来作为思想价值的有力诠释。马钰"在东牟道上行，僧道往来者，识与不识，必先致拜"。③ 他曾给弟子自述修行往事说："我初到关中，乞化到一酒肆，有一醉者，毁骂之间，后被他赠一拳，便走，拽住又打一拳，只得忍受。"④ 并教导弟子若遇到这样的情况要"好好遇着，勿诤"。⑤ 这种宽容与大度绝非一般世人所可及，而正是这样极端的宽容与忍让化解了矛盾与冲突，赢取了和谐与平息。元好问在《圆明李先生墓表》中言："全真家乐与过客饵，道院所住，至者如归。尝岁饥，资用乏绝，先生（李志源）辟谷数旬，以供给来者，其先人后己类此。"⑥ 全真宗师日常中施善于民的事迹还有很多，诸如设醮祈禳、收容难民、行医施药、接济苦众等善举俯拾皆是。

这些具体的行为践履，是全真宗师内在"和合尘俗"思想的行为外化，是由内而外的情致抒发，体现了他们由识转智、以智化行的体证功夫，印证着他们知与行相合一的觉证境界。

（三）在俗不为俗

若通读金元全真诗词，读者就会发现，在金元全真诗词中存在这么一类作品，那就是否定尘世，倡导离尘脱俗的作品。这类作品几乎存在于每一位作家的诗词文集中，且表意恳切、主旨鲜明。如王重阳的

---

① （金）马钰著，赵卫东辑校：《马钰集》，齐鲁书社 2005 年版，第 108 页。
② （金）谭处端、刘处玄等著，白如祥校：《谭处端·刘处玄·王处一·郝大通·孙不二集》，齐鲁书社 2005 年版，第 8 页。
③ （金）马钰著，赵卫东辑校：《马钰集》，齐鲁书社 2005 年版，第 240 页。
④ （金）马钰著，赵卫东辑校：《马钰集》，齐鲁书社 2005 年版，第 247 页。
⑤ （金）马钰著，赵卫东辑校：《马钰集》，齐鲁书社 2005 年版，第 247 页。
⑥ 陈垣编纂，陈智超、曾庆瑛校补：《道家金石略》，文物出版社 1988 年版，第 497 页。

《和落花韵》诗云:"久厌尘情名与利,素嫌人世是和非。"① 刘处玄的《酹江月》词云:"厌居人世,似孤云飘逸,鹤升霄汉。自在无拘空外去,撒手直超彼岸。"② 姬志真的《忆山》诗说:"不苟人间世,忘怀物外天。野云溪月底,逸兴浩无边。"③ 李道玄的《叹时》诗亦说:"离尘在道莫心违,天地推迁世改移。"④ 这类诗词中倡导离尘拔世的情致显而易见。这与前文所述金元全真诗词中,倡导不避尘俗、依俗就俗的思想似乎相左。这是否就是全真作者思想中的一个自相矛盾之处呢? 答案显然是否定的。

全真宗师对离世出尘的倡导其意旨有二:一是劝示世人戒除对尘俗世界形色诸物的黏附执着之心;二是警示修道者防止旧境侵心、尘情再起(这一点主要体现在他们对离乡云游修行的倡导上)。而这两层意旨的倡导中并不含有厌世弃世,绝对避世的意味。事实上,按照全真教的修行理论,修行者一半的仙基要在尘俗中积累,也就是所谓的累积"真行"。所以绝对的离尘避世的思想,在全真文化中是不存在的。王重阳的《立教十五论》"论离凡世"指出:"离凡世者,非身离也,言心地也。身如藕根,心似莲花,根在泥而花在虚空矣。"⑤ 而导致离尘出世与依俗就俗看似矛盾的原因,则是论述视角的差异。离尘出世是就内在心境而言的,依俗就俗则是就外在行迹而说的。就境界修行而言,二者要相互结合,合而为一,实现心境与行迹的和谐统一。这就是金元全真诗词中另外一种和合的思想主张——在俗不为俗。

马钰《渐悟集》中有词云:"在俗非为俗,居尘不染尘。如莲不著水之因。万卉千花,一叶不沾身。"⑥ 寥寥几句,作者情态之潇洒、气度之逍遥,行止之自如,读者已了悟于心。马钰将在俗非俗、居尘不染

---

① (金)王重阳著,白如祥辑校:《王重阳集》,齐鲁书社2005年版,第5页。

② (金)谭处端、刘处玄等著,白如祥校:《谭处端·刘处玄·王处一·郝大通·孙不二集》,齐鲁书社2005年版,第133页。

③ 薛瑞兆、郭明志编纂:《全金诗》第四册,南开大学出版社1995年版,第326页。

④ 薛瑞兆、郭明志编纂:《全金诗》第四册,南开大学出版社1995年版,第554页。

⑤ (金)王重阳著,白如祥辑校:《王重阳集》,齐鲁书社2005年版,第279页。

⑥ (金)马钰著,赵卫东辑校:《马钰集》,齐鲁书社2005年版,第184页。

的情态，以水中莲花相喻示，显得恰切而精妙。莲花无淤泥而不生，却不依恋黏着于淤泥，能够出淤泥而不染。这恰恰代表了作者对尘俗的态度：根植于尘俗，却又不留恋于尘俗；依俗就俗，却又不浸染于世俗，如此人生方能如莲花般绽放。万千尘纷，耸身摇落，留下的是生命的纯真与自由。这无论对于修行之人抑或世俗之人来说，都是生命最为美好的状态。全真后人李道玄曾写有《自乐》一诗，诗曰：

> 利锁名缰满世间，佣贫且喜得安闲。
> 心头白境多殊胜，身外红尘任往还。
> 无争岂消投洞水，弃荣何用隐商山。
> 柳阴深处绳床稳，默默终朝不启关。①

该诗与上述马钰之词在情调与意旨上同调而歌，一脉相承，是对在俗不为俗情态的具体生活化的写照。而有所不同的是，诗中具体指出了在俗不为俗实现的若干条件：佣贫名利、与世无争、摒弃荣华。而名利、荣华恰是世人一生营营以求、终不肯弃的世俗名物。名利、荣华本身并无好坏之分，而人却有贪著之心。要想实现万卉千花、一叶不沾身，并非易事。荀子云："志意修则骄富贵，道义重则轻王公；内省而外物轻矣。"②可见要想将身外之物抖落殆尽，内在则要有纯然的精神境界，有脱尘涤俗的湛然心境。

于道显有《炼心》一诗，其中云："道人方寸已寒灰，无限尘纷境自回。总把乾坤为妙用，此身到处即蓬莱。"③ 心境澄湛、尘滓难起，臻于无欲无求之处，心境自会圆融，无限尘纷亦无以侵浸，纵使置身闹市，也无丝毫喧扰。正如陶渊明诗中所说："结庐在人境，而无车马

---

① 薛瑞兆、郭明志编纂：《全金诗》第四册，南开大学出版社 1995 年版，第 542 页。
② 梁启雄：《荀子简释》，中华书局 1983 年版，第 17 页。
③ 薛瑞兆、郭明志编纂：《全金诗》第三册，南开大学出版社 1995 年版，第 21 页。

喧。问君何能尔，心远地自偏。"① 陶诗所云的心境也正是全真宗师所说的居尘不染尘、在俗不为俗的人生境界。

事实上，当人生境界臻于渊明之境时，尘内尘外已无本质差别，所到之处皆为胜境。李道纯的《水调歌头》词曰："在俗心不俗，尘里不沾尘。处身中正，何妨闹市与山林。"② 尹志平的《无俗念》词亦说："身居尘寰，性通天外，万事难萦惹。六根不动，便是无生无灭。"③ 闹市与山林，尘内与尘外毫无差别，这是一种无分别的心境。身虽依著尘寰，但性已通彻天外，人生境界得到了提升与超越，生命之美得到了绽放和实现。

全真宗师深谙心脱尘境之真味，亦想让更多人的心境实现超脱，做一个身似莲藕，心似莲花的达士。因此他们在诗词中多以高境相唱和，明示世人人生境界的修养指向。丘处机曾以"达士"为题创作一诗，诗曰：

> 随机接物外同尘，应变无方内入神。
> 心地出离三界苦，洞天游赏四时春。④

该诗虽只有四句，但却把达士的核心特征一一展现：随机接物、外同尘、应变无方、内入神等。"随机接物"是说达士不避尘俗，依俗就俗；"外同尘"是说达士外在个性特征的消弭，融合于尘俗；"应变无方"言达士处世无所拘泥；"内入神"则指达士内在心神的回归与内守。"心地出离三界苦，洞天游赏四时春"，则言达士之心境已超脱于三界之外，已无生、老、病、死、爱恨、别离等诸多凡尘的痛苦，而拥有的则是游赏于四季如春的洞天福地的快乐。

---

① （晋）陶渊明著，逯钦立校注：《陶渊明集》，中华书局1979年版，第89页。
② 唐圭璋编：《全金元词》，中华书局1979年版，第1234页。
③ 唐圭璋编：《全金元词》，中华书局1979年版，第1177页。
④ （金）丘处机著，赵卫东辑校：《丘处机集》，齐鲁书社2005年版，第18页。

该类作品是金元全真诗词中的常见之作。作者运用价值直接崛立的方式，提升读者的认知境域，推升读者的审美眼界。通过对达士之境自在与自适的描写，映照尘境的窘迫与无奈，进而击碎世人现有的价值趣味，树立超凡的审美标杆。

三　融通天人

中国传统文化中，"和谐"的意旨向来是多层而多元的。既言"人与人"之间的和睦相处，如"礼之用，和为贵"；又言人与万物、万物之间的并立共生，如"仁民爱物""万物并育而不相害"等。其第二意义的纵深发展，就是人与自然相和合，天人合一的思想，正是庄子所说的"天地与我并生，而万物与我为一"①的思想论调。这既是一种生成论，也是一种和谐论。

金元全真宗师深承这一和谐思想，在倡导内在圆融心境、外在和合尘俗的同时，又倡导生命个体与天地相融、与万物相合；消解个体、与自然合一。全真宗师将这一思想唱和于诗词之中，引导和启悟着世人的思想情致。他们依循世人的思想理路，从审视自我出发，生发出对生命归处的探寻，最后走向物我弥合之境，把生命的归处指向万物的归一。

（一）自我审视与对生命归处的探寻

天地茫茫，万物并蓄，人居其一焉。面对宇宙的浩渺，物类的纷繁，人类该如何认知与定位自我，就成了人类能否与万物和谐相处的首要问题。老子《道德经》第四十二章说："道生一，一生二，二生三，三生万物。"② 这是老子著名的万物生成论，为后世思想家所继承。庄子说："以道观之，物无贵贱。"③ 荀子说："天地者，生之本也。"④ 又

---

① 郭庆藩撰，王孝鱼点校：《庄子集释》，中华书局2004年版，第79页。
② 陈鼓应注译：《老子今注今译》，商务印书馆2003年版，第233页。
③ 郭庆藩撰，王孝鱼点校：《庄子集释》，中华书局2004年版，第577页。
④ （清）王先谦撰：《荀子集解》，中华书局1988年版，第349页。

说："天地合而生万物。"① 这些论说都肯定了人与万物同根同源，无贵贱等级之分的深层哲理。

全真宗师深承这一思想，将人之由来归溯于自然之道。《重阳真人金关玉锁诀》云："《经》云：大道无形，生育天地；大道无名，长养万物。从真性所生为人者，亦复如是。"② "真性"亦演自于道性。丘处机的《赞道》诗曰："道运阴阳秀，天垂雨露精。三光同照耀，万化悉生成。"③ 王处一的《述怀》诗曰："大道无形生育我，运行玄理出昆冈。三光泼泼流真彩，一气炎炎化玉阳。"④ 诗词中所述意旨十分清晰，强调人与自然万物源起于道，而流形于大千世界。

这便是万物纷繁"有形"背后，隐藏的根源唯一的生命奥秘。然而世人不解空色之谜，俱以形色认世间，迷失于万千形色之中，难以找到生命本来的归处。全真宗师以先觉者的智慧启悟众生，在修身理想及人生指向上，始终以复归自然为目标。他们感知自然，体认自然；钟情自然，热爱自然；回归自然，融入自然；他们寄身幽谷丛林，餐松饮露，迎朝阳、送晚霞，吟风弄月，友云鹤、伍麋鹿，悠闲自在。丘处机在《清晓》诗中对这样的生活描绘道："舞鹤夜初晓，游仙梦始惊。月衔山转大，风度水偏清。"⑤ 他们与自然无限亲近、融为一体，"山川皆属道生涯，万象森罗共一家"。⑥ 融入自然万物也就成了人们应有的生命归宿。

《周易》"乾卦"《文言》曾如是说："夫大人者，与天地合其德，与日月合其明，与四时合其序，与鬼神合其吉凶，先天而天弗违，后天而奉天时。"⑦ 说的也正是生命个体的终极归处：归于和谐，与天地相

① （清）王先谦撰：《荀子集解》，中华书局 1988 年版，第 366 页。
② （金）王重阳著，白如祥辑校：《王重阳集》，齐鲁书社 2005 年版，第 281 页。
③ （金）丘处机著，赵卫东辑校：《丘处机集》，齐鲁书社 2005 年版，第 62 页。
④ （金）谭处端、刘处玄等著，白如祥校：《谭处端·刘处玄·王处一·郝大通·孙不二集》，齐鲁书社 2005 年版，第 303 页。
⑤ （金）丘处机著，赵卫东辑校：《丘处机集》，齐鲁书社 2005 年版，第 56 页。
⑥ （金）丘处机著，赵卫东辑校：《丘处机集》，齐鲁书社 2005 年版，第 32 页。
⑦ 黄寿祺、张善文撰：《周易译注》，上海古籍出版社 2001 年版，第 21 页。

合，与日月相合，与四时相合，与鬼神相合。

（二）消解个体，与自然合一

基于对自我的审视与生命归处的认知，全真宗师对人生修养做出了复归自然的理性倡导。这是对"天人合一"传统思想的继承，更是对自我生命的最佳安置。

而在复归自然的心路历程中，全真宗师首先展现了他们对宇宙自然的体认与欣喜。刘处玄的《酹江月》词云："最好福地清居，依山临水，自在携筇到。占得真欢霞洞隐，无事闲看圣教。"① 山水自然以其清幽静谧的特性，吸引着修行慕道之人。山水自然对于他们来说，是最好的福地洞天，悠游于此可以体悟到自在与真欢。所以刘处玄总结说："历遍人间，却羡名山。洞天清、坐听潺湲。万株松桧，千顷云烟。好伴琴书，真念道，乐安闲。"② 刘处玄所云，可视为金元全真宗师乃至整个方外修行群体共有的情怀。他们体认山水、欣喜山水，看重的不是山水外在之形美，而是山水内在之神美或道性之美。如尹志平所指出："爱山非谓景，慕静不名贪。"③

尹志平有《西江月·秋阳观作》一词，把上述情怀进行了充分的展示。词曰：

> 我爱秋阳地僻，松岩来往人稀。不劳打坐自忘机。兀兀陶陶似醉。
>
> 坐上有山有水，心间无是无非。朝朝常见白云飞，可以留连适意。④

---

① （金）谭处端、刘处玄等著，白如祥校：《谭处端·刘处玄·王处一·郝大通·孙不二集》，齐鲁书社2005年版，第132页。

② （金）谭处端、刘处玄等著，白如祥校：《谭处端·刘处玄·王处一·郝大通·孙不二集》，齐鲁书社2005年版，第134页。

③ 薛瑞兆、郭明志编纂：《全金诗》第三册，南开大学出版社1995年版，第104页。

④ 唐圭璋编：《全金元词》，中华书局1979年版，第1167—1168页。

词中作者对于秋阳观及其周围的山水、白云等自然风物，进行了充分的体认，并表达了十足的欣喜之情。其中"自忘机""陶陶似醉""心间无是无非""留连适意"，不仅是作者对自我置身山水心境的表达，亦是对山水涤心洗尘功用的肯定。此时的山水，俨然是助推作者体道悟道的坚实阶梯。此种情致在他的《岳神山小亭诗二绝》（其一）中表现得更为明显。诗曰："万仞峰前一小亭，横眠正坐眼中明。目前大道人难见，终日逍遥自快情。"① 诗人眼中的万仞峰与小亭，已脱去了有形的具象，成了道的载体与化身，所以诗人目之所见，俱为大道；心之所体，皆是快情。

有了对山水自然深刻的体认与洞察，全真宗师积极倡导复归自然，并在道法如一的视角上，寻求人与自然的趋同与合一，消解自我个体，真正实现与自然山水的圆融和谐。王重阳《离亲咏》诗云："心静神清鬓不华，水云便是我生涯。"② 马钰《赠平凉府赵庵主》诗云："云水飘飘任自然，往来游历没牵缠。万缘勘破心无著，坦荡逍遥一散仙。"③ 姬志真《闲身》诗云："却有这筹难可得，水云乡里放闲身。"④ 皆是对自我回归自然、消解于自然的由衷表达。

丘处机十九岁觉然入道，曾于名山秀水间参玄悟道多年，其对山水自然别有体悟。他在《次韵银张八秀才》诗中云："郁郁烟霞满谷中，冥冥心迹体虚空。长歌爱麋临春水，独坐看云对晓风。"⑤ 可谓深得自然山水之真味，而回归融入自然之兴味亦隐现其间。其《平堂山》一诗，对自我消解融归于自然的心境表现得更为充分。诗曰：

> 山堂昼静客来稀，匝坐亭亭列翠微。
>
> 碧汉无瑕红日转，青山不动白云飞。

---

① 薛瑞兆、郭明志编纂：《全金诗》第三册，南开大学出版社1995年版，第95页。

② （金）王重阳著，白如祥辑校：《王重阳集》，齐鲁书社2005年版，第157页。

③ （金）马钰著，赵卫东辑校：《马钰集》，齐鲁书社2005年版，第41页。

④ 薛瑞兆、郭明志编纂：《全金诗》第四册，南开大学出版社1995年版，第351页。

⑤ （金）丘处机著，赵卫东辑校：《丘处机集》，齐鲁书社2005年版，第8—9页。

参差万有彰神化，渺邈三灵合范围。

终始盖由清净道，人能天地悉皆归。①

诗中所写之景，清幽、静谧、灵动、绵邈自不必说，而其中圆融天地之达悟则值得读者深思。整首诗读者所可感知的只有碧空、红日、青山、白云等自然风物，以及这些风物所蕴含的灵性与道韵，而不见创作者及其主观情愫。这说明诗人的主观自我已经消解，在诗人眼中，"我"与"自然万物"已不存在主客的二元对立，而是不分彼此、相融相归的和谐一体。诗之尾联两句，可谓作者点睛之笔，"终始盖由清净道，人能天地悉皆归"，把自我参悟天地的心得一语道出，同时也把人们本有的归宿一语点破，非达士不能道也。

综上所述，全真家借重于中国传统的"和合"思想修身处事，于内圆融心境、于外和合尘俗、于天地万物则融而为一；除在"心""道"本体上体证参悟，揭示和合文化的先天特性外，还以宏阔无碍、流转灵动的视界，探寻圆融文化的通脱与超越。中华民族和合圆融的文化，自全真之后便有了更为深刻、更为丰实的内在质素。

第二节　求全觅真的文化标杆

金元全真教与其他道教流派，在文化上的本质区别就在于"全真"二字。所谓"全真"，全其本真、求全觅真之意也。姬志真有《全真》一诗，曰："全本无亏，真元不妄。本全本真，一模两样。"② 所以金元全真诗词中，所展现的全真文化思想体系，其重要的特征便是求全觅真。

---

① （金）丘处机著，赵卫东辑校：《丘处机集》，齐鲁书社 2005 年版，第 12 页。
② 薛瑞兆、郭明志编纂：《全金诗》第四册，南开大学出版社 1995 年版，第 330 页。

一 "全"之要义

"全"字就其字面意思而解，并不深奥，主要为完整与保全之意。但全真文化中的"全"，则指自证与自寻性命之"全"，其中有丰富而具体的宗教文化内涵。

（一）全精、全气、全神

在倡导内丹修行的全真宗师看来，精、气、神是生命中最重要的元素与能量，亦是丹法修炼的对象与着力点。内丹修行向来有炼精化气、炼气化神、炼神还虚的炼养层级。而生命中所拥有的精、气、神有限而易耗，尘俗之中由于情欲与世事的纷扰，精、气、神会处于一种泄漏与消损的状态，因此要自全生命之真，就要保全自我的精、气、神。

全真后学李道纯对此有精辟而集中的概说，他在《中和集》中说："全真道人，当行全真之道。所谓全真者，全其本真也。全精，全气，全神，方谓之全真。才有欠缺，便不全也；才有点污，便不真也。全精可以保身。欲全其精，先要身安定，安定则无欲，故精全也。全气可以养心。欲全其气，先要心清静，清静则无念，故气全也。全神可以返虚。欲全其神，先要意诚，意诚则身心合而返虚也。"① 李道纯的这段论述，可谓对"全真"之"全"要义的深刻阐释，是对全真文化内质的凝练与总结，亦是对全真修行诀窍的喻示与彰显。

全真宗师在诗词中对"全"的这一要义，亦有多处阐释。王重阳在其《送军判弟求安乐法》诗中云："欲求安乐禀良因，须是心开离垢尘。闹里莫令萦损气，静中应许食全神。"② 其在《全真堂》诗中云："气血转流浑不漏，精神交结永无津。"③ 其在《蓦山溪》词中亦说：

---

① 李大华：《李道纯学案》，齐鲁书社2010年版，第78页。
② （金）王重阳著，白如祥辑校：《王重阳集》，齐鲁书社2005年版，第8页。
③ （金）王重阳著，白如祥辑校：《王重阳集》，齐鲁书社2005年版，第18页。

"养聚气和神，更认取、三光灵秀。"① 此中对精、气、神进行全聚的倡导清晰明了。

马钰在《五灵妙仙·赠众道友》词中说："气精神会合，丹砂结就。"② 其又在《玩丹砂》词中云："先把虎龙收在鼎，自然铅汞得归元。神凝气结性团圆。"③ 不难看出，马钰词中的"气精神会合""神凝气结"，皆为对精气神全聚的倡导，该词在倡导全精、全气、全神的同时，还把精气神全聚的效果给予展示，那就是丹砂结、性团圆。如此一来，全真之"全"的终极文化意义就得到了彰显与阐释，在终极目标上，为"求全"这一修行行为赋予了充足的理由与动力。

王处一在其《别道众》诗中云："身心和畅千疴散，神气冲融四序平。"④ 在《苏幕遮》词中云："此个功夫世罕有。内得神全，外得身长寿。"⑤ 李道玄的《诫妄修》诗曰："专气保精能实腹，抱元守一自虚心。"⑥ 刘志渊的《复问天光二首》（其一）诗云："铅炉汞鼎机真造，精结神凝内发辉。"⑦ 亦是对精气神内守保全的倡导。

（二）双全功行

金元全真教在思想修养与宗教修行中，有明确的功夫论。王处一在《神光灿》一词中说："石中隐玉，蚌内藏珠，须凭匠手功夫。里面真光显现，恰似元初。欲要明心识性，把般般、打破空虚。"⑧ 郝大通在《金丹诗》中云："十二时中无懈怠，自然性命保全完。"⑨ 李道玄在

---

① （金）王重阳著，白如祥辑校：《王重阳集》，齐鲁书社 2005 年版，第 85 页。
② （金）马钰著，赵卫东辑校：《马钰集》，齐鲁书社 2005 年版，第 128 页。
③ （金）马钰著，赵卫东辑校：《马钰集》，齐鲁书社 2005 年版，第 179 页。
④ （金）谭处端、刘处玄等著，白如祥校：《谭处端·刘处玄·王处一·郝大通·孙不二集》，齐鲁书社 2005 年版，第 260 页。
⑤ （金）谭处端、刘处玄等著，白如祥校：《谭处端·刘处玄·王处一·郝大通·孙不二集》，齐鲁书社 2005 年版，第 362 页。
⑥ 薛瑞兆、郭明志编纂：《全金诗》第四册，南开大学出版社 1995 年版，第 556 页。
⑦ 薛瑞兆、郭明志编纂：《全金诗》第四册，南开大学出版社 1995 年版，第 584 页。
⑧ （金）谭处端、刘处玄等著，白如祥校：《谭处端·刘处玄·王处一·郝大通·孙不二集》，齐鲁书社 2005 年版，第 346 页。
⑨ （金）谭处端、刘处玄等著，白如祥校：《谭处端·刘处玄·王处一·郝大通·孙不二集》，齐鲁书社 2005 年版，第 426 页。

《劝门人服劳》诗中亦曰："积福尘劳苦莫辞，欲高须以下为基。"① 全真宗师认为崇高的思想修养与精深的宗教修行，需要有坚卓、持久的体证功夫与之相对应。而全真教所强调的这种体证功夫，其核心内容便是对功行的加持，追求内全真功、外全真行，功行双全，臻于妙境。

在全真教的修持理论中，所谓的"真功""真行"，王重阳曾引晋真人的话对其进行解释，指出："若要真功者，须是澄心定意，打叠精神，无动无作，真清真净，抱元守一，存神固气，乃是真功也。若要真行者，须是修仁蕴德，济贫拔苦，见人患难，常行拯救之心，或化诱善人，入道修行。所为之事，先人后己，与万物无私，乃真行也。"② 刘处玄在"颂"语中说："身心静者为功，应变夷者为行。"③ 又在语录中说："神气安，则为真功；不见他人非，则为真行。"④ 可见，"真功"是明心见性的心性修炼，是自我内在涤除心尘、发明本心、彰显本性的实证功夫；而"真行"则是行善济世的"有为"功夫，是自我外在济苦救贫、传道度人、施善于众的筑基之举。在全真宗师看来，前者属于修"仙道"，后者属于修"人道"。"仙道""人道"合而为一，功行双全，方为真修。

王重阳在其《于公求自幼不食五谷》诗中云："行功盈满超中位，铅汞相投出此间。"⑤ 马钰在其《玩丹砂》词中曰："更把三丹通一炼，行功圆满显神丹。"⑥ 其又在《满庭芳·处自然》词中曰："同修炼，功成行满，相逐赴仙宫。"⑦ 谭处端在其《连理枝》词中说："守无为清

---

① 薛瑞兆、郭明志编纂：《全金诗》第四册，南开大学出版社 1995 年版，第 558 页。
② （金）王重阳著，白如祥辑校：《王重阳集》，齐鲁书社 2005 年版，第 159—160 页。
③ （金）谭处端、刘处玄等著，白如祥校：《谭处端·刘处玄·王处一·郝大通·孙不二集》，齐鲁书社 2005 年版，第 108 页。
④ （金）谭处端、刘处玄等著，白如祥校：《谭处端·刘处玄·王处一·郝大通·孙不二集》，齐鲁书社 2005 年版，第 228 页。
⑤ （金）王重阳著，白如祥辑校：《王重阳集》，齐鲁书社 2005 年版，第 13 页。
⑥ （金）马钰著，赵卫东辑校：《马钰集》，齐鲁书社 2005 年版，第 130 页。
⑦ （金）马钰著，赵卫东辑校：《马钰集》，齐鲁书社 2005 年版，第 147 页。

净，行功周，赴瑶池宴会。"① 刘处玄在《五言绝句颂》中曰："德通全上善，自是行功盈。"② 王处一在其《寄莱阳宋二先生》诗中曰："全真内外功圆聚，万里回光透碧天。"③ 侯善渊在其《酹江月》词中说："功行双全，金童玉诏，受命寥阳阙。"④ 是类诗词中"行功盈满""功行双全"的倡导鲜明而凸显，且把功行双全后的宗教效应给予了清晰的告知：显神丹、赴仙宫、赴瑶池宴会等。这就在双全功行与成就仙道之间，架起了一座互通的桥梁，把双全功行的宗教意义进行了绝对的提升。

为了勉励自我及劝示众人勤修功行，并达到双全的目标，全真宗师还对功行从数量上给予标识。谭处端在《水龙吟》词中云："默默志论讨，常坚守、自家炉灶。向三千功里，殷勤锻炼，定将来了。"⑤ 刘处玄在其《五言绝句颂》中说："月缺变光圆，命全是了仙。意清通道妙，功行积三千。"⑥ 在《上敬奉三教道众并述怀》诗中说："自然之道，炼汞烹铅。行全八百，功了三千。"⑦ 王处一在《诠道》诗中亦说："千日真功就，光明射九天。"⑧ 尹志平在《点绛唇》词中说："行积无边，功要三千数。"⑨ 均是对修行者内功、外行积累过程中数量的强调。不难看出，其中的"三千""八百""千日"等数量词，皆非实指，而意在强调数量之多。

---

① （金）谭处端、刘处玄等著，白如祥校：《谭处端·刘处玄·王处一·郝大通·孙不二集》，齐鲁书社 2005 年版，第 39 页。

② （金）谭处端、刘处玄等著，白如祥校：《谭处端·刘处玄·王处一·郝大通·孙不二集》，齐鲁书社 2005 年版，第 108 页。

③ （金）谭处端、刘处玄等著，白如祥校：《谭处端·刘处玄·王处一·郝大通·孙不二集》，齐鲁书社 2005 年版，第 262 页。

④ 唐圭璋编：《全金元词》，中华书局 1979 年版，第 520 页。

⑤ （金）谭处端、刘处玄等著，白如祥校：《谭处端·刘处玄·王处一·郝大通·孙不二集》，齐鲁书社 2005 年版，第 31—32 页。

⑥ （金）谭处端、刘处玄等著，白如祥校：《谭处端·刘处玄·王处一·郝大通·孙不二集》，齐鲁书社 2005 年版，第 102 页。

⑦ （金）谭处端、刘处玄等著，白如祥校：《谭处端·刘处玄·王处一·郝大通·孙不二集》，齐鲁书社 2005 年版，第 124 页。

⑧ （金）谭处端、刘处玄等著，白如祥校：《谭处端·刘处玄·王处一·郝大通·孙不二集》，齐鲁书社 2005 年版，第 321 页。

⑨ 唐圭璋编：《全金元词》，中华书局 1979 年版，第 1188 页。

而在实际修行中，每人因业力及悟性不同，达到精气神全聚、功行双全而觉悟，所需的功夫与时日自然有别，如马钰悟道用时两年半，谭处端五年，刘处玄七年，丘处机十八九年。全真宗师之所以要用千、百等计量统一表达，意在表明他们对功行臻于完全、圆满的追求，亦在告诫修行者，积功累行道路的漫长。

二　"真"之内涵

求真、觅真，是金元全真诗词中所讨论的又一核心文化命题。"真"字也是全真宗师诗词创作最热衷使用的词汇之一。全真宗师以"真"为自我思想修养、宗教修行及生命探寻的鹄的，并以"真"来警醒尘世迷茫之人，点拨方外向道之士。全真诗词这一文学现象，一方面展现了全真教派的文化质素，另一方面也彰显了全真宗师对求真文化的弘扬，以及对"真"之内涵的独到解读。具体来说，全真文化中的"真"，有以下几个方面的内涵。

（一）祛妄幻

王重阳金初于山东创立教派，以"全真"命名，深寓着求全求真之意。此中之"真"，大有对当时道教重重流弊与妄幻的屏除之意。道教自东汉创立至金元之际，已发展成为支派众多，修行技法多样的一大宗教体系，而其在方技与理论上的流弊与缺陷，也日益暴露，为世人所熟知。由此传统道教的发展也陷入了停滞的困境之中。此类内容，在任继愈、卿希泰主编的《中国道教史》中已有充分的论说，此不赘述。作为宗教家的王重阳，对此自然深有所悟。因此他倡导祛妄求真，革除传统道教中的虚幻，而独求其真。这无疑是对道教的一种改革。

金源璹在《全真教祖碑》中说："夫三教各有至言妙理，释教得佛之心者，达摩也，其教名之曰禅；儒教传孔子之家学者，子思也，其书名之曰中庸；道教通五千言之至理，不言而传，不行而到，居太上老子无为真常之道者，重阳子王先生也，其教名之曰全真。屏去妄幻，独全其真者,神仙也。"① "屏去妄幻,独全其真",可谓把"全真"之"真义"一语道破。

王重阳的《重阳祖师修仙了性秘诀》有曰:"夫全真者,是大道之清虚无为潇洒之门户,乃纯正之家风,是重阳之活计。"② 对"妒贤嫉能而招愆,贪生怕死而造罪,书符货术而谩人,行药治病而图贿"③ 的行为表示反对,指出真正的修仙行为应该是"只要人人自悟,不用摇筋摆髓之功,亦没惑人采战之术,但会无为之初始,自觉神炁而冲和,自然丹炉而药就,显现灵砂而照照,明彻神光而灿灿,自见道德之祖宗,认是清闲之源本,乃性命之妙门,是脱神仙之模子"。④ 这就把全真寻求"道德之祖宗""清闲之源本""性命之妙门"的文化之"真义"清晰地阐释了出来,这是一种文化的归根溯源与返璞归真,亦是对当时传统道教的种种弊端的摒弃与否定。

王恽在《大元奉圣州新建永昌观碑铭并序》中说:"自汉以降,处士索隐,方士诞夸,飞升炼化之术,祭醮禳禁之科,皆属之道家,稽之于古,事亦多矣。徇末以遗其本,凌迟至于宣和极矣。弊极则变,于是全真之教兴焉。"⑤ 并对全真宗风阐释说:"渊静以修己,和易而道行,翕然从之,实繁有徒。其特达者,各相启牖,自名其家。……耕田凿井,自食其力,垂慈接物,以期善俗。不知诞幻之说为何事,敦纯朴素,有古逸民之遗风焉。"⑥ 在这里王恽把全真教兴起的历史背景,作了深刻的总结,并把全真教求真、觅真、崇真、归真的文化本质给予了精确的揭示。其中"不知诞幻之说为何事,敦纯朴素,有古逸民之遗风"的总结,切中肯綮,一语道出了全真教祛虚妄而归素朴的"真"之内涵。

---

① 陈垣编纂,陈智超、曾庆瑛校补:《道家金石略》,文物出版社 1988 年版,第 450 页。
② (金)王重阳著,白如祥辑校:《王重阳集》,齐鲁书社 2005 年版,第 298 页。
③ (金)王重阳著,白如祥辑校:《王重阳集》,齐鲁书社 2005 年版,第 298 页。
④ (金)王重阳著,白如祥辑校:《王重阳集》,齐鲁书社 2005 年版,第 298—299 页。
⑤ 陈垣编纂,陈智超、曾庆瑛校补:《道家金石略》,文物出版社 1988 年版,第 694 页。
⑥ 陈垣编纂,陈智超、曾庆瑛校补:《道家金石略》,文物出版社 1988 年版,第 694 页。

虞集在《非非子幽室志》一文中指出："汉代所谓道家之言，盖以黄老为宗，清静无为为本。其流弊以长生不死为要，为之金丹。金表不坏，丹言纯阳也。其后变为禁祝祷祈、章醮、符箓之类，抑末之甚矣。昔者汴宋之将亡，而道士家之说，诡幻益甚。乃有豪杰之士，佯狂玩世，志之所存，则求返其真而已，谓之全真。"① 虞集之论，同样切中了全真求返道教之真朴、摒除以往道教之诡幻的文化特征。

（二）代指仙道

金元全真诗词中，"真"字的第二种文化内涵，就是代指仙道。全真教和以往的道教一致，在修行上以得道成仙为终极目标，其求真、悟真、归真、趋真，实则就是对仙道的体认与回归。在全真文化思想体系中，成真即是证仙，"真"就是仙道的代名词。

具体到诗词中，不同语境下的"真"，其表意的侧重有所不同。一则表示仙人；二则表示仙道修行；三则表示仙道境界下的诸事与物，不一而足，但都不离仙道的内质。

首先，表示仙人。以"真"代指仙人的全真诗词作品，并不少见。王重阳的《黄莺儿·韩公索叹世》词曰："玉匙开阐通仙径，玉门中传令。玉童来、便许全真，玉皇宣已定。"② 此中之"真"即表示仙人，"全真"即得道而仙之意。《重阳祖师修仙了性秘诀》有云："伏望人人离俗以登真，一一断尘而得道，然愿一切众生，皆登仙阙者矣。"③ 这是王重阳普济众生心愿的恳切表达。其中"登真"亦即成仙之意，与"得道"相互呼应，构成互文的表达。

谭处端在其《如梦令》词中云："灭尽我人心，自有真师提掣。"④ 其又在《云雾敛》词中说："暗里功成，有个真师度。"⑤ 刘处玄在其

---

① 陈垣编纂，陈智超、曾庆瑛校补：《道家金石略》，文物出版社 1988 年版，第 796 页。
② （金）王重阳著，白如祥辑校：《王重阳集》，齐鲁书社 2005 年版，第 55 页。
③ （金）王重阳著，白如祥辑校：《王重阳集》，齐鲁书社 2005 年版，第 299 页。
④ （金）谭处端、刘处玄等著，白如祥校：《谭处端·刘处玄·王处一·郝大通·孙不二集》，齐鲁书社 2005 年版，第 34 页。
⑤ （金）谭处端、刘处玄等著，白如祥校：《谭处端·刘处玄·王处一·郝大通·孙不二集》，齐鲁书社 2005 年版，第 38 页。

《白莲花词》中多次指出："子孙醮缘重遇，敬信全仗高真度。"① 王处一在他的《踏云行》词中亦说："开度诸天，祝邀真圣，升腾发显如如性。"② 诸如此类的诗词中，"真师""高真""真圣"皆是仙人的代称。

其次，表示仙道修行。"真"有仙道的内质，而围绕"真"所展开的相关的修行活动，就是仙道修行。刘处玄在其《上平西》词中曰："诸公依此崇真道，蓬岛相逢。"③ 又说："崇真道，敬真圣，明真理，了真修。"④ 又在《满庭芳》词中说："今世荣光，生前福行，悟来更好真修。"⑤ 词中的"崇真道""明真理""了真修"等，皆寓指仙道的修行。

再次，寓指仙道境界。金元全真诗词中，凡冠以"真"字的诸事与物，多与仙道境界相关联，其中的"真"皆为仙道境界的代称。我们且以具体的诗词感受之。刘处玄的《蓦山溪》词曰："洞天高卧，自在炼真丹，他年去，上青霄，始现无为异。"⑥ 王处一于其《修内司马校尉索》诗中曰："心善性舒宽，包容内化安。灵空清默默，忘假得真欢。"⑦ 其在《行香子·劝人改恶迁善》词中云："当持静念，钦慕玄风。每乐真欢、搜真趣、悟真空。"⑧ 李道玄的《乐境》诗云："大道渊兮在内观，淡乎无味有真欢。"⑨ 金元全真诗词中，诸如此类的作品俯

---

① （金）谭处端、刘处玄等著，白如祥校：《谭处端·刘处玄·王处一·郝大通·孙不二集》，齐鲁书社 2005 年版，第 88 页。

② （金）谭处端、刘处玄等著，白如祥校：《谭处端·刘处玄·王处一·郝大通·孙不二集》，齐鲁书社 2005 年版，第 355 页。

③ （金）谭处端、刘处玄等著，白如祥校：《谭处端·刘处玄·王处一·郝大通·孙不二集》，齐鲁书社 2005 年版，第 128 页。

④ （金）谭处端、刘处玄等著，白如祥校：《谭处端·刘处玄·王处一·郝大通·孙不二集》，齐鲁书社 2005 年版，第 129 页。

⑤ （金）谭处端、刘处玄等著，白如祥校：《谭处端·刘处玄·王处一·郝大通·孙不二集》，齐鲁书社 2005 年版，第 129 页。

⑥ （金）谭处端、刘处玄等著，白如祥校：《谭处端·刘处玄·王处一·郝大通·孙不二集》，齐鲁书社 2005 年版，第 135 页。

⑦ （金）谭处端、刘处玄等著，白如祥校：《谭处端·刘处玄·王处一·郝大通·孙不二集》，齐鲁书社 2005 年版，第 322 页。

⑧ （金）谭处端、刘处玄等著，白如祥校：《谭处端·刘处玄·王处一·郝大通·孙不二集》，齐鲁书社 2005 年版，第 358 页。

⑨ 薛瑞兆、郭明志编纂：《全金诗》第四册，南开大学出版社 1995 年版，第 552 页。

拾皆是，不可备举。十分明显，这些诗词中的"真境""真丹""真欢""真趣"等，其意旨皆是仙道意义下的情境、丹药、欢乐与趣味。此中"真"字的仙道境界的寓指清晰而明了。

（三）指真性

金元全真诗词中，所倡、所述之"真"的另一层含义，是指人体内的真性。范怿在《重阳全真集·序》中说，真者是"至纯不杂，浩劫常存，一元之始祖，万殊之大宗也"。① 全真宗师认为人在降生之初，就拥有一副澄湛饱满的真性。这一真性无欠无赊、圆融而自足，其源自天地之道法，超脱于五行之外，是人生命价值的根本之所在。对这一真性进行发明与回归，则可实现生命的终极超越，臻于道境而合道成仙。全真宗师倡导内丹修行，其核心的功法就是明心见性，见性而仙道成。

谭处端写有《如梦令》词数首，其中《赠修武贾信实》一首曰："要见本来真，闲里擒猿捉马。"② 这里的"本来真"，所指就是人的本性、真性，因为它是人天生具有之物，所以称其为"本来真"。刘处玄的《上敬奉三教道众并述怀》诗说："完全功行，胜殢声名。了真归去，朝见三清。"③ 王处一在其《自在》诗中曰："悟真超造化，步步出尘寰。"④ 又在《行香子·谢公主惠香》词中曰："显本来真，元初性，自然香。"⑤ 李道玄的《值人见弃》诗曰："海岛仙山归未得，任伸任屈养天真。"⑥ 侯善渊的《益寿美金花》词曰："弃假求真。真性明知身外身。"⑦

---

① （金）王重阳著，白如祥辑校：《王重阳集》，齐鲁书社 2005 年版，第 1 页。

② （金）谭处端、刘处玄等著，白如祥校：《谭处端·刘处玄·王处一·郝大通·孙不二集》，齐鲁书社 2005 年版，第 35 页。

③ （金）谭处端、刘处玄等著，白如祥校：《谭处端·刘处玄·王处一·郝大通·孙不二集》，齐鲁书社 2005 年版，第 123 页。

④ （金）谭处端、刘处玄等著，白如祥校：《谭处端·刘处玄·王处一·郝大通·孙不二集》，齐鲁书社 2005 年版，第 325 页。

⑤ （金）谭处端、刘处玄等著，白如祥校：《谭处端·刘处玄·王处一·郝大通·孙不二集》，齐鲁书社 2005 年版，第 359 页。

⑥ 薛瑞兆、郭明志编纂：《全金诗》第四册，南开大学出版社 1995 年版，第 553 页。

⑦ 唐圭璋编：《全金元词》，中华书局 1979 年版，第 526 页。

尹志平的《点绛唇》词曰："学道寻真，宁心耐意搜求正。"① 这些诗词中所述的"真"，均可作"真性"解。"真性"即道性，是天地道法人格化而内置于自身的生命本体。所以"真性"可修可悟亦可见，是人们内丹修持的出发点与回归处。

三　求真的倡导

金元全真宗师以觉悟者的视角审视世间，敏锐地洞察到了世间种种之"真"。王重阳在对人身难久、世事难测、人生虚幻等进行一番参悟与顿觉后，写了《悟真歌》一诗。全诗共 46 句，322 字，虽未使用一个"真"字，却以"悟真"为主题而展开，由此也开启了全真诗词求真、悟真、体真的创作先河。

王重阳的诗词中，所示之"真"有：真性、真心、真元、真妙、真空、真觉、真师、真圣、真人、真灵、真光、真气、真水、真欢、真乐、真清、真静、真彩、真慈、真仙诀、真亲眷、真清净、真自在、真正路、真妙景、真了了等。如他的《孙公求问》诗云："清凉境界逍遥住，闲暇光阴自在居。夺得仙丹超造化，有余真乐证无余。"②《吕公欲退吏求问》诗说："静中锻炼开心月，得处光明放慧灯。自有真师来度汝，玉峰山顶去升腾。"③《喜迁莺》词云："猛舍浮华，搜寻玄妙，闲里做成修炼，认取起初真性，捉住根源方便。"④《迎仙客》词云："做修持，须搜索，真清真静真心获。"⑤ 王重阳诸如此类的述"真"诗词，不胜枚举。

继王重阳之后，全真弟子们在求真、悟真的道路上可谓不遗余力，大开阐真、述真之风。马钰有《离苦海·谨继重阳师父韵》一词，较

① 唐圭璋编：《全金元词》，中华书局 1979 年版，第 1188 页。
② （金）王重阳著，白如祥辑校：《王重阳集》，齐鲁书社 2005 年版，第 4 页。
③ （金）王重阳著，白如祥辑校：《王重阳集》，齐鲁书社 2005 年版，第 4 页。
④ （金）王重阳著，白如祥辑校：《王重阳集》，齐鲁书社 2005 年版，第 81 页。
⑤ （金）王重阳著，白如祥辑校：《王重阳集》，齐鲁书社 2005 年版，第 93 页。

为集中地阐释了其所体悟的人生真理与真趣。词曰：

> 缘遇离苦海，修真寂真寥。向真风里捉真飙。种琪瑶真真，瑞
> 满青霄。引真个玉兔，真个金鸡，自是能消。更收聚真龙真虎，缭
> 绕真象肯偏饶。
>
> 真恍惚，直彰昭。见真婴真姹相招。访真离真坎真处，要真真
> 相济服灵苗。忽结亘古真容，因真清净，功力和调。蓬岛去，拜礼
> 重阳师父，永逍遥。①

该词为长调，共 107 字，其中"真"字使用了 21 次，可见作者在修行悟道中对"真"之证悟深刻而真切。词在传达作者对"真"强烈的宗教情感的同时，亦渗透着作者以"真"劝世警人的济世情怀。马钰在《赠鄠县修全真堂会首许典史》诗（连珠）中云："（真）言真属遇真人，（人）会金莲养气神。（神）气清清清结宝，（宝）珠莹净许全真。"②在《爇心香·客人樊公索》词中云："真个消息，真不迷蒙。守真清真净真功。真真相济，真性玲珑。便得真风，成真趣，显真容。"③可谓处处皆有"真"，凡"真"无不妙。

由上述例举可以看出，全真宗师所示之"真"，不仅仅是宗教修行中所独有，在思想修养中，亦可多有体味。如王重阳在《问龙虎交媾》诗中说："平等常施为大道，净清不退是真慈。"④刘处玄在《五言绝句颂》诗中云："三教明真理，未仙也是贤。"⑤王处一在《归朝欢》词中云："乐真欢，闲吟碧洞，闪出祥烟绿。"⑥于道显在《述怀》诗中

---

① （金）马钰著，赵卫东辑校：《马钰集》，齐鲁书社 2005 年版，第 109 页。

② （金）马钰著，赵卫东辑校：《马钰集》，齐鲁书社 2005 年版，第 32 页。

③ （金）马钰著，赵卫东辑校：《马钰集》，齐鲁书社 2005 年版，第 102 页。

④ （金）王重阳著，白如祥辑校：《王重阳集》，齐鲁书社 2005 年版，第 9 页。

⑤ （金）谭处端、刘处玄等著，白如祥校：《谭处端·刘处玄·王处一·郝大通·孙不二集》，齐鲁书社 2005 年版，第 96 页。

⑥ （金）谭处端、刘处玄等著，白如祥校：《谭处端·刘处玄·王处一·郝大通·孙不二集》，齐鲁书社 2005 年版，第 354—355 页。

说："清虚为活计，寂淡养真如。"① 这些皆是在个人思想境界擢升中，所可体会之真味。

事实上，金元全真宗师所述之"真"，皆非世间显而易见的事与物，而是隐蔽难寻、不为常人所解的情与理，要想真正洞达世间之"真"，则需历经求真、修真的过程。所以全真宗师对自家门派多称为"修真门户，大道家风"②。而具体的修真之法，在稍后的章节中会做论述，此不赘述。

对于通过修真求真，而证真通真后的玄妙体悟，全真宗师亦在诗词中多有阐述。刘处玄在《五言绝句颂》中说："善清脱生死，天莹万光明。真通全妙理，归去踏云行。"③ 马钰《五灵妙仙》词云："下功收五彩，经营活雪。调龙虎，撞关冲节。得真悦。见晴空莹净，圆圆正正，光辉晃朗，元来自家心月。"④ 这是从宗教修行的角度所阐释的通真之妙境：踏云而行、晴空晃朗；精神主体获得了绝对的逍遥与自在。可以说这是一种"真常明至道，归去与仙同"⑤ 的境界存在。

而在常俗生活中对自我思想品识进行打理，同样可以体证淡绝尘味的通真之妙。丘处机有《陇州堂下清梦轩》一诗，诗曰：

清梦轩中清士居，清闲高卧养真如。
真如养就清无梦，无梦清欢乐有余。⑥

该诗运用了顶真的艺术手法，读之气势连贯流畅，气韵淡雅悠扬。诗之格调以"清""真"见长，由"清闲"无碍的思想品识，促升了"真

---

① 薛瑞兆、郭明志编纂：《全金诗》第三册，南开大学出版社 1995 年版，第 18 页。
② （金）丘处机著，赵卫东辑校：《丘处机集》，齐鲁书社 2005 年版，第 71 页。
③ （金）谭处端、刘处玄等著，白如祥校：《谭处端·刘处玄·王处一·郝大通·孙不二集》，齐鲁书社 2005 年版，第 143 页。
④ （金）马钰著，赵卫东辑校：《马钰集》，齐鲁书社 2005 年版，第 127 页。
⑤ （金）谭处端、刘处玄等著，白如祥校：《谭处端·刘处玄·王处一·郝大通·孙不二集》，齐鲁书社 2005 年版，第 146 页。
⑥ （金）丘处机著，赵卫东辑校：《丘处机集》，齐鲁书社 2005 年版，第 24 页。

如"本性的觉识。思想主体在通得"真如"之后，所体味的便是绵绵有余的"无梦"与"清欢"。全真后人王玠在其《满庭芳》词中说："在俗修真，居尘出世，当以悟性为先。虚心清静，常守定中禅。见素少思寡欲，忘人我、随分安然。行藏处，潇潇洒洒，渴饮倦来眠。"①和上述丘诗相比，王玠之词似乎说得更为具体，不仅把在俗修真的切实感受——安然、潇洒——一语道出，而且把体真的具体方法——虚心清静、少思寡欲、忘人我——也如实相告，有更加贴切的劝示意义。诸如此类的全真诗词还有很多，如尹志平的《南乡子》词，姬志真《满江红》词，于道显《寄王县令》诗等，可谓俯拾皆是。

四　求全觅真的文化指向

金元全真宗师大力倡导"求全觅真"，以之作为思想擢升、修行提振的核心方略，并以之激励自我，劝示众人。通过对全真诗词的深刻解读我们发现，追求"真""全"，并非"求全觅真"这一体证活动的全部文化意义，这其中还蕴含着丰富而深刻的文化思维指向。

（一）寻内真弃外假

金元全真宗师之所以如此大阐体真、觅真之宗风，一则是想告知世人，世间有诸多"真"因可觅，二则警示世人勿迷假因，而要探求真果。而在真假之间，全真宗师认为，唯有身内之身方可存真、聚真，而身外万象，包括肉身皆为不实、皆属虚假。所以寻内真而弃外假，便成为全真宗师觅真的一大要义，亦是全真诗词创作的一大主题。

王重阳在《西江月》词中云："常把内真频看，休教外景长侵。尖竿尖上细搜寻，正见婴儿弄影。"② 丘处机在《聪明》诗中说："修行大抵要聪明，只恐聪明向外呈。外假内真两相克，一边败后一边成。"③

① 唐圭璋编：《全金元词》，中华书局1979年版，第1263页。

② （金）王重阳著，白如祥辑校：《王重阳集》，齐鲁书社2005年版，第122页。

③ （金）丘处机著，赵卫东辑校：《丘处机集》，齐鲁书社2005年版，第25页。

王处一在《门人张志明问日用事》诗中劝示说："咄假搜真苦琢磨，体天法道养冲和。"① 在全真宗师看来，修行的关键在于识取内真而摒弃外假，若执迷于外假，则无从修真，真与假是一成一败的对立关系。所以王处一警示世人说："心善性舒宽，包容内化安。灵空清默默，忘假得真欢。"②

对于人们的"内真"或"身内之身"，金元全真宗师多有论说。王处一有《归真》一诗，诗曰："悟彻根源一点深，灵台颐养紫芝金。金光涌涌超生灭，玉性辉辉了古今。"③ 其中的"玉性""根源一点"，也就是人人所拥有的"内真"、身内之"真性"或称"真我"。侯善渊在《益寿美金花》词中说："弃假求真。真性明知身外身。"④ 刘处玄在《五言绝句颂》诗中云："顿觉明真我，周天运降火。烧见黄金体，道证无为果。"⑤ 而"真性"或"真我"，其具体所指又为何物呢？王重阳在《授丹阳二十四诀》中解释说："性者是元神"⑥，其超出五行之外。用现代的话来说"真性"或"真我"，"它是自我、本我、超我的来源和归宿，是具有个体完整信息和高能量的生命主体，其自主性和自由度可超越时空连续统一"。⑦ 因此"真性"或"真我"具有无生无灭，无形无象的特点。丘处机在《丘祖语录》中指出："生灭者，形也；无生灭者，神也，性也。有形皆坏，天地亦属幻躯，元会尽而示终，只有一点阳光，超乎劫数之外，在人身中为性海，即元神也。"⑧ 所以高道宽在

---

① （金）谭处端、刘处玄等著，白如祥校：《谭处端·刘处玄·王处一·郝大通·孙不二集》，齐鲁书社 2005 年版，第 254 页。

② （金）谭处端、刘处玄等著，白如祥校：《谭处端·刘处玄·王处一·郝大通·孙不二集》，齐鲁书社 2005 年版，第 322 页。

③ （金）谭处端、刘处玄等著，白如祥校：《谭处端·刘处玄·王处一·郝大通·孙不二集》，齐鲁书社 2005 年版，第 272 页。

④ 唐圭璋编：《全金元词》，中华书局 1979 年版，第 526 页。

⑤ （金）谭处端、刘处玄等著，白如祥校：《谭处端·刘处玄·王处一·郝大通·孙不二集》，齐鲁书社 2005 年版，第 150 页。

⑥ （金）王重阳著，白如祥辑校：《王重阳集》，齐鲁书社 2005 年版，第 294 页。

⑦ 沈文华：《内丹生命哲学研究》，东方出版社 2006 年版，第 93 页。

⑧ （金）丘处机著，赵卫东辑校：《丘处机集》，齐鲁书社 2005 年版，第 149 页。

《苏幕遮》词中说："大真元，超法界。锻炼精华，历劫常不坏。"① 正是基于对"真性"不坏的认知，全真宗师方孜孜于体真悟真，并殷切希望把了悟的金针度予他人。

然而对于一般世人来说，认取身内的"真性"并非易事。由于受到尘俗的濡染，人们所能关注到的多为肉身及肉身之外的万事万物，认为肉身是尘世生命的真实存在，而世间的万事万物也是尘世生活的真实要素。于是人们珍视"肉身"，留恋物事，并渐生执着之念、贪求之心。与之不同的是，全真宗师认为，对于生命个体来说，除"真性"之外，其余皆为虚幻，包括肉身及身外的物与事。

金元全真宗师在斥破肉身之假的时候，多以本性之真相对比。如王重阳《苏幕遮》词云："性为真，身为假。"② 马钰《十报恩》词云："识破假躯端的假，研穷真性的端真。"③ 于道显《示乐经历二首》诗说："有相形躯终假合，无生法性是真如。"④ 在全真宗师的视域里，本性之所以真，在于其恒久不坏的特性，而肉身之所以假，就在于其短暂易坏性。丘处机《无漏子》词对此说得明白，词曰："白玉肌，红粉脸。尽是浮华妆点。皮肉烂，血津干。荒郊你试看。"⑤ 该词道出了血肉之身为假的根本因由：皮肉易烂，血津易干。姬志真曾以"著假"为题创作一诗，诗曰："革囊两脚走西东，谁向空中作主公。……一团骨肉从头幻，万种机关彻底空。"⑥ 由此可解得，金元全真宗师对肉身的斥破，并非是对其存在性的否定，而是对其短暂易坏、缺乏恒久性的深刻认知。

金元全真宗师对肉身之外的万物万事进行斥破与否定，所依循的同样是上述的认知理路。正如长筌子在《满庭芳》词中所说："君知么，

---

① 唐圭璋编：《全金元词》，中华书局1979年版，第1195页。
② （金）王重阳著，白如祥辑校：《王重阳集》，齐鲁书社2005年版，第197页。
③ （金）马钰著，赵卫东辑校：《马钰集》，齐鲁书社2005年版，第96—97页。
④ 薛瑞兆、郭明志编纂：《全金诗》第三册，南开大学出版社1995年版，第11页。
⑤ （金）丘处机著，赵卫东辑校：《丘处机集》，齐鲁书社2005年版，第90页。
⑥ 薛瑞兆、郭明志编纂：《全金诗》第四册，南开大学出版社1995年版，第302页。

一身尚假，万事岂牢坚。"① 在觉悟者看来，世间之事瞬息万变，世间之物昨是今非，人生起伏难测，恍如游戏宛若梦。这些与恒常不变的"真性"相比，自然如浮光泡影一般。姬志真在《物假》诗中说："万有浮沉水上沤，化工不息贩何楼。"② 在《别李府判》诗中云："织乌不息走西东，青鬓方瞳岂易逢。世梦短长俱幻化，人情非是一鸿濛。"③ 于道显在《寄嵩州刘二官》诗中云："盖世功名身外事，掀天富贵世间荣。觉来只是须臾梦，悟后元无宠辱惊。"④ 可谓把世间人生如梦、物事非真的真谛一语道破。基于对生命历程中有形有象的事与物，其短暂易坏特性的洞识，全真宗师自然把目光投向对恒常真性的探寻之上。

(二) 摒弃非真的尘俗生活

金元全真宗师以觉悟者的视角审视尘俗生活，有着更多的不同于世人的体认与解读。对尘俗生活，全真宗师持有既依循又摒弃的认知态度。所依循的是那种平凡淡泊、随机应缘的生活境界，而摒弃的则是那种富贵奢华、贪求名利的生活情态。

对于一般世人来说，富贵名利总是有着令人无法抗拒的诱惑力，而他们一生的追求与目标也是以权贵荣华、声色犬马为重点。为了名与利，无数的世人陷于无休无止的斗争之中，恰如尹志平《自咏》诗中所指出的那样："试观举世贪名者，尽在尘中苦战争。"⑤ 而世人所追求的浮华与名利，在全真宗师看来，皆是虚幻不实、毫无意义的。如长筌子在《叹世》诗中说："竞蛮触，披红绿，浮名浮利浓如粥。疲役身心早晚休，直待云阳遭耻戮。姘花酒，弄精神，如蚕作茧自囚身。家计置成谁受用，眼光落地一堆尘。"⑥ 可谓语中要害、一针见血。

对世人非真的尘俗生活情态，全真宗师在诗词中多有描述。于道显

---

① 唐圭璋编：《全金元词》，中华书局 1979 年版，第 584 页。
② 薛瑞兆、郭明志编纂：《全金诗》第四册，南开大学出版社 1995 年版，第 338 页。
③ 薛瑞兆、郭明志编纂：《全金诗》第四册，南开大学出版社 1995 年版，第 320 页。
④ 薛瑞兆、郭明志编纂：《全金诗》第三册，南开大学出版社 1995 年版，第 5 页。
⑤ 薛瑞兆、郭明志编纂：《全金诗》第三册，南开大学出版社 1995 年版，第 83 页。
⑥ 薛瑞兆、郭明志编纂：《全金诗》第四册，南开大学出版社 1995 年版，第 576 页。

在《示史道人》诗中说："区区名利古今情，得亦惊来失亦惊。蝴蝶梦中无至觉，白驹隙内竞浮荣。"① 姬志真《婆罗门引》词曰："古今扰扰，大都奔竞利名场。舟车仆马如狂。到底功勋事业，分付梦黄粱。"② 侯善渊《沁园春》词说："堪叹浮生，甚逐景随情，物物总拘。便拼身弃命，图贪富贵，盈仓满库，毕竟何如。蜗角声名，蝇头利赂，使作狂心一向愚。"③ 对此种世人不觉其假反以为实的生活情态，全真宗师有着形象的比拟，喻其为"木上求鱼勤旦暮，水中捉月度春秋"。④ "手搊途泥揩堆子，口含漆水洗胶盆。"⑤ 比之恰切，直指关节。全真宗师之所以如此恳切地斥破此种逐名夺利的世俗生活，是因为浮华的生活内容有碍于世人对本真自我的探寻。王处一在《搜真吟》诗中指出："酒色财气摧木柄，忧愁思虑丧天真。"⑥ 所以他们对世人的执迷不悟痛心疾首，感慨万分，叹道"人间多少利名客，不识箪瓢抱大丹"。⑦

基于上述的因由，全真宗师极力倡导世人摒弃种种非真的世俗生活。刘处玄写有《上西平》一词，词曰：

> 想人生，老与少，似春秋。恰幼年、却变白头。莫争空假，无常气断荒丘。大都三万六千日，多病多愁。
>
> 崇真道，敬真圣，明真理，了真修。侍二尊、至孝全周。全家拔宅，功成同去到瀛洲。出离生死无来去，阆苑清游。⑧

词上阕劝化世人要惜时早悟，莫争空假，谨防人生多病多愁而气断荒

---

① 薛瑞兆、郭明志编纂：《全金诗》第三册，南开大学出版社1995年版，第9页。
② 唐圭璋编：《全金元词》，中华书局1979年版，第1208页。
③ 唐圭璋编：《全金元词》，中华书局1979年版，第524页。
④ 薛瑞兆、郭明志编纂：《全金诗》第四册，南开大学出版社1995年版，第555页。
⑤ 薛瑞兆、郭明志编纂：《全金诗》第四册，南开大学出版社1995年版，第556页。
⑥ （金）谭处端、刘处玄等著，白如祥校：《谭处端·刘处玄·王处一·郝大通·孙不二集》，齐鲁书社2005年版，第338页。
⑦ 薛瑞兆、郭明志编纂：《全金诗》第四册，南开大学出版社1995年版，第556页。
⑧ （金）谭处端、刘处玄等著，白如祥校：《谭处端·刘处玄·王处一·郝大通·孙不二集》，齐鲁书社2005年版，第129页。

丘。词下阕则具体给出了摒弃尘俗的生活指向；趣真、归真而最终脱离
生死。该词的劝示思想虽不免过于宗教化，但其中脱离凡俗的文化指向
却值得深思。

第三节　修道证仙的文化内核

金元全真诗词，作为全真教团传道宣教的媒介与文化载体，集中蕴
含着全真文化思想体系，其中包括修道证仙的文化内核。全真教在终极
的宗教信仰上，承袭以往的道教，崇道而慕仙，以合道证仙为道德修养
与宗教修行的鹄的。这就促生和丰富了金元全真诗词的宗教特征与文化
蕴涵。

一　悟道与修道

金元全真教在文化建设与传承上，倡导三教合一，和合而圆融，而
在宗教目标的实现上，依然依循传统道教的文化思路，以悟道、修道为
主。有所不同的是，全真教对道法的参悟更切中于真与朴，同时亦更接
近深入于人情与世情，不仅深悟"仙道"，亦关切"人道"。所以全真
宗师在修道的过程中，倡导淳化的修行，亦将社会、人生之德行融归于
道，以德促道，将修道的文化意义进行了有效的拓展与普及。

（一）对道法的参悟

"道"作为修行与回归的对象，当人们开启自我宗教征途的时候，
首先就要对其进行一番体认与参悟。金元全真宗师亦不例外。在全真诗
词中，我们可以看到全真宗师对"道为何物"的回答；对"道生万物"
"万物蕴道"的体证，以及对"天道自然""人道无为"的解读。

1. 何为道

对于道，先秦老庄哲学进行了深刻而具体的讨论。《道德经》第二
十五章云："有物混成，先天地生。寂兮寥兮，独立而不改，周行而不

殆，可以为天地母。吾不知其名，强字之曰道，强为之名曰大。"① 这就告知了我们，"道"是一种先天存在之物，其具有先天地而生的原始性，且无声无形、常恒不变、循环运动。老子又指出："道之为物，惟恍惟惚。惚兮恍兮，其中有象；恍兮惚兮，其中有物。窈兮冥兮，其中有精；其精甚真，其中有信。"② 这里老子以描述性的语言，为我们讲述了先天本有的道，客观地展现了这个本有之道的"怎么样"。

道教则吸收和继承先秦道家"道"的哲学范畴和崇道的文化思想，并进一步地发挥，"夸大'道'的超越性、绝对性，把'道'变成具有无限威力的全知全能至上神的代名词"。③ 认为道是"神异之物，灵而有性，虚而无象，随迎莫测，影响莫求，不知所以然而然"。④ 由此"道"也成为道教的核心信仰之一，是由凡而仙的桥梁，得道便可成仙。

全真宗师承袭传统道教思想，对"何为道"亦有深入的探讨。马钰曾以"何名是道"之问求解于王重阳。王重阳的回答是："性命本宗，元无得失，魏不可测，妙不可言，乃为之道。"⑤ 在王重阳看来，"道"是人的性命之宗祖，是生命之本体，其有着无得无失、玄不可测、妙不可言的特征。

丘处机曾写有《赞道》诗十首，其中有曰："恍惚神为干，氤氲气是芽。乾坤如长叶，日月似开花。"⑥ 又说"大道元无极，长生岂有涯。劫终权返实，时运复开花。"⑦ 刘处玄的《四言绝句》曰："妙道希夷，无著无离。自然明了，贤圣皆知。"⑧ 在这里，全真宗师表达了自我对道的认知。在他们看来，道恍惚、氤氲、涵括乾坤日月，且无极无涯，

① 陈鼓应注译：《老子今注今译》，商务印书馆 2003 年版，第 169 页。
② 陈鼓应注译：《老子今注今译》，商务印书馆 2003 年版，第 156 页。
③ 任继愈主编：《中国道教史》，上海人民出版社 1990 年版，第 13 页。
④ （宋）张君房编，李永晟点校：《云笈七笺》，中华书局 2003 年版，第 2059 页。
⑤ （金）王重阳著，白如祥辑校：《王重阳集》，齐鲁书社 2005 年版，第 295 页。
⑥ （金）丘处机著，赵卫东辑校：《丘处机集》，齐鲁书社 2005 年版，第 62 页。
⑦ （金）丘处机著，赵卫东辑校：《丘处机集》，齐鲁书社 2005 年版，第 62 页。
⑧ （金）谭处端、刘处玄等著，白如祥校：《谭处端·刘处玄·王处一·郝大通·孙不二集》，齐鲁书社 2005 年版，第 127 页。

希夷而无著。明显可以看出，这是对先秦道家及传统道教思想的承继与阐扬。

全真后学对于道，亦有深刻的体认。于道显写有五言绝句二十二首，其中一首曰："大道极幽玄，清虚合自然。拨开三昧眼，别看一重天。"① 姬志真的《道性》诗曰："明明不是物，了了亦非心。浩浩通天地，冥冥贯古今。有无常显化，生灭妄浮沉。神鬼莫能测，声闻何处寻。"② 李道玄的《叹道》诗曰："隐时寂寂归毫末，显即虚虚塞地天。本是一般无碍物，峥嵘神用果无边。"③ 高道宽的《望蓬莱》词曰："无无处，大道本无言。万法拈来一句，强名曰道字丹仙。象帝乃根元。真无处，妙化有无先。不空寂无传最上，希夷微妙谷神篇。宗祖在先天。"④ 这些诗词皆蕴含着全真后学，对道法体认与参悟的真知灼见，对大道的幽玄、清虚、自然、通天地、贯古今、寂寂、虚虚、神鬼莫测等特点，均进行了具体的阐述。这种对道法的深刻认知，不仅增加了他们学道、慕道的精神动力，而且为他们日后修道、证道提供了坚实的思想根基。

2. 道生万物、万物蕴道

金元全真宗师承袭先秦老庄哲学及传统道教思想，在本体论与生成论上认为道是宇宙的本体，亦是天地万物的根源。天地万物皆生成于道。丘处机的《赞道》诗有曰："道运阴阳秀，天垂雨露精。三光同照耀，万化悉生成。"⑤ 又曰："道运阴阳秀，人沾雨露恩。幽明随日月，造化出乾坤。"⑥ 在丘处机看来，道法生出阴阳两极，阴阳相互运动，便化生出了天地乾坤及世间万物。

---

① 薛瑞兆、郭明志编纂：《全金诗》第三册，南开大学出版社 1995 年版，第 19 页。
② 薛瑞兆、郭明志编纂：《全金诗》第四册，南开大学出版社 1995 年版，第 323 页。
③ 薛瑞兆、郭明志编纂：《全金诗》第四册，南开大学出版社 1995 年版，第 551 页。
④ 唐圭璋编：《全金元词》，中华书局 1979 年版，第 1195 页。
⑤ （金）丘处机著，赵卫东辑校：《丘处机集》，齐鲁书社 2005 年版，第 62 页。
⑥ （金）丘处机著，赵卫东辑校：《丘处机集》，齐鲁书社 2005 年版，第 62 页。

王处一在诗中说："古今生育道之常。"① 又说："世凡不悟道根基，生化乾坤应物机。"② 王吉昌在其《风入松》词中曰："乾坤罗列道纲维。斡斗转星移。"③ 李道纯的《沁园春》词曰："道本虚无，虚无生一，一二成三。更三生万物，物物皆虚无，形形相授，物物交参。"④ 此类诗词，皆是全真宗师对道生万物之理趣的参悟。万物皆源自道，道自然也就是天地万物的根源与本体。

既然万物源生于道，则万物之中自然蕴有道性。事实上，在道家及道教看来，道不仅仅蕴藏于天地万物之中，在世间的日常活动及事务中，也无不浸润着道法。李道纯的《沁园春·勉诸门人》词曰："道在常人，日用之间，人自不知。"⑤ 所谓"日用"，就是指人的日常活动与事务。这就更加明晰地告知了我们，道不远人，道就在生活之中。所以全真宗师倡导在日常"扫除尘垢，刷釜汲水，担薪炊膳"⑥ 中体道、悟道，并进一步指出"行住坐卧，心存于道，虽然心地未开，时刻之间，皆有积累"。⑦ 举止动念之间，皆有道法可体可悟，可谓欲体道，斯道至矣。

（二）对道法的修行

对于道门中人来说，体道参道是为了更好地修道证道，唯修道方可成仙。而成仙则是他们人生的终极目标。和传统道教有所不同，金元全真教在宗教修行上倡导内丹修行，又基于对道法的深刻体悟，全真宗师秉持着真朴而淳化的修行理念，主张清净、无为、仙道自然。与此同时，他们还融德于道、以德促道，将为仁为善的德行修养亦视为是对仙

① （金）谭处端、刘处玄等著，白如祥校：《谭处端·刘处玄·王处一·郝大通·孙不二集》，齐鲁书社 2005 年版，第 302 页。
② （金）谭处端、刘处玄等著，白如祥校：《谭处端·刘处玄·王处一·郝大通·孙不二集》，齐鲁书社 2005 年版，第 306 页。
③ 唐圭璋编：《全金元词》，中华书局 1979 年版，第 546 页。
④ 唐圭璋编：《全金元词》，中华书局 1979 年版，第 1225 页。
⑤ 唐圭璋编：《全金元词》，中华书局 1979 年版，第 1229 页。
⑥ （金）丘处机著，赵卫东辑校：《丘处机集》，齐鲁书社 2005 年版，第 147 页。
⑦ （金）丘处机著，赵卫东辑校：《丘处机集》，齐鲁书社 2005 年版，第 153 页。

道的体证，称之为积阴德。在他们看来，切实践行仁、善、孝、义，同样可以游迹蓬岛，名列仙班。

1. 修道的淳化

和传统道教相比，金元全真宗师的内丹修行，既无置炉设灶之资需，亦无写箓画符之繁仪，有的只是清心静意、调气理神、内观见性而已。所以全真宗师在实际修行中，倡导清净、无为、自然的修行理念。

王重阳在《修仙了悟秘诀》中指出："夫全真者，是大道之清虚无为潇洒之门户，乃纯正之家风，是重阳之活计。"① 这无疑为全真门派定下了切中道旨，真而朴的教门宗风。全真后学皆深承祖师的这一倡导，以清净、无为、自然为自我修养、修行的标榜诀窍。

首先，清净。在全真教的著述中，"清静"与"清净"是共用之词，皆表示清心静（净）意之意。全真宗师多根据表意的侧重而灵活选用。"清静"侧重于身心之"静"，"清净"则侧重于心尘之"净"。对于何为清静，马钰曾问于王重阳。王重阳答曰："有内外清静。内清静者，心不起杂念；外清静者，诸尘不染著为清静也。"② 王重阳所阐述的清静，是由外清静而至于内清静，最终臻于一尘不染的湛然之境。马钰深悟祖师之意，其曰："清净者，清为清其心源，净为净其气海。心源清则外物不能挠，故情定而神明生焉；气海净则邪欲不能干，故精全而腹实矣。是以澄心如澄水，养气如养儿。气秀则神灵，神灵则气变，乃清净所致也。"③ 马钰所述一"净"字，更加凸显了心境的湛然，不染纤尘。

王重阳的《瑶台月》词曰："修行便要寻捷径，心中长是清净。"④ 在这里王重阳把"清净"视为修行的捷径，可谓深切修道之肯綮。马钰与王重阳同调而和，亦以"清净"为修行之诀窍。其《得遇》诗曰：

---

① （金）王重阳著，白如祥辑校：《王重阳集》，齐鲁书社 2005 年版，第 298 页。
② （金）王重阳著，白如祥辑校：《王重阳集》，齐鲁书社 2005 年版，第 295 页。
③ （金）马钰著，赵卫东辑校：《马钰集》，齐鲁书社 2005 年版，第 244 页。
④ （金）王重阳著，白如祥辑校：《王重阳集》，齐鲁书社 2005 年版，第 62 页。

"悟彻须凭遇，得遇须凭做。做彻清净功，神仙自来度。"① 这显然是一首说理诗，阐述的是修行之哲理。对于修道者来说，要悟彻道法尚须得遇真师点拨；既遇真师点拨还需要勤苦修做，若能做彻清净之功，自会有神仙前来接度。他的《满庭芳·处自然》词亦说："清净真功，无为大道，自然体用惺惚。"② 视内心的清净为修行中的真功，同样深切修道真朴之真谛。

谭处端写有《劝众修持》诗多首，其中一首曰："心生清爽少，语默气神和。清净消诸孽，无为解众魔。"③ 该诗同样是说理之作，把清净与无为在修持中的重要作用给予了充分的凸显。王处一在其《赠祖庵吕知观》一诗中云："虚无清净全古今，至道流传正祖宗。"④ 姬志真曾专以"清净"为题写有一诗，诗曰："清净本然真，随宜尽入神。不烦吹暖律，寒谷自回春。"⑤ 亦在倡导清静的修行理路。这也突出地说明了心境的清与静（净）对于内丹修炼的重要性。

其次，无为。因为道本无为，却又无所不为，无为之中四时行而百物生。所以人在悟道、学道、证道的过程中，就要知"道之常"而循之，识"道之本"而遵之，祛妄做而守无为。老子《道德经》四十八章有云："为学日益，为道日损。损之又损，以至于无为。无为而无不为。"⑥ 对于道法的参学要随着时日的增加，而祛除世俗中习染的有为与妄做，日损一重，日日有损，直至绝尽。如谭处端诗中所说："学道修真与世违，孤身飘逸断篷飞。……垢面蓬头摧壮锐，粗衣淡饭远轻肥。常清常净无为作，十二时中暗察思。"⑦ 学道修真要与尘情相违，

---

① （金）马钰著，赵卫东辑校：《马钰集》，齐鲁书社 2005 年版，第 76 页。
② （金）马钰著，赵卫东辑校：《马钰集》，齐鲁书社 2005 年版，第 147 页。
③ （金）谭处端、刘处玄等著，白如祥校：《谭处端·刘处玄·王处一·郝大通·孙不二集》，齐鲁书社 2005 年版，第 18 页。
④ （金）谭处端、刘处玄等著，白如祥校：《谭处端·刘处玄·王处一·郝大通·孙不二集》，齐鲁书社 2005 年版，第 252 页。
⑤ 薛瑞兆、郭明志编纂：《全金诗》第四册，南开大学出版社 1995 年版，第 358 页。
⑥ 陈鼓应注译：《老子今注今译》，商务印书馆 2003 年版，第 250 页。
⑦ （金）谭处端、刘处玄等著，白如祥校：《谭处端·刘处玄·王处一·郝大通·孙不二集》，齐鲁书社 2005 年版，第 19 页。

正所谓"顺则成人，逆则成仙"。逆世情而为之，就是要改变世俗的思维定式，弃贪求、祛妄做，常清心而净意，时时反观自我而暗察心性，以无为之境行修真之事。谭处端的一首《如梦令》词，对这一修行理念阐释得更为透彻。词曰：

> 不染俗情非是，不慢下贫趋贵。不敢受人钦，自在逍遥云水。云水，云水，守一无为彻底。①

该词并无抒情，而以说理见长，所述的正是弃俗修真的修持之理。所谓"不染俗情非是，不慢下贫趋贵"，正是对尘俗有为有做、舍真恋假思想的屏除。而这种摒弃之举，最终的目标是要达到心境无为，自在逍遥。

对于修道要持无为之理，丘处机在其《修道》组诗中，阐述得极为明晰。诗曰："道因无事得，法为有心生。"②"道自无为显，心因有法生。"③"有动缘无动，无为即有为。"④天地之道法因无为、无事方可显、方可得，无动方是有动，无为方可有为。所以修道之人要深切"本自无心得，何劳用意思"⑤的修持之理。

又如侯善渊的《仙乡子》词曰："大道本无为。内外恬然处妙机。寂静清虚真有味，扬眉。"⑥姬志真的《修行》诗曰："修行何处最相亲，清净无为达本真。妙理亘初元具足，幻尘消尽复浑沦。"⑦李道纯的《满江红·授觉庵》词曰："道本自然，但有为、头头是错。"⑧可以

---

① （金）谭处端、刘处玄等著，白如祥校：《谭处端·刘处玄·王处一·郝大通·孙不二集》，齐鲁书社 2005 年版，第 34 页。

② （金）丘处机著，赵卫东辑校：《丘处机集》，齐鲁书社 2005 年版，第 61 页。

③ （金）丘处机著，赵卫东辑校：《丘处机集》，齐鲁书社 2005 年版，第 61 页。

④ （金）丘处机著，赵卫东辑校：《丘处机集》，齐鲁书社 2005 年版，第 61 页。

⑤ （金）丘处机著，赵卫东辑校：《丘处机集》，齐鲁书社 2005 年版，第 61 页。

⑥ 唐圭璋编：《全金元词》，中华书局 1979 年版，第 535 页。

⑦ 薛瑞兆、郭明志编纂：《全金诗》第四册，南开大学出版社 1995 年版，第 302 页。

⑧ 唐圭璋编：《全金元词》，中华书局 1979 年版，第 1229 页。

看出，诸如此类的诗词中，祛有做而守无为的修持理念清晰而彰显，这既是全真宗师自我修行心得的总结，亦是他们对后学者的由衷劝示。

再次，自然。老子《道德经》第二十五章有云："域中有四大，而人居其一焉。人法地，地法天，天法道，道法自然。"① 所谓"自然"就是自己的本然，自己本来的样子与状态。这其中就包含真、纯、朴的文化指向与意义。老子的这段话就告知了我们，天地之道最大的特性就是保持并回归自己本有的状态。而人秉道而生，要想寻道、证道、回归于道，自然就要保持与回归自我的天然与纯真的状态。所以金元全真宗师倡导，在道法的修行中要持有自然的修行理念。

马钰在《和司公周监使》一诗中就说："物外逍遥任自然，终南山下阐良缘。怎知我得无无趣，劝化人离种种边。"② 这是一首阐道劝化之作，阐释修道的法门，劝示世人离尘归道。其中修道的法门就包括归趣物外，随任自然。丘处机的《黄鹤洞中仙·赠同道》词说："都要奔波走。谁肯坚心守。南北东西总一般，此外无他有。踏尽铁鞋迷，不出庵门透。水到渠成本自然，行满功还就。"③ 这是一首丘处机与同道之人共勉之作，其中饱含劝示之意味。词的上阕是对尘俗之人终日劳碌奔走情态的描述：人人都要奔波劳碌，劳心费神，而无人肯回观自我，坚守自心。事实上，天地之间东西南北之中，真理与道性唯一而相通，此外别无他物。词之下阕就是对道法修行诀窍的阐释：有的踏破铁鞋反倒迷茫，有的不出庵门却可悟透，关键就在于秉持自然，功成行满自可水到而渠成；只要真朴，而无须刻意。

为使世人及门徒更好地把握"自然"之真谛，全真宗师对此进行了阐释。如谭处端的《酹江月》词中说："自然之道，禀根元、真正精神圆聚。一点灵光无内外，明彻辉通玄户。"④ 这就把修行中追求自然

---

① 陈鼓应注译：《老子今注今译》，商务印书馆 2003 年版，第 169 页。
② （金）马钰著，赵卫东辑校：《马钰集》，齐鲁书社 2005 年版，第 66 页。
③ （金）丘处机著，赵卫东辑校：《丘处机集》，齐鲁书社 2005 年版，第 81 页。
④ （金）谭处端、刘处玄等著，白如祥校：《谭处端·刘处玄·王处一·郝大通·孙不二集》，齐鲁书社 2005 年版，第 24 页。

的内涵清晰地展示了出来，那就是依循根与元，使真正精神圆聚。对于生命个体来说，自我的根与元就是源于天地道法的本性与真性，其原本澄湛，无余而无欠，晃朗内外，明彻辉映。修道就是要祛除尘俗中的执求与妄为，而保持生命根与元的澄湛与圆融。

全真后学对此皆深有所悟，并以之作为自我修道的准则。如于道显的《刘先生告》诗曰："大道虚无本自然，不劳苦苦用多言。但教心上无尘垢，一点灵明光自圆。"① 诗对大道自然的状态进行了阐释，其中亦蕴含着修道秉持自然的思想意指。他的《田道人告》一诗对此表述得更为清晰和透彻。诗曰：

> 学道先须达自然，自然然后得真仙。
> 浓妆淡抹空颠倒，想尔钻冰不得燃。②

这是一首说理诗，意在告诫世间学道修仙之人，先要达于自然，而后方可体道证仙。一切刻意的有为妄做皆为徒劳，犹如钻冰取火难以引燃一般。

由上述所引诗词可以看出，金元全真宗师对清静、无为、自然的修行理念的倡导，并非分而述之，很多时候是同时阐释于一首诗词之中。如马钰的《赠陇州续玄机》诗曰："清净无为真道人，并无苦苦与辛辛。三千功满三千日，十二周天十二春。"③ 其《满庭芳》词曰："一个无为清静，是仙家秘诀，大道机谋。"④ 这里便将清静、无为一并阐释。谭处端的《劝众修持》诗曰："大道常清静，无为守自然。自心不回转，何处觅言传。"⑤ 将清静、无为、自然一同倡导。又如王处一的《达本》

---

① 薛瑞兆、郭明志编纂：《全金诗》第三册，南开大学出版社1995年版，第33页。
② 薛瑞兆、郭明志编纂：《全金诗》第三册，南开大学出版社1995年版，第41页。
③ （金）马钰著，赵卫东辑校：《马钰集》，齐鲁书社2005年版，第56页。
④ （金）马钰著，赵卫东辑校：《马钰集》，齐鲁书社2005年版，第220页。
⑤ （金）谭处端、刘处玄等著，白如祥校：《谭处端·刘处玄·王处一·郝大通·孙不二集》，齐鲁书社2005年版，第18页。

诗曰："清静无为行大道，不须苦苦问青天。"① 于道显的《示龙窝张会首》诗曰："吾家门户几人知，知者须明造化机。清静之中含妙用，无为之内隐玄微。"② 亦将清静、无为一同倡导。

或许出于对天地道法的深刻参悟，抑或出于对自家修持门风的持重，金元全真宗师将清静、无为、自然的修持理念，视为道法修炼中的最上一乘妙诀。王重阳曾指出："夫最上者，以太虚为鼎，太极为炉，清静为妙用，无为为丹基，性命为铅汞，定慧为水火，以自然造化为真种子，以勿忘勿助为火候。"③ 如此便可烧炼出最上一乘的金丹妙药。马钰的《丹阳真人语录》中亦说："但清净无为，最上乘法也。"④ 以清静、无为、自然为修炼的上乘法诀，既契合于道法自然的真谛，又契合于全真求真返朴的文化指向。这实则是对传统道教修行理念的萃取与淳化。

2. 融德于道、以德促道

和儒家道德混融不分的道德观不同，道教对道与德之间的区分与联系，认知颇为清晰，并在实际的修行中倡导融德于道、以德促道，逐步形成了一种成仙的德行决定论，即认为人的德行好坏决定着能否成仙，并认为积善行德是证道成仙的一条重要途径。如葛洪的《抱朴子·内篇》就说："欲求仙者，要当以忠孝、和顺、仁信为本。"⑤ 忠孝、和顺、仁信皆为德行的范畴，这就明确指出了修德对修道的促升作用。张伯端在其《悟真篇》中云："黄芽白雪不难寻，达者须凭德行深。"⑥ 又说："大药修之有易难，也知由我亦由天。若非积行修阴德，动有群魔作障缘。"⑦ "阴德"即指德行。有了德行便可降魔除障，采药还丹，促

① （金）谭处端、刘处玄等著，白如祥校：《谭处端·刘处玄·王处一·郝大通·孙不二集》，齐鲁书社 2005 年版，第 273 页。
② 薛瑞兆、郭明志编纂：《全金诗》第三册，南开大学出版社 1995 年版，第 41 页。
③ （金）王重阳著，白如祥辑校：《王重阳集》，齐鲁书社 2005 年版，第 315 页。
④ （金）马钰著，赵卫东辑校：《马钰集》，齐鲁书社 2005 年版，第 242 页。
⑤ （晋）葛洪著，王明校释：《抱朴子内篇校释》（增订本），中华书局 1985 年版，第 53 页。
⑥ （宋）张伯端撰，王沐浅解：《悟真篇浅解》，中华书局 1990 年版，第 19 页。
⑦ （宋）张伯端撰，王沐浅解：《悟真篇浅解》，中华书局 1990 年版，第 121 页。

升自我道阶。所以对于修道者来说，想要完全回归于仙道，就要"德行修逾八百，阴功积满三千"。①

金元全真宗师承袭传统道教的这一思想，倡导在道法修行中，注重自我德行的完善，以修养德行促升修道，把德融归于道。对于德行修养的内容，全真宗师依循传统道教的思想，将慈善、忠孝、和顺、仁信等皆归为德行之列。王重阳以词劝诫弟子曰："如要修持，依恁相当。出真慈、真慧无方。上从父母，下顺儿娘。待放琼花，飘琼屑，饮琼浆。"② 谭处端以诗劝人在家修行说："崇真起善立玄堂，谨奉朝昏两炷香。内侍媚亲行孝道，外持真正合三光。常行矜悯提贫困，每施慈悲挈下殃。他日聪明如省悟，也应归去到仙乡。"③ 这就把修德以促道的修持思想清晰地彰显了出来。

而在更多时候，全真宗师是把修德以促升道阶，融德于道的宗教意义进行绝对的提升，将积行修德直接与成真证仙相等同，视修德为得道成仙的重要途径与桥梁。谭处端于其《游怀川》诗中说："为官清政同修道，忠孝仁慈胜出家。行尽这般功德路，定将归去步云霞。"④ 王处一在其《赠内侍局司丞》诗中说："常行忠孝无私曲，应有神明指正宗。不觉脱离生死海，十方三界显家风。"⑤ 侯善渊在其《沁园春》词中曰："善惠谦柔，济苦怜贫，随方就圆。善治家润国，修身养命，深穷造化，庄列齐肩。"⑥ 尹志平在他的《悟南柯·劝世》词中亦说："更悟真常性，劝修吉善心。长生路上听仙音。正道无疑，稳步赴瑶岑。"⑦ 此类诗词将积善修德的终极意义与归道证仙相等同，在德行修养与仙道

---

① （宋）张伯端撰，王沐浅解：《悟真篇浅解》，中华书局 1990 年版，第 155 页。

② （金）王重阳著，白如祥辑校：《王重阳集》，齐鲁书社 2005 年版，第 124—125 页。

③ （金）谭处端、刘处玄等著，白如祥校：《谭处端·刘处玄·王处一·郝大通·孙不二集》，齐鲁书社 2005 年版，第 7—8 页。

④ （金）谭处端、刘处玄等著，白如祥校：《谭处端·刘处玄·王处一·郝大通·孙不二集》，齐鲁书社 2005 年版，第 17 页。

⑤ （金）谭处端、刘处玄等著，白如祥校：《谭处端·刘处玄·王处一·郝大通·孙不二集》，齐鲁书社 2005 年版，第 260 页。

⑥ 唐圭璋编：《全金元词》，中华书局 1979 年版，第 526 页。

⑦ 唐圭璋编：《全金元词》，中华书局 1979 年版，第 1185 页。

修行之间架起了一座互通的桥梁。如此一来，在对德行修养的社会意义进行宗教认同的同时，还将修道的践行领域与意义进行了最大限度的拓展与普及。

二 修道的目标——合道成仙

从金元全真宗师的诸多著述中可以看出，他们悟道与修道的终极目标是要合道成仙，实现对尘俗及现世生命的超脱与超越。金元全真诗词中，这一宗教目标明确而凸显，集中体现在对慕仙情怀的展现，以及对仙道可学的论证之中。

（一）道教视域下的仙人实有与慕仙情怀

道教在创立之初，便吸纳和传承了战国至秦汉时期的神仙信仰，认为世间神与仙皆为实有，且仙道可修可成。如此一来，便促生了入道学道者强烈的慕仙情怀。

1. 仙人实有

神仙作为道教的核心信仰，其实有性一直以来都为道教所充分肯定。所谓神仙，指超越凡俗而长生不死的灵性存在。《汉书·艺文志》就曾指出："神仙者，所以保性命之真，而游求于其外者也。"[①] 而神与仙又有所区别，神为天生，仙则由人修炼而成。所以道教的宗教目标具体来说，就是对仙的向往，要由凡入仙。

对于仙人实有的记载，道教典籍中并不鲜见。如葛洪《抱朴子·内篇》有云："若夫仙人，以药物养生，以术数延命，使内疾不生，外患不入。虽久视不死，而旧身不改，苟有其道，无以为难也。"[②] 又如诸多典籍对十洲三岛、洞天福地的记述中，无不言说其处有仙草、仙药及仙人。这些记述皆在印证仙人实有之说，进而也稳固了仙人之信仰。

金元全真宗师对仙人实有的道教传统观念亦给予充分的肯定。王重

---

① 《二十四史·汉书》（简体字本），中华书局 2000 年版，第 1397 页。
② （晋）葛洪著，王明校释：《抱朴子内篇校释》（增订本），中华书局 1985 年版，第 14 页。

阳在《五篇灵文注》中指出：“仙有五等。鬼仙不足取，人仙不必论，地仙住世长年，神仙出有入无，隐显莫测，身外有身。能二其身者，是谓神仙。天仙者，列于神仙之上。学道之士，勿为中下之徒，当学最上一乘之真法，无上至极之妙道，洞晓天地阴阳，深达五行造化。”① 在这里王重阳把仙人分为五等，并告诫学道之士要取法乎上，学最上一乘之真法。这实际上就告诉他人，仙人实有，且仙道可修可成。丘处机于其《学仙记》中亦云：“出神入梦，脱壳登仙，世皆有之。”②

在金元全真诗词中，随处皆可看到全真宗师对仙人、仙乡的阐述，如：“仿效许庞，真升朝圣。”③“逍遥酩酊何方去，蓬岛仙乡去又来。”④“阆苑红尘外，瑶台碧汉间。洞中仙不老，云外客长闲。”⑤ 又如：“常净常清常忍辱，无为无作列仙曹。”⑥ 是类诗词，无疑可以视作全真作者对仙人实有、仙乡实存思想认同的映射。

2. 慕仙情怀

基于对传统道教仙人实有、仙乡实存思想的继承与阐扬，金元全真宗师在诗词中展现出浓厚而鲜明的慕仙情怀，包括成仙的向往与修仙的决心。

首先，成仙的向往。对于诚心向道、虔心修道者来说，合道而仙是他们人生与宗教生活的终极目标。全真宗师亦不例外。在金元全真诗词中，我们随处可以看到全真宗师对自我成仙向往的表达。

马钰创作有多首五言长篇诗歌，其中《慎终如始》一诗，对自我向往成仙的情怀，表达尤为真切。该诗共十六句，八十字，其中一连叠用了六次“我欲做神仙”一句，形成了回环复沓的语言形式，传达了

---

① （金）王重阳著，白如祥辑校：《王重阳集》，齐鲁书社 2005 年版，第 302 页。

② （金）丘处机著，赵卫东辑校：《丘处机集》，齐鲁书社 2005 年版，第 175 页。

③ （金）谭处端、刘处玄等著，白如祥辑校：《谭处端·刘处玄·王处一·郝大通·孙不二集》，齐鲁书社 2005 年版，第 124 页。

④ （金）谭处端、刘处玄等著，白如祥辑校：《谭处端·刘处玄·王处一·郝大通·孙不二集》，齐鲁书社 2005 年版，第 128 页。

⑤ （金）丘处机著，赵卫东辑校：《丘处机集》，齐鲁书社 2005 年版，第 40 页。

⑥ （金）马钰著，赵卫东辑校：《马钰集》，齐鲁书社 2005 年版，第 201 页。

深厚的慕仙情怀。如诗中曰："我欲做神仙，怎敢昧心镜。我欲做神仙，怎敢行邪径。我欲做神仙，怎敢迷尘境。"① 排比之中，情感深具递进之势。丘处机的《磻溪》诗曰："安贫只解同今日，抱朴畴能继古仙。"② 刘处玄于其《江神子》词中曰："他年蜕壳朝贤圣，名列仙曹。"③ 又在《五言绝句颂》中云："身闲杂念多，迷伪恋灯蛾。早悟云边鹤，飞升入大罗。"④ 王处一在《望蓬莱》词中说："大抵儒风并道理，若能运用两无妨。了了赴仙乡。"⑤ 诸如此类的诗词不胜枚举，皆在传达全真宗师内心深处归道成仙的向往。

其次，修仙的决心。成仙之道虽可修可成，但要想顺利地皈依仙道，合道而仙，并非易事，需要坚卓的意志与坚定的决心。正如丘处机的《真仙直指语录》所说："大抵修真慕道，须凭积行累功、若不苦志虔心，难以超凡入圣。"⑥ 所以修仙"不道神仙非小事，须凭功行赴瀛洲"。⑦

基于上述认知，在诗词中，全真宗师多处展现着自我修仙的决心与毅力，并以此共勉于同道，激励后学。马钰的《日用吟》一诗曰："朝也防心，暮也防心。炼气做生涯，颐神为日用。常交龙虎调，不使马猿弄。堪为睡觉人，免作梦中梦。"⑧ 诗句浅显类于白话，但其中朝暮不懈、精勤日用的决心，清晰可见。刘处玄的《五言绝句颂》云："道通明性命，意定真清静。有志免轮回，仙乡咫尺近。"⑨ 王处一的《苏幕

---

① （金）马钰著，赵卫东辑校：《马钰集》，齐鲁书社 2005 年版，第 80 页。
② （金）丘处机著，赵卫东辑校：《丘处机集》，齐鲁书社 2005 年版，第 5 页。
③ （金）谭处端、刘处玄等著，白如祥校：《谭处端·刘处玄·王处一·郝大通·孙不二集》，齐鲁书社 2005 年版，第 129 页。
④ （金）谭处端、刘处玄等著，白如祥校：《谭处端·刘处玄·王处一·郝大通·孙不二集》，齐鲁书社 2005 年版，第 153 页。
⑤ （金）谭处端、刘处玄等著，白如祥校：《谭处端·刘处玄·王处一·郝大通·孙不二集》，齐鲁书社 2005 年版，第 364 页。
⑥ （金）丘处机著，赵卫东辑校：《丘处机集》，齐鲁书社 2005 年版，第 142 页。
⑦ （金）马钰著，赵卫东辑校：《马钰集》，齐鲁书社 2005 年版，第 4 页。
⑧ （金）马钰著，赵卫东辑校：《马钰集》，齐鲁书社 2005 年版，第 86 页。
⑨ （金）谭处端、刘处玄等著，白如祥校：《谭处端·刘处玄·王处一·郝大通·孙不二集》，齐鲁书社 2005 年版，第 149 页。

遮》词曰："行满功成，决应三清举。"① 于道显的《张姑告》诗曰：
"一炉春雪下工夫，锻炼须成颗颗珠。"② 姬志真的《送杜天甫归终南》
诗曰："盛时着力须精进，老我无心自退藏。"③ 王丹桂的《齐天乐》词
曰："至道幽深，玄机杳邈，须仗十分勤苦。"④ 尹志平在其《西江月》
词中亦说："进道须凭笃志，收心慎勿狂游。"⑤ 从所引的这些诗词中，
我们亦可充分地感受到，全真宗师内心深处的那份坚卓的修仙之志。这
是全真宗师对天地道法深有所体后的修仙决心的表达，亦是全真宗师对
向道慕仙者的由衷劝示，意在告诫自己与同道，道法幽深，不可轻易而
得，尚须精诚坚笃而为。

（二）仙道可修

在道教看来，天地之间仙人实有、仙乡实存，而人要由凡而入仙，
同样有径可循、有法可依，那就是修道、合道。通过修道、合道，而后
得道，得道即可成仙。而人之所以能够修道、合道，原因就在于人天生
具有"道性"，有着回归道法的先天条件；同时人还有自主选择的能动
性，能够主动选择逆情而为的修道生活，选择上升为仙的生命归途。全
真宗师对这一思想深有所悟，并在诗词中进行充分的展现。

1. 人人皆有道性

金元全真宗师承袭先秦老庄哲学，及传统道教中的生成论，认为道
生万物，人居其一，人亦源自道。如王处一在其《述怀》诗中曰："大
道无形生育我，运行玄理出昆冈。"⑥ 又在《卢宣武索》诗中云："大道
开辟以来，无相化生万类。人还物我同观，返照深根固蒂。"⑦ 人既源

① （金）谭处端、刘处玄等著，白如祥校：《谭处端·刘处玄·王处一·郝大通·孙不二集》，齐鲁书社 2005 年版，第 363 页。
② 薛瑞兆、郭明志编纂：《全金诗》第三册，南开大学出版社 1995 年版，第 16 页。
③ 薛瑞兆、郭明志编纂：《全金诗》第四册，南开大学出版社 1995 年版，第 318 页。
④ 唐圭璋编：《全金元词》，中华书局 1979 年版，第 494 页。
⑤ 唐圭璋编：《全金元词》，中华书局 1979 年版，第 1168 页。
⑥ （金）谭处端、刘处玄等著，白如祥校：《谭处端·刘处玄·王处一·郝大通·孙不二集》，齐鲁书社 2005 年版，第 303 页。
⑦ （金）谭处端、刘处玄等著，白如祥校：《谭处端·刘处玄·王处一·郝大通·孙不二集》，齐鲁书社 2005 年版，第 329 页。

自道、自然深蕴道性。丘处机曾指出："只有一点阳光，超乎劫数之外，在人身中为性海，即元神也。"① 这里的"性海""元神"所指皆为人的"道性"。

而这一"道性"，是人天生具有的根本价值的核心载体。如王重阳的《金丹》诗曰："本来真性唤金丹，四假为炉炼作团。不染不思除妄想，自然衮出入仙坛。"② 谭处端的《述怀》诗曰："昏昏默默探玄玄，清静无为守自然。真性得凝真气助，无穷变化可冲天。"③ 皆在阐释"道性"的玄妙与可贵。

全真宗师认为如此玄妙可贵的"道性"，极具平等性，无偏无私，人人皆有。王重阳曾指出："一点先天在人身，个个不无，人人本有。"④ 所谓"一点先天"指的就是人天生所具有的"真性""道性"。他于《玉堂春》词中云："玉性金真，人人皆可化。"⑤ 又在《赠道友》藏头诗中说："（青）目人人瑶性广，（黄）芽个个玉灵恢。"⑥ 此中"玉性""瑶性"皆指"道性"。这一"道性"人人皆可化，个个皆可悟。

丘处机曾回答弟子所问时说："凡七窍者，皆可成真，吾子只六窍耶。"⑦ 这里用反问的语气传达肯定的意指，言外之意是说普天之下的民众皆可成真证道。而这成真证道的根基就在于人所秉持的先天"道性"。他又于其《西江月》词中曰："天地生成造化，人人尽可还丹。"⑧ 又说："大药人人俱有，炼成个个飞升。"⑨ 所谓"大药"亦即"本性""道性"。又如尹志平的《西江月》词中说："认得元初这个，须明无事

① （金）丘处机著，赵卫东辑校：《丘处机集》，齐鲁书社2005年版，第149页。
② （金）王重阳著，白如祥校：《王重阳集》，齐鲁书社2005年版，第30页。
③ （金）谭处端、刘处玄等著，白如祥校：《谭处端·刘处玄·王处一·郝大通·孙不二集》，齐鲁书社2005年版，第15页。
④ （金）王重阳著，白如祥辑校：《王重阳集》，齐鲁书社2005年版，第305页。
⑤ （金）王重阳著，白如祥辑校：《王重阳集》，齐鲁书社2005年版，第274页。
⑥ （金）王重阳著，白如祥辑校：《王重阳集》，齐鲁书社2005年版，第27页。
⑦ （金）丘处机著，赵卫东辑校：《丘处机集》，齐鲁书社2005年版，第150页。
⑧ （金）丘处机著，赵卫东辑校：《丘处机集》，齐鲁书社2005年版，第157页。
⑨ （金）丘处机著，赵卫东辑校：《丘处机集》，齐鲁书社2005年版，第158页。

真禅。人人有分性周圆，只为使他不转。"① 是类诗词在全真作品中并不鲜见，皆在阐释借以修道成真的"道性"人人皆有。这就为人人得道、个个归仙提供了先天的理论依据，为人人超脱提供了可能，正所谓"人人若论识清闲，除是蓬莱第一仙"。②

2. 人人皆有自主选择性

按照道教的观点，道生万物，人居其一，不独人有道性，万物皆具道性。但有道性并不意味着就一定能够得道成仙，因为道性仅仅是提供了修道成仙的可能性，而能否成仙，还取决于是否拥有自主悟道、修道的能力，以及是否做出循道修仙的抉择。这种自主悟道、修道的能力与抉择，正是所谓的自主性，由此也决定了人与世间万物的区别。人可以自主选择循道而仙，而万物则无法做出这样的选择。并且这种自主选择性人人皆有。

正是基于这样的认知，道教一直以来就有着"我命在我不在天"的命运自主论。葛洪的《抱朴子内篇》有曰："我命在我不在天，还丹成金亿万年。"③《老子西升经》中有云："我命在我，不属天地。我不视、不听、不知，神不出身，与道同久。吾与天地分一气而治，自守根本也。"④ 金元全真宗师承袭这一思想并加以阐扬。如王重阳在词中说："我命不由天，熟耨三田守妙玄。"⑤ 郝大通"金丹诗"其五亦曰："一七元中九六年，始知我命不由天。炎风鼎内消红雪，偃月炉中炼瑞莲。"⑥ 意在表明人具有决定自我生命最终去向的自主选择性。

在实际修行中，当人们做出悟道、修道抉择的同时，还要对参悟与修习的基本方向有明确的认知与把握。对此修道者向来传习有"顺则成人，逆则成仙"的重要参修指向。这一思想谭峭在其《化书》中进

---

① 唐圭璋编：《全金元词》，中华书局 1979 年版，第 1169 页。
② （金）王重阳著，白如祥辑校：《王重阳集》，齐鲁书社 2005 年版，第 12 页。
③ （晋）葛洪著，王明校释：《抱朴子内篇校释》（增订本），中华书局 1985 年版，第 287 页。
④ 《道藏》第十一册，文物出版社、上海书店、天津古籍出版社 1988 年版，第 507 页。
⑤ （金）王重阳著，白如祥辑校：《王重阳集》，齐鲁书社 2005 年版，第 67 页。
⑥ （金）谭处端、刘处玄等著，白如祥校：《谭处端·刘处玄·王处一·郝大通·孙不二集》，齐鲁书社 2005 年版，第 423 页。

行了系统的表达，其曰："道之委也，虚化神，神化气，气化形，形生而万物所以塞也。道之用也，形化气，气化神，神化虚，虚明而万物所以通也。是以古圣人穷通塞之端，得造化之源，忘形以养气，忘气以养神，忘神以养虚。虚实相通，是谓大同。"① "道之委""道之用"，说的就是道的顺与逆的两个演化方向。道教内丹学直接继承这一思想，以逆道成仙，还虚合道为修行的方向。全真后学李道纯于其《中和集》中云："道生一，一生二，二生三，三生万物；虚化神，神化气，气化精，精化形。已上谓之顺。万物含三，三归二，二归一；炼乎至精，精化气，气化神。已上谓之逆。"② 最终炼神还虚，还虚合道，合道而仙。

在实际修行中，修行者所要做的最重要最大的逆反，就是对世俗人情的摒弃。因为世俗百态、人情浩荡，是道的顺向演化的最底层、最繁杂的形态，亦是最束缚人心的形色存在。逆反人情，也就成了修行者最难、最重要的一个起步。在金元全真诗词中，对逆道而修的表述亦有不少。王重阳于其《唐公求修行》诗中云："修行切忌顺人情，顺著人情道不成。"③ 又于《望蓬莱·醴泉觅钱》词中云："修炼者，须要觅前程。窈窈冥冥除我相，昏昏默默绝人情。"④ 丘处机在他的《答樊生》诗中说："莫问天机事怎生，唯修阴德念常更。人情反覆皆仙道，日用操持尽力行。"⑤ 这些阐释，皆是对修行方向的指引，对初学者的启示，告诫修道者要逆人情而修，犹如逆流而上，方可溯得源头。正如丘处机在他的《丘祖秘传大丹直指》中所指出："丹道只在一'逆'字，顺于凡母则成胎，逆受灵母则成丹。"⑥

全真后学对这一修道思想深有所悟，多有阐发。相对来说，后学者对逆凡情、归真理的阐述，显得更为直接而具体，更接近形而下的修行

---

① （五代）谭峭撰，丁祯彦、李似珍点校：《化书》，中华书局1996年版，第1页。
② 李大华：《李道纯学案》，齐鲁书社2010年版，第66页。
③ （金）王重阳著，白如祥辑校：《王重阳集》，齐鲁书社2005年版，第41页。
④ （金）王重阳著，白如祥辑校：《王重阳集》，齐鲁书社2005年版，第75页。
⑤ （金）丘处机著，赵卫东辑校：《丘处机集》，齐鲁书社2005年版，第19页。
⑥ （金）丘处机著，赵卫东辑校：《丘处机集》，齐鲁书社2005年版，第170页。

实践。如姬志真在其《访友二首》（其一）诗中云："举心一一成颠倒，勘破缘空万事休。"① 王玠在其《满江红·示众》词中曰："本玄玄幽微，朗朗晃耀。只为贪生多爱欲，渐教习性忘真妙。算不如、直下早收头，回光照。悟真机，存三要。"② 王丹桂的《玉炉三涧雪》词亦曰："欲要超离苦海，先须割爱忘情。从来坑堑划教平。不入荒凉斜径。"③ 诗词中的舍万缘，弃情爱，实则是对逆反人情的更为具体的表达，这种表达更切中修行的实际情境，具有更为切实的劝导意味。

从对"道性"人人皆有的揭示，到对逆道而修的方向指引，可以看出全真宗师所着重传达的仙道可修的思想意旨。这是全真诗词以修道证仙为文化内核的一个重要体现。

三　修道证仙的文化指向

金元全真诗词作为全真仙道文化的重要载体，其集中展现了全真宗师对道法参悟与修行的洞识与真知，同时也展现了全真宗师对仙道可修的认知，及自我成仙的向往与修仙的决心。这些内容都充分地印证了金元全真诗词深厚的修道证仙的文化内涵。在这些修道证仙的文化之中，都寄寓着深刻而明晰的全真思想文化指向。这一文化指向可分说为两端：其一，对逍遥自在之境的追求；其二，对生命超越与永恒的向往。

（一）对逍遥自在之境的追求

由前面的论述不难看出，金元全真诗词充分展现了全真宗师内心深处崇道、慕道的浓厚情怀，以及参道、修道的诚笃信念。而在这种浓厚情怀、诚笃信念之中，却又深浸着他们对生命的逍遥自在之境的追求。

对于向道者来说，参道、修道的目的是合道而仙。仙人与凡人相比，其突出的特点就在于长生不死，逍遥自由，超凡而入圣。这些皆是

---

① 薛瑞兆、郭明志编纂：《全金诗》第四册，南开大学出版社 1995 年版，第 301 页。
② 唐圭璋编：《全金元词》，中华书局 1979 年版，第 1264 页。
③ 唐圭璋编：《全金元词》，中华书局 1979 年版，第 483 页。

生命价值与意义的绝好体现，自然为向道者所追求。对全真宗师来说，追求逍遥自在的生命之境，既是对生命应有价值的实现，亦是对教门宗风文化指向的阐释。

王重阳在他的《蓦山溪·赠文登县骆守清》词中说："守清守净，各各开明性。两两做修持，你个个、心头修省。虚虚实实，里面取炎凉，寻自在，觅逍遥，渐渐归禅定。"① 词中对寻求自在、逍遥的意旨阐述清晰而彰显。而这种寻求则与"开明性""做修持"的修道行为相伴随。

全真弟子皆能深悟祖师思想文化之指向，并进行深承和阐扬。马钰在《述怀》诗中说："逍遥自在三山客，坦荡无拘一散仙。清净斡开壶内景，无为踏碎洞中天。"② 他又在《满庭芳》词中云："那更真修真炼，得逍遥自在，澄心遣欲。"③ 谭处端的《如梦令》词曰："随分养营皮袋，坐卧去来明快。境上乐闲游，些子无生罣碍。忍耐，忍耐，占得逍遥自在。"④ 行文至此，我们已可看出，全真宗师对逍遥自在之境的追求，其针对的对象是自我的精神主体，追求的是精神的逍遥与自由，外在的形体只是内在精神的暂时寄寓之所，其已不再是精神行为的阻碍。

而当人们的精神主体真正进入逍遥之境时，内心世界则会被自在无碍、通脱圆融所充斥，外在形体自然在被遗忘之列，此身已非我所有，吾已丧我。正如丘处机《修道》诗所指出："自生还自灭，无浅亦无深。不悟身非我，难明物是心。"⑤ 若悟得身非我，则可腾古而跨今。所谓"出生入死常无我，跨古腾今自在仙"。⑥

而对此种逍遥之境下的心灵感受，全真诗词亦多有描绘。如刘处玄

---

① （金）王重阳著，白如祥辑校：《王重阳集》，齐鲁书社2005年版，第52—53页。
② （金）马钰著，赵卫东辑校：《马钰集》，齐鲁书社2005年版，第2页。
③ （金）马钰著，赵卫东辑校：《马钰集》，齐鲁书社2005年版，第222页。
④ （金）谭处端、刘处玄等著，白如祥校：《谭处端·刘处玄·王处一·郝大通·孙不二集》，齐鲁书社2005年版，第33页。
⑤ （金）丘处机著，赵卫东辑校：《丘处机集》，齐鲁书社2005年版，第60页。
⑥ （金）丘处机著，赵卫东辑校：《丘处机集》，齐鲁书社2005年版，第197页。

的《酹江月》词云：“厌居人世，似孤云飘逸，鹤升霄汉。自在无拘空外去，撒手直超彼岸。到处为家，琴书为伴，信笔闲吟叹。洞天高卧，任他人笑懒慢。”① 又如他的《青杏儿》词曰：“念道玉浆多，得真欢、大笑呵呵。自然酩酊逍遥快，依山临水，云霞洞外，忻后高歌。”② 词中所述正是无我、忘我之境下的逍遥快乐。自我已可忘却，外物更不足以牵萦于心，所以可以“撒手直超彼岸。到处为家”。

事实上，在金元全真宗师看来，真正的逍遥自由之境，已等同于仙道之境。如王处一的《大众求教》诗曰：“全体光明合大丹，冲和返老变童颜。逍遥自在真欢乐，便觉升腾碧落间。”③ 他的《赠李都监》诗亦曰：“倦随尘俗恣矜骄，一志清刚别立标。内蕴灵光含庆悦，功成天外永逍遥。”④ 从诗中可以看出，在这种逍遥自在之中，自我的精神可以升腾碧落，自我的修行已功成天外，这实际就是合道证仙后的情态。这种逍遥自在之下，生命的终极价值已然实现。

全真后学诗词中的“逍遥自在之境”，亦多有齐同仙道之境的思想蕴涵。如长筌子的《满庭芳》词曰：“纤尘不染，清净是真功。日用头头不昧，超生灭、法界难笼。还能此，逍遥自在，处处是仙宫。”⑤ 王丹桂的《无俗念·叹世》词曰：“一粒神丹光灿灿，免使尘情连累。坦荡逍遥，优游自在，占得真消息。功成归去，永居蓬岛仙位。”⑥ 李道玄的《秋赴河津立庵赞贫》诗曰：“极乐清凉境，逍遥自在仙。妙机无可说，缄口待天年。”⑦ 是类诗词中，逍遥自在成了仙道境界的等价标

① （金）谭处端、刘处玄等著，白如祥校：《谭处端·刘处玄·王处一·郝大通·孙不二集》，齐鲁书社 2005 年版，第 133 页。

② （金）谭处端、刘处玄等著，白如祥校：《谭处端·刘处玄·王处一·郝大通·孙不二集》，齐鲁书社 2005 年版，第 139 页。

③ （金）谭处端、刘处玄等著，白如祥校：《谭处端·刘处玄·王处一·郝大通·孙不二集》，齐鲁书社 2005 年版，第 312 页。

④ （金）谭处端、刘处玄等著，白如祥校：《谭处端·刘处玄·王处一·郝大通·孙不二集》，齐鲁书社 2005 年版，第 314 页。

⑤ 唐圭璋编：《全金元词》，中华书局 1979 年版，第 584 页。

⑥ 唐圭璋编：《全金元词》，中华书局 1979 年版，第 487 页。

⑦ 薛瑞兆、郭明志编纂：《全金诗》第四册，南开大学出版社 1995 年版，第 567 页。

签。诗词在展示作者崇道慕仙情怀的同时，亦充分阐释了全真宗风追求逍遥自在的文化指向。

值得注意的是，金元全真诗词中很多作品，看似未着"逍遥""自在"之词，却实摹逍遥自在之境，是境达而非词达。如丘处机的《复归陇山》诗曰："独坐长松下，孤吟乱石边。夜骑朱顶鹤，时访白云仙。"① 王丹桂的《姹莺娇·山居述怀》词曰："女姹婴娇，频劝我、倾金液。沉醉。但高卧、晴霞影里。"② 长筌子《绛都春》词曰："清风皓月时相贺。杳冥中、修成仙果。了然归去，绵绵九天高卧。"③ 李道玄的《自乐》诗云："外无烦恼内无思，不醉不醒不即离。何事道心清乐出，碧天风细月明时。"④ 诸如此类的诗词所见颇多。其中均不着逍遥、自在之一字，但却深阐出了逍遥自在之意蕴。

总括而言，无论是直白通脱的阐释，抑或不着痕迹的表达，其中的情与蕴却是显现的，思想与文化的指向也是明确的。全真宗师在对自我浓厚的仙道情怀的表述中，亦充分展示出了全真思想中追求逍遥自在之境的文化指向。

（二）对生命超越与永恒的向往

金元全真诗词中，"修道证仙"的另一文化指向，就是实现生命的超越与永恒。所谓生命的超越，其针对的是尘俗生命存在的境界、境域及空间的有限性；生命的永恒，其针对的是尘俗生命存在的短暂性。实现生命的超越与永恒，就是要获得生命在境界、境域、时空等方面的永恒性。这一永恒性的获得，正是要通过修道、证道，合道而仙的宗教活动来实现。

1. 对生命超越的向往

无论对于向道之人，抑或世俗之人来说，在道德提升及生命完善

---

① （金）丘处机著，赵卫东辑校：《丘处机集》，齐鲁书社 2005 年版，第 55 页。
② 唐圭璋编：《全金元词》，中华书局 1979 年版，第 488 页。
③ 唐圭璋编：《全金元词》，中华书局 1979 年版，第 585 页。
④ 薛瑞兆、郭明志编纂：《全金诗》第四册，南开大学出版社 1995 年版，第 563 页。

中，都需要进行不断的超越。超越他人，超越自我，超越人生中各种有限的生活境域。具体到金元全真宗师而言，他们则倡导世人在生存境界、境域上，要超越现有、超越凡俗，由凡境而入仙境，实现生命在境域上的绝对超越。

王重阳在其《刘仙求问》一诗中曾说："投真换假光辉至，步步莲花接上宫。"① 马钰师承王重阳的思想意指，如他的《赠霜溪散人颜姑》诗云："九曜合和真玉性，十分功满赴仙坛。"② 这里"接上宫""赴仙坛"，无疑是仙人之举。而超凡入仙则是中国道教文化中，对生命存在境域的终极超越，亦是全真教所倡导的生命超越。

王处一在《寄莱阳宋二先生》诗中说："全真内外功圆聚，万里回光透碧天。"③ 侯善渊的《登仙》诗云："功满自登仙，翱翔出九天。"④ 姬志真的《苏幕遮》词说："行满功成，定是超三界。"⑤ 诗词对"万里""九天""三界"等境域概念的使用，无不在表明生命由此境而至彼境的超越。

在生命存在境域的超越中，有多重的宗教文化蕴涵，较为显现的约有两端：其一，改变了肉身生命终结后生命的归处；其二，跳出了生死循环的六道轮回。

在道教看来，肉身生命结束也即人死之后，内在生命并未消解，而是有两种去处，一则为鬼，一则为仙。对于一般人来说，人死之后就要变成鬼魂。《天皇至道太清玉册》说："凡人有死皆曰鬼。虽修道而成，不免有死，遗枯骨与人间者，纵高不妙，终为下鬼之称，故曰鬼。"⑥ 这和中国传统文化一脉相承，如《礼记·祭法》有云："大凡生于天地

---

① （金）王重阳著，白如祥辑校：《王重阳集》，齐鲁书社 2005 年版，第 6 页。

② （金）马钰著，赵卫东辑校：《马钰集》，齐鲁书社 2005 年版，第 20 页。

③ （金）谭处端、刘处玄等著，白如祥校：《谭处端·刘处玄·王处一·郝大通·孙不二集》，齐鲁书社 2005 年版，第 262 页。

④ 薛瑞兆、郭明志编纂：《全金诗》第二册，南开大学出版社 1995 年版，第 299 页。

⑤ 唐圭璋编：《全金元词》，中华书局 1979 年版，第 1224 页。

⑥ 《道藏》第三十六册，文物出版社、上海书店、天津古籍出版社 1988 年版，第 404 页。

之间者皆曰命,其万物死皆曰折,人死曰鬼。"① 倘若修道且证得正果者,则可为仙。由趋下之鬼魂至与道合一的仙人,两种生命的去向可谓大相径庭,有着云壤之别。

人之所以死后有此两种归处,原因就在于人生于天地间,秉受有阴阳二气。余洞真在《悟玄篇序》中有曰:"盖人生于天地之间,秉受阴阳之气,故曰有死生。为人者,可鬼可仙。鬼者,纯阴之气;仙者,纯阳之体。以阴炼阳甚易,以阳炼阴不难。所谓学仙之士,无过以阳炼阴之术,阴尽阳纯则曰仙矣。"②《钟吕传道集》亦曾指出:"吕曰:'人死为鬼,道成为仙。仙一等也,何以仙中升取天乎?'钟曰:'仙非一也。纯阴而无阳者,鬼也;纯阳而无阴者,仙也;阴阳相杂者,人也。惟人可以为鬼,可以为仙。'"③

鉴于此,金元全真宗师极力倡导世人修道而证仙,以改变生命的归处,脱鬼趣而沐仙风。如王重阳诗中云:"阴理无差皆尽报,捧其仙寿在仙坛。"④ 马钰有词曰:"早早投玄离苦海,闲闲炼气养灵胎。功成同去赴蓬莱。"⑤ 丘处机亦于词中说:"为人早早修持。还到恁时,发忿应迟。"⑥ 此中劝示意味十分明显,以修道证仙来改变生命归处的意旨亦深浸其中。

当生命真正与道和合,脱凡而入仙后,其将迎来第二个质的改变,那就是跳出生死循环的六道轮回。道教吸收佛家的生死轮回说,认为尘世的生命在生与死之间存在循环轮回的运动。且在轮回之中存在轮为异类的可能。丘处机的《真仙直指语录》举例说:"陇州汧阳县张三郎,死而复生,为吴山县翟家男,稍能言即说张家事,张即求之暂还,既见家中老幼,辨之莫差。张埋钱一窖,曾无知者,直指其处。又言其宿世

① (清) 孙希旦撰,沈啸寰、王星贤点校:《礼记集解》,中华书局1989年版,第1197页。
② 《道藏》第二十三册,文物出版社、上海书店、天津古籍出版社1988年版,第612页。
③ 《道藏》第四册,文物出版社、上海书店、天津古籍出版社1988年版,第657页。
④ (金) 王重阳著,白如祥辑校:《王重阳集》,齐鲁书社2005年版,第8页。
⑤ (金) 马钰著,赵卫东辑校:《马钰集》,齐鲁书社2005年版,第130页。
⑥ (金) 丘处机著,赵卫东辑校:《丘处机集》,齐鲁书社2005年版,第77页。

为一雀，触网而死。再世为犬啮面，为一妇刀斫而死。三世为羊，长子宰之祭神。四世为翟家子，翟贫张富，翟尝借九两丝于张氏，既还而未勾其历，张使重还，由此尝宿债。"① 该事例中张三郎在生死轮回中就曾轮为雀、犬、羊等异类。由此也说明了人身得之不易。而纵使转世为人，却也要经历生、老、病、死，爱恨、情愁等世俗生活的磨砺。所以生死轮回并不是一件美好的事情，而修道、合道，实现生命存在境域的超越，则可以摆脱生命的生死之轮回。

王重阳在他的《转调斗鹌鹑》词中曰："复悟前真免轮回，没甚灾。看看却得，重上玉台。"② 马钰在其《清心镜·闻吴解元昆仲身化》词中云："人还悟，人还省。擎下家缘，全完性命。真清净、脱免轮回，得长生有准。"③ 刘处玄的《上敬奉三教道众并述怀》诗亦曰："炼成三宝，蜕下凡躯。趄却轮回，升入虚无。大罗朝圣，永住仙都。"④ 这些诗词皆在阐释生命存在的境域超越，其中深浸着超脱轮回的宗教蕴涵。

正是鉴于对改变生命归处、跳出生死轮回的认知，金元全真宗师于诗词中极力倡导世人追求和实现生命存在境域的超越。

2. 对生命永恒的向往

尘世的肉身生命有限而短暂，这是为世人所深知的客观事实。如谭处端的《临江仙》词曰："百年浑似梦，七十古来稀。"⑤ 刘处玄的《述怀》诗曰："人生七十，古今稀少。"⑥ 丘处机亦有诗曰："人生七十古来稀，不夜功成赋式微。"⑦ 而要想让肉身之外的内在生命，不随肉身的殒灭而"消解"，就要超脱尘俗，复归本真，实现与道和合、成真

---

① （金）丘处机著，赵卫东辑校：《丘处机集》，齐鲁书社 2005 年版，第 146 页。

② （金）王重阳著，白如祥辑校：《王重阳集》，齐鲁书社 2005 年版，第 167 页。

③ （金）马钰著，赵卫东辑校：《马钰集》，齐鲁书社 2005 年版，第 117 页。

④ （金）谭处端、刘处玄等著，白如祥校：《谭处端·刘处玄·王处一·郝大通·孙不二集》，齐鲁书社 2005 年版，第 118 页。

⑤ （金）谭处端、刘处玄等著，白如祥校：《谭处端·刘处玄·王处一·郝大通·孙不二集》，齐鲁书社 2005 年版，第 39 页。

⑥ （金）谭处端、刘处玄等著，白如祥校：《谭处端·刘处玄·王处一·郝大通·孙不二集》，齐鲁书社 2005 年版，第 111 页。

⑦ （金）丘处机著，赵卫东辑校：《丘处机集》，齐鲁书社 2005 年版，第 18 页。

证仙。

与道和合，成真证仙，就生命存在境域而言，其由凡而仙，实现了超越；就生命存在的时间维度来说，其由短暂而恒久，获得了永恒。所以金元全真宗师极力倡导修道证仙，以实现生命仙境下的永恒存在。

王重阳写有《红芍药》一词，其中下阕有曰："玄玄妙妙任穷考，又更餐芝草。白气致使，上下盈盈，金丹结、炼成珍宝。恁时节、永处长生，住十洲三岛，住十洲三岛。"① 该词表达的是修道以证仙的宗教意旨，其中"永处长生"一句，把追求生命永恒的思想表露无遗。马钰的《忆王孙·和重阳真人》词云："心清步步入玄门。意静霭霭溉本根。蓦地听闻没口论。性无昏。一点灵光万劫存。"② "一点灵光"所指正是肉身之外，内在的生命形式。又如他的《满庭芳》词曰："因得道，做神仙，久永长生。"③ 王处一的《踏云行·赠文登王志明》词云："紫霞堆里玉容光，长春境界无衰老。"④ 所谓"长春境界"则指仙境，"无衰老"则指长生不老。马钰与王处一的词作，所阐释的同样是仙道境界下生命存在的永恒性。

又如长筌子在其《和朗然子诗并序》诗中曰："玄炉炼就长生药，宝藏修成不坏身。月殿星楼常自在，金容万劫愈清新。"⑤ 他又在《酒》诗中说："恁时作个醉中仙，身与海山同坚久。"⑥ 侯善渊的《连理枝》词曰："炼气成神，神气碧落，太虚同体。任天宽地阔永无忧，得长生久视。"⑦ 又如他的《沁园春》词曰："争魁首，授群仙领袖，永镇瀛都。"⑧ 是类诗词中对仙道境界下，生命存在永恒性的阐释，清晰而彰

---

① （金）王重阳著，白如祥辑校：《王重阳集》，齐鲁书社2005年版，第56—57页。

② （金）马钰著，赵卫东辑校：《马钰集》，齐鲁书社2005年版，第205—206页。

③ （金）马钰著，赵卫东辑校：《马钰集》，齐鲁书社2005年版，第214页。

④ （金）谭处端、刘处玄等著，白如祥校：《谭处端·刘处玄·王处一·郝大通·孙不二集》，齐鲁书社2005年版，第356页。

⑤ 薛瑞兆、郭明志编纂：《全金诗》第四册，南开大学出版社1995年版，第571页。

⑥ 薛瑞兆、郭明志编纂：《全金诗》第四册，南开大学出版社1995年版，第574页。

⑦ 唐圭璋编：《全金元词》，中华书局1979年版，第503页。

⑧ 唐圭璋编：《全金元词》，中华书局1979年版，第526页。

显。这样的阐释，在饱含劝示规引之意的同时，亦不乏自我对仙道境界下，生命恒常存在的欣喜与向往。生命的这种永恒性，实则亦是对尘世生命短暂而有限的绝对超越。

综上所述，金元全真诗词不同于世俗文人作品，其拥有独特的文化特征。强调和倡导"中和圆融""求全觅真""修道证仙"，充分展现出以仙道为内质而又融合超越的全真文化思想。其中和合性命、寻内真弃外假、摒弃非真的尘俗生活、追求逍遥自在之境、向往生命超越与永恒等文化指向，无疑深具超脱尘俗的文化内质，这对于世人有着莫大的警示与劝化意义。

第三章　金元全真诗词的审美特征

　　和世俗文人相比，金元全真作家有更为独特的审美技巧。他们在审美视域上更加开阔和多层，不仅把尘世的诸事诸物作为审美对象，而且把天地之道、丹道修行、精神体证等也拉入审美范围。其在审美视角上，也更加别致与独到，立足于混同物我的审视基点，用涤尽尘纷的目光洞察万物，透视肉身与心灵，透视尘境与道境。由此也促使了金元全真诗词在审美结构、审美指向、审美蕴涵上都别具特色。

第一节　金元全真诗词的审美结构

　　我们一般认为所谓审美结构，是指主体内部反映客观事物的审美特性及其相互联系的心理活动结构。对于诗词而言，其中的审美结构则主要表现为时间、空间及心灵主体之间相互交织而形成的审美空间。和世俗作品相比，金元全真诗词的审美结构显得更为立体而多重，既有尘俗现有的空间，亦有仙道空灵的时空。

一　开放的审美结构

　　金元全真作家以超越的视角与心态，进行自我审美活动，在诗词中展现出一种开放的审美结构，给人以辽远舒散的审美愉悦。这种结构的开放性、散射性不仅表现为对时空无限性的体察，而且蕴含着对精神向上一路的指引。

（一）时空无限

中国文化中时空的观念由来已久，《周易·系辞下》有云："日往则月来，月往则日来，日月相推而明生焉；寒往则暑来，暑往则寒来，寒暑相推而岁成焉。"① 这是先民对日月寒暑时空流转变换的直观感受。《管子·四时》篇中说："是故阴阳者，天地之大理也；四时者，天地之大径也。"② 这就把时光的往来与阴阳的交错构置成了一个审美的时空。刘勰《文心雕龙》"物色"篇中亦说："春秋代序，阴阳惨舒，物色之动，心亦摇焉。"③ 此时的春秋与阴阳已完全成为世人艺术审美的客观对象。如果说《管子》的四时、阴阳的时空观是建构在客观的"理"之上的话，那么刘勰的时空观，则是立足于审美者的主观情感之上的。刘勰时代的时空观，已是客观时空与主观情感完全交融的审美思维。这也就为后世文人诗词创作奠定了基本的时空思维方式。

对于时空的审美，金元全真宗师似乎更有突破意识，他们将时空存在进行无限延伸，超越肉身对时空感知的局限性，以脱尘的内在自我体证古往今来、天地四维的无限性。谭处端的《踏莎行》词云："才见春花，又逢秋月。春花秋月何时彻。劝君速悟勿蹉跎，壶中别有佳时节。断爱超尘，当须猛烈。元阳固炼搜玄诀。神珠磨炼莫交昏，无来不去超生灭。"④ 词中春花秋月的无休轮换，神珠的不生不灭，均在喻示时空存在的恒久与无限。王处一的《卢宣武问道》诗云："一气升沈合大丹，始知灵物自回还。收藏宝璧归中位，剔拨天机注内颜。光绽九宫观世界，道成永劫列仙班。青鸾稳跨腾空去，从此清标镇海山。"⑤ 该诗

---

① 黄寿祺、张善文撰：《周易译注》，上海古籍出版社 2001 年版，第 581 页。

② 黎翔凤撰，梁运华整理：《管子校注》，中华书局 2004 年版，第 838 页。

③ 周振甫：《文心雕龙今译》，中华书局 1986 年版，第 409 页。

④ 唐圭璋编：《全金元词》，中华书局 1979 年版，第 421 页。

⑤ （金）谭处端、刘处玄等著，白如祥校：《谭处端·刘处玄·王处一·郝大通·孙不二集》，齐鲁书社 2005 年版，第 264 页。

是金元全真诗词中，典型的超越肉身感知而进行时空审美的作品。抛却宗教修行的成分，就诗中的时空结构而言，其拥有显现的开放性与无限性，其中"青鸾稳跨腾空去"，标示着空间审美的无止性；而"道成永劫列仙班"，则喻示时间审美的无限性。诸如此类的作品所见甚多，再如李道玄的《夜坐》诗，诗曰：

> 迢迢夜色正三更，玄体飞行出玉京。
> 风敛野云千里净，光浮满月一轮明。
> 银星点点寒光白，碧汉澄澄浩气清。
> 何事日乌离海上，一声钟送定初惊。①

该诗描述的是内在本我冲出肉体，太空遨游的情境。从千里云净、明月高悬、碧空清澄的环境描写中，我们便可感知，诗中意境的空阔与辽远。从诗的审美结构来说，野云、满月、银星、碧汉以及离海而升的太阳，无不表明作品审美空间的空旷与审美主体的自由，而这种空旷与自由，恰是诗歌审美结构开放性的标志。

上述所列举的诗词多为宗教修行、超越尘俗体验的作品，而非宗教性的全真诗词也多具有时空无限的审美特征。丘处机有《凤栖梧·述怀》一词，词曰：

> 西转金乌朝白帝。东望银蟾、皓色笼青桂。渐扣南华排菊会。满斟北海熏熏醉。
> 醉卧终南山色翠。山色清高、夜色无云蔽。一鸟不鸣风又细。月明如昼天如水。②

该词所述的是作者金秋时节，静夜赏月的生活情境。词上片，述说了日

---

① 薛瑞兆、郭明志编纂：《全金诗》第四册，南开大学出版社1995年版，第552页。
② 唐圭璋编：《全金元词》，中华书局1979年版，第465页。

月西落东升的时空转变，其中"朝白帝"则交代了时间为金秋时节。明月悬挂东方，清辉洒满大地，笼照着桂树与菊花。此时作者心旷神怡，斟满北海之水渐入熏境。词下片，紧承上片之意，述陶醉于月色之后的情状。作者醉卧于终南山色之间，所赏之景为山高而清，夜空无云，鸟寂、月明、天净。从审美情感上来说，词充分传达了作者山月秀色一人独赏、一人独识的愉悦与惬意。从"满斟北海""醉卧终南"到"山色清高"、明月、天净的视点交织，词作为我们建构了一个独立而开放的审美空间，置身其中，心灵就会得到舒展与洗涤。

　　李道玄有《问修行始终》一诗，诗曰："青山可住优游住，绿水堪游笑遨游。有客问予归去路，无言笑指白云头。"① 这里作者为我们勾勒了一幅山水游玩图，图中作者游赏于青山绿水之间，并以手遥指岭上白云。从置身其间的绿水青山，到飘摇绵邈的岭上白云，这其中恰好组成了由下而上的散射空间结构。事实上，白云并非作者目光的终点，而白云自由飞行的无垠苍穹才是作者心向往之的归处。如此一来，诗歌所拥有的横向与纵向空间，更加具有开放与辽远的特点。诸如此类诗词颇多，如丘处机的《先天吟》《登胶水北山》诗，马钰的《无梦令》词等。

　　对金元全真诗词进行深刻解读，就会发现，其对开放的审美结构中时空无限性的展示，有一种较为显现的艺术手法，那就是审美视点的移动变换，使审美视线在移动流转中不仅突出时间的延伸性，而且彰显空间的散射性。且看丘处机的《先天吟》诗："空山静夜微云作，淡月疏星寒气错。忽见长庚耀太虚，回观北斗潜寥廓。乾坤舒惨即时改，宇宙纷纶何所托。"② 诗中作者审美视点流动的轨迹清晰可见：空山—微云—淡月—疏星—长庚—北斗，这其中的视线由地面移向空中且作出了回环转折的动作。审美视线的如此移动，就是要为读者构筑一个独立的空间，一个辽阔、无界限的开放空间。

　　综上所述，金元全真诗词中审美时空的无限性，既包括尘俗时空的

---

① 薛瑞兆、郭明志编纂：《全金诗》第四册，南开大学出版社1995年版，第545页。
② （金）丘处机著，赵卫东辑校：《丘处机集》，齐鲁书社2005年版，第38页。

延展性，又包括宗教超验时空的散射性，两者本质上并无明确的界限。这也充分说明了金元全真诗词审美时空的多重性，而宗教时空与世俗时空两者在相互延展与补充中，也增加了诗词审美时空的散射性与无限性。

（二）精神的向上一路

无论是尘俗时空的无限，抑或宗教超验时空的散射，两者都有趋向于外的审美指向。金元全真诗词中开放的审美结构，不仅包括趋向于外的开放时空，而且还包括趋向于内的精神感知领域。而这种内指性的审美领域，便是金元全真诗词中精神向上一路的感知时空。

"向上一路"语出佛教，是指精神感知的美妙与无限。和外在时空的无限性相比，精神的向上一路，并无维度的散射，而是倾向于审美主体内在感知的无限性与生发性，是精神主体反向于内的审美结构。

王重阳写有《夜游宫》一词，词曰："身向深山寄寄，步青峰、恣情如意。冷即草衣慵即睡，饥餐松，渴来后，饮绿水。养就神和气，自不寒、不饥不寐。占得逍遥清净地。乐真闲，入红霞，翠雾里。"① 词上阕描写作者寄身深山，恣意随性的生活场景。词下阕则着重抒发了深山餐松饮泉的精神感受。内心清静而逍遥，在不寒、不饥、不寐之中，渐得真闲之境，如坠红霞、翠雾之中，绵延缥缈而又有无尽的曼妙。可以看出，整首词作者为读者展现出的是内在精神审美的舒展、散发与不拘。这种散发性，正是精神向上一路所带来的内在审美结构的特征。

与王重阳同调而歌，丘处机写有《沁园春·心通》一词，词曰：

> 大智闲闲，放荡无拘，任其自然。寄雅怀幽兴，松间石上，高歌沉醉，月下风前。玉女吹笙，金童舞袖，送我醺醺入太玄。玄中理，尽浮沉浩浩，来自绵绵。
>
> 奇哉妙景难言。算别是、人间一洞天。傲立身敦厚，山磨岁

---

① （金）王重阳著，白如祥辑校：《王重阳集》，齐鲁书社 2005 年版，第 71 页。

月，从他轻薄，海变桑田。神气冲和，阴阳升降，已占逍遥陆地仙。无烦恼，任开怀纵笔，狂写诗篇。[①]

词一开头，便借用《庄子》的话——"大智闲闲"，为整首词奠定了从容自得的审美基调。从上片的放荡无拘，到下片的开怀纵笔，无不在表明精神主体感知的丰赡丰厚与开阔。词下片的"奇哉妙景难言。算别是、人间一洞天"，大可看成对内在心景的感叹。而这种内在妙景，与外在时空无关，而是作者将审美视角反观于内，而洞察到的精神宇宙。再如丘处机的《平堂山》诗、姬志真的《中秋》诗、刘志渊《雪中》诗等，均表现了精神审美中的向上一路。其中刘志渊的《雪中》诗为七言绝句，诗曰：

> 半岭羊肠路曲盘，林峦雪障逼人寒。
> 凭栏极目乘高望，顿觉一壶天地宽。[②]

该诗内部有完整的起、承、转、合的有机结构。启句与承句是客观实景的描写，审美视线及空间显得局促而狭窄；而诗至第三句突然转折，视线由低而高，视野随即开阔而辽远；合句自然流畅，也点出诗之重点，诗人顿感内心世界的天高地宽。所谓"一壶天地宽"，是指精神审美的辽阔与空旷。道教向来喜欢以壶天象征仙境，此处则指作者精神觉识的向上一路。

综上所述，金元全真诗词中开放的审美结构，从外在指向上来说，包含时空的无限性；从内在指向上而言，则包括精神的向上一路。而内外两种审美境域并非割裂独立，而是相互映照和补充，共同筑成了金元全真诗词开放审美结构的曼妙与多重。

---

① （金）丘处机著，赵卫东辑校：《丘处机集》，齐鲁书社2005年版，第67页。
② 薛瑞兆、郭明志编纂：《全金诗》第四册，南开大学出版社1995年版，第588页。

二　收摄的审美结构

在金元全真诗词中，与开放的审美结构相对应，存在收摄的审美结构。所谓"收摄"，顾名思义，是指审美目光的收拢与回归。在收拢与回归的审美过程中形成一种辐辏于毂的艺术效果。具体来说，金元全真诗词中存在视点收摄、时空收摄、精神收摄等三种收摄结构类型。

（一）视点收摄

当人们进行审美活动时，目光投射出去，在被审美的物与事上，会展现出不同的审美着眼点，也就是审美视点。随着审美活动的进行，这些审美视点会有一定的移动轨迹，或由近及远、或平行移动、或由远及近、或跳跃运动。收摄的审美，则是视点由远及近的运动，最终凝聚于一点，并形成一个收拢结构的审美过程。

金元全真诗词中视点收摄类诗词并不少见，且以山水作品居多。先以姬志真的《随流》诗为例，具体感知其中的审美结构。诗曰：

> 沿流端坐泛星槎，悟彻灵源却是家。
> 经卷诗囊闲戏具，药炉丹鼎老生涯。
> 清溪道士邀明月，白石先生卧翠霞。
> 相对两忘三益友，一篇秋水一杯茶。[1]

从诗的外结构来看，这是一首七言律诗；从诗的内结构分析，它则具有清晰的起承转合的结构特点。诗的首联交代了作者水边端坐，悟道追源的事情；颔联承接而去讲述了自我日常悟道的情景；颈联则笔锋一转，一则表达自我对先贤的敬慕之情，二则传达内心坚定的归仙之意；尾联则是一个有力且具深蕴的收合，"相对两忘"四字可谓精辟独到。前三

---

[1]　薛瑞兆、郭明志编纂：《全金诗》第四册，南开大学出版社1995年版，第304页。

联所述的种种人与事，对于悟道者来说，均属外在，不可执着，唯有"忘"字，方为真诀，忘却身外种种情与境，将依附于外物的目光一一收回，而凝结在"一篇秋水一杯茶"之中。诗的前三联可谓审美视点的游移，而第四联则突然收止，并进行凝结，从而形成一个有行有止的收摄空间。

又如李道玄《登鹳雀楼观河》诗，该诗为七言绝句，简短的诗句中却有完整的审美空间。诗曰：

> 地上长河天底山，天吴怒激浪回还。
> 争如楼上无名客，不起风波自在闲。①

诗作的内容清晰简明，描述的是作者登鹳雀楼观看黄河的情景与感受。诗之前两句是客观写实，地上的长河连接着天边的高山，水神"天吴"不停地激荡着河中波浪。此时的审美视线是散射出去的，极目远眺的目光所勾勒的是开阔无垠的视域。诗的第三句却来了一个急遽的转折，将散射于外的视点忽然收回，聚集于楼上的无名之客。此时内心便不再有起伏不定的风波，而是充满了自在而安闲的感受。诗中视点游移的轨迹清晰可见，诗中的审美收摄也轮廓彰显。

再如尹志平的《巫山一段云》词，同样以视点的回拢为读者勾勒了一个收摄的审美空间。词曰："万叠山横翠，千盘河曲长。居民安土乐农桑。流水落花香。卜此安居养老。一任形枯心槁。不摇不动寄残年。何处觅神仙。"② 从山横、河曲到流水落花再到形枯心槁，不摇不动，可清晰看出审美视点移动的轨迹。此类作品还有很多，有待读者自悟。

（二）时空收摄

金元全真诗词中，所谓的"时空收摄"，是指作者在诗词创作中将一定的时间与空间收缩于一个时空节点上，达到恒久与瞬间、天涯与咫

---

① 薛瑞兆、郭明志编纂：《全金诗》第四册，南开大学出版社 1995 年版，第 565 页。
② 唐圭璋编：《全金元词》，中华书局 1979 年版，第 1172 页。

尺等同的审美效果，构筑一种时空收缩凝聚的审美结构。

　　和视点收摄的审美结构相比，时空收摄并无明显的轨迹运动，却有瞬间的时空收聚。如丘处机的《八月十日自昌乐县还潍州城北玉清观作中秋诗》，诗云："百岁光阴瞬息间，中秋几度得开颜。不如炼性如秋月，晃朗身心自在闲。"① 该诗虽为绝句，其中却有两度的时空收摄。诗的首句"百岁光阴瞬息间"，是将百年的光阴收摄于瞬息之间，是恒久即瞬间的时空构置。诗的末句"晃朗身心自在闲"，是将所有散射于外的时空，收摄于自我身心之内，也是将诗的前三句的情与事收摄于自我身心，包括百年的瞬息、几度秋日、高悬的秋月，在身心晃朗的一刹那，俱被收摄于内，只剩悠悠之闲。

　　王玠在其《百字令·释宗》词中说："三界圆通无所住，随处应机明彻。芥纳须弥，珠含罔象，朗耀悬秋月。"② 此中的芥草纳容须弥之山，宝珠涵摄罔象之体，使用了夸张的艺术手法，虽趋于宗教玄化，但却构设了一种收摄的审美时空。王志坦《再留七十四颂》之一，也创造了同样的审美效果，诗曰：

　　　　眼底微尘二百州，山河大地一毫收。
　　　　十方三界休它觅，都尽金坡拄杖头。③

该诗中时空收摄的审美结构更为显现，四句诗中有三度审美收摄。诗歌前两句"眼底微尘二百州，山河大地一毫收"，即是天涯即咫尺的审美表达，其中有两次时空收摄，分别是将二百州收于眼底微尘，将山河大地收入毫末之中。这两次收摄在逻辑上有递进的关系。诗末两句"十方三界休它觅，都尽金坡拄杖头"，是更进一层的时空收摄，将十方三界收摄于拄杖之端。诗歌中这三次递进的时空收摄，不仅是作者对审美

　　① （金）丘处机著，赵卫东辑校：《丘处机集》，齐鲁书社2005年版，第37页。
　　② 唐圭璋编：《全金元词》，中华书局1979年版，第1264页。
　　③ 薛瑞兆、郭明志编纂：《全金诗》第四册，南开大学出版社1995年版，第492页。

结构的构设，而且是对人间认知标准的颠覆，在颠覆中重建价值与审美的标杆。

诸如此类的作品又如侯善渊的《南柯子》词、姬志真的《安生》诗、李道玄的《鹳雀楼避暑》诗、刘志渊的《登大楼》诗等，均有时空收摄的审美表达。

（三）精神收摄

金元全真诗词收摄的审美结构中，除视点收摄、时空收摄两种类型外，还有精神收摄的审美类型。所谓精神收摄，是指将分散、黏着于外物的精神主体——收回，形成一种精神回归聚合、返照自我的审美结构。

人生于尘俗，活于尘俗，行住坐卧于尘俗，难免会受到尘俗的濡染，对尘世中的人和事产生种种留恋执着之心。当人们对外在的事与物产生执念之后，内在的精神主体便会随机割裂，而散射于外物之上，人们便难以再拥有完整的自我，而会渐渐失去本真的精神面貌，迷失本真的生命状态。因此将目光由黏着于身外之物，而反观于自我身心，就成了金元全真宗师内丹审美的基本路向。由此也构成了全真诗词精神返观收摄的审美结构。

王重阳有《南乡子》词，词中说："物物不追求，摆手行来事事休。返照回观亲面目，无忧，自在逍遥岂有愁。"① 这是金元全真诗词中，典型的精神收摄审美类型的作品。从物物不追求的行为要求，到返照回观的目的表达，均可看出作者对精神散射的认知，以及对精神回归聚合的追求。而这种收摄并不像视点收摄、时空收摄那样凝结于一点，而是复归于某种状态与心境，就像此词收摄于一种逍遥无忧的生命状态那样。

马钰写有《赠陇州淡善柔》诗，颇具代表性。诗曰："断除酒色财气人，免向家中受苦辛。决烈回头三岛客，修持定饮十洲春。"② 诗一

---

① （金）王重阳著，白如祥辑校：《王重阳集》，齐鲁书社 2005 年版，第 67 页。
② （金）马钰著，赵卫东辑校：《马钰集》，齐鲁书社 2005 年版，第 56 页。

开头便直切正题，直接点入精神收摄的关节之处。酒色财气是世人损精耗神的祸根，正所谓"酒色财气摧本柄，忧愁思虑丧天真"。① 当自我破除对外在酒色财气的执着之后，精神便会回向聚合，免除尘世中的忧愁之苦，而成为三岛之客，进而实现生命的超越。诗的最后一句，既表明了作者宗教修行的趋向，又传达了精神收摄后所获得的充足的家园感。

丘处机在其《玉炉三涧雪》词中，同样展示了精神收摄的审美结构。词曰："不会深穷道化，随缘且度朝昏。是非人我绝谈论。却返生前混沌。"② 词中的一个"返"字，即把精神活动的指向进行了清晰的喻示。把自我精神从外在是非人我的讨论中收摄回来，返归于生前的混沌状态之中。

从上述简单的举例可以看出，金元全真诗词，对精神收摄审美结构的架设，往往从点破世人精神黏着的外在对象，如酒色财气、名与利、是非人我等着手，直指精神收摄的终归去处，并营造出一种生发于尘俗又超脱于尘俗的精神走向的空间。

（四）时空合一

前文所述及的"时空无限""时空凝结"等内容，其中的时间与空间并未出现过多的审美交叉与汇合。而在金元全真诗词中，时间与空间的审美关系可谓多种多样，时空合一便是其中一种，也是收合审美结构的类型之一。

金元全真诗词中"时空合一"的审美表达自由而灵活，就时间与空间合一的趋向性而言，有化时间为空间，化空间为时间，时空合一归于空间，时空合一归于时间等几种合一的方式。和世俗文人作品相较，显得多样而立体。

首先，化时间为空间。时间与空间均具有无限性，当我们沿着无限

---

① （金）谭处端、刘处玄等著，白如祥校：《谭处端·刘处玄·王处一·郝大通·孙不二集》，齐鲁书社 2005 年版，第 338 页。

② （金）丘处机著，赵卫东辑校：《丘处机集》，齐鲁书社 2005 年版，第 87 页。

的时间光轴进行美的探寻时，若审美的目光投射出去，没有具体的空间去承载，便会产生无限的落寞与伤感，就犹如陈子昂的"前不见古人，后不见来者"①那样黯然神伤。若时间性的审美目光有了空间承载，达到时空合一，则会产生审美的充实感与归属感。这种以时间为寻美线路，最终归于空间的方式，便是化时间为空间的审美模式。且看丘处机的《白龙洞》一诗，诗曰：

> 洞有佳名号白龙，不知何代隐仙踪。
> 至今万古人更变，犹自嵌岩对老松。②

诗一开头点出所咏的对象"白龙洞"，二三句则是对白龙洞的审美从时间上的展开。这里作为修仙之所，不知是从何时开始的，至今已有万古之长。"万古"凸显了时间之长，而在万古之中人不知已经更替了多少代，至此时间光轴上的审美视线，陷入了寻觅的空虚与迷茫。而诗的第四句则打破了这种空虚与迷茫，为时间提供了空间的承载，代表空间的山间老松映现在了作者眼前。"老松"可谓时光的见证者，也是时光的承载者。到此全诗中的时空审美，和合在了岩前的"老松"这一空间之上。

全真后学姬志真的《鹧鸪天》一词，沿循的也是化时间为空间的审美理路。词曰：

> 云散风清雨后天。新荷擎露碎珠圆。清泉汩汩流尘外，白石岩
> 岩赖醉眠。
> 山色里，水声边。留连风月话重玄。溪童欲问人间事，笑指漫
> 空柳撒绵。③

---

① （清）彭定求等编：《全唐诗》，中华书局1960年版，第902页。
② （金）丘处机著，赵卫东辑校：《丘处机集》，齐鲁书社2005年版，第31页。
③ 唐圭璋编：《全金元词》，中华书局1979年版，第1213页。

整首词的情感基调显得清新而明快，在清新的景物描写与明快的情感表达中，将审美的时空进行了完整的勾勒。词一开头交代了审美的时间起点：雨后天。词的审美就是一个时间性的活动。从上片开头到下片"溪童欲问人间事"，则是词作情景流转的整个时间过程，末句"笑指漫空柳撒绵"则将这一时间过程，进行了空间的承接与收摄，审美流程有了空间的归宿。而"漫空"乍一看显得虚寂而无依托，实际上，"漫空"并非实有的空间代表，而是一种无须凭借的境界符号，喻示的是心灵的境界空间。

再如姬志真的《静度》诗，尹志平的《示众二首》诗等作品，均为化时间为空间的代表之作。

其次，化空间为时间。诗词在时空审美的过程中，若只有时间而没有空间，时间找不到承载与归宿，审美便会陷入虚空与落寞；但若只有空间而没有时间，这样的空间就会是静止、沉寂的空间，缺乏生机与灵动。因此要想达到良好的时空审美效果，在以空间为寻美着力点的时候，便要以时间为最终的归宿，用时间激活点化空间。这便是化空间为时间的审美结构模式。

丘处机的《沁园春》一词，可作为金元全真诗词中此类作品的代表之作。词之下阕曰："壶中异景堪怜。是别有风花雪月天。玩四时时现，祥云瑞气，三光光罩，玉洞琼筵。满泛流霞，高吟古调，骨健神清丹自圆。真堪爱，待功成一举，永镇飞仙。"[1] 对于该词浓厚玄化的宗教色彩，我们姑且不管，仅就审美结构来做具体的分析。该阕词出现了往复的化空间为时间的审美过程，其中"壶中异景堪怜。是别有风花雪月天"，是一次化空间为时间的过程。作者把壶中的异景，流转到以"风花雪月"循环运动所代表的时间之中，在时间的流动之下，异景才显得真实而有意义。整阕词则是一次更大的化空间为时间的审美。从壶中异景、祥云瑞气、三光玉洞到琼筵流霞，皆为空间的描绘，而末一句

---

① （金）丘处机著，赵卫东辑校：《丘处机集》，齐鲁书社 2005 年版，第 66 页。

"真堪爱，待功成一举、永镇飞仙"，则是时间性的述写，一个"永"字突出了时间的永恒性。这一永恒的时间就把前面描绘的所有空间——涵摄了进去，在永恒时间的点化之下，那些仙境般的空间的意义就得到了激活与彰显，否则那些空间就会成为转瞬即逝的泡影，缺乏生机与灵魂。

再看于道显的《寄王县令》一诗，诗曰：

是非场上好抽身，作个无忧自在人。
藜杖便游云外路，芒鞋不到世间尘。
举头明月堪为友，到处青山总是邻。
卜个小庵安稳地，松窗高卧养天真。①

由前面的论述可以看出该诗的首联，"是非场上好抽身，作个无忧自在人"，勾勒了一个精神收摄的审美空间。由此也说明一首作品中的审美类型与空间可以是多种多样的，诗词内在的审美也不是固定僵化的，而是灵活多变的。颔联承接下去，对无忧自在的状态进行了详细的阐述，策杖悠游在云外之路，而远离世间之尘。颈联略作转折，由前面对主观选择的表达，转到对客观环境的描绘，明月可为友，青山总是邻。诗若行文至此而戛然收尾，则前面的空间寻视就会显得空洞而乏味，缺少一种向上的精神指向。尾联一出，则审美效果截然不同，并把整首诗的精神趣味进行了绝对的提升。"松窗高卧养天真"，这一时间性的过程，是整首诗的灵魂之所在，其将前面所有美好清净的空间都涵摄了进来。也就是说前面所有空间的展示，均是为"养天真"这一时间过程作铺垫，这些空间真正的价值和意义，在于对"养天真"这一时间过程的汇入。又如尹志平的《巫山一段云·题通仙观》词，亦展现的是化空间为时间的审美结构。

---

① 薛瑞兆、郭明志编纂：《全金诗》第三册，南开大学出版社1995年版，第14页。

再次，在时空合一中归于空间。前面所述的是两种较为简单的时空关系。金元全真诗词中时空和合的审美，还表现出更为复杂的时空关系，其中之一便是在时空合一的过程中归于空间。而这一空间未必是实有的空间，或是虚灵化的，或是心境化的，但都属于审美上的空间。

丘处机的《瑶台月·劝酒》词下阕曰："辨万化休论富贵。时时访，山谷道人游戏。效猖狂、物外高吟。庆滑辣、杯中美味。开怀抱，忘愁系。解其纷，挫其锐。青松皓鹤，绵绵度岁。"[①] 可以看出，该阕词表现的是价值审美中的时空关系。开头"辨万化休论富贵。时时访，山谷道人游戏。效猖狂、物外高吟"，展现的是对生命价值追寻的过程，这是生命价值的自证，亦是价值审美的时间展开。这一时间过程同样需要寻找一个空间去承接。而这一空间不是实有立体的空间，而是生命价值实现后的，内在自我的境界空间。词中作者为我们展示了这一空间，那就是"开怀抱，忘愁系。解其纷，挫其锐"。这是凡尘抖尽，精神主体获得舒展，获得超越后的情态，对于内在自我来说，就是生命境界空间的打开。此时价值审美实现了时空合一。词中这一时空和合并未结束，而是要走向时光的无限。只有在无限之中，生命价值才会更显真实与美好。词末两句，"青松皓鹤，绵绵度岁"，就是对世间光轴的散开。其散开的起点就是价值审美的时空合一，同时亦将这种"合一"涵摄了进去。此时生命价值便融进了无限的时光之中，也具有了永恒性。

尹志平的《巫山一段云》词上阕曰："溪水迎霜冷，山花带露鲜。良朋共赏玉蟾圆。高会兴无边。"[②] 不难看出，该上阕词四句话中隐含着三重时空合一的过程。"溪水迎霜冷"，说的是下霜时节的溪水逐渐变冷，"下霜时节"与"溪水"所代表的时间与空间进行了一次合一；"山花带露鲜"，说的是顶着晨露的山花格外新鲜，"早晨"与"山花露珠"所代表的时间与空间又一次和合；"良朋共赏玉蟾圆"，说的是良朋好友共赏十五的圆月，"十五"与"明月"所代表的时间与空间再一

---

① （金）丘处机著，赵卫东辑校：《丘处机集》，齐鲁书社2005年版，第74页。
② 唐圭璋编：《全金元词》，中华书局1979年版，第1172页。

次合一。第四句"高会兴无边",则是对无边心境的描述,是境界化的空间。而这一境界化的空间,则是由前面三重时空合一的运动,共同促生而来;这三重时空合一的过程,也都涵摄于无边的境界化空间之中。

于道显的《继孙伯英韵》诗,同样展现了在时空合一过程中,归于空间的时空关系。诗曰:

> 孤身到处便投栖,踏碎烟霞路不迷。
> 翠鸟天边谁信息,白云风外自东西。
> 玄霜捣出蟾中兔,真火驱来日中鸡。
> 收向玄中成久视,一灵真性与天齐。①

该诗从表面上看,是一种时间率领空间的运动过程,从"孤身到处便投栖"到"收向玄中成久视",均是以时间发展为轴线的,但实际上全诗表达的则是一个时空合一的运动过程。诗的首联"孤身到处便投栖,踏碎烟霞路不迷",阐述的是一个寻找精神归处,进而找到精神归处的过程。由寻找到找到,就是一次时空合一的运动过程。颔联"翠鸟天边谁信息,白云风外自东西",阐述的则是找到精神归处后的状态,任白云风外自东西。颈联、尾联阐述了价值时空的和合过程,由颈联获取月中兔与日中鸡的价值追寻,到尾联"收向玄中成久视"的价值实现,构成了一个完整的价值时空运动。这两次时空运动和合的归处是"一灵真性与天齐",一个与天一样辽阔的生命空间,最后这种时空合一的过程又归于了无限的空间。

诸如此类的作品并不少见,诗词在时空合一中归于空间的审美表达也显而易见。

最后,在时空合一中归于时间。和前一节的在时空合一中归于空间相对应,金元全真诗词中,还有在时空合一中归于时间的时空审美关

---

① 薛瑞兆、郭明志编纂:《全金诗》第三册,南开大学出版社1995年版,第13页。

系。时空合一达到的是审美充实、意境丰满的艺术效果，而将这种时空合一的艺术效果，再度化入时间的延续之中，无形中会扩展和延伸诗词意蕴的渗透力和生命力。

金元全真诗词中，拥有此类时空关系的作品为数不少。如尹志平的《西江月·常足畅怀》词这样写道：

> 尽日观山玩水，终朝常足心休。老来佚乐更何求。保我阳生九九。
> 幸得为人通道，道中别有归投。功成云步看瀛洲。万古名传不朽。①

该词是金元全真诗词中，典型的修行劝示类作品，其中所蕴含的时空审美依旧清晰明了。词的上阕是一次价值时空相合一的运动过程，"尽日观山玩水，终朝常足心休"，是价值寻觅的时间过程，"保我阳生九九"则是生命价值的找到与实现的空间性存在，追寻价值的时间与价值实现后的空间达到了合一。词的下阕是又一重时空合一的运动。该阕的前两句"幸得为人通道，道中别有归投"，是对人生终极价值探寻的过程，而第三句"功成云步看瀛洲"，便是对价值探寻过程的空间承接。"瀛洲"可谓人生的终极归处，一个绝对的无限空间。由积极探寻到步归瀛洲，无疑是人生终极的时空合一。这两次时空合一后，时空运动并未结束，而是趋向了无限的时空长河。末句"万古名传不朽"，"万古"喻示着时间的绵绵不息，此时生命实现时空合一的意蕴，得到了无限的延展与生发。

再如于道显《自咏》一诗，同样有在时空合一中归于时间的艺术审美。诗曰：

> 落魄云溪一散人，小窗高卧养天真。

---

① 唐圭璋编：《全金元词》，中华书局1979年版，第1170页。

梦中既悟终无梦，身外方知更有身。

寒月挂空千岁朗，韵华著物片时新。

争如认取长生理，无古无今一样春。①

和尹志平的《西江月》词相比，该诗收合的审美结构中，时空的运动关系更为显现。诗的首联、颔联共同组成了一个价值时空合一的运动过程。首联"小窗高卧养天真"这一时间性运动，开启的是价值追寻的时间通道。颔联承接而来，探寻到了"身外之身"这一时间光轴的承载空间，此时价值的时与空和合为一。颈联突然一转，由人事转向自然，有所不同的是，此处的自然是时空合一状态下的自然。"寒月挂空千岁朗"，千年晃朗的寒月，其所经历的时间与所处的空间，已交融在一起而无法分离；同样"韵华著物片时新"中的物与时也无法分开。而这些时空合一的过程与状态，最终要走向时间的无限，汇入时光的长河，瞬息之间便是"无古无今一样春"了。这便是时间对时空合一的收摄。

由此可见，金元全真诗词中时空关系复杂而多重，时间与空间两者相互运动的方向与形式也多样而多元。其中的时间与空间，既包括实有的时间与空间，又包括境界化的时间与空间，同时还包括价值视域下的时间与空间，由此也再度证明了，金元全真诗词审美视角与审美天地的独特与多重。

第二节　金元全真诗词的审美指向

金元全真诗词的审美，其终极核心便是生命审美，其间所有的审美活动，均是围绕生命及生命的场域而展开。和世俗文人作品相比，在审美指向上，其显得尤为明确集中而独到深刻。具体来说，金元全真诗词

---

①　薛瑞兆、郭明志编纂：《全金诗》第三册，南开大学出版社 1995 年版，第 12 页。

的审美表现为两大指向，其一为回归与内观；其二为否定与超越。这其中有深刻的喻示，回归与内观喻示着对生命来处及本质的追溯与审视，否定与超越喻示着对生命现状及去处的透析与指示。知来处方知去处，正是金元全真诗词既有归根溯源，又有终极关怀的文化魅力的体现。王重阳在《浣溪沙》词中说："浮世都怜假合身，劝人认取里头人。本来面目好相亲。返照回光知去处，逍遥自在乐天真，锐然颖脱出嚣尘。"①可谓把回归与内观，否定与超越的审美指向一语道出。

一　回归与内观

金元全真诗词中回归与内观的审美指向，有清晰而明确的着力点，所谓回归即回归元初，所谓内观即内观心境。

（一）回归元初

回归元初，即是对生命来处的审视与回归。王重阳在《传神颂》中曰："来自何方，去由何路。一脚不移，回头即悟。"② "回头即悟"即是对生命审美的回归，回归生命最元初的存在。所谓"搜出元初，那个为的友，到此方知是彻头"。③ 回溯至元初，方是对生命彻底的洞识，如马钰诗中所说："舞得来来真个促，识得亘初真面目。"④ 所以全真作者多以此劝示众人，如李道玄的《诫妄修》诗云："学道元须玉奖金，天元真息理深深。不于固蒂根头觅，枉向空花梢上寻。"⑤ 这是对世人不寻根柢、枉觅花梢行为的警示。姬志真在《木兰花慢》词中云："勘破惊回，尘梦冷，笑呵呵。悟本有元初，灵明好在，无少无多。"⑥回至生命的元初之境，方可体悟生命原本的自足与充盈，无少也无多。

---

① （金）王重阳著，白如祥辑校：《王重阳集》，齐鲁书社 2005 年版，第 87 页。
② （金）王重阳著，白如祥辑校：《王重阳集》，齐鲁书社 2005 年版，第 139 页。
③ （金）王重阳著，白如祥辑校：《王重阳集》，齐鲁书社 2005 年版，第 53 页。
④ （金）马钰著，赵卫东辑校：《马钰集》，齐鲁书社 2005 年版，第 9 页。
⑤ 薛瑞兆、郭明志编纂：《全金诗》第四册，南开大学出版社 1995 年版，第 556 页。
⑥ 唐圭璋编：《全金元词》，中华书局 1979 年版，第 1197 页。

　　在倡导回归元初的同时，全真作家亦不时将"元初"的所指与内涵宣示于读者，以解读者心中之疑团。如王重阳在他的《昼夜乐》词中说："艳艳光辉宜自效，把当初、性珠返照。里面得全真，永明明了了。"① "性珠"即生命中的"一灵真性"。由"把当初、性珠返照"一句可以看出，"元初"其本指即为人体内的"真性"。此"真性"源于先天，出于大道。王重阳的《望蓬莱》词又说："真大道，能结坎和离。认取五行不到处，须知父母未生时。"② 李道玄的《警妄》诗亦说："已受皮囊囚禁苦，犹言父母未生前。"③ 可见人之元初是超于五行之外，存于父母未生之前的一缕道性，一缕慧光。

　　而这样至纯至朴、无多无少的元初真性，其未入尘俗之时是什么情况呢？对此全真宗师亦有描绘。王重阳的《瑶台月》词这样描述说："搜推妙理，认取元初瞻听……玉润金锐光莹，吐彩艳、重重永定。灵明现圆相，一团红映。"④ 他的《任公问本性》诗亦说："如金如玉又如珠，兀兀腾腾五色铺。"⑤ 王处一在他的《门人张志明问日用事》诗中亦描绘说："辉辉玉性晃晴霄，本是无为福慧招。玄理通融真自在，妙光澄彻恣逍遥。"⑥ 可见元初真性有着光莹透彻，辉辉晃朗的特性。若回归于这样的生命之境，自然会有别样天地。正如全真宗师诗词中所指出："真诚显，唯邀本有，前路趁仙乡。"⑦ "瞥地廓然猛省，堪元初一点，有甚闲愁。落魄婪耽，云水恣访仙俦。"⑧ 如此一来，回归元初在审美上有了终极的价值标识，也有了终极的审美境界。

---

① （金）王重阳著，白如祥辑校：《王重阳集》，齐鲁书社 2005 年版，第 62 页。
② （金）王重阳著，白如祥辑校：《王重阳集》，齐鲁书社 2005 年版，第 75 页。
③ 薛瑞兆、郭明志编纂：《全金诗》第四册，南开大学出版社 1995 年版，第 550 页。
④ （金）王重阳著，白如祥辑校：《王重阳集》，齐鲁书社 2005 年版，第 62 页。
⑤ （金）王重阳著，白如祥辑校：《王重阳集》，齐鲁书社 2005 年版，第 9 页。
⑥ （金）谭处端、刘处玄等著，白如祥校：《谭处端·刘处玄·王处一·郝大通·孙不二集》，齐鲁书社 2005 年版，第 254 页。
⑦ （金）王重阳著，白如祥辑校：《王重阳集》，齐鲁书社 2005 年版，第 63 页。
⑧ （金）谭处端、刘处玄等著，白如祥校：《谭处端·刘处玄·王处一·郝大通·孙不二集》，齐鲁书社 2005 年版，第 27 页。

（二）内观心境

如果说回归元初，是对尘俗之前生命存在形式的回溯的话，那么内观心境则是对尘俗之中既有生命状态的审视。这种审视亦是对生命元初回归的探寻与参证。

金元全真作家内观的审美指向，始于王重阳。王重阳在诗词中多处倡导"内观"的审美法诀。如他的《述怀》诗曰："内观一得见知音，明月山头自在吟。万首诗成谁会解，若教会解总无心。"① 内观之中可得见知音，亦可赏见山头明月。但王重阳担心无人能够会解其诗中真义，所以他说"万首诗成谁会解"。事实证明王重阳并无须存此担忧，全真后学多能深刻领悟祖师之作的意旨与内涵。如马钰在《捣练子》词中说："外休著，外休著。外边并没好因由。外无真，外事休。内堪补，内堪修。内中清净水云游。内光明，内貌周。"② 于道显在《示赵道人》诗中曰："收拾精神向内观，莫教穷贼外相瞒。六门玄钥尘根断，七返还丹道气攒。"③ 李道玄《乐境》诗亦说："大道渊兮在内观，淡乎无味有真欢。清风气透三山远，明月光飞万里宽。"④ 诸如此类之作尚多，这些诗词皆是对祖师"内观"审美意旨的承继与阐扬。

全真宗师之所以选择以"内观"的方式，来探寻与参证回归元初之路，是因为尘俗生命的复杂与损缺。谭处端的《酹江月》一词对此有明晰的阐说，词曰："一灵真性，又因何、样入凡胎尘域。迤染浮华贪爱恋，展转昏迷真迹。旷劫难逃，如今又错，罪孽重重积。本来模样，怎生分解寻觅。"⑤ 原来无染无著的元初真性，坠入凡尘，便受到了浮华爱恋的沾染，变得"展转昏迷"而难解本来模样。尹志平的《西江月》词亦说："本性元虚不二，奈何情欲交加。"⑥ 如此情势之下，

---

① （金）王重阳著，白如祥辑校：《王重阳集》，齐鲁书社 2005 年版，第 38 页。

② （金）马钰著，赵卫东辑校：《马钰集》，齐鲁书社 2005 年版，第 111 页。

③ 薛瑞兆、郭明志编纂：《全金诗》第三册，南开大学出版社 1995 年版，第 16 页。

④ 薛瑞兆、郭明志编纂：《全金诗》第四册，南开大学出版社 1995 年版，第 552 页。

⑤ （金）谭处端、刘处玄等著，白如祥校：《谭处端·刘处玄·王处一·郝大通·孙不二集》，齐鲁书社 2005 年版，第 25 页。

⑥ 唐圭璋编：《全金元词》，中华书局 1979 年版，第 1170 页。

唯有反观自我，割除对外在的黏着，方可识见本我，发明元初本性。

在具体的"内观"审视中，全真宗师则将着力点置于自我心境之上，倡导内观的审美活动要以观心境为主导为核心。王重阳写有《磨镜》一诗，诗曰："磨镜争如磨我心，我心自照远还深。鉴回名利真清净，显出虑无不委沉。"① 王处一对新出家的弟子赠一诗曰："回头欲觅长安道，内外全空心上扫。绝尽机关达杳冥，抽添水火明颠倒。"② 可见在全真宗师看来，自我心境是内观审美的玄关一窍。谭处端曾示门人说："悟人所以修行，割情拚爱，摧强挫锐，降伏除灭众生不善心，要见本来父母未生时真性，本来面目是也。何为不善心？一切镜上起无明心、悭贪、嫉妒、财色心。种种计较、意念生灭不停，被此孽障、旧来熟境朦昧真源，不得解脱。要除灭尽，即见自性。"③ 心境澄净则本心彰显；心境浊乱则真性难明，而祛尘心是心境归于澄净的肯綮。所以王重阳在《望蓬莱》词中指出："回首处，便要识希夷。锻炼须将情灭尽，修行紧与世相违。勘破是归依。"④ 可谓道出了祛尘心、灭尘情、以内观心境的文化内核。

而对于不晓内观，但知外求的世间昏昏者，全真宗师又加以良言，苦心相劝。如谭处端的《示门人》诗说："修行休向法中求，著法寻求不自由。认取自家心是佛，何须向外苦周游。"⑤ 于道显对此说得更为直白，他说："打破疑团笑一场，不须来往遍诸方。胸中有物明如月，却觅他人夜烛光。"⑥ 此中只需内观无须外求的劝示之意贴切而深刻。

金元全真宗师以回归与内观的审美指向，对生命及人生进行回溯与

---

① （金）王重阳著，白如祥辑校：《王重阳集》，齐鲁书社 2005 年版，第 5 页。

② （金）谭处端、刘处玄等著，白如祥校：《谭处端·刘处玄·王处一·郝大通·孙不二集》，齐鲁书社 2005 年版，第 257 页。

③ （金）谭处端、刘处玄等著，白如祥校：《谭处端·刘处玄·王处一·郝大通·孙不二集》，齐鲁书社 2005 年版，第 23—24 页。

④ （金）王重阳著，白如祥辑校：《王重阳集》，齐鲁书社 2005 年版，第 77 页。

⑤ （金）谭处端、刘处玄等著，白如祥校：《谭处端·刘处玄·王处一·郝大通·孙不二集》，齐鲁书社 2005 年版，第 12 页。

⑥ 薛瑞兆、郭明志编纂：《全金诗》第三册，南开大学出版社 1995 年版，第 44 页。

洞察，审视生命的根本来处，洞晓生命的终极去处，以终极审美的视角审视尘俗人生，并于心境上内观自我，涤尽凡尘，返照本真。全真宗师这种回归与内观的审美指向，为尘俗生命价值的发现与崛立提供了文化范本，引导时人而激励后学，充分展现了全真审美文化中寻根追源、立足当下的思想特质。

二　否定与超越

如前文所说，金元全真诗词中回归与内观的审美活动，是对生命来处及本质的探索与沉思；否定与超越则是对生命现状与去处的坦露与明示。所谓否定是指否定尘俗生命中的执着与贪求；所谓超越是指超越尘俗笼罩下的自我与天地。

（一）否定执求

人生于尘俗之中，难免会有很多执着与贪求，正如孟子所云："好色，人之所欲""富，人之所欲""贵，人之所欲。"① 荀子亦说："人生而有欲。"② 种种的欲望必然促发世人诸多的贪求，所以佛家有贪、嗔、痴三毒之说。而这种种的执着与贪求，对于人们审视生命之真都是蔽障与阻碍，且与生命的真谛背道而驰。所以全真宗师对其进行否定和斥破，为世人提供了生命审美的方向指引。

谭处端写有《述怀》诗若干首，其中之一便表达了其斥破执着、淡然从容的心态与心境。诗曰：

> 寂寥潇洒道人家，守弱随缘度岁华。
> 御冷粗衣唯纸布，充饥淡饭有薑菹。
> 忘言淡薄人情远，绝虑幽闲道况赊。

---

① 李学勤主编：《十三经注疏·孟子注疏》（标点本），北京大学出版社 1999 年版，第 244 页。
② （清）王先谦撰：《荀子集解》，中华书局 1988 年版，第 346 页。

着恋妻儿名利者，限临猛悟悔如麻。①

诗的首联开门见山，直指自我随缘度岁的心境，"随缘"即不执求，为整首诗定下了洒脱不羁的审美格调。颔联承接而来，续写随缘心境下的行为表现，是粗衣御冷、淡饭充饥。这看似表现的是作者对自我简陋生活的满足，实则暗含了作者对锦衣玉食、浮华奢靡的否定。颈联则由形而下的生活场景，转向形而上的理论总结，指出随缘淡泊的价值与意义：人情远、道况赊。这两种价值与意义，无疑对世人的思想修养与宗教修行有着现实的助推功用。尾联回到现实生活，依然不忘对世人警醒与劝化，指出：世间多少贪恋妻儿名利者，大都大限临头时方才悔悟，却为时晚矣。事实上，尾联在警示劝化的同时，亦把尘世中人生的生存真相进行了撕破与暴露，可谓否定得彻底，警示得深刻。

丘处机在其《黄鹤洞中仙·赠同道》一词中，亦表达了同样的审美情致。词曰："踏尽铁鞋迷，不出庵门透。水到渠成本自然，行满功还就。"② 词采用对比的艺术手法，对执着外求的人生模式进行否定，倡导内观自我，水到渠成，达本自然。又如马钰的《爇心香·赠三水三老先生》词说："猛悟无常，顿觉悭贪。"③ 谭处端《赠郑仙》诗曰："蓬户不扃何所碍，一瓢常饮为忘贪。安神寂默俨然坐，认透星光日月三。"④ 皆是对世人执着贪求心态的否定与劝诫。

对于世人执着贪求的具体名物，如名利、酒色财气、世俗情爱等，全真宗师亦有深刻而有力的否定与批判。首先对名利的否定。王重阳的《捣练子》词曰："名利海，是非河，王风出了上高坡。"⑤ 马钰的《寄京兆刘法司》诗说："名利如同酒醉人，迷迷耽苦更耽辛。只知名利时

---

① （金）谭处端、刘处玄等著，白如祥校：《谭处端·刘处玄·王处一·郝大通·孙不二集》，齐鲁书社 2005 年版，第 9—10 页。

② （金）丘处机著，赵卫东辑校：《丘处机集》，齐鲁书社 2005 年版，第 81 页。

③ （金）马钰著，赵卫东辑校：《马钰集》，齐鲁书社 2005 年版，第 104 页。

④ （金）谭处端、刘处玄等著，白如祥校：《谭处端·刘处玄·王处一·郝大通·孙不二集》，齐鲁书社 2005 年版，第 7 页。

⑤ （金）王重阳著，白如祥辑校：《王重阳集》，齐鲁书社 2005 年版，第 115 页。

间好，怎悟蓬瀛久视春。"① 姬志真的《鹧鸪天》词亦说："非是海，利名乡。青蝇白蟥自相伤。随声逐色谁敲点，拍手归来笑一场。"② 在全真宗师看来，世人对名利是非的执着之心、贪求之情，如同大海河流一样浩瀚绵延。人们不可纵意恣情，陷溺于执求的旋涡之中，否则便会如酒醉之人，执迷而不悟，随声逐色，终归一场失笑。

其次对酒色财气的否定。王重阳的《西江月·四害》词曰："堪叹酒色财气，尘寰被此长迷。从慕殢似醯鸡，乱性昏神丧慧。"③ 马钰的《劝世》诗曰："酒色财气四害人，苦中最苦苦生辛。贪迷世俗浮华景，不悟仙家久远春。"④ 谭处端的《劝众修持》诗亦曰："酒色财气尽，忧愁思虑忘。攀缘爱念绝，五叶玉莲芳。"⑤ 全真宗师把酒色财气视为人生的四大祸害，唯有戒除，方可绝爱念，祛浮华，悟取仙家春色远。

再次，对世俗情欲的否定。马钰在其《清心镜·弃家》词中曰："解名缰，敲利锁。爱海恩山，一齐识破。弃家缘、路远三千，似孤云野鹤。"⑥ 谭处端在其《述怀》诗中说："欲情巧胜染多言，悟此方离种种边。欲断情忘通妙理，烟消火灭达幽玄。口张舌举功难就，意出心生行怎圆。绝了人情无个事，寂寥孤淡任残年。"⑦ 姬志真的《渔家傲》词亦曰："抛却俗情缰锁解。般般放下身轻快。绝尽尘情忘世态。无人采，本来一点常安泰。"⑧ 可见全真宗师对世俗情欲的否定同样彻底而深切。他们把男女情爱视作汪洋大海、巍峨高山，是生命归真之路中难以逾越的阻碍。世人若能断除对情欲的执求，生命则可通妙理达幽玄，身心轻快常安泰。

---

① （金）马钰著，赵卫东辑校：《马钰集》，齐鲁书社 2005 年版，第 53 页。

② 唐圭璋编：《全金元词》，中华书局 1979 年版，第 1214 页。

③ （金）王重阳著，白如祥辑校：《王重阳集》，齐鲁书社 2005 年版，第 120 页。

④ （金）马钰著，赵卫东辑校：《马钰集》，齐鲁书社 2005 年版，第 51 页。

⑤ （金）谭处端、刘处玄等著，白如祥校：《谭处端·刘处玄·王处一·郝大通·孙不二集》，齐鲁书社 2005 年版，第 18 页。

⑥ （金）马钰著，赵卫东辑校：《马钰集》，齐鲁书社 2005 年版，第 113 页。

⑦ （金）谭处端、刘处玄等著，白如祥校：《谭处端·刘处玄·王处一·郝大通·孙不二集》，齐鲁书社 2005 年版，第 10—11 页。

⑧ 唐圭璋编：《全金元词》，中华书局 1979 年版，第 1217 页。

金元全真宗师对世俗生命的执着与贪求，持以否定的审美视角，其根本的思想动因源自对生命的回归与内观，以及对生命的珍视与关怀。在此否定的审美指向下，生命审美所获得的不是价值的绝望与虚空，而是价值自证与探寻的巨大空间。金元全真诗词由此也把世人的审美目光，引向了价值的崛立与超越。

（二）超越尘境

金元全真宗师对尘世中的生命审美，持有否定的方向指引，其根本目的不在于消解和虚空人生本有的意义和价值，而是想剥离黏附于生命之上的尘俗负累与濡染，促使生命实现应有的超越与擢升。这便是金元全真诗词中蕴含的又一审美指向——超越尘境。

所谓"超越尘境"，具体来讲是指超越尘俗之下的心理境界、生命境界以及世俗生活境界。通过抖落凡尘、越出尘网，实现心灵、生命、生活境界的拔高与擢升。而这一目标的实现则通过以下三种方式，即心灵解脱、寻找精神家园、归趋仙道。

1. 以心灵解脱的方式实现尘俗心理境界的超越

王重阳著有《重阳立教十五论》，其中有"离凡世"一论，曰："离凡世者，非身离也，言心地也。身如藕根，心似莲花，根在泥而花在虚空矣。得道之人，身在凡而心在圣境矣。"[①] 此论意旨深刻而丰厚，其中一义则可视为对心理境界超越的解说。"身如藕根，心似莲花"，则是对心灵解脱的表达；"根在泥而花在虚空矣"，则是对心理境界实现超越的表述。可见心理境界要实现擢升与超越，要以心灵涤尽凡尘、洗尽泥沙为金匙与阶梯。所以王重阳在《定风波》一词中说："万万人中这个人，忽然自悟说良因。恰似白莲花一朵，尖新，泥沙脱了出迷津。"[②] 泥沙脱尽，则心灵无染无着、清清净净，心境自然可以实现超越尘俗。

继王重阳之后，全真后学在生命审美指向中，皆以心灵解脱喻示心

---

① （金）王重阳著，白如祥辑校：《王重阳集》，齐鲁书社 2005 年版，第 279 页。
② （金）王重阳著，白如祥辑校：《王重阳集》，齐鲁书社 2005 年版，第 254—255 页。

理境界的超越。马钰以诗示门人说："心清意静，气和神定。真息绵绵，灵光莹莹。"① 这是一种较为内隐化的表达，"心清意静，气和神定"，暗指自我心灵的解脱与超越；"真息绵绵，灵光莹莹"，则暗指心境实现超越后的精神体验。丘处机在《答李四秀才邀往渭北》诗中云："本来今岁合云游，性劣那堪道未周。故我身心随日月，与他岩壑度春秋。"② 此中"故我身心随日月"表明了自我心灵彻底脱尘、洗尽铅华。日与月高悬于太空之上，远离尘嚣，不惹纤尘，却又晃朗光明，若非脱尽尘俗之心不会也无资格以日月为追随对象。"与他岩壑度春秋"，表明心境实现了超越，由尘俗之境超越至物我合一之境。丘处机此作中超越尘境的审美指向可谓清晰明了。刘处玄的《满庭芳》词表达了同样的审美情致，词曰："万恶心除，千思意泯，自然罪病消亡。寸灵念道，动静两俱忘。清志如庞似许，任云水，到处为乡。"③ 词虽夹杂有宗教化的表达，但其中的审美指向显而易见。"万恶心除，千思意泯"，展现的是心灵解脱，自不必说；而"任云水，到处为乡"，则别有深指，指向的是无分别的心理境界，此处彼处，所到之处皆为故乡，无分无别。这便是心灵的解脱与心境的超越。诸如此类的作品还有很多，如李道玄的《答人问闲》诗；长筌子的《和朗然子诗并序》诗等。均表达了以心灵解脱现实心境超越的审美指向。

2. 以寻找精神家园的方式实现尘俗生活境界的超越

丘处机《磻溪集》中有一首以"答清河氏"为题的诗作，其中韵味值得寻觅。诗曰："神明虽是落凡胎，气直终须有道材。只恐丹砂脐下去，重教白雪耳边来。如何脱免红尘境，似我登临碧嶂台。步步嬉游天汉出，时时腾踏野云开。"④ 该首七律首、颔两联点出的是生命的尘俗境界：凡胎之中包裹的是灵明真性，拥有仙道根基，但大多数人获得

---

① （金）马钰著，赵卫东辑校：《马钰集》，齐鲁书社2005年版，第89页。
② （金）丘处机著，赵卫东辑校：《丘处机集》，齐鲁书社2005年版，第7页。
③ （金）谭处端、刘处玄等著，白如祥校：《谭处端·刘处玄·王处一·郝大通·孙不二集》，齐鲁书社2005年版，第131页。
④ （金）丘处机著，赵卫东辑校：《丘处机集》，齐鲁书社2005年版，第7—8页。

的却是丹砂泄漏，容颜衰老的结局。所以颈联突然一转，把审视的目光转向超越尘境的方向，"如何脱免红尘境，似我登临碧嶂台"。"碧嶂台"此处可实指亦可虚指，象征的是与尘俗生活之境相对立的精神家园。这里作者用自问自答的方式，把超越尘境的审美理路展示了出来，即以寻找精神家园的方式实现对尘俗之境的超越。尾联承颈联收合而去，归结于精神家园找到后的愉悦情怀。整首诗的审美结构并不复杂，以寻找精神家园的方式，实现尘俗生活境界超越的审美指向亦为显明。

持有如此审美指向的诗词，在全真后学之作中并不少见。如尹志平的《西江月·入西山路》词："石径云梯路险，攀萝揽葛难行。洞天深处水山明。远却尘寰视听。土洞安眠稳坐，松岩耳静心清。不须更羡许由名。便是超凡入圣。"[1] 词中"路险""难行"喻示着寻找精神家园过程的艰辛与曲折；"洞天""土洞""松岩"这些具体的地点象征着精神的归处，在这里安顿心灵，则可远却尘寰视听、安眠稳坐、耳静心清。如此之下，即便无许由之志，亦可超凡入圣。

再如侯善渊的《西江月》词，词曰："寂静茅庵潇洒，危峰密锁烟霞。朝阳轩外一枝斜。待客清茶淡话。默坐翛然净洁，不占半点尘沙。冰台心似白莲花。长在西江月下。"[2] 词之上阕着重于精神家园的构设，茅庵、危峰、朝阳轩等这些具体的实物，共同架构出审美上的精神家园，且具有寂静、缥缈、远离尘嚣的特点。词之下阕则着重于心境的展现，此时的心境一片澄澈、翛然、净洁，不占半点尘沙。词末两句，表意尤为深刻，"心似白莲花。长在西江月下"，莲花本就不沾着泥污，白莲花则更显净洁，且生长于西江明月之下，花的洁净与月的皎洁互相映衬，在极致的意义上凸显出心境的脱尘与超越。而这样的脱尘与超越，完全是在上阕词所描绘的寂静、缥缈、远离尘嚣的精神家园中获得与实现的。

---

① 唐圭璋编：《全金元词》，中华书局 1979 年版，第 1170 页。
② 唐圭璋编：《全金元词》，中华书局 1979 年版，第 511 页。

3. 以归趋仙道的方式实现尘俗生命境界的超越

在金元全真作家的审美视界里，道是天地万物之根，是万物繁衍之母。复归于道、和合于道则是生命认祖归宗的根本之路，亦是生命超越之境——仙境实现的终极之途。王处一在《悯世》一诗中说："世凡不悟道根基，生化乾坤应物机。会得此般玄妙趣，自然神气达幽微。"①寥寥四句，则把金元全真诗词中归趋仙道，实现生命境界超越的审美指向清楚地勾勒了出来。

丘处机有《神光灿》一词，亦把这一审美指向进行了有力的阐释。词曰："修真门户，大道家风，长春境界无边。秀气盈盈，闲里别有壶天。天中自然快乐，运三光、日月周旋。"②"修真门户，大道家风"二句，把自我回归于道的门户宗风进行了明确标立。在对自我家风的演习下，归趋仙道的过程中，洞察到了壶天之境，也即生命的超越之境。壶天，道教用来寓指得道后的仙境、胜境。在壶天胜境中有三光辉耀，绵绵的快乐。这是一种洗尽尘沙、涤尽俗忧的生命终极之境。

马钰在其《清心镜·叹世》词中云："如省悟，家缘拼。向物外，更不前思后算。炼气神，须要光明，做蓬莱仙伴。"③刘处玄的《神光灿》词亦说："他日功成厌世，效渊明乐道，闲伴林泉。自在无拘，笑吟洞外松前。"④皆表达了作者归趋仙道的追求，以及实现生命境界超越的审美指向。这一审美倡导虽有宗教玄化的素质，但审美基点皆立足于现世人生与生活，立足于尘世与凡间。这充分体现了金元全真诗词审美的彻底性与普适性。

综上所述，金元全真诗词终极关怀的对象，是现世的人生与生命；其终极的审美对象，是生命的本质、现状与归处，所以金元全真诗词中

---

① （金）谭处端、刘处玄等著，白如祥校：《谭处端·刘处玄·王处一·郝大通·孙不二集》，齐鲁书社 2005 年版，第 306 页。

② （金）丘处机著，赵卫东辑校：《丘处机集》，齐鲁书社 2005 年版，第 71 页。

③ （金）马钰著，赵卫东辑校：《马钰集》，齐鲁书社 2005 年版，第 125 页。

④ （金）谭处端、刘处玄等著，白如祥校：《谭处端·刘处玄·王处一·郝大通·孙不二集》，齐鲁书社 2005 年版，第 131 页。

展现出清晰的回归与内观、否定与超越的审美指向，并在这一审美指向中探寻出生命最核心的素质，洞察到生命的多重天地与更上一层境界，充分体现出金元全真诗词审美的追根溯源性与终极向上性。

第三节　金元全真诗词的审美境界

金元全真诗词的审美，就其核心与本质而言，是生命的审美。其关注的重点是人生与生命的理想与境界。正如余虹在其《禅宗与全真道美学思想比较研究》一书中所指出："任何宗教都必须悬置一个理想的境界，它是宗教信仰的终极关怀，也是宗教修养之目标与归依。"① 全真教的理想境界，就是明心见性、成真证仙，实现人生与生命境域的开拓与超越。而这一宗教境界，也是其诗词作品的审美境界。具体到诗词创作上，这一审美境界又表现为天人合一、性命圆融、真善美相统一等三个方面，这分别是从道法视角、生命视角、价值视角下的具体展开。

一　道法视角下：天人合一

如前文所说，金元全真教的终极目标是成真证仙，而这一目标的实现就是要通过修道、证道、合道。这一过程在道法的视角下，就是天人相合一的过程。此中之"天"是"自然之天"，是"道法"及其衍生物的代表。金元全真诗词对"天人合一"，这一审美境界的阐释，主要从浅层有形层面的回归自然、深层无形层面的与道合一这两个方面进行展开。

（一）回归自然

金元全真宗师笔下的"自然"，是与尘俗天地相对立的，淡绝尘味又深浸道性的客观时空存在，具体到现实中则主要以林泉天地为承载。

---

① 余虹：《禅宗与全真道美学思想比较研究》，中华书局 2008 年版，第 81 页。

对自然林泉的回归，全真宗师首先展现的是其对林泉天地的审美参悟，对林泉之中深浸的理趣与道法，进行审美发现与体证，为自我的回归寻找清晰的方向与充足的驱动。

王重阳在他的诗中说："自然认得三光秀，决定通和四序春。外假莹明内真乐，凡人不觉做仙人。"① 所谓"三光"，指的就是日、月、星；"三光秀"所指不仅仅是日、月、星的明亮与辉耀，亦应包含其高居霄外，恒常不变、独立不改的精神与品质，此皆深契道法。所以王重阳又在诗中说："精神气候谁能比，日月星辰自可同。达理识文清净得，晴空上面观虚空。"② 可以看出，作者对日月星辰及青霄的观察与审美，深契于其内在之理趣。这种内在之理与宗教修行之法深为契合。

马钰的《题文登于曈于庵主契遇庵》诗曰："好山好水好松竹，契遇庵前清我目。福地堪名锦绣川，洞天宜盖仙家屋。"③ 和王重阳的审美参悟相比，马钰的体认与感知更显具体与切实。他对山、水、松竹的审美感知均着一"好"字，其"好"主要体现在"清我目"上，能够以清新自我的视角感知。由此山水松竹所构置而成的林泉天地堪称福地洞天。"洞天宜盖仙家屋"一语则把自我回归林泉的审美决断直白托出。谭处端的《踏莎行》词有云："静静清清，天长地久，春花秋月坚坚守。腾腾兀兀向前行，昏昏默默合着口。"④ 自然天地，静静清清，不言不语，却可长久存在，亘古如一；春花秋月，年年如旧，却从不失信爽约。它们在时间的流转中，坚守自我，不辍前行与运转。这样的精神内质，对修道来说，无疑有莫大的启迪与参悟。

刘处玄的《蓦山溪》词说："红莲池畔，不让游山景。闹里却无心，身似藕、出泥花静。壶天妙趣，别有四时春，真应物，宝光明，今

---

① （金）王重阳著，白如祥辑校：《王重阳集》，齐鲁书社 2005 年版，第 8 页。
② （金）王重阳著，白如祥辑校：《王重阳集》，齐鲁书社 2005 年版，第 9 页。
③ （金）马钰著，赵卫东辑校：《马钰集》，齐鲁书社 2005 年版，第 29 页。
④ （金）谭处端、刘处玄等著，白如祥校：《谭处端·刘处玄·王处一·郝大通·孙不二集》，齐鲁书社 2005 年版，第 56 页。

古谁人省。"① 该词表述的是对池中红莲的审美。莲花出淤泥而不染，象征着内心的清净与超脱。作者深解此中之理趣，把自身比作藕根，精神比作莲花，"身似藕、出泥花静"。藕在淤泥，花在虚空，喻示着自我精神的超尘脱俗。而诸如此类的体认与参悟，皆是全真宗师穿透自然风物之表层，而深契其本质的深层审美。

丘处机在其《易州西山睒公堂》诗中云："高高云外睒公堂，闪闪云霞照洞光。千仞峰峦排左右，万株松柏互低昂。山翁不解谈古今，野客时来讲混茫。休道一生空打坐，也胜尘世走忙忙。"② 于道显的《幽居》诗亦曰："修竹种成千万个，茅庐结就两三间。幽情犹有云相友，暮卷朝舒数往还。"③ 诸如此类的审美参悟，皆是全真宗师对天地自然有形之中，所蕴含的无形理趣与道性的深切认知，对自我的宗教修行与境界提升，有莫大的启示与促进，亦为自我对自然林泉的回归打下了深刻的审美根基。

在对自然林泉进行一番深刻审美之后，全真宗师便坚定了自我回归自然的认知与决心。并将回归自然视为自我宗教修行的路径与归处，视为自我审美境界擢升的阶梯。如王重阳诗中所云："无极云霞为伴侣，半空风月作因缘。"④

马钰于其《赠众道友》诗中说："长生有路好追寻，譬似无常好歇心。云水闲游寻好伴，自然得遇好知音。"⑤ 谭处端的《畅道》诗说："云水逍遥逐处家，任他乌兔易年华。"⑥ 又说："云水逍遥物外仙，闲闲静静本来天。"⑦ 诗作之中回归云水的审美理想清晰而彰显。回归之

---

① （金）谭处端、刘处玄等著，白如祥校：《谭处端·刘处玄·王处一·郝大通·孙不二集》，齐鲁书社 2005 年版，第 136 页。

② （金）丘处机著，赵卫东辑校：《丘处机集》，齐鲁书社 2005 年版，第 11 页。

③ 薛瑞兆、郭明志编纂：《全金诗》第三册，南开大学出版社 1995 年版，第 4 页。

④ （金）王重阳著，白如祥辑校：《王重阳集》，齐鲁书社 2005 年版，第 12 页。

⑤ （金）马钰著，赵卫东辑校：《马钰集》，齐鲁书社 2005 年版，第 18 页。

⑥ （金）谭处端、刘处玄等著，白如祥校：《谭处端·刘处玄·王处一·郝大通·孙不二集》，齐鲁书社 2005 年版，第 13 页。

⑦ （金）谭处端、刘处玄等著，白如祥校：《谭处端·刘处玄·王处一·郝大通·孙不二集》，齐鲁书社 2005 年版，第 13 页。

后所获得的是逍遥、闲定的审美心境。

刘处玄在其《满庭芳》词中，亦表达了同样的审美理想与境界。词曰："今日山林且住，他时去、高卧云烟。洞天隐，松峰之畔，保命是修仙。"① 所谓"高卧云烟"，说的就是回归林泉的理想与状态。这种回归，最终要实现的目标是保命、修仙。他在《神光灿》词中亦说："他日功成厌世，效渊明乐道，闲伴林泉。自在无拘，笑吟洞外松前。"② 词中回归林泉，进而获得自在无拘之境的审美表达可谓深蕴独具。

丘处机在其《山居》诗中说："独自深山扼寂寥，闲云作伴屏喧嚣。"③ 又在《好离乡》词中云："乱草独弯跧。鼓腹高歌自在闲。一枕游仙清梦断，怡颜。笑傲声喧碧嶂间。"④ 于道显在他的《述怀》诗中说："山空木落鸟依树，霜降水寒鱼在渊。物外云朋忽相访，洞中幽客正高眠。杖藜轻触琅玕响，唤起华胥梦里仙。"⑤ 又在《徐道冲告》诗中云："道人真实最相宜，食饱无余步翠微。困即和衣溪上卧，觉来收拾乱云归。"⑥ 王丹桂的《诉衷情·继古韵》词亦说："瑞云深处是仙家。高枕卧烟霞。调引个中物象，玉兔配乌鸦。甘淡素，弃轻纱。远浮华。"⑦ 是类诗词中，作者或显或隐地把回归自然林泉的审美理想进行了阐释，其中把林泉摒弃喧嚣、淡绝浮华的天然理趣亦进行了揭示，为自我审美理想的表达提供了立论的基点与动因。

（二）与道和合

在天人合一的宗教及审美实践中，回归自然只是浅层有形的相合一

---

① （金）谭处端、刘处玄等著，白如祥校：《谭处端·刘处玄·王处一·郝大通·孙不二集》，齐鲁书社 2005 年版，第 129 页。

② （金）谭处端、刘处玄等著，白如祥校：《谭处端·刘处玄·王处一·郝大通·孙不二集》，齐鲁书社 2005 年版，第 131 页。

③ （金）丘处机著，赵卫东辑校：《丘处机集》，齐鲁书社 2005 年版，第 10 页。

④ （金）丘处机著，赵卫东辑校：《丘处机集》，齐鲁书社 2005 年版，第 92 页。

⑤ 薛瑞兆、郭明志编纂：《全金诗》第三册，南开大学出版社 1995 年版，第 2 页。

⑥ 薛瑞兆、郭明志编纂：《全金诗》第三册，南开大学出版社 1995 年版，第 29 页。

⑦ 唐圭璋编：《全金元词》，中华书局 1979 年版，第 492 页。

的过程。天人最终的和合，则是与道法的合一，和合于道、融归于道，实现生命的终极超越而逾入仙境。与道和合，是天人合一的终极形式与结果，也是全真宗师审美活动的最高理想与境界。

王重阳的《磨镜》一诗便颇具深蕴，诗曰："磨镜争如磨我心，我心自照远还深。鉴回名利真清净，显出虚无不委沉。一片灵光开大道，万般莹彩出高岑。教公认取玄玄宝，挂在明堂射古今。"① 该诗以磨镜的实践比作炼心的修行。磨镜要磨除锈蚀，炼心要剔除名利；锈蚀除则镜面清亮，名利尽则内心清净。清心净意则道法可证。诗颔联"显出虚无不委沉"一句，其中的"显出虚无"则喻示与道相合。诗之颈联与尾联所述的就是与道和合后的审美感受。

马钰的《赠霜溪散人颜姑》诗，对与道和合的审美理想表现得更为直接。诗曰："一心入道不回还，八味琼浆溉大丹。九曜合和真玉性，十分功满赴仙坛。"② 诗首句"一心入道不回还"，传达了自我向道入道的决心；末句"十分功满赴仙坛"，展现了自我入道的人生理想。首尾相映中阐释出了生命审美的境界指向。谭处端为劝示门人曾写有多首诗，其中一首这样写道："出得俗家入道家，恰如平地步烟霞。尘寰物里光阴短，仙境壶中日月赊。"③ 该诗是首说理阐道之作，既可看成作者对弃俗入道理想的表达，又可视为作者对合道后心境的述说。而回归于道、仙道美好的审美愉悦深浸其中。

王处一写有《望蓬莱·述怀》词，其中与道和合的审美境界同样显现。词曰：

　　天之道，妙用不虚传。一点生成真法性，二仪炼就出尘仙。随步结金莲。

---

① （金）王重阳著，白如祥辑校：《王重阳集》，齐鲁书社 2005 年版，第 5 页。

② （金）马钰著，赵卫东辑校：《马钰集》，齐鲁书社 2005 年版，第 20 页。

③ （金）谭处端、刘处玄等著，白如祥校：《谭处端·刘处玄·王处一·郝大通·孙不二集》，齐鲁书社 2005 年版，第 11 页。

明明了，颠倒显根源。四大扶持真水火，五光照彻九重天。七祖尽朝元。①

词上阕开头两句便交代了整词叙写的核心：道之妙用。"不虚传"三字，则说明了作者有着切实的合道体验。后面的内容皆可视为合道后的审美体证，包括发明真性、脱尘而仙，显现真源，照彻九天等。这种体证实则就是道法视角下，生命审美的最高境界。体证越美好，越说明审美境界的高妙。

丘处机在其《神光灿》中说："推穷三教，诱化群生，皆令上合天为。慕道修真，行住坐卧归依。"② 除却词中的宗教劝化成分，就其审美境界而言，天人合一、归道合道的指向清晰易见。又如他的一首五言绝句，曰："西山爽气清，过雨白云轻。有客林间坐，无心道自成。"③ 和其上述《神光灿》词相比，该诗对审美境界的阐释略显隐约，但也明确可感。诗之末句"无心道自成"可视为全诗的主旨之所在，传达的是"林间客"对道法参修的体悟，其中深寄着合道成道的自信与喜悦。这实则正是作者对和合道法审美境界的一种隐含性的表达。

于道显曾写有《梁老姑告》诗，其中对审美境界的表达同样清晰明了。诗曰：

学人莫事苦熬煎，大道元来本自然。
真静真清成运用，不雕不琢就方圆。
五明宫内生芝草，七宝山头长瑞莲。
折得一枝归缥缈，瑶池会里荐诸仙。④

① （金）谭处端、刘处玄等著，白如祥校：《谭处端·刘处玄·王处一·郝大通·孙不二集》，齐鲁书社 2005 年版，第 364 页。
② （金）丘处机著，赵卫东辑校：《丘处机集》，齐鲁书社 2005 年版，第 71 页。
③ （金）丘处机著，赵卫东辑校：《丘处机集》，齐鲁书社 2005 年版，第 197 页。
④ 薛瑞兆、郭明志编纂：《全金诗》第三册，南开大学出版社 1995 年版，第 14 页。

这是一首说理阐道之作，阐述的是作者对修道审美的感悟。诗的首联"学人莫事苦熬煎，大道元来本自然"，是对道法的深切认知及修行方法的劝寓。颔联"真静真清成运用，不雕不琢就方圆"，是对具体修行策略的阐释，倡导在真静真清、不雕不琢中参悟道法。其中"成运用""就方圆"深有合道、体道的蕴涵。颈联两句，说的是修行之中丹药的采获。尾联"折得一枝归缥缈，瑶池会里荐诸仙"两句，则把采药归仙的终极归宿进行了阐释。采药归仙实质就是对合道而仙境界的展示。不难看出，该诗在审美境界上，依然倡导和合于仙道，天人合一。

尹志平的《偶得三首》（其三）诗，可谓与于道显上述之诗有相同的审美意蕴。诗曰："好把诸缘一笔钩，修真须向死前休。茫茫苦海波涛急，归去来兮得岸舟。"① 所谓"修真"即是修道。把尘世中诸缘一笔勾销，在尘俗的苦海中急急回头，目的是"归去来兮"，回归于道，与道合一。

从回归自然林泉的有形融入，到和合于道的无形归依，金元全真诗词在道法视角下的审美活动具有"天人合一"的境界追求。这是对生命来处与归去进行深刻审视后的理性抉择，亦是全真生命智慧深具超越性的一种深刻体现。

二　生命视角下：性命圆融

金元全真宗师在宗教修行上倡导内丹修行，并以"性命双修"为核心内容。主张在具体修行中，将"炼精""炼气"所得的"命丹"与"炼神"所得的"性丹"，和合成性命双全的"金丹"。"金丹"成则仙道可证。由此也致使了金元全真诗词对生命的审美，以性命圆融为理想境界。

（一）何为性命

对于性与命的谈论，金元全真宗师的著述中所见很多。王重阳的

---

① 薛瑞兆、郭明志编纂：《全金诗》第三册，南开大学出版社1995年版，第94页。

《重阳真人授丹阳二十四诀》，对"何为性命"进行了论说，其曰："性者是元神，命者是元气，名曰性命也。"① "根者是性，命者是蒂也。"② 又说："神者是龙，气者是虎，是性命也。"③ 马钰深悟王重阳之意旨，他在《丹阳真人直言》中对性命进行总结说："夫大道无形，气之祖也，神之母也。神气是性命，性命是龙虎，龙虎是铅汞，铅汞是水火，水火是婴姹，婴姹是阴阳，真阴真阳即是神气。种种异名，皆不用著，只是神气二字。"④ 马钰所论与王重阳一脉相承，揭示了性命乃神气、真阴真阳的本质；同时也把全真诗词创作中"龙虎""铅汞""水火""婴姹"等丹道修行类意象的本质进行了交代。

性是神、命是气的说法终归有些抽象，具体到实际修行中，性指的就是无形的精神层面的生命，命指的就是有形的肉体层面的生命。性是命的主宰，性对命起着统领支配的作用；命是性的承载，命对性具有保养和护持的作用。《郝太古真人语》中有云："夫吾道以开通为基，以见性为体，以养命为用。"⑤《长春真人规榜》亦曰："见性为体，养命为用。"⑥ 所以就性命修行来说，修性与修命不可偏废其一，只有双持双全，方可臻于至境。刘处玄在其诗中对性命的关系进行类比说："性光命似油，灵焰照无休。"⑦ 性若为光，命便是油，油充足，光才能明亮，这就道出了命对性的养护作用。尹志平亦有诗曰："不是性根超造化，如何命宝得圆成。"⑧ 此又说明了性对命的提携作用。

（二）珍视性命

鉴于对性、命本质及其关系的认知，全真宗师在生命养护及宗教修

① （金）王重阳著，白如祥辑校：《王重阳集》，齐鲁书社2005年版，第294页。
② （金）王重阳著，白如祥辑校：《王重阳集》，齐鲁书社2005年版，第294页。
③ （金）王重阳著，白如祥辑校：《王重阳集》，齐鲁书社2005年版，第294页。
④ （金）马钰著，赵卫东辑校：《马钰集》，齐鲁书社2005年版，第252页。
⑤ （金）谭处端、刘处玄等著，白如祥校：《谭处端·刘处玄·王处一·郝大通·孙不二集》，齐鲁书社2005年版，第430页。
⑥ （金）丘处机著，赵卫东辑校：《丘处机集》，齐鲁书社2005年版，第147页。
⑦ （金）谭处端、刘处玄等著，白如祥校：《谭处端·刘处玄·王处一·郝大通·孙不二集》，齐鲁书社2005年版，第104页。
⑧ 薛瑞兆、郭明志编纂：《全金诗》第三册，南开大学出版社1995年版，第85页。

行中，十分珍视性命，以凸显性命的价值核心地位。马钰有诗曰："富贵荣华全小可，于身性命天来大。"① 刘处玄的《五言绝句颂》有云："明道泯争爱，真通性命大。"② 又说："清真保性命，爱尽心猿定。"③ 性命是世人生命的核心价值之所在，所以全真宗师倡导世人要："顿省性命，竞甚人我。"④ "真修性命，伪养形骸。"⑤ "速修性命，暗有贤圣提汝。"⑥ "修性命，体延年，别近云霞伴。"⑦ 从"顿省""真修""速修"的措辞上，可明显感受到全真宗师劝化之中情感的真切与急迫。这种真切与急迫，源自他们对性与命深刻的审美与认知，更源自他们对性与命的深切珍视与持重。

（三）圆融性命

金元全真宗师生命修行的理想是性命圆融，性丹、命丹和合为大药"金丹"。这实际上亦是全真诗词审美的境界追求，追求性与命融合为一的大美之境。

马钰在其《功圆》一诗中，将圆融性命的审美境界深刻地传达了出来。诗曰："断情割爱没忧煎，绝虑忘机达妙玄。意净心香三处秀，命通性月十分圆。"⑧ 诗以"功圆"为题，"功"所指乃生命修行之功，"圆"所指乃生命修行的圆满之态。由题目即可看出，全诗阐述的是生命修行的完美状态。诗的前三句是对修行方略的具体交代，包括断情割

---

① （金）马钰著，赵卫东辑校：《马钰集》，齐鲁书社 2005 年版，第 3 页。

② （金）谭处端、刘处玄等著，白如祥校：《谭处端·刘处玄·王处一·郝大通·孙不二集》，齐鲁书社 2005 年版，第 100 页。

③ （金）谭处端、刘处玄等著，白如祥校：《谭处端·刘处玄·王处一·郝大通·孙不二集》，齐鲁书社 2005 年版，第 102 页。

④ （金）谭处端、刘处玄等著，白如祥校：《谭处端·刘处玄·王处一·郝大通·孙不二集》，齐鲁书社 2005 年版，第 113 页。

⑤ （金）谭处端、刘处玄等著，白如祥校：《谭处端·刘处玄·王处一·郝大通·孙不二集》，齐鲁书社 2005 年版，第 114 页。

⑥ （金）谭处端、刘处玄等著，白如祥校：《谭处端·刘处玄·王处一·郝大通·孙不二集》，齐鲁书社 2005 年版，第 133 页。

⑦ （金）谭处端、刘处玄等著，白如祥校：《谭处端·刘处玄·王处一·郝大通·孙不二集》，齐鲁书社 2005 年版，第 135 页。

⑧ （金）马钰著，赵卫东辑校：《马钰集》，齐鲁书社 2005 年版，第 29 页。

爱、绝虑忘机、清心净意等。诗之末句，则是这种完美修行的具体体现，是"命通性月十分圆"。性命相通相融，则真性之月晃朗而圆融。"十分圆"三字，意在表明性命圆融的审美之境的高妙。

谭处端的《满庭芳》词云："只要君心慷慨，慧刀举、劈破昏蒙。还知否，般般撒手，性命可圆容。"① 该词中圆融性命的审美追求同样清晰可见。刘处玄在其《五言绝句颂》中说："真趣道眸开，善清无祸灾。冲和全性命，蜕壳到蓬莱。"② 在这里，刘处玄在传达和合性命的审美境界的同时，亦将性命冲和的结果与趋向进行了揭示，那就是"蜕壳到蓬莱"。这是生命价值终极实现的标志，亦是生命审美的理想境界。刘处玄在诗中又说："至死常清静，忘情完性命。超升免下鬼，大罗朝贤圣。"③ 又如他的《三字歌》云："汾阳解，性命存，超三界。"④ 他的《上平西》词曰："清平道德，修完性命隐蓬茅。他年蜕壳朝贤圣，名列仙曹。"⑤ 从举例的这些诗词中可以看出，在性命和合圆融的境界之下，是仙道境界的映射与实现，这无疑是对生命审美境界在绝对意义上的提升。

性命和合之境，在一定意义上几乎等同于功成丹圆的仙道之境，所以全真宗师倡导向道者，在实际修行中要以保命全性为鹄的。王处一的《劝人弃假归真》诗曰："诸公好把轮回咄，一志宜将性命全。收拾光明投内补，悟真达本复周圆。"⑥ 他的《赠李节判明威》诗亦

① （金）谭处端、刘处玄等著，白如祥校：《谭处端·刘处玄·王处一·郝大通·孙不二集》，齐鲁书社 2005 年版，第 30 页。
② （金）谭处端、刘处玄等著，白如祥校：《谭处端·刘处玄·王处一·郝大通·孙不二集》，齐鲁书社 2005 年版，第 98 页。
③ （金）谭处端、刘处玄等著，白如祥校：《谭处端·刘处玄·王处一·郝大通·孙不二集》，齐鲁书社 2005 年版，第 101 页。
④ （金）谭处端、刘处玄等著，白如祥校：《谭处端·刘处玄·王处一·郝大通·孙不二集》，齐鲁书社 2005 年版，第 108 页。
⑤ （金）谭处端、刘处玄等著，白如祥校：《谭处端·刘处玄·王处一·郝大通·孙不二集》，齐鲁书社 2005 年版，第 129 页。
⑥ （金）谭处端、刘处玄等著，白如祥校：《谭处端·刘处玄·王处一·郝大通·孙不二集》，齐鲁书社 2005 年版，第 259 页。

说："阴阳颠倒人难见，性命圆成世莫量。法界灵明俱透彻，亘容天外自飞扬。"① 丘处机亦在《学仙记》中指出，得道之士皆"内全性命，外逆人情"②。这就促使全真后学在生命修行及审美中，以性命圆融的境界为追求与指向。

前文提到，金元全真宗师在对性命的论述中，认为性命即为神气，性命圆融也即神气冲和。这就使他们在诗词创作中，多以神气的攒聚表示性命和合的审美追求。如王重阳的《修行》诗曰："子母相随真彩结，气神攒聚异光殊。"③ 他的《苏幕遮·劝化诸弟子》词曰："气传清，神运秀。两脉通和，真行真功就。"④ 这里的神、气皆可作性、命解。谭处端的《满庭芳》词曰："宝鼎祥烟攒聚，神气会、结就灵芝。"⑤ 刘处玄亦有诗云："日用自然真，冲和气养神。意清全癸耀，阴尽碧霄人。"⑥ 这类诗词皆是阐述内丹修行的理路之作，其中的神、气或许不完全代指性、命，但其中和合圆融的审美追求却是清晰而明了的。

无论直言性命，抑或借述神、气，在生命审美视角之下，性命双修双全的境界追求并不隐晦。就生命个体来说，"保性"之体与"养命"之用，只有互通互融，才能更好地促使生命价值的实现与超越。这种性命体用互通互融的境界，也正是生命审美的境界。

三　价值视角下：真善美相统一

在价值审美的视角下，金元全真诗词有求真、求善、求美的目标追

---

① （金）谭处端、刘处玄等著，白如祥校：《谭处端·刘处玄·王处一·郝大通·孙不二集》，齐鲁书社2005年版，第263页。

② （金）丘处机著，赵卫东辑校：《丘处机集》，齐鲁书社2005年版，第175页。

③ （金）王重阳著，白如祥辑校：《王重阳集》，齐鲁书社2005年版，第15页。

④ （金）王重阳著，白如祥辑校：《王重阳集》，齐鲁书社2005年版，第73页。

⑤ （金）谭处端、刘处玄等著，白如祥校：《谭处端·刘处玄·王处一·郝大通·孙不二集》，齐鲁书社2005年版，第30页。

⑥ （金）谭处端、刘处玄等著，白如祥校：《谭处端·刘处玄·王处一·郝大通·孙不二集》，齐鲁书社2005年版，第101页。

求，亦有真善美相统一的理想境界。

（一）全真视域下的真、善、美

在全真思想文化体系中，真、善、美的意旨皆有多重性，除包含有世俗的意义外，还具有深层特质的文化意蕴。就"真"来说，其在全真诗词中除具有与假相对立的文化意义外，还有仙道与真性层面的文化意旨。其具体的含义在"求全觅真"一节中，已有深入的探讨，此不赘述。

就"善"而言，在全真著述中其表层的含义，是指与恶相对立的一义。如刘处玄的《十二劝》云："常善无恶，真爱无著。"① 他的《五言绝句颂》亦说："灭恶通真善，慧眼开时见。"② 谭处端的《示门人》诗曰："灭恶除情作善良，好将名利两俱忘。"③ 丘处机的《真仙直指语录》有云："诸恶可戒，诸善可修，万行周圆。"④ 这里所说的善就是世俗文化意义下的"善"，与个人道德修养紧密相关。

除此表层意义外，"善"在全真作品中还有更为深层的含义，这一含义直指纯朴反对雕琢，是指纯朴之境下的行为与状态，讲究"善"的本质与形式相统一，被称为"上善""大善"。老子在《道德经》第八章云："上善若水。水利万物而不争，处众人所恶，故几于道。"⑤ 老子把"上善"之为比作水。水有随物赋形、因势而动，利万物而不争，处众人之所恶等德性，这实则正是水的随缘、无我、无私的特性，所以老子说水德几于道。而上善若水，故上善也几近于道，也具有随缘、无我、无私等纯而朴的特征。全真宗师对善的审美与追求多有"上善"的境界指向。

---

① （金）谭处端、刘处玄等著，白如祥校：《谭处端·刘处玄·王处一·郝大通·孙不二集》，齐鲁书社 2005 年版，第 108 页。

② （金）谭处端、刘处玄等著，白如祥校：《谭处端·刘处玄·王处一·郝大通·孙不二集》，齐鲁书社 2005 年版，第 105 页。

③ （金）谭处端、刘处玄等著，白如祥校：《谭处端·刘处玄·王处一·郝大通·孙不二集》，齐鲁书社 2005 年版，第 11 页。

④ （金）丘处机著，赵卫东辑校：《丘处机集》，齐鲁书社 2005 年版，第 145 页。

⑤ 陈鼓应注译：《老子今注今译》，商务印书馆 2003 年版，第 102 页。

　　刘处玄在他的《五言绝句颂》诗中说："上善应清清，行通似水平。天青悬万象，性阑命光成。"① 又说："念道命光圆，无形性达全。自然通上善，蜕壳是真仙。"② 此处的"上善"直接与明心见性、证道而仙相关联。见性、证仙下的生命，自然是复归于纯与朴状态下的生命。显然这里的"上善"超越一般的文化意义，而直指一种无我、无私的境界状态。

　　刘处玄在《黄帝阴符经注》中又说："如上善，方圆曲直，万派清通，于江河淮济，入巨洋而混成归一，谓之深通。"③ 这段话是对"天人合发，万变定基"一句的注解。所谓"天人合发"，意指天人相通也，天人相通，世间万化便有了定基。刘处玄以"上善"例举，"上善"之境下，方圆曲直万派清通，就如江河淮济一样，汇流融通，入巨洋而混成归一。江河淮济之所以能够汇流入海，是因为它们的随缘就势无私无为。方圆、曲直、万派这些各有所别的事与物，要想融通为一，就要以"上善"为前提，显而易见，"上善"所指就是一种纯朴、无私的境界，只有在这种纯朴的境界下，各有所别的事物才可以融通。

　　于道显在其《寄洞霄宫完颜提点》诗中，亦将"善"之深意进行了深刻的揭示。诗曰："寄语洞霄客，天姿幸有余。善行本无迹，处世不如愚。"④ 所谓"善行本无迹"是指真正的为善之行，应生发于本性，自然而为，不存有刻意的行迹。故此时的"善行"当指真朴状态的所作所为，真朴之下的"行"已无关形式与外在，所以此时之行才为无迹之行。

　　金元全真宗师倡导"上善""大善"的价值审美，其根本的文化认知与动因，可用尹志平的一首七言绝句来概括。诗曰："本来一点最孤

---

　　① （金）谭处端、刘处玄等著，白如祥校：《谭处端·刘处玄·王处一·郝大通·孙不二集》，齐鲁书社 2005 年版，第 97 页。

　　② （金）谭处端、刘处玄等著，白如祥校：《谭处端·刘处玄·王处一·郝大通·孙不二集》，齐鲁书社 2005 年版，第 100 页。

　　③ （金）谭处端、刘处玄等著，白如祥校：《谭处端·刘处玄·王处一·郝大通·孙不二集》，齐鲁书社 2005 年版，第 181 页。

　　④ 薛瑞兆、郭明志编纂：《全金诗》第三册，南开大学出版社 1995 年版，第 17 页。

灵，染着人情万事生。欲要归根清净去，应须返朴入圆成。"① 该诗语言真朴，意旨显现，认为人天生具有"孤灵"的本性，但这种"孤灵"在沾染了浩浩的世间情欲之后，便被尘俗的诸事羁绊和侵扰，这与真朴澄湛的生命本初相去甚远，所以要寻求生命之真，回归自我，就要逆着人情，返归生命的纯朴与圆融之态。这种纯朴与圆融在某种意义上，就是生命的"上善"与"大善"。

对于"美"的审视，全真诗词亦展现出多重的视角。就浅层的意义而言，美与丑相对立，是指能够给人带来愉悦视角冲击的、外在审美素质的结合。金元全真宗师对其阐释多不直言其美，而是以秀、幽、好、胜境等词语来表示，内容多为对山水风光的外在描写。如丘处机有诗曰："秦川自古帝王州，景色朦胧瑞气浮。触目山河俱秀发，披颜人物竞风流。"② "登郡西南十里余，大开泉石致幽居。"③ 又说："胜境无穷言不尽，临风时顾一挥毫。"④ 王丹桂有词云："烟霞客，亭亭隐在幽岩侧。"⑤ 尹志平有词曰："我爱西岩秀丽，仙园地发三阳。"⑥ 又曰："窗外横山入画，门前流水堪听。洞天幽处少人行。"⑦ 等等，皆是对林泉山水表层之美的展示。

对于全真宗师来说，发现浅层外在美的素质，并不是他们审美的终点。他们的审美目标，是要发现天地万物及生命所蕴含的大美，即道性之美。对于万物具有深浸道性的大美，该内容在其他章节已有论述，不再重复。对于生命具有道性之大美，全真诗词同样给予了充分的展示。生命之中所具有的道性，集中体现于"真性"之中。人的"真性"有着尘俗之物所不具有的"大美"。这种"美"是一种内境之美，是精神内在所获得的一种自足、自适、自在、逍遥的充实与愉悦感。

---

① 薛瑞兆、郭明志编纂：《全金诗》第三册，南开大学出版社1995年版，第83页。
② （金）丘处机著，赵卫东辑校：《丘处机集》，齐鲁书社2005年版，第5页。
③ （金）丘处机著，赵卫东辑校：《丘处机集》，齐鲁书社2005年版，第13页。
④ （金）丘处机著，赵卫东辑校：《丘处机集》，齐鲁书社2005年版，第10页。
⑤ 唐圭璋编：《全金元词》，中华书局1979年版，第490页。
⑥ 唐圭璋编：《全金元词》，中华书局1979年版，第1168页。
⑦ 唐圭璋编：《全金元词》，中华书局1979年版，第1169页。

马钰在他的《赠白岩镇鲁周瑞》诗中说道："乐道逍遥豁畅人，自无劳苦与劳辛。洞内炼烹金鼎药，壶中赏玩玉楼春。"[①] 诗中所谓的"炼烹金鼎药"，所指就是对自我"真性"的审美与回归，在这一过程中，精神内在获得的是无劳无辛、逍遥豁畅、赏玩春色的美好感受，这是内境的一种大美。

谭处端写有《长思仙》词数首，其中一首把生命的"真性"之美表现得更为充分。词曰：

> 得玄玄，悟三三，火灭烟消风害谭，昏昏保玉男。
>
> 趣闲闲，认憨憨，一性浑如月正南，澄澄现碧潭。[②]

这是一首阐述修行之作，述说的是明心去境，趋闲证憨以见性的修行理路。词末两句"一性浑如月正南，澄澄现碧潭"，表现了自我所见的"真性"之美。此中使用了比喻的手法，把"真性"的美，比作正南之朗月映现于澄湛的碧潭之中。这种无以言传之美，顿现眼前，可谓言有尽而意无穷。

刘处玄的《山亭柳》词曰："气结神灵异，自然有、霞彩光生。宝鉴碧霄晃耀，真个先生。"[③] 王处一的《赠门人南吕哥》诗曰："周天数足神丹结，五色威光簇十洲。"[④] 丘处机的《玉炉三涧雪·暮景》词亦说："渐渐放开心月，微微射透灵台。澄澄湛湛绝尘埃。莹彻青霄物外。"[⑤] 可以看出，这类诗词作品所展现的审美愉悦感，皆非来自尘俗事物的外在视觉冲击，而是源自自我修心、修性中的内境体悟。这种美毫

---

① （金）马钰著，赵卫东辑校：《马钰集》，齐鲁书社 2005 年版，第 58 页。

② （金）谭处端、刘处玄等著，白如祥校：《谭处端·刘处玄·王处一·郝大通·孙不二集》，齐鲁书社 2005 年版，第 52 页。

③ （金）谭处端、刘处玄等著，白如祥校：《谭处端·刘处玄·王处一·郝大通·孙不二集》，齐鲁书社 2005 年版，第 135 页。

④ （金）谭处端、刘处玄等著，白如祥校：《谭处端·刘处玄·王处一·郝大通·孙不二集》，齐鲁书社 2005 年版，第 265 页。

⑤ （金）丘处机著，赵卫东辑校：《丘处机集》，齐鲁书社 2005 年版，第 88 页。

无外在的依附性、凭借性，而有自足、恒常性，故称之为"大美"。

（二）真、善、美和合统一

金元全真宗师在价值的审美上，倾向于真、善、美的深层意蕴。在审美境界的追求上，全真宗师不光追求三者的单项深层意蕴，更强调三者和合统一的理想境界。在金元全真诗词中，对真、善、美三者审美意蕴和合统一，进行充分展现的作品，多为内丹审美之作。这些作品把内丹生成所需要的求真、归善的过程，及金丹圆成后所展现的超俗之美，进行完整的串联与统一，形成"大美"之中涵摄真、善的审美效果与境界。

王重阳的《喜迁莺·赠道友》词，颇能映现出其价值审美的境界追求。词曰：

> 问公为善，这大道无言，如何回转。猛舍浮华，搜寻玄妙，闲里做成修炼。认取起初真性，捉住根源方便。本来面，看怎生模样，须令呈现。
>
> 亲见，堪相恋，请向绛绡宫里，开琼宴。会上明明，霞辉万道，射透玉丝瑶霰。一粒宝珠晶莹，衮出光同飞电。彻中边，大罗天归去，永除迁变。①

该词是典型的阐道说理之作，阐述的是内丹修行中的求真而归仙的修持理路。就其价值审美而言，又是一首真善美圆融统一之作。词的上阕所述，就是内丹修行中求真归善的过程。该阕的开头"问公为善，这大道无言"，便交代了归善的需求。接下来的"舍浮华""搜寻玄妙""闲里修炼"，说的就是对生命之"真"的发明与探寻，去浮华、雕饰，这实则也是对"大善"的回归。稍后的"认取真性""捉住根源"，既是"真"的实现，又是"善"的映射。词之下阕，所表现的是自我真性发

---

① （金）王重阳著，白如祥辑校：《王重阳集》，齐鲁书社 2005 年版，第 81 页。

明，大丹圆成后生命的内境之美。如词所描"霞辉万道""晶莹""飞电"。如此深富"大美"的一粒宝珠，其得来是凭借求真归善的修行努力，所以这颗"射透玉丝瑶霰"的金丹宝珠，就是真、善、美三者价值的凝结。对生命金丹的审美，实则就是对真、善、美三者和合统一的价值审美。

郝大通写有《金丹诗》三十首，其第二十五首曰："学道先须绝外华，修真养素属仙家。忘情盖为烹金液，息虑都缘炼紫砂。一性朝元攒五气，万神聚顶放三花。从兹得达长生路，永向清霄混彩霞。"① 该诗和上述王重阳的《喜迁莺·赠道友》词一致，具真、善、美三者相统一的审美境界。诗的首联开启了整诗的阐述主题：学道、修真。该联同时又引出了"绝外华""养素"的修行诀窍。颔联承接而来，对学道、修真的主题继续阐发，并点出了"忘情""息虑"的修行关节。诗的前两联中"绝外华""养素""忘情""息虑"等修行理路，实则就是内丹炼养中抖尽凡尘、独存纯素的归真、归善的审美追求。颈联"一性朝元攒五气，万神聚顶放三花"两句，是对前两联修行效果的总结，真性得以显现，阳神得以全聚，这也是归真、归善审美活动的升华，直指性丹的圆融之美。尾联平稳收合，收合于生命价值的实现与超越。"从兹得达长生路，永向清霄混彩霞"，这就把内丹圆融的价值，在长生、永恒的时间长河中进行彻底的激活，同时也把价值审美的境界，在时光无限中进行了绝对的提升。至此，和合仙道的生命大放异彩，在永恒之中作伴彩霞，这是生命至真至朴质素的大美展现。

于道显的《示赵道人》一诗，是一首说理阐道之作，其中的价值审美境界同样清晰易见。诗曰："收拾精神向内观，莫教穷贼外相瞒。六门玄钥尘根断，七返还丹道气攒。玉露降时珠颗颗，金霞飞处月团团。水精楼阁真人位，赤凤乌龟上下蟠。"② 不难看出，诗的前两联是

---

① （金）谭处端、刘处玄等著，白如祥校：《谭处端·刘处玄·王处一·郝大通·孙不二集》，齐鲁书社 2005 年版，第 427 页。

② 薛瑞兆、郭明志编纂：《全金诗》第三册，南开大学出版社 1995 年版，第 16 页。

内丹修行中归真致璞的审美表达，颈联是生命价值的实现，亦是价值审美中"美"的映射。"珠颗颗""月团团"，是生命修行中内境之大美，亦是至真至璞的生命精髓共同促生的生命大美。

综上所述，金元全真诗词的审美境界，具有深刻的脱俗与超越性，同时亦具有多维度及多重性，表现为：道法视角下的天人合一；生命视角下的性命圆融；价值视角下的真、善、美相统一等境界指向。而这些审美境界的阐释，皆是围绕人生的意义与生命修行而展开。这也进一步映证了全真诗词的审美，是以生命为核心的审美，全真文化是以"人"为核心的宗教文化。

第四章　金元全真诗词的济世精神

金元全真教承袭以往的道教思想，把传教宣教、济世度人作为主要的宗教活动。王重阳在创教之初为全真立有十五论，并把"和药"作为一论，主要原因是"肯精学者，活人之性命"。① 在金元全真诗词中，蕴含着全真宗师丰富而深刻的济世精神，包括宗教济度、生活劝诫、精神接引等方面。在这些济世精神的背后，还蕴藏着诸多深刻的文化内涵，值得世人珍视与品咂。

第一节　金元全真诗词的宗教济度

作为先觉者，金元全真宗师并无志于自全自了，而是希望把超越的金针度予他人，让更多的人走向生命的彼岸。所以宗教的劝化与济度，是金元全真诗词创作的一大主题，集中体现了全真宗师劝人早悟、自我施济、感念师恩、壮大教门等宗教思想与情怀。

一　归趋仙道的劝示

在金元全真宗师看来，滚滚红尘并不是生命的真实之境，而被贪欲

---

① （金）王重阳著，白如祥辑校：《王重阳集》，齐鲁书社 2005 年版，第 276 页。

和私情淹没的尘俗生活亦非生命应有之态，所以在诗词中全真宗师多以苦海火坑、金枷玉锁、爱海恩山等来比喻尘俗与情欲。要想体悟生命之真，就要超脱尘俗，高蹈于俗境之外，破除对凡俗的执迷，发明本有之真性，最终回归原初，归趋仙道。如王重阳于《转调丑奴儿》词中劝示说："早早出迷津，乐清闲、养就天真。性圆丹结方知道，蓬莱异景，元来此处，别有长春。"① 祖师的劝示可谓彻底而急切，生命终归还有别样洞天，异样风景，要早早跳出迷津。而"性圆丹结"，则是修得仙道果位的宗教标识。

继祖师王重阳之后，全真宗师对世人归趋仙道的劝化，皆不遗余力。王处一在其《蓦山溪》词中曰："公还猛悟，万事俱抛弃。细细数前程，速速超离浊世。结成仙眷，积累大功深，通妙理，脱凡笼，永永无倾逝。"② 在作者看来，世间乱花迷人眼，而真正达于觉悟超脱的彼岸并非易事，所以要"猛悟"，于功夫上着力。"细细""速速""永永"一组叠词的使用，恰切地表达出了作者对世人的劝化心境。"细细数前程"，是对生命真相的审视；"速速超离浊世"，是对生命归处的指示，其中包含急切之情；"永永无倾逝"，则是对归趋仙道后生命存在状态的喻示。劝化的逻辑严密，中肯贴切，淡去了说教意味。

尹志平写有《别矾山道友三首》诗，其三表达的是劝人早悟，归趋仙道的思想主题。诗曰："忠言普劝早回头，劝不回头陷九幽。大圣无由提得出，目前认正早吞钩。"③ 伴随着时光的流逝，尘俗的生命就是一场单程的旅行，执迷于尘情，行走的终点便是"九幽"。所以作者要劝人早回头，回溯生命的源头。姬志真在《天网》诗中说："劝君绝早寻归计，限到临头悔后迟。"④ 尘世肉身有大限，终归要走向消亡，这是以尘世生命的终归结局为警示牌，对世人进行规劝。李道玄在其

① （金）王重阳著，白如祥辑校：《王重阳集》，齐鲁书社 2005 年版，第 104 页。
② （金）谭处端、刘处玄等著，白如祥校：《谭处端·刘处玄·王处一·郝大通·孙不二集》，齐鲁书社 2005 年版，第 353 页。
③ 薛瑞兆、郭明志编纂：《全金诗》第三册，南开大学出版社 1995 年版，第 92 页。
④ 薛瑞兆、郭明志编纂：《全金诗》第四册，南开大学出版社 1995 年版，第 321 页。

《诫耽书》一诗中亦这样说："少年且历人间事，壮岁须寻大道基。为报聪明宜早辨，莫教伶俐变成痴。"① 肉身的生命无法超越自然法则，若寻仙道，须趁年少，莫要等待形容变枯槁，宗教劝示的意味可谓中肯而贴切。

然而尘境深深，迷惑纷繁，芸芸之众，执迷者多，觉醒者少。正如《大戒上品经》中所指出："弱丧之徒，信道者少，宿命者多。"② 所以丘处机在《杂咏》诗中云："参同本有长生诀，谈道人多明道少。"③ 又在《示众》一诗中感叹道："四大本无托，百年还有期。众人皆不悟，三教莫能规。"④ 侯善渊亦有此感，于诗中叹曰："伤嗟无限苍生目，不识蓬莱阆苑媒。"⑤ 这是一种爱莫能助的无奈心境的表达，虽为伤叹，但对于有心的读者来说，却也不失为一种劝诫。

二　自我施度的决心

全真教自创建以来，便持有着遍拔黎庶、普度众生的愿望与决心。王重阳在《三州五会化缘榜》中说："普济群生，遍拔黎庶。银艳充盈于八极，彩霞蒸满于十方。渐生良因，用投吉化，有缘固蒂，无果重生，人人愿吐于黄芽，个个不游于黑路。"⑥ 可谓志大愿宏，其中心怀天下的宗师情怀渗透纸背。"人人愿吐于黄芽，个个不游于黑路"，此语可谓与杜工部"安得广厦千万间，大庇天下寒士俱欢颜"⑦ 之语，有合拍共鸣之情志，怜民恤民的情怀浓郁而悠远，同时教风远播、四海一统的远大理想亦隐现其中。

全真后学皆谨遵祖师教诲，于心中暗立自我施度的愿望与决心。王

---

① 薛瑞兆、郭明志编纂：《全金诗》第四册，南开大学出版社 1995 年版，第 544 页。
② （宋）张君房编，李永晟点校：《云笈七笺》，中华书局 2003 年版，第 828 页。
③ （金）丘处机著，赵卫东辑校：《丘处机集》，齐鲁书社 2005 年版，第 160 页。
④ （金）丘处机著，赵卫东辑校：《丘处机集》，齐鲁书社 2005 年版，第 57 页。
⑤ 薛瑞兆、郭明志编纂：《全金诗》第二册，南开大学出版社 1995 年版，第 290 页。
⑥ （金）王重阳著，白如祥辑校：《王重阳集》，齐鲁书社 2005 年版，第 255 页。
⑦ （清）彭定求等修纂：《全唐诗》，中华书局 1960 年版，第 2310 页。

处一在其《劝众化缘》诗中曰:"立志宁心普化缘,各酬洪愿爇香烟。"① 又在《赴山前醮》诗中说:"苦海奔波出离难,了真随处布香坛。登山涉水无辞诉,拔度存亡此愿宽。"② 救度存亡的愿望坚定而深刻,并视其为使命不容推辞。马钰在其《清心镜》一词中说:"我愿心、普化群迷,拯内容出世。"③ 尹志平在他的《崞州赴供三绝》诗,其二中说:"岭北风寒自古传,三冬远涉雁门川。道人慈惠堪为宝,度死哀生作善缘。"④ 诗前两句叙事,作者在三冬时节远涉自古以风寒相传的岭北地带,目的是为民设醮、祈福。后两句是对自我施济于民的愿望的表达,度死哀生,全为筑立善缘。

在全真宗师的修行观念中,普度众生亦是一种修行,这就把社会积德行善之理与仙道修行之法进行了完美的结合。

三 广大教门的祈愿

从宗教解脱的视角出发,金元全真宗师有着人人了悟的宗教愿望,映射到社会现实中,则体现为世人人人入教,教门广大的理想。在金元全真诗词中,多处展现着全真宗师广大教门的美好祈愿。

王处一在其《自咏》诗中说:"教门喜事一重重,法会因由渐渐通。信士往来常不断,递相传授演真空。"⑤ 诗中洋溢着一股喜悦之情,是对信士往来不断,教门喜事重重的由衷快慰。尹志平在其《凤栖梧·劝世》词中云:"大教普开天下转。返朴全真,日用垂方便。"⑥ 又在

---

① (金)谭处端、刘处玄等著,白如祥校:《谭处端·刘处玄·王处一·郝大通·孙不二集》,齐鲁书社2005年版,第259页。
② (金)谭处端、刘处玄等著,白如祥校:《谭处端·刘处玄·王处一·郝大通·孙不二集》,齐鲁书社2005年版,第306页。
③ (金)马钰著,赵卫东辑校:《马钰集》,齐鲁书社2005年版,第114页。
④ 薛瑞兆、郭明志编纂:《全金诗》第三册,南开大学出版社1995年版,第93页。
⑤ (金)谭处端、刘处玄等著,白如祥校:《谭处端·刘处玄·王处一·郝大通·孙不二集》,齐鲁书社2005年版,第297页。
⑥ 唐圭璋编:《全金元词》,中华书局1979年版,第1191页。

《江城子》词中说："法光普照道门昌。出天长。入龙阳。宝殿圆成，朝暮爇心香。"① 同样表达了对全真教门昌盛，教团壮大的欣喜与期望。

教门的广大与教众的辛勤布教息息相关，所以全真宗师多以诗词传达布教传教的殷切倡导，以企与门徒信士共勉励。如王处一在《寄莱阳长涧孙四翁》诗中说："愿公齐力弘真教，普化人人悟正宗。"② 又在《劝缘》诗中云："伏望诸公，好事推穷。一心齐力，大教兴洪。"③ 此中对于众人齐力弘教、大阐宗风的期望句句可见，但又不乏教门隆兴的底气与信心。

应该看到的是，全真家真正追求的不是教门兴旺、道法远播的外在表征，而是天下苍生得到彻底解脱的宗教事实，倘若人人皆已悟道自了，天下的宗教自会隐迹消失。

全真教经七子之手，教门日益广大，教众与日俱增。全真七子皆开山立派，门徒云集，法脉繁盛。但教门广大，教风远播，只是相对的概念。而天下的世人尽归玄门的境况，只能存于理想而不可能成为现实。全真宗师深明此理。因此他们在构设"人人入道，个个超脱"的美好愿景的同时，亦有退而求其次的愿望，那就是希望万民安居乐业。

马钰在《赠长安众道友》诗中云："家家门下长安道，户户庭前极乐乡。一脚不移超法界，三膲俱透得清凉。"④ 作者对家家安详，户户欢乐的升平景象饱含憧憬。而人们在这安详欢乐的生存状态中，心神自然恬淡，心境自然清凉，与体悟道法的心理境界也更加接近与趋同。丘处机在《解冤结·赠醮众》词中云："山河已定，干戈不起，太平时、八方和义。斋醮频修，盛答报、虚空天地。谢洪恩、暗中慈惠。千年一遇，神仙出世。幸遭逢、莫生轻易。供养精严，但一岁、胜如一岁。遇

---

① 唐圭璋编：《全金元词》，中华书局1979年版，第1179页。

② （金）谭处端、刘处玄等著，白如祥校：《谭处端·刘处玄·王处一·郝大通·孙不二集》，齐鲁书社2005年版，第266页。

③ （金）谭处端、刘处玄等著，白如祥校：《谭处端·刘处玄·王处一·郝大通·孙不二集》，齐鲁书社2005年版，第331页。

④ （金）马钰著，赵卫东辑校：《马钰集》，齐鲁书社2005年版，第5页。

良辰、大家沉醉。"① 词中充斥着对天下太平、百姓安居盛况的欣悦之情，同时对圣贤设教、普度苍生的宗教盛事深表欣喜，其关注的终极目标依旧是群生的解脱了悟。

全真后人尹志平在《西江月》一词中说："万叠山横翠，千盘和曲长。居民安土乐农桑。流水落花香。"② 绵延悠长、浓郁青翠的崇山环抱着安宁祥和、美丽富庶的村庄，这里人们勤耕善作，耕田植桑，且有着流水潺潺、落花悠悠的生活环境。尹志平的这幅村居图与陶渊明的世外桃源有几分相像，与其说这是作者对田园画卷的生动描绘，不如说是对自我内心社会理想的展示。

基于对生命哲理的洞达，对道境真美的体悟，更基于对圣贤精神的传承与弘扬，全真宗师在"普度群生"的道路上孜孜不倦、一如既往。无论是对"人人了悟、个个超脱"的美好愿景的构设，还是退而求其次，对万民安居乐业、祥和安泰的社会画卷的存想，全真宗师对天下苍生的关怀指向始终没有偏离终极解脱的方向。"普度群生、遍拔黎庶"始终是全真宗师心中不曾磨灭的宗教理想。

四　对先师济众的感怀

传统的道教有着三皈依的宗教礼制，即皈依"道经师"三宝。从宗教修行的层面来说，师的重要性不言而喻，因为"道本虚空，无形无名，非经不可以明道。道在经中，幽深微妙，非师不能得其理"。"所以未能明道，先皈依经。未能明经，先皈依师。"③ 可见师对于修道者来说，有至关重要的作用，是解经悟道不可或缺的领航者。若能得到明师的点拨，则"自然解悟真文，得明正法，超脱生死，不落轮回

---

① （金）丘处机著，赵卫东辑校：《丘处机集》，齐鲁书社 2005 年版，第 89 页。
② 唐圭璋编：《全金元词》，中华书局 1979 年版，第 1172 页。
③ 尹志华：《王常月学案》，齐鲁书社 2011 年版，第 135 页。

矣"。① 师及教门对于虔心慕道者来说，其重要性由此可见。所以马钰在《和岐阳镇赵殿试》诗中云："天机深远非常道，不遇真师总著邌。"② 李道纯在《沁园春》词中说："身处玄门，不遇真师，徒尔劳辛。"③

　　基于上述识见，全真宗师在点化劝示世人入道的同时，亦对先师开坛说法、普开教门深表感怀，以示对先师、教门的尊重与皈依。马钰的《赞重阳悯化妙行真人》诗说："云冠霞帔绛绡裙，身入圆光别紫清。妙行真人酬本愿，拯危救苦度众生。"④ 马钰是"全真七子"中与王重阳相处时间最长、受王重阳点化最多、悟道用时最短者；加之其与王重阳年龄相仿，在人生体悟与道法参修上都与师父王重阳有更多的共鸣。从诗词文献来看，马钰是全真弟子中与王重阳诗词唱和最丰者。该诗对祖师之赞，可谓道出了马钰内心深处对王重阳深情的感怀。诗的前两句阐释的是，王重阳功行圆满驾云仙逝后的情景与去处；后两句述说的是王重阳生前创教济世的历史功绩。"妙行真人酬本愿"，所谓"本愿"，是指王重阳在悟道之初所立下的传道弘教的愿望与决心。《七真年谱》载：大定元年（1161）王重阳于终南南时村掘活死人墓以居之，"又于四隅各植海棠一株，人问其故，答曰：'吾将来使四海教风为一家耳。'"⑤ 普度众生施教天下的宗教愿望可见一斑。而在道成自了后，其出关东迈，远赴山东半岛，所为的便是"拯危救苦度众生"的伟大壮举。

　　继王重阳之后，全真七子为教门开枝散叶不遗余力，使全真教于元初走向全盛，功在千秋。对此，全真后学感怀不已。尹志平《述怀二首》诗其二曰："七真修德动天颜，一举玄风过玉关。水调歌头明有验，大开门户倚燕山。"⑥ 诗之感怀并非纯粹的情感抒发，而是以史实为依据。大定十年（1170）王重阳于汴梁仙逝，其弟子相继掌教，并

---

① 尹志华：《王常月学案》，齐鲁书社2011年版，第135页。
② （金）马钰著，赵卫东辑校：《马钰集》，齐鲁书社2005年版，第14页。
③ 唐圭璋编：《全金元词》，中华书局1979年版，第1225页。
④ （金）马钰著，赵卫东辑校：《马钰集》，齐鲁书社2005年版，第1页。
⑤ （金）谭处端、刘处玄等著，白如祥校：《谭处端·刘处玄·王处一·郝大通·孙不二集》，齐鲁书社2005年版，第510页。
⑥ 薛瑞兆、郭明志编纂：《全金诗》第三册，南开大学出版社1995年版，第93页。

分别于豫、鲁、秦、冀等地宣教、传教，短短数十载，全真教便得到了迅猛的发展，遍布黄河以北的大部分地区。全真所到之处皆大开教门，广收难民。这对于全真教团来说，是一种"开疆拓土"，而对于向道之士及兵火中的难民来说，则是一种接引度脱与拯于倒悬。所以尹志平对七子功绩概之曰"修德动天颜"。高道宽的《苏幕遮》词亦说："七朵金莲神通大。普度群迷，同赴蟠桃会。"① 在全真作者看来普度群迷，遍拔黎庶，是度人亦是度己，其德功足以筑立仙基、促升仙阶。

全真诗词中对先师的感怀，除上述追忆师恩的形式外，还有对自我受业师传的追溯。马钰在《满庭芳·赴莱州黄箓大醮作》一词中这样说道："口口相传，真真相济，悟来意解心通。玄中妙趣，明月应清风。师祖钟离传吕，吕公得、传授王公。王公了，秘传马钰，真行助真功。"② 这里马钰把全真功法的师传谱系做了交代，钟离权—吕洞宾—王重阳，马钰这只是一个大致的叙说。全真教向来有"五祖"传承体系，即王玄甫—钟离权—吕洞宾—刘海蟾—王重阳。

丘处机的《金莲出玉花·得遇行化》则以词叙事，将祖师王重阳甘河证道、自我受教于王重阳的全真事迹，以词作形式进行展现，以追述涵代感念。词曰：

> 重阳师父。昔日甘河曾得遇。大道心开。设教东游海上来。
> 天涯回首。挈得吾乡三四友。魏国升遐。惊动秦川百万家。③

词虽为小令，但把祖师最为辉煌的宗教历程做了清晰的刻画，从甘河证道到山东传教，再到汴梁（魏国旧址）升仙，悟道布教的行迹清晰明了。其中对"吾乡三四友"受教于王重阳的事实深表感怀。这种看似感怀恩师，追溯师传的情感表达，实则也是对世人的一种警醒与劝化。

---

① 唐圭璋编：《全金元词》，中华书局 1979 年版，第 1195 页。
② （金）马钰著，赵卫东辑校：《马钰集》，齐鲁书社 2005 年版，第 147 页。
③ （金）丘处机著，赵卫东辑校：《丘处机集》，齐鲁书社 2005 年版，第 84 页。

第二节　金元全真诗词的生活劝诫

在现实生活中，真正能够实现完全超脱，彻底皈依宗教者实为少数。纵使在隐逸避世之风大盛的金元时代，大多数世人选择的依然是半隐半俗、亦隐亦俗的生活方式。他们既有对"山妻稚子。薄披鲈脍。细切莼丝。葫芦盛酒江头市，盏用青瓷"① 的朴实生活的向往，又有对"数间茅舍，藏书万卷，投老村家。山中何事，松花酿酒，春水煎茶"② 的高雅情趣的追求。恰似张之翰在其《沁园春》词中所总结的那样，"但杯中有酒，何分贤圣，心头无事，便是神仙"。③ 多数世人怀揣的是既追求物质享受，又追求精神超脱的社会心态。基于这样的社会现实，金元全真宗师在拯民济世的策略上，除致力于宗教济度外，还着力于世俗生活上的劝诫。

一　戒除生活中的贪求之心

在全真宗师警示劝化的作品中，警示世人勿起贪恋之心，成为一大思想主题。佛家有三毒，曰：贪、嗔、痴。道家同样视"贪"为一大毒害，认为贪恋是世人心灵的桎梏与枷锁。因此全真作者倡导人们在日常生活修为中，要时时处处自省内心，勿起贪恋之心。

（一）勿贪功名荣华

建功立业、匡正天下，是儒家入世思想的倡导，也是大多数士子的人生理想，是他们一生孜孜以求的人生目标。正如马钰所指出的："利名场上骋风流，怎肯灰心物外修。"④ 这就精辟、透彻地道出了世人的

---

① 隋树森编：《全元散曲》，中华书局1964年版，第580页。
② 唐圭璋编：《全金元词》，中华书局1979年版，第925页。
③ 唐圭璋编：《全金元词》，中华书局1979年版，第718页。
④ 薛瑞兆、郭明志编纂：《全金诗》第一册，南开大学出版社1995年版，第262页。

强劲充足的价值驱力与欲罢不能的社会心态。

但世人的这种理想追求与人生模式，全真作者却是持否定态度的。他们认为："荣华虚劳休自羡，四假凡躯，恰似蚕身缘。"① 追求荣华无异于作茧自缚。对于功名荣华的过分贪恋痴迷，对自我的身心无疑也是一种戕害。故此全真家说："富贵荣华全小可，于身性命天来大。"② 在贵己全生、养性修命面前，富贵荣华是不足为贵的小可之事。于是王重阳告诫世人说："人要悟黄芽，勿恋荣华。"③ 马钰亦云："浮名浮利引调人，劳劳深苦更深辛。谁知势耀如残雪，我觉荣华似暮春。"④ 全真宗师可谓勘破了世事沉浮，道出了权势易失、荣华易逝的社会真知。

面对世人的执迷与无休止的探求，于道显感叹道："功名何日尽，富贵几时休。认破浮生梦，还如水上沤。"⑤ 作者借人生如梦、浮生若沤的终极结局以警醒世人。李道玄曾以"诫悭贪恃势"为题作诗曰："非理贪求甚太过，心头网罟苦收罗。"⑥ 亦在劝示世人戒除贪求之心。

为了更好地警醒劝诫世人，全真宗师更进一步地指出了纵欲贪求的后果。刘处玄在《白莲花词》中说："天上人间两路，只爱贪淫嫉妒。乐极难逃病苦，魄散魂消入土。"⑦ 若一味地贪淫嫉妒，则难逃乐极而苦的结局，迎来一个魂消魄散的下场，而无缘于自全超越。就此王丹桂在其《悟黄粱》词中亦说："浮名浮利两悠悠。终不到，把身囚。好贪多败更多忧。"⑧ 对名利的贪求好似自囚身心，最终带给自己的是多败与多忧。

面对金元仕进无路、报国无门的社会现实，全真宗师以勘破功名、

① （金）王重阳著，白如祥辑校：《王重阳集》，齐鲁书社2005年版，第73页。
② 薛瑞兆、郭明志编纂：《全金诗》第一册，南开大学出版社1995年版，第251页。
③ （金）王重阳著，白如祥辑校：《王重阳集》，齐鲁书社2005年版，第84页。
④ 薛瑞兆、郭明志编纂：《全金诗》第一册，南开大学出版社1995年版，第144页。
⑤ 薛瑞兆、郭明志编纂：《全金诗》第三册，南开大学出版社1995年版，第20页。
⑥ 薛瑞兆、郭明志编纂：《全金诗》第四册，南开大学出版社1995年版，第558页。
⑦ （金）谭处端、刘处玄等著，白如祥校：《谭处端·刘处玄·王处一·郝大通·孙不二集》，齐鲁书社2005年版，第88页。
⑧ 唐圭璋编：《全金元词》，中华书局1979年版，第496页。

斥破荣华的思想相倡导，恰恰切中了士人的病痛之处。这样的劝导无疑能在心灵深处给士人以无限的宽抚与慰藉，并达到最大限度的精神共鸣。而借此宣教、传教的效果无疑也是奏效的。

（二）勿恋酒色财气

对于酒色财气，无论是世俗之人还是方外之士，都是持否定与介惕心态的。正如俗语所言："酒是穿肠毒药，色是刮骨钢刀，财是下山猛虎，气是惹祸根苗。"酒色财气在我们的文化视域中，通常泛指各种不良品德与习气。

在全真作者看来，功名富贵是束缚人心的枷锁；酒色财气是损精伤神的利器。对此全真宗师则是苦口婆心、劝诫不已。且看王重阳的一组诗：

酒

酒，酒。

恶唇，脏口。

性多昏，神不秀。

损败真元，消磨眉寿。

半酣愁腑肠，大醉摧心首。

于己唯恣猖狂，对人更没惭忸。

不如不饮永醒醒，无害无灾修九九。

色

色，色。

多祸，消福。

损金精，伤玉液。

摧残气神，败坏仁德。

会使三田空，能令五脏惑。

亡殒一性灵明，绝尽四肢筋力。

不如不做永绵绵，无害无灾长得得。

财

财，财。

作孽，为媒。

唯买色，会招杯。

更令德丧，便惹殃来。

积成三界苦，难脱九幽灾。

至使增家丰富，怎生得免轮回。

不如不要常常乐，无害无灾每恢恢。

气

气，气。

伤神，损胃。

骋猩狞，甚滋味。

七窍仍煎，五明若沸。

道情勿能转，王法宁肯畏。

斗胜各衔偻儸，争强转为乱费。

不如不作好休休，无害无灾通贵贵。①

该组诗是一至七字诗，从形式上看较一般诗歌新颖；从内容上看则剖析深刻、由浅入深、犀利透彻、劝化彻底。使人读来如醍醐灌顶、当头棒喝，足以警醒。王重阳将酒色财气视为"四害"，其《西江月·四害》词曰："堪叹酒色财气，尘寰被此长迷。人人慕殢似醺酒，乱性昏神丧慧。"② 虽为"四害"，尘寰之众却被其长迷，以至于性乱神昏慧丧。

马钰亦在其《劝世八首》诗中说："酒色财气四害人，苦中最苦苦

① （金）王重阳著，白如祥辑校：《王重阳集》，齐鲁书社 2005 年版，第 17—18 页。
② （金）王重阳著，白如祥辑校：《王重阳集》，齐鲁书社 2005 年版，第 120 页。

生辛。贪迷世俗浮华景，不悟仙家久远春。"① 世人为酒色财气所害，贪迷于世间短暂的虚浮之景，消沉于茫茫苦海之中，而不悟精神的超脱与仙家的久视。所以他在其《西江月·赠吴知网》词中劝示道："学道休妻别子，气财酒色捐除。"② 这和祖师王重阳在词《花心动》中所说的"静无触，气财色酒，一起隳逐"③ 同调而歌。马钰所言，是就有着精神向上的追求者说的，若要寻求精神超脱，就要及时悔悟，戒除对酒色财气的贪恋。谭处端的《如梦令·赠张、李二公道友》词说："堪叹浮生不久，尽迷气财色酒。如悟舍尘缘，共结云朋霞友。"④ 若不能及时醒悟，则生命最终要走向价值的消解与毁灭。刘处玄的《白莲花词》曰："迷者多生谤毁，恋色贪财竞气。有日无常却悔，五七阎王问罪。"⑤ 这种以突出贪求结果趋向的劝示方式，无形中增加了劝示的力度与效果。

二 摒弃生活中的虚浮之态

金元全真宗师以觉悟者的视角审视尘俗生活，有着更多的不同于世人的体认与解读。对尘俗生活，全真宗师持有既依循又摒弃的认知态度。所依循的是那种平凡淡泊、随机应缘的生活境界，而摒弃的则是那种富贵奢华、贪求名利的生活情态。

对于一般世人来说，富贵名利总是有令人无法抗拒的诱惑力，而他们一生的追求与目标也是以权贵荣华、声色犬马为重点。为了名与利，无数的世人陷于无休无止的斗争之中，恰如尹志平《自咏》诗中所指

---

① 薛瑞兆、郭明志编纂：《全金诗》第一册，南开大学出版社 1995 年版，第 284 页。

② （金）马钰著，赵卫东辑校：《马钰集》，齐鲁书社 2005 年版，第 173 页。

③ （金）王重阳著，白如祥辑校：《王重阳集》，齐鲁书社 2005 年版，第 51 页。

④ （金）谭处端、刘处玄等著，白如祥校：《谭处端·刘处玄·王处一·郝大通·孙不二集》，齐鲁书社 2005 年版，第 35 页。

⑤ （金）谭处端、刘处玄等著，白如祥校：《谭处端·刘处玄·王处一·郝大通·孙不二集》，齐鲁书社 2005 年版，第 87 页。

出的那样：“试观举世贪名者，尽在尘中苦战争。”① 如此一来，世人在生活中执迷失真的虚浮之态尽得展现。谭处端在其《水龙吟》词中说：“我来感叹，尘中缰绊，恩情名利。滚滚甘随，逝波流转，几人攀跻。”② 作者把世人追随恩情名利滚滚洪流而去，随波流转的情态形象地给予了展现。尹志平在其《减字木兰花·秋阳观作劝世》词中指出：“堆金积玉。日日悭贪心未足。”③ 此中“堆金积玉”喻示着物质财富的充足，但有的人却仍在“日日悭贪”，“日日”二字显示了悭贪的频繁与连续，这就把世人心不知足的虚浮情态淋漓地展示了出来。

李道玄写有《叹孽招水旱》诗，其中对世人生活中虚浮的一面给予了直面与揭露。诗曰：“造化阴阳气不调，苍生孽力自相招。贫民谄佞奸民诈，富者奢淫贵者骄。”④ 这里对贫、奸、富、贵者，在生活中的表现所做的总结虽略显过激，但也在一定程度上切中了世俗生活的真相。相比李道玄的论说，于道显的阐述更显贴切，其《示史道人》诗说：“区区名利古今情，得亦惊来失亦惊。蝴蝶梦中无至觉，白驹隙内竞浮荣。”⑤ 可谓把世人患得患失，思虑营营的虚浮心态一语道出。

在全真宗师看来，生活中纵使千种奢华，万种虚浮，而最终都要归于价值的消解，如浮光掠影一般，趋于幻灭。刘处玄在其《蓦山溪》词中有曰：“人间华丽，恰似风前烛。万事转头空”⑥，又说：“人间万事，认破真归笑。恩爱与尘情，譬无常、般般是了。”⑦ 尘世间的华丽与多姿皆是虚幻，恰如风前的烛火一般，明灭不定，不能恒久，这就是

---

① 薛瑞兆、郭明志编纂：《全金诗》第三册，南开大学出版社1995年版，第83页。

② （金）谭处端、刘处玄等著，白如祥校：《谭处端·刘处玄·王处一·郝大通·孙不二集》，齐鲁书社2005年版，第32页。

③ 唐圭璋编：《全金元词》，中华书局1979年版，第1183页。

④ 薛瑞兆、郭明志编纂：《全金诗》第四册，南开大学出版社1995年版，第546页。

⑤ 薛瑞兆、郭明志编纂：《全金诗》第三册，南开大学出版社1995年版，第9页。

⑥ （金）谭处端、刘处玄等著，白如祥校：《谭处端·刘处玄·王处一·郝大通·孙不二集》，齐鲁书社2005年版，第135页。

⑦ （金）谭处端、刘处玄等著，白如祥校：《谭处端·刘处玄·王处一·郝大通·孙不二集》，齐鲁书社2005年版，第135页。

世事的无常。站在历史长河的彼岸，全真宗师看到了"古往今来同影戏，顷刻存亡兴灭"①的历史景象。这在一定层面上道出了人生似梦、世事沉浮的社会现实。

姬志真的《婆罗门引》词曰："古今扰扰，大都奔竞利名场。舟车仆马如狂。到底功勋事业，分付梦黄粱。"②侯善渊的《沁园春》词亦说："堪叹浮生，甚逐景随情，物物总拘。便拼身弃命，图贪富贵，盈仓满库，毕竟何如。蜗角声名，蝇头利赂，使作狂心一向愚。"③词中作者在充分展现世人生活中的虚浮之态的同时，亦把这种舍本逐末、弃真寻假的生活情态引向了价值的空无。这是用终极结果的消极来寓指自我的摒弃态度。长筌子在《叹世》诗中亦劝示说："竞蛮触，披红绿，浮名浮利浓如粥。疲役身心早晚休，直待云阳遭耻戮。殢花酒，弄精神，如蚕作茧自囚身。家计置成谁受用，眼光落地一堆尘。"④名利虚浮，却能役使身心，世人不解其中真味，一生"竞蛮触""弄精神"，恰如作茧自缚，终究家计置成，而自我却落得个"眼光落地一堆尘"的结局。这就把世间浮华与其结局作了一个生动的对比，凸显了虚浮之于生命价值的牵绊与负累。

对此种世人不觉其假反以为实的生活情态，全真宗师有着形象的比拟，喻其为"木上求鱼勤旦暮，水中捉月度春秋"。⑤"手掬途泥揩堆子，口含漆水洗胶盆。"⑥比之恰切，直指关节。全真宗师之所以如此恳切地斥破此种逐名夺利的世俗生活，是因为浮华的生活内容有碍于世人对本真自我的探寻。谭处端在其《蓦山溪》词中说："鄽里碌碌虚幻名和利。休恁苦劳心，镇区区、伤神损气。"⑦王处一在《搜真吟》中

---

① 唐圭璋编：《全金元词》，中华书局1979年版，第1199页。
② 唐圭璋编：《全金元词》，中华书局1979年版，第1208页。
③ 唐圭璋编：《全金元词》，中华书局1979年版，第524页。
④ 薛瑞兆、郭明志编纂：《全金诗》第四册，南开大学出版社1995年版，第576页。
⑤ 薛瑞兆、郭明志编纂：《全金诗》第四册，南开大学出版社1995年版，第555页。
⑥ 薛瑞兆、郭明志编纂：《全金诗》第四册，南开大学出版社1995年版，第556页。
⑦ （金）谭处端、刘处玄等著，白如祥校：《谭处端·刘处玄·王处一·郝大通·孙不二集》，齐鲁书社2005年版，第40页。

亦指出："酒色财气摧木柄，忧愁思虑丧天真。"① 所以他们对世人的执迷不悟痛心疾首，感慨万分，叹道"人间多少利名客，不识箪瓢抱大丹"。②

基于上述的因由，全真宗师极力倡导世人摒弃种种非真的虚浮生活。谭处端在其《神光灿》词中指出："浮华，须勘破，尘缘摆脱，物外生涯。"③ 这是立足于对生命真谛的洞识，所作出的对尘俗生活轨迹调转的劝示。刘处玄写有《上西平》一词，词曰：

> 想人生，老与少，似春秋。恰幼年、却变白头。莫争空假，无常气断荒丘。大都三万六千日，多病多愁。
> 崇真道，敬真圣，明真理，了真修。侍二尊、至孝全周。全家拔宅，功成同去到瀛洲。出离生死无来去，阆苑清游。④

词上阕劝化世人要惜时早悟，莫争空假，谨防人生多病多愁而气断荒丘。词下阕则具体给出了摒弃尘俗的生活指向；趣真、归真而最终脱离生死。该词的劝示思想虽不免过于宗教化，但其中脱离凡俗虚浮的文化指向却值得深思。

三　淳化世人的日常心境

任何一种有批判性的文化，总要有破有立。金元全真诗词对世人的生活劝示思想亦不例外。金元全真宗师在劝导世人戒除生活中的贪求之心、虚浮之态的同时，也为世人日常心境的淳化提出了针对性的倡导与

---

① （金）谭处端、刘处玄等著，白如祥校：《谭处端·刘处玄·王处一·郝大通·孙不二集》，齐鲁书社2005年版，第338页。

② 薛瑞兆、郭明志编纂：《全金诗》第四册，南开大学出版社1995年版，第556页。

③ （金）谭处端、刘处玄等著，白如祥校：《谭处端·刘处玄·王处一·郝大通·孙不二集》，齐鲁书社2005年版，第31页。

④ （金）谭处端、刘处玄等著，白如祥校：《谭处端·刘处玄·王处一·郝大通·孙不二集》，齐鲁书社2005年版，第129页。

指引。全真宗师倡导世人在生活中应持有淡泊、清净、朴素的心境状态。

在全真宗师看来，世人生命的超脱与沉沦，永生与轮回，上天堂或下地狱，皆由心定。晋真人有曰："心清意静天堂路，意乱心慌地狱门。"①谭处端说："凡人轮回生死不停，只为有心。……若一念不生，则脱生死。"② 王处一于其《太原张哥问收心》诗中亦说："心生心灭在心休，心上光明谨谨收。心性了然同一体，虚无大道自圆周。"③ 故此，全真宗师在对世人进行生活劝示时，尤重世人日常心境的淳化与擢升。

（一）倡导心境的淡泊

在中国传统的修身文化中，对淡泊心境的倡导可谓由来已久。老子《道德经》第四十四章云："名与身孰亲？身与货孰多？得与亡孰病？甚爱必大费，多藏必厚亡。故知足不辱，知止不殆，可以长久。"④ 孔子曾说："饭疏食饮水，曲肱而枕之，乐亦在其中矣。不义而富且贵，于我如浮云。"⑤ 大隐之士陶渊明曾以 "不戚戚于贫贱，不汲汲于富贵"⑥ 来自我赞许。这种不以名利为累，不为贫富而忧的淡泊心境，是自我修养与境界的标签，是悟取生命之真的基石，亦是促升精神品识的阶梯。故此金元全真宗师在淳化世人日常心境时，亦以淡泊相倡导。

全真后学李道纯曾在《百字令》一词中这样说："富贵荣华都不恋，甘分清贫彻骨。名利俱捐，是非不辨，且把身埋没。真闲真静，谁知如是消息。"⑦ 李道玄的《叹休心》诗曰："当时体段学风流，年老骎寻万事休。名利尽随流水去，是非都逐落花收。懒于风月疏诗社，怕属

<hr>

① （金）谭处端、刘处玄等著，白如祥校：《谭处端·刘处玄·王处一·郝大通·孙不二集》，齐鲁书社 2005 年版，第 60 页。

② （金）谭处端、刘处玄等著，白如祥校：《谭处端·刘处玄·王处一·郝大通·孙不二集》，齐鲁书社 2005 年版，第 60 页。

③ （金）谭处端、刘处玄等著，白如祥校：《谭处端·刘处玄·王处一·郝大通·孙不二集》，齐鲁书社 2005 年版，第 294 页。

④ 陈鼓应注译：《老子今注今译》，商务印书馆 2003 年版，第 241 页。

⑤ 程树德撰：《论语集释》，中华书局 1990 年版，第 465 页。

⑥ （晋）陶渊明著，逯钦立校注：《陶渊明集》，中华书局 1979 年版，第 175 页。

⑦ 唐圭璋编：《全金元词》，中华书局 1979 年版，第 1236 页。

颠狂厌酒楼。有客欲论荣辱事，几番缄口一摇头。"① 这些作品是金元全真诗词中，倡导淡泊心境的代表之作，其中蕴含着全真弟子对全真思想一贯的承袭与阐扬。此中对名利、贫富、荣辱、是非等所持有的淡泊心态，清晰显现。

首先，淡泊名利。马钰在《卜算子》词中曾批评世人说："行尸走骨贪名利，分定刚图。不念身躯。皮与骷髅作殡居。"② 所以他劝示世人说："歌舞相陪童稚，利名弃、不让渔樵。"③ 要求世人心中淡化对名利的贪求，像渔樵一样悠然度岁。于道显以诗劝世说："世外养高士，尘中异俗人。放开清净眼，看破利名尘。"④ 又在《赠门使》诗中说："烟霞堆里有知音，名利场中少用心。但得一枝栖宿处，何劳苦苦觅深林。"⑤ 此中得一枝而无须再觅深林的劝示，显然是对老子"知足不辱"思想的映射。从上述诗词对"不让渔樵""世外高士""烟霞知音"的罗列，可以看出，金元全真宗师在倡导世人淡泊名利之时，也为世人提示出相应的心境标识与标杆，以启世人更加明确自我努力的方向。这是全真宗师劝化活动贴近人心的一个体现。

其次，淡化贫富。对于一般世人来说，物质的富有、地位的显赫总不免是人生追求的目标，而面对贫且贱的生活现实，又总不免心生卑怯。但全真宗师与之不同，他们认为人生的贫和富，与生命境界的高低丝毫没有关联，反而物质财富的增多，会成为心灵的负累，有碍于生命真谛的探寻。如谭处端的《常思仙》词所说："金要多，银要多，奴马田园苦要多，临行孽更多。贫如何，富如何，万事无心只恁何，将来奈我何。"⑥ 人生的或贫、或富都不能成为影响心境的因素，更不能成为左右生命归途的标杆。所以全真宗师倡导世人淡化贫与富的世俗观念。

---

① 薛瑞兆、郭明志编纂：《全金诗》第四册，南开大学出版社 1995 年版，第 549 页。

② （金）马钰著，赵卫东辑校：《马钰集》，齐鲁书社 2005 年版，第 157 页。

③ （金）马钰著，赵卫东辑校：《马钰集》，齐鲁书社 2005 年版，第 155 页。

④ 薛瑞兆、郭明志编纂：《全金诗》第三册，南开大学出版社 1995 年版，第 19 页。

⑤ 薛瑞兆、郭明志编纂：《全金诗》第三册，南开大学出版社 1995 年版，第 22 页。

⑥ （金）谭处端、刘处玄等著，白如祥校：《谭处端·刘处玄·王处一·郝大通·孙不二集》，齐鲁书社 2005 年版，第 51 页。

谭处端在其《神光灿》一词中说："细细尘情疏减,渐栖心养气,隐迹埋名。淡饭粗衣,默默保炼灵明。"① "淡饭粗衣",表明作者不求食物的香甜,不求衣着的华丽,这是一种不戚戚于贫贱,不汲汲于富贵的淡然心态。事实上作者已经告知,其所追求的是栖心养气、隐迹埋名的人生目标。

应该看到的是,金元全真宗师不追求物质财富的富足,但却追求精神财富的富有。谭处端在其《卜算子》词中说:"一任旁人笑我贫,肚里非常富。"② 这就把全真宗师追求内在精神擢升,而淡化外在尘俗观念的倡导,淋漓展现。

再次,达观荣辱。金元全真宗师依循着直指生命终极关怀的审美视角,对世俗的价值评判标杆多持以否定的态度,其中就包括对世间荣辱观的否定。若就生命的自我圆融与真性的回归来说,世俗外在包括荣辱在内的评判标准与之则无丝毫的关涉。因为人具有无待于他人的自足性,也即外在的评判,丝毫不能消损,也丝毫不能增益于自我道德与生命的圆融。因此金元全真宗师在对世人淡泊心境进行提振时,亦倡导世人对世间的荣与辱要达观看待。

王重阳在其《苏幕遮》词中说:"急急光阴,似水还如箭。荣贵虚劳休自羡。"③ 马钰亦在他的《临江仙》词中曰:"乞觅残余真活计,无羞无耻无荣。"④ 这些达观荣辱的思想倡导,既是全真宗师对自我心境的一种展现,亦是他们对世人心态的由衷劝示和规引。

最后,勿争是非。世事扰扰,诸尘纷纷,世间没有绝对的是,也没有绝对的非,正所谓仁者见仁,智者见智。在全真宗师看来,世间是与非的争辩,如同江河一般汹涌滚滚。王重阳的《捣练子》词说:"名利

---

① (金)谭处端、刘处玄等著,白如祥校:《谭处端·刘处玄·王处一·郝大通·孙不二集》,齐鲁书社 2005 年版,第 28 页。
② (金)谭处端、刘处玄等著,白如祥校:《谭处端·刘处玄·王处一·郝大通·孙不二集》,齐鲁书社 2005 年版,第 41 页。
③ (金)王重阳著,白如祥辑校:《王重阳集》,齐鲁书社 2005 年版,第 73 页。
④ (金)马钰著,赵卫东辑校:《马钰集》,齐鲁书社 2005 年版,第 183 页。

海，是非河，王风出了上高坡。"① 姬志真的《鹧鸪天》词亦说："非是海，利名乡。青蝇白蚁自相伤。"② 所以全真宗师倡导世人，要及早跳出世间是与非的纠缠，以寻求境界的提升与生命的圆融。又如谭处端的《满路花》词说："是非人我，岂论与愚贤。"③ 丘处机的《玉炉三涧雪》词说："是非人我绝谈论。却返生前混沌。"④ 皆在倡导和规引世人勿争是非的生活心态。

（二）追求心境的清净

李道玄曾于一首题为"自乐"的诗中，对自我的日常之乐进行展现。诗曰：

> 外无烦恼内无思，不醉不醒不即离。
>
> 何事道心清乐处，碧天风细月明时。⑤

该诗七言绝句情感明快，主题彰显，且以晃朗恬淡为整诗的情感基调。诗之首句开门见山地道出了作者所"乐"的因由，于外无烦恼，于内无愁思。第二句传达了这种内外澄一情境下的精神感受，是似醉似醒，非即非离。这是一种无黏无着，无须凭借的精神体验。而这种精神体验正是一种清新洒脱之乐，此乐恰似天之碧、风之细、月之明。而碧天、细风、明月三者的共同特点是不染尘嚣，湛然如洗，用一字概括，就是"净"。而三者共同映现在一起时，则更凸显了"净"的特质。不难看出诗的前两句凸显的，是作者内心的无思无虑的"清"，后两句阐释的是作者精神体验中一尘不染的"净"，而诗之总体展现了作者心境的清净特质。事实上作者是在借对自我心境的展示，传达对世人追求心境清

---

① （金）王重阳著，白如祥辑校：《王重阳集》，齐鲁书社 2005 年版，第 115 页。

② 唐圭璋编：《全金元词》，中华书局 1979 年版，第 1214 页。

③ （金）谭处端、刘处玄等著，白如祥校：《谭处端·刘处玄·王处一·郝大通·孙不二集》，齐鲁书社 2005 年版，第 48 页。

④ （金）丘处机著，赵卫东辑校：《丘处机集》，齐鲁书社 2005 年版，第 87 页。

⑤ 薛瑞兆、郭明志编纂：《全金诗》第四册，南开大学出版社 1995 年版，第 563 页。

净的规引与倡导。这便是金元全真诗词对世人日常心境淳化倡导的第二个方面，追求心境的清净。

谭处端的《西江月》词中有曰："淡饭寻他两顿，清清净净无为。寂寥潇洒最相宜，另有一般滋味。"① 该词的劝世意味十分凸显，并以乞化修行的生活实际相衬托，以企达到思想行动相合一的宣示效果。而此种寂寥潇洒的清净之境，最适宜体悟生命之真，其中则别有一番滋味。作者之所以要告知读者"别有一般滋味"，就是想引起读者的关注，希望读者能够践行作者的倡导，以验证其中的真味。刘处玄在其《五言绝句颂》诗中说："无事不贪求，无争不辨休。无言只念道，无喜亦无忧。"② 诗中虽未出现"清净"二字，但无一句不在表现"清净"的主题。从"无事""无争""无言""无喜"等，一连串排比所传达的淡然心境，到"不贪求""不辨休""只念道""亦无忧"等，一连串动作所展示的心灵抉择，充分彰显了作者心境的清澈与明净。

如果说上述谭处端、刘处玄的诗词中所展示的清净之境，是纯粹的心灵自净主观努力的结果的话，那么尹志平接下来的这首诗所阐释的清净之境，则是由自然之美与心灵之思相互激荡与促生的结果。该诗为《山中雨过赏月三首》其三，诗曰："山静云收入夜清，月光澄澈九霄明。照人肝胆无他虑，惟有诗情与道情。"③ 诗的前两句为我们展示的是一幅月照山光图，其中有动有静、有远有近，一股朗淡清新、明快辽远的韵味笼罩其间。"山静""云收"是动静相间，演示的是时间的流动；"入夜清""九霄明"则是远近结合，凸显的是空间的延伸。而在时间流走，空间延伸的时空流转中，不夹杂丝毫的尘嚣与凡情。此种情境之下，对于置身其间的赏景人来说，难免会收到一股涤心除虑且极具穿透力的自然磁力。所以紧接着诗的第三句就说："照人肝胆无他虑"，

---

① （金）谭处端、刘处玄等著，白如祥校：《谭处端·刘处玄·王处一·郝大通·孙不二集》，齐鲁书社 2005 年版，第 37 页。

② （金）谭处端、刘处玄等著，白如祥校：《谭处端·刘处玄·王处一·郝大通·孙不二集》，齐鲁书社 2005 年版，第 96 页。

③ 薛瑞兆、郭明志编纂：《全金诗》第三册，南开大学出版社 1995 年版，第 88 页。

如此清澈的山光与月光，照彻人的肝胆，驱散心间所有的忧思与杂虑，此时的心灵清净一片。诗之末句总括而说，"惟有诗情与道情"，在一片清净的心境之下，精神主体所能感知的只有心中那股激荡不已的诗情与道情。这股情同样地那么清净而不染。这就是自然之美与心灵之思相互激荡，共同促生的内在清净之境。

侯善渊写有《诉衷情》词，其中传达了与尹诗相同的情致与心境。词曰：

> 一天秋色翠如描。鸿雁唳声高。山秀水明相照，烟树映溪桥。倾雪浪，泛云涛。拂轻袍。归来沉醉，直到黄昏，月上松梢。①

该词看似无关心境，却又暗收于心境，最终词之重心落于心境的"清净"之上。词之上阕全为景色描绘，突出自然之景的清丽之美。前两句点出了秋之时令与翠天鸿雁的意象，同时也勾勒了一个开放的审美空间。深秋时节，天高色翠，本有一种空阔辽远之感，加之排排鸿雁高飞，叫声响彻九霄，更增加了天的高与阔，由此也构成了审美空间的开放与无限。秀山、明水、烟树、溪桥，这些明丽之景，所映射出的也正是作者清爽的赏景之情。词之下阕开头紧接上阕的景物描绘，视线由地面转向天空，看到的是层层雪浪、云涛。赏景视线的翻转与高抬，喻示着赏景情致的高涨与昂扬。下阕的末三句，点题收合，把景美与心醉共同促生的精神体验，收摄于心境的淳化之上。"归来沉醉"，清晰地交代了赏景归来或视线收摄回来时的沉醉的精神感受。"直到黄昏"一句既可与前句"归来沉醉"相连，表现自我沉醉的持久性；亦可与后句"月上松梢"相结合，若与后句相接，表意更为丰赡。黄昏时节，夕阳西下，眼前明丽之景渐渐被暗淡笼罩，面对此景，多数人心中会生出几分落寞之情，而词中作者却没有，因为他看到了"月上松梢"，看到了

---

① 唐圭璋编：《全金元词》，中华书局1979年版，第504页。

另外一种美景在冉冉升起。这与王维《终南别业》诗中"行到水穷处，坐看云起时"①之句，有着异曲同工之妙，传达的是那种破除执求，不黏不着的心境状态。总之，词之下阕末三句，所传达的是作者忘情自我、不执不着，不黏不滞的清净心境。而唯有这种清净，才能于黄昏逼近、旧景消散之时，静待"月上松梢"——另一种人生美好的到来。整首词大量摹景，而景愈清丽、爽净，愈能映出赏景人心境的清与净，因为唯有清净之心才能看到清净之景。作者对自我清净心境不露痕迹的含蓄表达，恰好是对世人深刻的劝示。

上述所论，全真宗师对心境清净的倡导，所针对的对象多为一般的世俗之人，而对于在俗修行者，全真宗师亦有同样的淳化心境的倡导。所谓在俗修行者，与真正出家修道者不同，他们居尘出世，身在尘世，心在尘外，不脱尘俗，却寻求超越，如此更需要扫尽心尘清净自我。王玠的《满庭芳》词说："在俗修真，居尘出世，当以悟性为先。处心清净，常守定中禅。见素少思寡欲，忘人我、随分安然。行藏处，潇潇洒洒，渴饮倦来眠。"②在王玠看来，在俗修真，悟性为首要任务，而悟性则先要保持内心清净，常守"定"之真诀。而何为守定与清净呢？那就是少思寡欲，弥合人我，随分安然。把这些均着于实处，自然会行住坐卧中皆潇潇洒洒，渴时饮水倦来眠。事实上，该阕的末三句是对处心清净的外在行迹的具体描写。通过对心境清净的外在行为的展示，为世人提供践行的标的与范本，以提升劝示的效果。

在很多时候，全真宗师还把心境上的清净与仙道的证悟相关联，认为内心臻于清净之境，便可证得终极仙道果位。尹志平在其《青玉案》词中曰："长春真境仙无老。咫尺洞天谁能到。心上尘清都一扫。琳宫仙院，乘风清兴，游宴蓬莱岛。"③于道显在他的《赠宋大师》诗中亦曰："不看丹经与子书，快来心上一尘无。此身便约云为友，去住与之

① 陈铁民选注：《王维诗选》，人民文学出版社2002年版，第72页。
② 唐圭璋编：《全金元词》，中华书局1979年版，第1263页。
③ 唐圭璋编：《全金元词》，中华书局1979年版，第1186页。

同卷舒。"① 如此的论说，对于在俗修真者或有归仙之趣者来说，无疑是一种莫大的精神提振，纵使对于一般的尘俗之人来说，亦是一种淳化心境的劝慰。

（三）回归心境的素朴

老子《道德经》第十九章有云："故令有所属：见素抱朴，少私寡欲。"② 此中"见素抱朴"便是一归其本真、守其纯朴的思想倡导。金元全真宗师承袭老子的这一思想，在对世人日常心境进行淳化劝导时，亦提出了归于素朴的规引与劝示。

和心境淡泊、清净的倡导相比，追求心境的素朴，似乎是全真宗师对世人更进一层的劝示。从"素"与"朴"的本意来看，一则指未染之丝，一则指未制之木，其共同的特性是天然与真实，所以归于素朴，则是要归于心灵的本真状态，显然这是要在涤尽心尘、归于清净之后，方可实现的修持目标。尹志平的《临江仙·偶得》一词，则把此种深寓与倡导进行了具体的阐述与展现。词曰：

> 谈妙谈玄人易悟，真清真静难依。人间世事不堪为。十方明眼汉，学我没操持。
> 既悟淳风须返朴，终朝朴实相随。含光默默外如痴。心明如朗月，性静合刀圭。③

整首词的劝世意味并不难寻，且以生活中的日常心境的淳化为劝示主题。词之上阕以生活现实为依据，劝导世人跟随自己超脱尘俗。开头两句直面世人的心理现实，并对其进行深刻剖析，指出：谈玄论妙，人人皆懂，但对于内心的清净，却很难有人做到。后三句则由世人心境转向人间世事，世人心境难清净，则人间的世事不堪为。所以作者劝诱明眼

---

① 薛瑞兆、郭明志编纂：《全金诗》第三册，南开大学出版社1995年版，第39页。
② 陈鼓应注译：《老子今注今译》，商务印书馆2003年版，第147页。
③ 唐圭璋编：《全金元词》，中华书局1979年版，第1176页。

之人，要仿效自己做一个无刻意操持、清净无为之人。词之下阕又回归到世人心境之上，倡导世人寻求内在心境的素朴，以实现心性的发明。下阕的前两句"既悟淳风须返朴，终朝朴实相随"，重在强调素朴的重要性，指出世人要悟取生命的真淳之风，需要返归素朴，且与素朴终朝相随。后三句说明的是素朴回归后的生命效验，于外如癫似痴，于内却涵养灵光，心尘尽扫心月朗照，性静而现。可以看出，整词是围绕心境的素朴而展开的，上阕交代了回归素朴的因由，下阕阐释了回归素朴的收获，在前因后果连续的阐述中亦强化了词作的劝示功用。

李道纯的《满江红·赠虚庵》词曰："日用工夫，只一味，存虚抱素。"① 语如白话，却直指关节。所谓"日用工夫"，指的是日常的修为活动，包括道德修养与精神提振。这一功夫的真谛唯一，即存虚抱素，保持内心的清虚与朴素。这就把素朴的心境进行提炼，并置于日用功夫的肯綮之处。

姬志真写有《喜迁莺》词，其中隐现着其对素朴心境的思想倡导。词曰："欲明真趣。便扫荡多方，亡羊歧路。脱落皮毛，惟存真实，绝尽向时行步。"② 词中未言素朴，但却不离素朴。首句直接引入一个谈论的问题："明真趣。"接下来就是对明真趣方法的讨论，其中的核心要点是："脱落皮毛、惟存真实。"事实上，对于心境而言，皮毛落尽，精神独存之后，剩下的便是原初的素朴之境了。

第三节　金元全真诗词的精神接引

金元全真宗师的济世情怀，除表现在对世人的宗教济度、生活劝诫外，还体现在对世人的精神接引上。这种接引主要体现在两个方面：其一，提升世人的精神品识。此一提升之过程，则以求正、求觉、守柔弱、处谦和等为着力点。其二，规引世人的精神趋向，此规引则以超

---

① 唐圭璋编：《全金元词》，中华书局1979年版，第1229页。
② 唐圭璋编：《全金元词》，中华书局1979年版，第1199页。

俗、尚闲为思想理路。

一　提升世人的精神品识

金元全真宗师透过人生世事的纷繁与无序，直视生命、生活的本质，认为尘俗生活的喧嚣与扰攘，偏离生活之真；受此影响，世人原本洁净的心灵也渐生贪求，远离生命之真。因此全真宗师极力倡导世人，要提升自我的精神品识，使黏着依附于尘俗的精神，回归内守而趋于圆融。具体来说，全真宗师教人的提升之法就是：求正、求觉、守柔弱、处谦和。

（一）求正

世间诸事诸物都有正反两个方面，人的内在品识亦不例外。全真宗师倡导世人求正、归正以提升自我精神品识。在全真宗师的思想文化体系中，"正"有双重意旨与内涵，一则为正直，二则为正道。

作为正直之"正"，其意义与邪恶相对立，是人精神品识正面、向上、阳光的标志。作为一种健康、向上的精神主体，无疑要有正直的品性。王重阳在他的《临江仙》一词中说："掌法遵条常谨守，饶人蕴德尤先。孝心自许合神天。长长能后已，永永赡家缘。便是修行真实路，正端无党无偏。放开心月照金莲。馨香中碧汉，堪献大罗仙。"① 该词是劝人修行之作，而求正的思想倡导亦深浸其中。词上阕列举了诸多依俗修行的方略，包括：遵法守纪、饶人蕴德、心存孝心、长长后已、永赡家缘等。这些被王重阳视为"真修行"的日常事宜，皆为正直之士所谨守，所以王重阳总结为"端正无党无偏"。

马钰的《连珠颂》诗有曰："我心有病我心医，人是人非人岂知。搜妙搜玄搜获正，不争不竞不修持。"② 王处一的《赠门人王哥》诗曰："修行拍碎我人山，脱俗超凡绝往还。平等常持心正直，他时升入碧霄

---

① （金）王重阳著，白如祥辑校：《王重阳集》，齐鲁书社 2005 年版，第 182—183 页。
② （金）马钰著，赵卫东辑校：《马钰集》，齐鲁书社 2005 年版，第 62 页。

间。"① 王丹桂的《洞仙歌·示门人》词曰："番番境上，猿马休教弄。稍觉偏颇便改正。"② 侯善渊的《西江月》词亦说："务本颐生至理，迷源入死之机。亡邪守正更何疑。自有玄玄妙趣。"③ 不难看出，这些深具劝化意味的诗词中，深寄着全真宗师对世人坚守正直品性的倡导，并将守正、持正视为真正的修行，是通往仙境的桥梁。指出守正、持正可以悟得玄趣，升入仙境。这就在终极的文化意义上为求正、守正提供了充足的理由与动力。

除正直的意义外，全真之"正"还有正道的文化蕴涵，这一意蕴多特指于宗教修行。如王丹桂的《长思仙·赠平州刘志真》词曰："慕全真。处全真。举动行为务正真。惟凭一志真。"④ 其《长思仙·赠平州宋志洪》词又说："积真功。累真功。真正无私合大空。炉中丹自红。"⑤ 又如侯善渊的《行香子》词曰："不离日用，目下承当。渐返真空，归真正，得真常。"⑥ 从这些列举的作品中，我们已可证得在"正真""真正"中，"正"的含义就是指正道，真正的大道。全真宗师以务正、归正的劝示倡导世人修行真正的天地大道。

（二）求觉

在金元全真宗师看来，人生真正的智慧源于自我心性的觉识。生命由执迷到觉悟，便可获得存在境域的提升，更可获得精神品识的超越。所以全真宗师以先觉者的智慧倡导世人要及早觉识与省悟，以提升自我的内在品识。

金元全真宗师在诗词中，对这一思想进行阐释，或直言"觉"字，或不言"觉"而言"悟""省""明"等字，但教人觉醒、省悟的意旨是清晰明了的。马钰的《和宁海孙公执殿试》诗曰："愿公早早早心

① （金）谭处端、刘处玄等著，白如祥校：《谭处端·刘处玄·王处一·郝大通·孙不二集》，齐鲁书社 2005 年版，第 271 页。
② 唐圭璋编：《全金元词》，中华书局 1979 年版，第 502 页。
③ 唐圭璋编：《全金元词》，中华书局 1979 年版，第 534 页。
④ 唐圭璋编：《全金元词》，中华书局 1979 年版，第 500 页。
⑤ 唐圭璋编：《全金元词》，中华书局 1979 年版，第 500 页。
⑥ 唐圭璋编：《全金元词》，中华书局 1979 年版，第 503 页。

明，休要奔波逐利名。物外研穷云外事，无根枯树自然荣。"① 此中
"心明"便是觉醒之意。整诗意在教人早日省悟，弃名摒利，超脱物
外，寻求内在精神的焕然。又如他的《和宁海军孙公执殿试》诗又说：
"愿公开悟万缘休，慎勿尘埃性上留。"② 由题目可以看出，马钰的这两
首唱和之作，赠予的是同一人。内容与思想倡导亦十分趋近。

侯善渊在他《减字木兰花》词中说："归纯返朴。背境涤尘真正
觉。一颗圆光。焕焕煌煌入大方。"③ 所谓"真正觉"，是指自我心性的
彻底觉醒。在"真正觉"下，生命得以"归纯返朴"，显现本有"真
性"，恰似一颗金珠，光芒饱满、煌煌焕焕。如此一来，觉悟的价值与
意义便得到了极致的阐释与渲染。基于这样的觉识，侯善渊劝示世人
说："今生不悟，指望来生何处去。六道交加。一步危亡永劫差。"④ 他
以生命六道轮回的危与苦，警诫世人，要早日省悟，勿望来生。他还在
其《西江月》词中进一步指出："迷则身沉苦海，悟来月出西江。"⑤ 又
在《满江红》词中说："省悟归，真正恬然养素，自乐清闲。世事俱无
染，一身清净，无为心定观。"⑥ 能觉能悟，则精神洁净，如月出西江，
不染纤尘。如此清闲自乐无为之境，所带来的自然是内在品识的擢升。

诸如此类的作品还有很多，如长筌子的《和朗然子诗并序》诗、
李道玄的《警妄解圆觉》诗、刘志渊的《续好净问止念》诗等。

（三）守柔弱处谦和

世间万事万物都有相反相成的两面性，如阴阳、长短、黑白、雌
雄、强弱、胜负、荣辱、高下等。世俗之人总会选择或趋近事物阳刚、
凸显的一面，而为道者则与之相反，他们更倾向于选择事物的阴柔、卑
下的一面。老子的《道德经》第二十八章有云："知其雄、守其雌，为

① （金）马钰著，赵卫东辑校：《马钰集》，齐鲁书社2005年版，第25页。
② （金）马钰著，赵卫东辑校：《马钰集》，齐鲁书社2005年版，第66页。
③ 唐圭璋编：《全金元词》，中华书局1979年版，第514页。
④ 唐圭璋编：《全金元词》，中华书局1979年版，第515页。
⑤ 唐圭璋编：《全金元词》，中华书局1979年版，第533页。
⑥ 唐圭璋编：《全金元词》，中华书局1979年版，第537页。

天下溪。为天下溪，常德不离，复归于婴儿。知其白，守其黑，为天下式。为天下式，常德不忒，复归于无极。知其荣，守其辱，为天下谷。为天下谷，常德乃足，复归于朴。"① 在老子看来，守雌、守黑、守辱，于外在形式上是一种卑下，于内在却是常德不离、常德不忒、常德乃足的状态。内在精神获得的是一种至纯、至朴而又无限的高尚的品质。金元全真宗师承袭老子的这一思想，倡导世人守柔弱处谦和，在柔弱谦和中淳化精神、擢升品识。

谭处端曾以词劝示世人说："欲做俗中修炼，先灭我人分辩。柔弱守清贫，坚志始终无变。真善，真善，损己利他方便。"② 又说："无作无为绝视听，谦和柔弱没疏亲。寂寞守清贫。"③ 王处一在他的《赠众道友》诗中曰："清贫柔弱喜颜红，本性翛然慕正宗。"④ 又在《满庭芳·赠出家》词中曰："厌贵辞荣，甘贫慕道，谦和柔弱行藏。通真内炼，随步变清凉。"⑤ 这些诗词皆立足于精神内守的审美基点，而倡导世人守柔弱处谦和，并把柔弱谦和与证真修炼等价值自证的方式相联系，以提升世人对柔弱谦和价值意义的认知。

全真后学对柔弱谦和的人生智慧皆深有所悟，并以之劝诫世人，提升世人的精神品识。李道玄在《诫执者》诗中说："和气至柔穿厚地，泉流虽弱贯高冈。处谦受益终无咎，违众超群大不祥。"⑥ 王丹桂的《满路花·赠小崔评》词说："摧强挫锐。守柔弱清贫，忘忧忘耻。"⑦ 侯善渊在他的《满庭芳》词中亦说："去质贪华，还淳复古，本源浊以

---

① 陈鼓应注译：《老子今注今译》，商务印书馆 2003 年版，第 183 页。
② （金）谭处端、刘处玄等著，白如祥校：《谭处端·刘处玄·王处一·郝大通·孙不二集》，齐鲁书社 2005 年版，第 35 页。
③ （金）谭处端、刘处玄等著，白如祥校：《谭处端·刘处玄·王处一·郝大通·孙不二集》，齐鲁书社 2005 年版，第 48 页。
④ （金）谭处端、刘处玄等著，白如祥校：《谭处端·刘处玄·王处一·郝大通·孙不二集》，齐鲁书社 2005 年版，第 256 页。
⑤ （金）谭处端、刘处玄等著，白如祥校：《谭处端·刘处玄·王处一·郝大通·孙不二集》，齐鲁书社 2005 年版，第 345 页。
⑥ 薛瑞兆、郭明志编纂：《全金诗》第四册，南开大学出版社 1995 年版，第 550 页。
⑦ 唐圭璋编：《全金元词》，中华书局 1979 年版，第 494 页。

徐清。卑谦处厚，能弊不新成。知足无荣无辱，彝然御、非躁非轻。还知否，存亡得失，进退若亏盈。"① 这些倡导皆可视为全真宗师对自我修身经验的概括与修行智慧的总结，对世人的日常修养与精神提振，无疑具有切实的指导与警示意义。

二　归引世人的精神趋向

在金元全真宗师看来，随着尘俗生活的逐渐深入，受世俗习气濡染的加深，世人的精神便会分散黏着于外物之上。这对于原来自足完整的精神主体来说，是一种消损与拆解，如此便有碍于自我德行的完善与生命价值的实现。基于对生命与人生本有的价值与意义的洞识和追求，全真宗师倡导世人要实现自我精神的回归与内守，使已经分散消解的精神主题重新聚合圆融，以超脱尘俗，实现应有的闲定之境。这便是金元全真宗师对世人精神趋向的切实归引。

（一）超尘脱俗

金元全真宗师以先觉者的智慧，深刻洞识到了尘俗天地对生命本有价值的消解与损耗（这一内容将在第七章的"尘俗天地"一节中有详细的阐述，此不赘述），因此全真宗师极力倡导世人要超尘脱俗，摆脱世间名物对自我内在精神的濡染，实现精神主体的淳化与饱满。

王处一在他的《赠李都监》诗中，将这一思想意旨阐述得颇为显现。诗曰："倦随尘俗恣矜骄，一志清刚别立标。内蕴灵光含庆悦，功成天外永逍遥。"② 该诗首句即把脱俗的主旨进行了交代。该句"倦随尘俗恣矜骄"，除脱俗的主旨外，还有对世俗"恣矜骄"情态的批评。而这种"倦随尘俗"的智慧抉择，无疑源于作者对尘俗生活本质的深

---

① 唐圭璋编：《全金元词》，中华书局1979年版，第510—511页。
② （金）谭处端、刘处玄等著，白如祥校：《谭处端·刘处玄·王处一·郝大通·孙不二集》，齐鲁书社2005年版，第314页。

刻洞察。诗的第二句"一志清刚别立标",是对脱俗的进一步阐释,脱俗是为了内在精神情志的清刚与标立。第三句"内蕴灵光含庆悦",则更进一层地说明了脱俗后,内在精神得以圆融的情态,内在灵通而光洁。第四句"功成天外永逍遥",是整诗的有力收合,将脱俗的价值进行终极极致的认可。精神内守之功得以圆成,便可发明"真性",归仙天外,永得逍遥。逍遥天外无疑是精神主体最好、最有价值与意义的归宿。

王处一的《密州崔道常猛烈出家赠之》诗,传达了同样的思想倡导。诗曰:"舍俗投玄悟道常,回心保护内容光。炼开万古真灵性,不谢仙花处处香。"① 和上述所引之诗有所不同的是,该诗是标准的阐道之作,但其中超尘脱俗,内守精神的思想意旨同样显现,并深具劝示意义。

王丹桂在他的《瑶台第一层·崔大师生辰》词中倡导说:"飘然。尘情一荡,志归清静禀根原。"② 尘情涤荡,自然是对尘俗的超脱。之所以能够把凡尘摇身抖落,是因为内心怀有回归清静的根本动力。"归清静"自然是对内在精神的提升与安置。侯善渊的《西江月》词这样表述情志说:"不恋风花雪月,屏除富贵功名。刳心去志黜聪明。洗涤无知之病。破尽人门(间)幻影,方通物外圆成。忘形遗照气神凝。务本乐天知命。"③ 显而易见,该词中充斥着作者对脱尘离俗的倡导,且情志深切。词中将贪恋风花雪月、富贵功名等尘俗行为视为无知的表现,足见其对尘俗否定之志的坚决。在对尘俗否定之后,又将生命的去处指向了物外忘形,神气圆成,最终达于"务本乐天知命"。作者之所以做出如此决断,是因为他对尘俗生命本质的洞识,如他在《酹江月》词中指出:"浮生似梦,奈光阴百岁,都能几许。富贵荣华时暂过,刚甚厮牵厮系。总为儿孙,娇妻女婿,生死难为替。回头省也,瞥然不染尘翳。"④ 作者的这种洞识,恰好映射了尘俗天地对生命价值的消解与

---

① (金)谭处端、刘处玄等著,白如祥校:《谭处端·刘处玄·王处一·郝大通·孙不二集》,齐鲁书社 2005 年版,第 311 页。

② 唐圭璋编:《全金元词》,中华书局 1979 年版,第 498 页。

③ 唐圭璋编:《全金元词》,中华书局 1979 年版,第 533 页。

④ 唐圭璋编:《全金元词》,中华书局 1979 年版,第 520 页。

损耗，如此一来，超脱尘俗就成了提升精神品识，完全精神主体的应有趋向。

又如姬志真的《悟空》诗说："俗缘一扫尽成空，及蒙大宥开牢笼。"① 李道玄的《鹳雀楼避暑》诗说："一廛尘土离身外，千里山河到眼前，卧饮清风心醉道，坐忘浊境性安禅。"② 长筌子的《和朗然子诗并序》诗曰："心如朗月辉高下，身若孤云自卷舒。放适乾坤真快乐，免教尘事把心驱。"③ 话语之中皆或多或少地寄寓着作者超脱尘俗的思想倡导。由上述所引诗词即可看出，在全真宗师的文化视域中，超脱尘俗，对于世俗之人抑或向道之人来说，都是精神内守与自全后的绝好的归处。

（二）趋于闲定

金元全真宗师认为，世人对自我内在精神进行调摄涵养，除以超脱尘俗为指向外，还应以归趋闲定为目标，追求内在精神的大闲之境。

在金元全真宗师的话语体系中，"闲"既是一种修心门径，又是一种精神境界。其意指与尘俗的"闲"之意蕴不大相同，主要是指摒除凡俗的情态与无为应缘的状态。在对世人精神趋向的归引中，全真宗师希望世人通过遵循修心之"闲"，而臻于境界之"闲"，为自我精神的涵摄找到价值的承接与归处。

首先，对修心之"闲"的倡导。金元全真宗师常于诗词中以闲人自居，以闲吟咏、以闲遣兴、以闲拾趣、以闲优游等，倡导日常生活中时时体闲、事事用闲。如谭处端的《行香子》词曰："放心闲、无喜无忧。逍遥自在，云水闲游。"④ 丘处机的《春夜雨》诗中云："静夜轩中卧，闲吟海上风。"⑤ 又《答乔生》诗曰："物外归心绝大魔，闲中遣兴

---

① 薛瑞兆、郭明志编纂：《全金诗》第四册，南开大学出版社1995年版，第290页。

② 薛瑞兆、郭明志编纂：《全金诗》第四册，南开大学出版社1995年版，第557页。

③ 薛瑞兆、郭明志编纂：《全金诗》第四册，南开大学出版社1995年版，第571页。

④ （金）谭处端、刘处玄等著，白如祥校：《谭处端·刘处玄·王处一·郝大通·孙不二集》，齐鲁书社2005年版，第37页。

⑤ （金）丘处机著，赵卫东辑校：《丘处机集》，齐鲁书社2005年版，第54页。

益高歌。"① 又《龙阳作诗以写意》诗曰："研穷物外闲中趣，得脱轮回泉下尘。"② 尹志平的《西江月》词曰："占得静中风月，却回闹里人情。湛然六识自安宁。一任闲歌闲咏。"③ 又《南乡子·赠西路道人》词曰："默坐守灵根。空外闲搜空外真。"④ 刘志渊的《水龙吟》词说："闲人闲乐琴书味。"⑤ 从这些例举的诗词中，我们已可充分地感受到金元全真宗师对"闲"的崇尚与热衷，以及在日常中对闲的参证与运用。

　　全真宗师倡导，在日常生活中时时悟闲，事事用闲，其根本的目的是以闲调心。如丘处机的《泺里陈氏草堂》诗曰："茅堂高结半原阴，乔木参差翠竹深。车马不闻名利远，安闲终日好栖心。"⑥ 他的《宣德州朝元观二绝》诗亦说："长河耿耿夜深深，寂寞寒窗万虑沉。天下是非俱不到，安闲一片道人心。"⑦ 刘志渊的《满庭芳》词曰："一片闲心，孤云蓬迹，飘然不挂诸缘。"⑧ 尹志平的《凤栖梧·秋阳观作》词说："问道参禅都不会。境上闲游，只要心无味。"⑨ 至此我们已可看出，全真宗师悟闲、用闲，是想获得内心的清净与湛然，并在清净与湛然中让精神主体得到安顿与舒展。

　　由上述所引诗词及阐述，我们已可得知，作为修心之"闲"，其有摒除尘杂、无牵无扯、澄湛自如的意旨。全真宗师把自我修心诀窍宣唱于诗词，就是要让更多的世人通过用"闲"以涵摄心境，促使自我精神主体获得更为明确的擢升与超越的方向。

　　其次，对境界之"闲"的阐扬。在全真著述中，"闲"的另外一种意蕴就是作为一种境界。全真后学尹志平曾对全真之"闲"进行评论

① （金）丘处机著，赵卫东辑校：《丘处机集》，齐鲁书社 2005 年版，第 20 页。
② （金）丘处机著，赵卫东辑校：《丘处机集》，齐鲁书社 2005 年版，第 195 页。
③ 唐圭璋编：《全金元词》，中华书局 1979 年版，第 1169 页。
④ 唐圭璋编：《全金元词》，中华书局 1979 年版，第 1187 页。
⑤ 唐圭璋编：《全金元词》，中华书局 1979 年版，第 574 页。
⑥ （金）丘处机著，赵卫东辑校：《丘处机集》，齐鲁书社 2005 年版，第 22 页。
⑦ （金）丘处机著，赵卫东辑校：《丘处机集》，齐鲁书社 2005 年版，第 187 页。
⑧ 唐圭璋编：《全金元词》，中华书局 1979 年版，第 572 页。
⑨ 唐圭璋编：《全金元词》，中华书局 1979 年版，第 1173 页。

说："闲字极有意味，学人虽于理上有所未明，只勿有疑心。但当积行累功，道在其中矣。"① 至于"闲"之意味为何，尹志平并未言明。丘处机曾于诗中说："莫把闲人作等闲，闲人无欲近仙班。"② 在丘处机看来，拥有闲境之人已近乎仙人，可见全真之闲境非同一般。

《长春大宗师玄风庆会图说文》，对马、谭、丘、刘四宗师修行的境界进行诠释说："（马钰）志贫则外披缕褐，内怀金玉；（谭处端）志是则委蛇游世，公正不邪；（丘处机）志闲则无为应缘，常而照寂；（刘处玄）志志则守道不渝，应物全真。"③ 至此全真所倡导之"闲境"顿为明朗，全真后学对"闲境"的这个"无为应缘"的概括，可谓切中肯綮。从全真宗师的著述及他们的人生行迹来看，"无为"也即"应缘"。而这种双重人生境界的组合，恰好是精神内守提升后的终极归处。

谭处端在他的《汉宫春》词中曾说："欲入无为，乐闲中闲里，只这些儿。"④ 他的《示门人》诗曰："守一真持认内闲，精勤苦行炼心端。"⑤ 这里的"闲"皆指闲境之闲。王处一的《刘公求三宝真诀》诗曰："全身光结紫金丹，须得灵明认内闲。"⑥ 他的《滨州高官人索》诗曰："忘情内炼真三宝，赢取逍遥出世闲。"⑦ 所谓"内闲""出世闲"，皆应指内心的无为应缘之境界。于道显的《寄郎太师三首》（其三）诗中说："淡淡烟霞浅浅山，此身长在翠微间。白云空谷无人到，赢得身心竟日闲。"⑧ 姬志真的《继董德卿韵》诗亦说："人生贵适意，心闲身

① 张广保：《尹志平学案》，齐鲁书社 2010 年版，第 175 页。

② （金）丘处机著，赵卫东辑校：《丘处机集》，齐鲁书社 2005 年版，第 197 页。

③ （金）丘处机著，赵卫东辑校：《丘处机集》，齐鲁书社 2005 年版，第 497 页。

④ （金）谭处端、刘处玄等著，白如祥校：《谭处端·刘处玄·王处一·郝大通·孙不二集》，齐鲁书社 2005 年版，第 50 页。

⑤ （金）谭处端、刘处玄等著，白如祥校：《谭处端·刘处玄·王处一·郝大通·孙不二集》，齐鲁书社 2005 年版，第 11 页。

⑥ （金）谭处端、刘处玄等著，白如祥校：《谭处端·刘处玄·王处一·郝大通·孙不二集》，齐鲁书社 2005 年版，第 274 页。

⑦ （金）谭处端、刘处玄等著，白如祥校：《谭处端·刘处玄·王处一·郝大通·孙不二集》，齐鲁书社 2005 年版，第 285 页。

⑧ 薛瑞兆、郭明志编纂：《全金诗》第三册，南开大学出版社 1995 年版，第 22 页。

自安。"① 这两处之闲，寄寓的是同样的一种状态、一种境界，是内心万缘不挂、无物无我无为的自然之态。

从对求正、求觉、守柔弱处谦和方略的阐释，到对超尘脱俗、趋于闲定方向的指引，金元全真宗师对世人内在精神的提升与规引可谓切中肯綮。这集中反映了全真宗师以生命关怀为鹄的，切中精神统领的思想理路与智慧。同时亦可看出他们对世人济度接引之心的至真、至诚、至深。

第四节 金元全真诗词济世精神的文化指向

金元全真宗师立足于社会现实，在对世人进行济世劝化时因势利导，针对不同的社会人群，施以不同的度化方式。从宗教济度、生活劝诫、精神接引的具体度化方式中，我们发现金元全真宗师的济世精神，蕴含着显现的文化指向。具体体现在众生平等和家风自信两个方面。

一 众生平等

在对世人实施度化中，全真宗师始终持以众生平等的文化观念。这是他们"道生万物""道性如一"思想洞识的具体展现，亦是他们人人自足、无待外物价值观念的纵向延伸。王重阳于山东创教之初，设立教会团体，于掖县立会，专以"平等会"命名，以示全真济度世人的平等态度。王处一对此作有诗词，其在《四会开化》诗中说："七宝金莲瑞气浓，玉华平等我家风。三清上帝通真德，一派光明处处同。"② 又在《三州五会》诗中云："七宝金莲子，三光从玉华。常持平等行，步

---

① 薛瑞兆、郭明志编纂：《全金诗》第四册，南开大学出版社1995年版，第329页。
② （金）谭处端、刘处玄等著，白如祥校：《谭处端·刘处玄·王处一·郝大通·孙不二集》，齐鲁书社2005年版，第274页。

步是仙家。"① 诗以双关的手法，把全真早期所设立的"七宝会""金莲会""玉华会""平等会"等教团组织进行了客观的交代，又对教团命名的寓意进行阐释，同时亦把全真设教度人的平等思想进行了深刻宣示。尤如他于《别远来道众》诗中所云："清晨目下别相知，普化人天处处齐。"② "处处齐"即把其中的无分别、平等的思想进行了鲜明的展现。

全真后学高道宽的《西江月》词有曰："九转灵丹妙药，从来一点元真。仙家收得做天人。普度人人有分。"③ 此中"人人有分"，就把普化的平等性给予了充分的彰显。姬志真有《法身》诗，诗中曰："圣贤垂方便，救援无遗弃。"④ 圣贤施救，普天之下毫无分别，更无被遗弃之人。诗词语言的表述虽有不同，但其中的文化指向却是一致的，传达的皆是全真宗师度化世人的平等之心。

在金元全真诗词中，对众生平等的诸多的表现，全真宗师亦有具体的论说，包括男女平等、老幼平等、官民平等等。在全真宗师看来，性别、年龄、身份等这些外在的区别，均无碍于世人接受度济，更无碍于世人自我提升与解脱。在宗教修行、生活追求、精神提升中，人人平等。

首先，男女平等。金元全真教自创立以来，便树立了不同于尘俗的伦理观念，其倡导男女平等，无论在宗教修行、心态调适还是在精神擢升上，都丝毫没有男尊女卑的不平等现象。自教祖王重阳始，全真教便大量招收女弟子入教修行。著名的全真女弟子孙不二还创立了全真清净一派。

在金元全真诗词中，全真宗师与女冠赠答的唱和之作并不鲜见，或切磋修行功法，或砥砺向道之志，或颂扬坚卓之行。对于这一现象，陈

---

① （金）谭处端、刘处玄等著，白如祥校：《谭处端·刘处玄·王处一·郝大通·孙不二集》，齐鲁书社 2005 年版，第 323 页。

② （金）谭处端、刘处玄等著，白如祥校：《谭处端·刘处玄·王处一·郝大通·孙不二集》，齐鲁书社 2005 年版，第 267 页。

③ 唐圭璋编：《全金元词》，中华书局 1979 年版，第 1194 页。

④ 薛瑞兆、郭明志编纂：《全金诗》第四册，南开大学出版社 1995 年版，第 296 页。

垣曾于《南宋初河北新道教考》一书中进行总结，其曰："刘长生《仙乐集》有马姑；谭长真《水云集》有杨姑，王三姑姑；丘长春《磻溪集》有潍阳唐括姑，博州战姑；王玉阳《云光集》有徐福店小宫姑，福山柳姑，姜姑，随姑，莱阳高姑，棣州张姑；马丹阳《金玉集·神光灿》尤多，如耀州梁姑，鄂县刘姑，长安王姑，泾阳县二女姑，又有淞溪散人薛姑，霜溪散人颜姑，吉祥散人王姑，通明散人魏姑之属，不可胜数。余以知全真女冠之盛，见诸文字者如此，其不见于文字者，何啻三千七十乎！"① 由此也显示了全真宗师对教团女冠修行的重视。

在金元全真宗师看来，在尘俗价值乃至生命终极价值的追求层面上，男女都是平等的，并无本质的差别。马钰在其《西江月·赠明月散人》词中曰："不耻蓬头垢面，不嫌粝食粗衣。不惭求乞做贫儿。不羡荣华富贵。一日功成行满，仙裳天赐威仪。星冠月帔履云归。节步玎珰玉佩。"② 谭处端亦对女冠云："如今已获将来福，从此何疑过去殃。寂湛虚堂无罣碍，自然宝鼎现霞光。"③ 可见在生命价值的终极实现上，全真宗师泯合了男女的差别。正如近代仙学倡导者陈撄宁在为孙不二的"女功内丹次第诗"作注时所指出："世间各种宗教，其中威仪制度，理论工修，殊少男女平等之机会，独有神仙家不然。常谓女子修炼，其成就比男子更快，男子须三年做完者，女子一年即可赶到……至其成功以后之地位，则视本人努力与否为断，并无男女高下之差。"④ 这就在生命意义的终极境界上肯定了男女的平等。

对于入道全真的女冠们，她们所做的道德宗教的修养修行努力，全真宗师多给予平等客观的评价。如马钰的《无梦令·赠李悟道》词曰："悟道姑姑姓李。弃了人情俗礼。决裂似男儿，搜获玄中玄理。玄理。

---

① 陈垣：《南宋初河北新道教考》，上海书店1989年版，第38页。
② 唐圭璋编：《全金元词》，中华书局1979年版，第318页。
③ 薛瑞兆、郭明志编纂：《全金诗》第一册，南开大学出版社1995年版，第334页。
④ （金）谭处端、刘处玄等著，白如祥校：《谭处端·刘处玄·王处一·郝大通·孙不二集》，齐鲁书社2005年版，第468页。

玄理。只有西江月里。"① 王处一的《徐福店小宫姑毁容截鼻，处志慕道，赠之》诗说："毁容截鼻志弥坚，为脱尘缘结道缘。一著根源超等辈，两通盟誓透青天。"② 这种评价与赞赏，一方面是对女性入教的鼓励，另一方面也是对宗教修行男女平等的肯定。

其次，老幼平等。基于对生命本质及人的价值自足的认知，全真宗师认为男女平等，老幼亦平等。这与中国传统文化中人格独立与平等的思想相一致。全真诗词中老幼平等的含义，一方面指向的是老幼在精神提升与宗教修行上的平等，另一方面指向的是老幼在接受劝示与济度上的平等。在全真宗师看来，人的年龄的老幼，并不妨碍人们对生命之真的探寻，更不妨碍全真宗师对其施以接引与劝示。

王重阳曾就"刑公问七十二岁修行可否"一事写有一诗，该诗着重表达了王重阳对修行上老幼平等的宗教认知与倡导。诗曰："便如百岁未为迟，只在心中换过时。今世不能全了达，来生应许做修持。临行一点须搜正，收取三光亦复随。只是投新遗旧舍，能除新舍得灵芝。"③ 诗之首联就针对刑公所问给予明确的回答，毋论七十二岁，纵使百岁起修行亦未为迟。颔联对首联的回答作以补充，若今世不能自全自了，则来生可以继续做修持。该联明显吸纳了佛教生命轮回的观念，有今生亦有来世，且今生来世的生命是连续不断的，所以修行也是可以前后接续的。丘处机在《长春真人规榜》中指出："出家无问早晚，不择老幼，但泄理明心者，堪为上人也。"④ 王处一写有"赠修真堂女众"诗，诗中说："无论老幼作真修，各阐清闲到岸舟。光满十方离苦厄，永居天外最风流。"⑤ 诗以"赠修真堂女众"为题目，实则蕴含有男女修行如一的前提。如此一来，该诗的内容则可理解为无论男女老幼作修持，只

---

① 唐圭璋编：《全金元词》，中华书局1979年版，第329页。
② 薛瑞兆、郭明志编纂：《全金诗》第二册，南开大学出版社1995年版，第23页。
③ （金）王重阳著，白如祥辑校：《王重阳集》，齐鲁书社2005年版，第6页。
④ （金）丘处机著，赵卫东辑校：《丘处机集》，齐鲁书社2005年版，第148页。
⑤ （金）谭处端、刘处玄等著，白如祥校：《谭处端·刘处玄·王处一·郝大通·孙不二集》，齐鲁书社2005年版，第308页。

要各自以清闲为本，则可抵达生命的彼岸，离苦脱厄，体证光满十方，永居天外的风流境界。又如他的《赠设贫会众》诗说："老幼一般看，扶缘道德宽。始终无变异，所履自平安。"① 与前一首《赠修真堂女众》诗不同，该诗是对施济者的劝示，要求他们对待老幼要同等看待，如此才能广设善缘，宽广道德，若能始终如此，自可增福田保平安。无论是对世人修行的劝示，抑或是对施度者的劝说，其中老幼平等的文化指向却是清晰而明了的。

再次，官民平等。若从"道性"而论，人人皆出于天地之"道"，具有相同的"道性"，这就决定了在生命的深层价值与宗教修行上官民平等。丘处机曾指出："黄童白叟，妇女宰官，侯王帝主，一切平等。"② 侯王帝主与贩夫走卒，只有身份的差别而无本质之分。身份等外在标签皆源自尘俗，亦会消解于尘俗，无关于生命的本质。王处一的《赠棣州防御七驸马》诗曰："为官王事所拘，学道虚空掌管。四民各艺争忙，达者不论长短。"③ 所以金元全真宗师在济世度人时，皆一同施度，无分官民。

尹志平在其《和王道录二首》诗其二中说："教风普振遇长春，岂择官寮与士民。个个携将归紫府，人人点化出红尘。"④ 诗中既将自我施度的平等心态给予彰显，又将广振教风、度化群迷的决心予以宣示，而其终极的目的是想让每一个世人，都能受到点化超脱红尘归于紫府。

除此之外，金元全真宗师对于身患残疾者，亦持有平等之心，指出世上有的人虽身体上有疾患，而心灵与德性却是完整的。侯善渊的《益寿美金花》词说："瞽之善听。一气清聪通惠性。聋者能惺。两点精神入宝瓶。"⑤ 盲人虽不能观察世界，却善于听世界，纵使不听之以

---

① （金）谭处端、刘处玄等著，白如祥校：《谭处端·刘处玄·王处一·郝大通·孙不二集》，齐鲁书社 2005 年版，第 323 页。

② （金）丘处机著，赵卫东辑校：《丘处机集》，齐鲁书社 2005 年版，第 150 页。

③ （金）谭处端、刘处玄等著，白如祥校：《谭处端·刘处玄·王处一·郝大通·孙不二集》，齐鲁书社 2005 年版，第 329 页。

④ 薛瑞兆、郭明志编纂：《全金诗》第三册，南开大学出版社 1995 年版，第 82 页。

⑤ 唐圭璋编：《全金元词》，中华书局 1979 年版，第 531 页。

耳，却可以听之以气，气之清聪亦可通达于惠性。耳聋者虽不能以耳听世间，却善于感知和领会，以精神感受汇注于心。全真宗师看似在诉说世间的公平，上天让世人失去某种能力的同时，也会赐予他别的方面的天赋，实则是在说明身患残疾者，同样拥有价值的自足性与完整性，是在表达全真宗师对待残疾者的平等理念。

上述所论金元全真宗师济世思想中众生平等的文化指向，其针对的对象是"人"。事实上金元全真宗师这一众生平等的文化指向，所涵盖的对象还包括人之外的生命体。这是一种大的平等观，亦是济世思想普化的表现。前面多次说过，在道家与道教看来，万物俱生于道，以道的视角审视万物，则万物无贵贱之分，都拥有平等的价值，正如庄子所说："以道观之，物无贵贱。"① 所以丘处机在《清晓》一诗中这样描绘其修道生涯："舞鹤夜初晓，游仙梦始惊。月衔山转大，风度水偏清。"② 这是一种与自然万物无限亲近、融为一体的生活状态。这既是作者对自我生活情状的客观描绘，也是作者对世人生活心境的劝示与引导，倡导世人与万物平等相处，趋于一种"山川皆属道生涯，万象森罗共一家"③ 的生活境界。

在全真宗师看来，与万物平等相待，落于实处，最关键的是尊重与保护万物，使其生命与人的生命一样，得到应有的、平等的关照。马钰有《战掉丑奴儿》词数首，其中一首就表达了其对屠户宰杀行为的惋惜之情，以及对猪被屠户宰杀的悲伤情怀。其下阕曰："奈何邻舍屠魁刽，不顾前程。宰杀为生。猪痛哀鸣不忍听。最伤情。"④ 其中既有对屠户行为的劝诫，又有对猪被宰杀的同情，这种同情是基于生命平等认知下的同情。王处一曾奔赴渔村，劝化渔民焚烧渔网，《道藏》第三册载："先生（王处一）赴琅琊村，诱化船户尽焚渔网，遂感海市现于东

① 郭庆藩撰，王孝鱼点校：《庄子集释》，中华书局2004年版，第577页。

② （金）丘处机著，赵卫东辑校：《丘处机集》，齐鲁书社2005年版，第56页。

③ （金）丘处机著，赵卫东辑校：《丘处机集》，齐鲁书社2005年版，第32页。

④ 唐圭璋编：《全金元词》，中华书局1979年版，第355页。

南，重楼翠阜，贝阙珠宫，惊骇数郡。"① 王处一就此也有感而作《焚烧船网》诗，诗曰："救生戒杀契真修，百祸消亡福注留。心上化成玄妙理，自然神气得通流。"② 整诗看似无涉平等，却以平等为思想内核，诗之首句即点明主题；"救生戒杀"，这是对万物生命最好的尊重，也是对生命平等观念认知的最好的践行。

全真宗师对众生平等的文化指向进行倡导，更希望门徒及世间众人，能够把众生平等的文化理念着于实处，为此全真宗师亦多次对实施平等的行为给予鼓励和劝示，并把践行平等与体证仙道相等同，最大限度地认可和引导世人的平等之举。如王重阳的《满庭芳》词曰："奉劝诸公速悟，行平等，永永清凉。真诚显，唯邀本有，前路趁仙乡。"③ 这就在"行平等"与"赴仙乡"之间架起了一座互通的桥梁，激励和鼓舞世人勇于体认和践行平等。如此也更充分地体现了全真诗词济世、劝示思想的贴切与完备。

二　家风自信

金元全真教自立教之初便倡导三教合一，树立起中和圆融的文化旗帜，但在具体的济世度人的社会实践中，又适时地展现出对自家门风的持重与自信，展现出求同存异、和而不同的全真文化特征。值得注意的是，全真教在持重本家的同时，丝毫没有独尊自我的门户偏见，这就在深层中展现了全真文化包容并蓄又不失本真的思想内核，其中也蕴含着全真教之于社会、之于世人的那份责任与担当。

（一）对家风特征的展现

全真宗师在劝化接度世人的时候，亦不时地把自我家风的特征给予充分的展现，包括清净、无为、尚闲等方面。

---

① 《道藏》第三册，文物出版社、上海书店、天津古籍出版社1988年版，第362页。
② 薛瑞兆、郭明志编纂：《全金诗》第二册，南开大学出版社1995年版，第35页。
③ （金）王重阳著，白如祥辑校：《王重阳集》，齐鲁书社2005年版，第63页。

王重阳凝结一生修行之所悟，著有《修仙了性秘诀》，其中对全真家风首加倡导与引领，其曰："夫全真者，是大道之清虚无为潇洒之门户，及纯正之家风，是重阳之活计。"① 明确指出全真宗风是清虚、无为，对"书符货术而谩人"的方技小道表示反对，并进一步指出："只要人人自悟，不用摇筋摆髓之功，亦没惑人采战之术，但会无为之初始，自觉神气而冲和，自然丹炉而药就，显现灵砂而照照，明彻神光而灿灿，自见道德自祖宗，认是清闲之源本，乃性命之妙门，是脱神仙之模子。人人悟透此玄机，乃得长生而久视，不是惑言而说人，亦非邪术而诱你。酷告全真之高士，奉劝世上之迷徒，各各悟取害风言，人人同登于正教。"② 后面所言，可视为对自我家风依循后效果的应验，亦是对家风精髓的展示。其中还提及"清闲之本源"，事实上"清闲"也成为全真门风的一大特征。自王重阳之后，全真教便依循着清净、无为、尚闲的门户宗风传教度人。

对王重阳这一教门宗风的倡导，全真后学悉皆承袭和阐扬，并于诗词中多处展现。丘处机在《答宰公子徐秀才》诗云："自乐安闲微得趣，门风何足向人夸。"③ 在《神光灿》词中说："修真门户，大道家风，长春境界无边。秀气盈盈，闲里别有壶天。"④ 于道显在《示史道人》诗中云："众妙之门日日新，家风冷淡绝纤尘。闲招云外长生客，同赏壶中不夜春。"⑤ 至此，全真家风中清净、无为、尚闲的特征得到了明晰的展示，而这一宗风在现实中也成为全真后学劝化接引世人、修持修养自我的宗教准则。

王丹桂写有《洞仙歌·述怀》词，词曰："道家门户，寂淡清虚好。荣耀矜夸自无扰。向午窗、披玩道德南华，除此外，闲弄丝桐一

① （金）王重阳著，白如祥辑校：《王重阳集》，齐鲁书社2005年版，第298页。
② （金）王重阳著，白如祥辑校：《王重阳集》，齐鲁书社2005年版，第298—299页。
③ （金）丘处机著，赵卫东辑校：《丘处机集》，齐鲁书社2005年版，第7页。
④ （金）丘处机著，赵卫东辑校：《丘处机集》，齐鲁书社2005年版，第71页。
⑤ 薛瑞兆、郭明志编纂：《全金诗》第三册，南开大学出版社1995年版，第43页。

操。"① 其《洞仙歌·示门人》词又说："向闲中炼就，一粒金丹，成片断、万道霞光辉映。"② 于道显在其《示费庄夏会诗》诗中曰："我家门户本幽玄，寂寂寥寥任自然。修短纤洪都莫话，饥来吃饭倦时眠。"③ 可以看出，上述诗词是全真宗师对自我日常生活情态的一种展示，亦是对自我日常心境的一种描述，其中所蕴含的前提则是对全真门风的深刻体悟与洞识。这实际上亦是全真宗师借助对自我生活情态与日常心境的描写，来劝示和接引世人的济世方式。

（二）对家风自信的阐扬

金元全真宗师在传教宣教、济世度人的社会活动中，对自我家风怀揣自信与自重的文化心态。包括宗教济度的自信、精神接引的自信、社会劝化的自信等方面。

对于宗教济度的自信，全真宗师立足于对自家修真法诀充足的认知与持重的基础之上。王处一曾指出："助阐玄门扶内教，方今清世乐真丰。仙胎道骨居尘境，恰似良金混锡铜。直待紫书亲诏唤，恁时显出我家风。"④ 其在《赠莱州李节判有意出家》诗中说："脱俗搜玄自得知，亘初一点、合天机，吾门自有修仙诀，显武先生依不依。"⑤ 对于入道修行者来说，证道成仙是一切宗教活动的终极目的，而掌握归仙的法诀与途径，则是修道行为与意义的前提与保证。而全真是深悟并持有循道仙诀的教团，因此其在宗教劝度上有充足的自信与底气。

尹志平在其《通仙观作寄燕山冯公辈》诗中自信地说："一带西山总属燕，燕山堪可度残年。吾门本即修真客，来向山中便是仙。"⑥ 此中"吾门本即修真客"是对本门宗旨——修真的宣示；"来向山中便是

---

① 唐圭璋编：《全金元词》，中华书局 1979 年版，第 502 页。

② 唐圭璋编：《全金元词》，中华书局 1979 年版，第 502 页。

③ 薛瑞兆、郭明志编纂：《全金诗》第三册，南开大学出版社 1995 年版，第 46 页。

④ （金）谭处端、刘处玄等著，白如祥校：《谭处端·刘处玄·王处一·郝大通·孙不二集》，齐鲁书社 2005 年版，第 269 页。

⑤ （金）谭处端、刘处玄等著，白如祥校：《谭处端·刘处玄·王处一·郝大通·孙不二集》，齐鲁书社 2005 年版，第 307—308 页。

⑥ 薛瑞兆、郭明志编纂：《全金诗》第三册，南开大学出版社 1995 年版，第 94 页。

仙"，则是对本门修真之法的充足自信的阐释，只要进入本教之门，便可体道成仙，自信之中还寄寓着劝示。

全真宗师在以宗教济度世人的同时，亦从世俗生活层面进行社会习俗及心态的劝示与引导，此中亦寄托着全真宗师对自我家风的自信。王处一在其《买查山上清观》诗中说："拯救人伦弘大道，递相开度好家风。"① 全真教虽倡导出世修行，但对于社会的公序良俗并不排斥，反而持有依循遵守的思想观念。全真宗师认为世间的忠孝仁义等伦理思想，不仅无碍于道法的参悟，反而有助于自我仙基的筑立，他们视修人伦为修人道。人道、天道皆为"大道"。所以王处一说："拯救人伦弘大道"，对于世间人伦的匡正与拯救，也就是对大道的参悟与弘扬。这是全真宗师对自我家风的社会功用的认知，亦是对本宗派社会责任与担当的确认。

尹志平有《无俗念》词，其曰："是则仙道玄微，凡尘脱去，便得同期约。达理通真功德备，岂在幽居岩壑。四相消磨，三彭遁匿，自是人情薄。全真正教，正大心地无错。"② 此中对全真宗风"正大心地"的社会功用于明处指出，而对全真家风脱去凡尘、达理通真等理心功用亦于暗处阐释。此中不免有劝引世人入教的用心，但对自我家风自信与自豪的精神情态更为显现。事实上，对自家家风的持重与阐扬，本身就是一种自信的表现。

金元全真宗师对自我家风的自信，还表现为对世人精神接引方面的自信。全真宗师认为，全真宗风有足够的力量与手段接济和引导世人的精神，走出尘俗，走向更上一层的境界存在。王处一在《叹人未悟》诗中曰："十类群生苦海中，痛嗟谁肯立仙功。指迷幸有全真理，随处修完道合同。"③ 其中"指迷幸有全真理"一句，不仅把自我得遇全真、皈依全真的感恩之情表露了出来，而且对全真之理度化群迷的精神接引

---

① （金）谭处端、刘处玄等著，白如祥校：《谭处端·刘处玄·王处一·郝大通·孙不二集》，齐鲁书社 2005 年版，第 263 页。

② 唐圭璋编：《全金元词》，中华书局 1979 年版，第 1177 页。

③ （金）谭处端、刘处玄等著，白如祥校：《谭处端·刘处玄·王处一·郝大通·孙不二集》，齐鲁书社 2005 年版，第 311 页。

作用给予了充分的肯定，此中对家风自信的情怀彰显不已。又如他的《踏云行·赠刘妙真化缘》词曰："拔度昏迷，点开心印，十方父母皆巡问。今生既得遇全真，归期自有神仙引。"① 词中亦表达了全真之理拔度群迷，点开心印的精神接引作用。与前诗不同的是，该词对自我的自信之心的表达更进一层，指出得遇全真，人生的归途中会有神仙接引。这就在人生归途的非凡上为家风的自信增添了一枚重重的筹码。

高道宽于其《苏幕遮》词中说："本分家风，分付真心地。一颗神珠明丽丽。照破尘沙，相遇人授记。"② 与前面所引王处一的诗词一致，该词表现的同样是对全真宗风接济引导世人脱尘寻真的自信与肯定。王丹桂写有《玉炉三涧雪·妙用》一词，其中对宗风的自信情怀同样鲜明而饱满。词曰：

> 罢论古人公案，且呈自己门风。三更三点扣斋钟。便是予家妙用。
> 湛湛空花形象，澄澄水月仪容。两番消息一番同。看你如何拈弄。③

词之上阕展现了对家风的审美，包括审美指向与家风之妙。"罢论古人公案，且呈自己门风"，就把教门宗风的建立与审视的目光由追寻于外，而转向至思于内，无须依循古人公案，只用呈现自我本色，这就是一种文化自信。"三更三点扣斋钟。便是予家妙用"，这里便把自家门风清净、淡泊的特点阐释了出来，正是这种清净与淡泊，才有无穷的妙用。词之下阕则展现了自我家风对世人心境与精神情趣的接引作用，"湛湛""澄澄"是指心境的状态，"空花形象""水月仪容"则指精神的感知，由心境的澄湛可以引导出精神感知的美好。这是对全真宗风涤

① （金）谭处端、刘处玄等著，白如祥校：《谭处端·刘处玄·王处一·郝大通·孙不二集》，齐鲁书社2005年版，第356页。
② 唐圭璋编：《全金元词》，中华书局1979年版，第1193页。
③ 唐圭璋编：《全金元词》，中华书局1979年版，第483页。

心洗尘、接引精神功用的肯定与赞赏。末两句"两番消息一番同。看你如何拈弄",在给予受劝者选择自由的同时,亦彰显了作者对自家宗风充足的自信心态。

综上所述,金元全真宗师在对世人进行宗教济度、生活劝诫、精神指引中,展现着众生平等、家风自信的文化指向,而这两种文化指向亦立足于深刻的文化认知基础之上。全真宗师众生平等的文化思想,源自他们对老庄"道生万物""物我为一"思想的认知与吸纳。既然万物由道而生,则万物无别,既然万物无差别,则万物无贵贱之分,我们对包括人在内的万物进行审视时,就要持有平等的目光与心态。全真宗师对自家"清净""无为""尚闲"的门风,所拥有的自信心,则源自他们对"道法自然"之理的深悟与回归。在道家看来,道的本性是自然与无为,凡是主观刻意的"有为"都是对道法的背离,所以老子说:"为学日益,为道日损。损之又损,以至于无为。无为而无不为。"① "无为"就是对道法体认的最好门径,也是对仙道体证的最好法门。而要做到无为,就要虚空自我,清静内心,除尘欲,绝尘念,于一念不生处,方证无为与无不为。故此全真宗师对自我清净、无为、尚闲的宗风持有高度的自信。

---

① 陈鼓应注译:《老子今注今译》,商务印书馆2003年版,第250页。

第五章　金元全真诗词中的精神家园

金元全真宗师生于尘俗，成长、历世于尘俗，修行、悟道于尘俗，最终了悟超脱于尘俗。和世俗之人相比，全真宗师在外在行迹上，其不同之处在于人生最后阶段的脱尘与离俗；在内在精神上，其不同之处在于心性终究实现了圆融与发明。从尘内的砥志砺心，到尘外的洞达逍遥；从初学入道的精进苛求，到功满道成的闲定自然，我们依稀能够看到，全真宗师依假寻真、依凡入圣的心路历程，其中对精神家园的探寻与回归踪迹尤显。在金元全真诗词中，精神的家园与归宿，是全真宗师始终关注的重心与焦点，但他们也用自己的言行，给出了不同尘俗的解读与阐释。

第一节　心性的觉识与尘俗精神家园的消解

所谓"心性的觉识"，是指生命个体从自我心性出发对生命本质、生命来处、生命去处等，进行一番思考和审视后，所获得的德性上的觉识与洞察。这是一种智慧的迸发、境界的超越。其源自心性又回归于心性，最终以心性的发明，为生命找到终极的归宿与安置。

金元全真宗师慧识独具，根性颇深，他们或自我觉识，或得遇明师而觉识，皆对人生及生命有着非同尘俗的觉悟与识见。对于他们来说，心性觉识后所面对的首要问题，就是原有尘俗精神家园的消解。在他们看来，原本生活其中的尘俗天地，存在种种搅扰、束缚心性的情欲，包括自我肉身，也是束缚心识易失易灭的皮囊。尘俗天地，难以作为自我精神的归宿与家园。如此觉识之下，于尘俗中原来拥有的家园归属感顿然消解。

一　心性的觉识之路

金元全真宗师较之于一般的尘俗之人，虽拥有更多的觉悟之识，但其心性的觉识绝非偶然，而是源于诸多必然因素的促发。其中一个重要的、直接的促发因素，就是对现实生命的思考，并于深刻透彻的思考背后，发觉到了生命原本拥有的心性本体。

（一）对现实生命的思考

在现实生活中，人们常会遇到诸多的困境与无奈，包括生与死、时与运、情与欲等。对于生命个体来说，最为凸显的矛盾，就是情欲的浩瀚无涯与人生的有限短暂。正如丘处机在其《示众》诗中所指出："色身元有限，情欲浩无涯。痴似蜂贪蜜，狂如蝶恋花。"[1] 这是生命生存的现实，对于世人赤裸地敞开与暴露。一般的世人对此却无所触动，反而会在时间的推移中，适应和迷恋于这样的现实状态。全真宗师则与之不同，他们会始终保持头脑的清醒并就此陷入深思之中。

谭处端曾以诗赠送世人，表达其对生命现实的深刻哲思，诗曰：

> 几人到得白头翁，生老病沉是始终。
> 浊秽腥膻除寿算，悭贪嫉妒转昏蒙。
> 有憎有爱难超世，无欲无情定脱空。
> 幸有天堂地狱路，圣凡迷悟总由公。[2]

---

[1]　（金）丘处机著，赵卫东辑校：《丘处机集》，齐鲁书社 2005 年版，第 57 页。

[2]　（金）谭处端、刘处玄等著，白如祥校：《谭处端·刘处玄·王处一·郝大通·孙不二集》，齐鲁书社 2005 年版，第 7 页。

该首七律并无引经据典，表意通俗晓畅、明白易懂，却深含人生的智慧总结。首联直言尘俗生命的生存现状：痛苦而短暂，正如刘处玄在《述怀》诗中所言："人生七十，古今稀少。"① 颔联"浊秽腥膻除寿算，悭贪嫉妒转昏蒙"，是对这种短暂的人生中充斥的痛苦给予具体展示：凡为丑恶、污浊之事，皆会消损年寿；凡有悭贪、嫉妒之心，皆会深陷迷蒙。这显然是对尘俗中生命情欲的责罚。颈联"有憎有爱难超世，无欲无情定脱空"，是自我对生命现实思考的总结，心中充满憎爱、尘情，则难以超离尘世；心中若淡绝欲求，则可脱洒尘外。这是尘世生命所拥有的两种归宿与选择。这两个归宿一则指向地狱，一则指向天堂，而自我生命归于何处，则全由自己把握和决定。所以就有了尾联的收合之句："幸有天堂地狱路，圣凡迷悟总由公。"可以看出，该诗有疑问、有思考、有总结、亦有劝示，这也就完整地展示了全真宗师在生命现实的促发下，心性觉识的过程。

刘处玄在其《上平西》词中，亦表达了自我在面对生命现实时的深思与感慨。词曰："想人生，老与少，似春秋。恰幼年、却变白头。莫争空假，无常气断卧荒丘。大都三万六千日，多病多愁。"② 人生数载，在老与少之间，恰似春去而秋至，恍惚之间。昨日幼年，明日却霜染双鬓。纵使人生有百年光景，也不过三万六千日，且还多病多愁。这就是尘俗之中生命周而复始，始终不曾脱离的客观现实与规律。

王丹桂在其《凤栖梧·寄同道》词中曰："世世纷纷何事苦。死去生来，轮贩无停住。"③ 侯善渊在其《满庭芳》词中说："生喜亡悲，虚劳尘世，许年多少倾危。是非成败，荣辱两亏衰。富贵于身大患，贫穷又、遣我寒饥。"④ 可谓道出了尘俗之中生命的困顿与无奈。

---

① （金）谭处端、刘处玄等著，白如祥校：《谭处端·刘处玄·王处一·郝大通·孙不二集》，齐鲁书社 2005 年版，第 111 页。

② （金）谭处端、刘处玄等著，白如祥校：《谭处端·刘处玄·王处一·郝大通·孙不二集》，齐鲁书社 2005 年版，第 129 页。

③ 唐圭璋编：《全金元词》，中华书局 1979 年版，第 491 页。

④ 唐圭璋编：《全金元词》，中华书局 1979 年版，第 523 页。

上述所论可视作金元全真宗师对尘俗之中，芸芸众生生命现实的深思与总结。而反观自我的生命，同样悲苦而无助。丘处机的《满庭芳·述怀》词曰："漂泊形骸，颠狂踪迹，状同不系之舟。"① 自我的人生漂泊、癫狂，如同不系之舟，随波逐流，无所停靠。随着时光的流逝，生命便于无声无息中消亡流逝。恰如侯善渊《一叶舟》词所说的："不觉形躯衰老。受尽许多萦恼。"② 生命本真的意义与光彩，与现实的状态与遭际之间存在莫大的悬殊，这无疑会激起全真宗师的深思、深悟与深觉。所以丘处机说："吾省也，贪财恋色，多病多忧。且麻袍葛屦，闲度春秋。"③ 这是被客观现实击痛后的清醒与觉悟，亦是自我心性觉识后，生命本有智慧的激活。

马钰在对自我的尘俗生命进行过一番深思后，亦获得了深刻的解悟。他说："大限无过百岁人，何须苦上更添辛。抽身急避金枷累，发志勤修玉洞春。"④ 此番所悟颇为透彻，言辞中映射着智慧的光辉，非心性觉识者所不可道也。诗的前两句是对现有生命模式的否定，人生有限而短暂，无须苦上添辛。诗的后两句是对否定之后的超脱，摆脱现实的拘囿，寻求生命本有的价值。于道显在其《寄张仓使》诗中表达了同样的心性觉识。诗曰：

> 此身有限莫蹉跎，百岁光阴捻指过。
> 正忆黄金囊中少，不知白发鬓边多。
> 临头生死谁能免，满眼儿孙不奈何。
> 争似闻身强健日，早邀明月赴烟罗。⑤

由该诗所述可知，作者同样是受到了人生有限而短暂，现实生命意义缺

---

① （金）丘处机著，赵卫东辑校：《丘处机集》，齐鲁书社 2005 年版，第 69 页。
② 唐圭璋编：《全金元词》，中华书局 1979 年版，第 518 页。
③ （金）丘处机著，赵卫东辑校：《丘处机集》，齐鲁书社 2005 年版，第 70 页。
④ （金）马钰著，赵卫东辑校：《马钰集》，齐鲁书社 2005 年版，第 53 页。
⑤ 薛瑞兆、郭明志编纂：《全金诗》第三册，南开大学出版社 1995 年版，第 15 页。

失的事实促发，而进入心性觉识的状态。这种觉识同样为自我生命的解脱，指明了超脱尘俗的方向。

（二）心性本体的发觉

所谓"心性本体"，其有双重维度的蕴涵：就生命本身来说，"心性"是生命本有价值的核心载体；就生命修行来说，"心性"是修行的关节与基石。具体展开而论，"心性"之"心"，指生命的先天之"本心""元心"；"心性"之"性"，指生命先天之"本性""真性"。若从一切源于道法的角度来说，人的"本心"与"真性"实则为一，"本心、真心即人之本性"。① "真心、本性既是精神生命的本体，又是物质生命之本质。"②

而内丹修行的"心性"一论中，以"明心见性"为精髓，明心即可见性。"明心"与"见性"实则是同一步功法，"明心"即"见性"，"明心"是途径，"见性"是目的，这恰似"修道"与"成仙"的关系。而心明、性见后，内丹大药成。丘处机曾指出："初心真切、久之心空，心空性见，而大事完矣。"③ 可见，"心性"不仅是生命存在的本体，而且是生命修行的本体。在生命本有价值实现、生命终极超脱的道路上，始终要以"心性"为核心，出发于心性，最终还要回归于心性。

在"心性"的觉识过程中，"心"是统领与关节，"'心'便把心性与内丹、性功与命功统摄到了一起"④，可谓善恶成败皆由心。谭处端在其《西江月》词中说："万祸皆因心起，无心无祸无灾。自从心定守真胎，云水逍遥自在。"⑤ 可谓一语道破玄机。

基于对心性本体及心为统摄的认知，金元全真宗师在寻求生命价值的实现、精神的归宿与家园的过程中，处处着重于对内心的发明、对心性的参悟。刘处玄在其《上敬奉三教道众并述怀》诗中曰："方寸无尘，

---

① 余虹：《禅宗与全真道美学思想比较研究》，中华书局 2008 年版，第 35 页。
② 余虹：《禅宗与全真道美学思想比较研究》，中华书局 2008 年版，第 35 页。
③ （金）丘处机著，赵卫东辑校：《丘处机集》，齐鲁书社 2005 年版，第 150 页。
④ 余虹：《禅宗与全真道美学思想比较研究》，中华书局 2008 年版，第 35 页。
⑤ （金）谭处端、刘处玄等著，白如祥校：《谭处端·刘处玄·王处一·郝大通·孙不二集》，齐鲁书社 2005 年版，第 37 页。

灵真如镜。应物明通，至性保命。"① 又说："缚住心猿，胜似入定。"②
所谓"方寸"，代指人心也。诗的意思是说心上无尘，真心真性不被蒙
蔽，心境则澄湛清明，生命自会应物理而通自然，了达真性而保和真命，
实现应有的通脱与圆融。所以作者强调要常理于心，不使心神外驰、心
猿意马。王处一在其《太原张哥问收心》诗中云："心生心灭在心休，心
上光明谨谨收。心性了然同一体，虚无大道自圆周。"③ 又在《赠道众》
诗中说："了心心外显真修，敢把红尘一拂休。搜正本源清净主，同乘
法海大神舟。"④ 同样在强调心性的主导，及修心、净心、了心的关键。

尹志平在其《西江月·赠万莲会众》词中说道："事事谙来心足，
般般舍去身轻。本来一点要圆成。妙语玄言堪听。"⑤ 该词寥寥几句，
可谓把作者心性的觉识之路径清晰地展现了出来。首句"事事谙来心
足"，说的就是对现实生命思考后的心性觉识。事事洞明，人情勘破，
无形中促发了自我心性的觉醒与了悟，此心已足。此处所谓"心足"，
不是指心满意足的意思，而是指心境的自足，心境的不外求、不依附、
不再执着，所以就有了下句的"般般舍去身轻"。心境获得自足之后，
心内身外的尘扰俱可抛弃，抖落凡尘，一身轻松。这就是心性觉识后的
精神感受。在心性获得如此觉识了悟之后，作者并未把此了悟的真诀，
宝而藏之，而是要传于众人，让更多的世人获得觉醒，所以作者接着
说，"本来一点要圆成。妙语玄言堪听"。"本来一点"，所指正是自我
的元心与本性。元心本性要保持自然、圆成的状态。这就把生命修养与
修行的肯綮一语点出，这是作者对自我觉识的智慧总结。"妙语玄言堪

① （金）谭处端、刘处玄等著，白如祥校：《谭处端·刘处玄·王处一·郝大通·孙不二集》，
齐鲁书社 2005 年版，第 122 页。

② （金）谭处端、刘处玄等著，白如祥校：《谭处端·刘处玄·王处一·郝大通·孙不二集》，
齐鲁书社 2005 年版，第 122—123 页。

③ （金）谭处端、刘处玄等著，白如祥校：《谭处端·刘处玄·王处一·郝大通·孙不二集》，
齐鲁书社 2005 年版，第 294 页。

④ （金）谭处端、刘处玄等著，白如祥校：《谭处端·刘处玄·王处一·郝大通·孙不二集》，
齐鲁书社 2005 年版，第 294 页。

⑤ 唐圭璋编：《全金元词》，中华书局 1979 年版，第 1169 页。

听"，当自我心性处于圆成状态的时候，原本的妙语玄言便不再玄奥，自然可听、可解、可悟了。可见该词在经验叙说与劝示中，把心性视为本体的观点进行了凸显与展示。

综上所述，尘俗之中生命在扰攘奔波中消损湮灭、而终无所获的现实状态，与生命本有的真朴、莹彻、圆融、自足的价值之间，形成了巨大的反差，正是基于对这样的生命现实的思考，全真宗师走上了心性的觉识之路。他们在深思、深悟与反观中，逐步发觉了心性的本体作用，并在生命的修养与修行中，着重于尘心的祛除、元心的显现，以明心见性为核心。金元全真宗师心性的觉识，实则也为精神家园的探寻与回归，打开了一扇智慧的大门。

二　尘俗精神家园的消解

金元全真宗师，在悟得生命及生命修行的心性本体之后，其生活的目标渐趋明晰而突出，而转向于对自我心境的圆融与真性的发明之上。他们对于尘俗的审视，目光更加趋于纯净而滤尽尘杂；心态更加坦然而少有欲求。原本是身心归宿与家园的尘俗天地，对自我心性觉识的阻碍性也渐渐暴露；随着心性觉识的加深，尘俗的阻碍作用愈加凸显，而尘俗天地原本给予自我的家园感也渐趋消解。

（一）尘俗天地难以凭依

尘俗天地之中，充斥着诸多情欲与贪求，对世人心性构成了形形色色的搅扰与引诱。这种搅扰与引诱，无疑有碍于世人心性的圆融。正是基于对尘俗阻碍人们心性圆融的认知，全真宗师视尘俗为苦海、为火坑，认为那是消解价值、消损生命的场所。谭处端的《永遇乐·赠潘州王三校尉》词说："人人未悟，修持都是，自着难为割离。爱欲无涯，煎熬苦海，生灭何时已。"① 尘俗之中情欲无边无涯，恰似煎熬人

---

① （金）谭处端、刘处玄等著，白如祥校：《谭处端·刘处玄·王处一·郝大通·孙不二集》，齐鲁书社 2005 年版，第 55 页。

性的苦海，若沉沦于其中，则会陷入无休止的生灭轮回之中。而此理，世人多不能悟，只源于他们对尘情的难以割离。词中彰显了作者对世人痴迷尘俗的抱憾之意，而这种抱憾亦恰好印证了尘俗对世人心性的束缚与吞噬。

马钰在其《赠庆真徐清神》诗中曰："火院常耽没彻头，一身空为一家愁。"① 又在《警愚人》诗中说："堪叹人人忒煞愚，身居火院觅红炉。"② 刘处玄在其《述怀》诗中说："名缰利锁，烧身猛火。怨债恩情，业缘难趂。积祸如山，怎成道果。"③ 皆在凸显尘俗天地搅扰束缚心性，损精耗神、消损生命的特征。这是对尘俗天地的一种否定，这种否定彻底打破了尘俗天地作为精神家园的属性。

金元全真宗师在对外在尘俗难依难凭的特征进行深刻认知的同时，亦对自我肉身易失易灭的特性有着清晰的体察。谭处端在其《沁园春》词中说："倏忽光阴，四大浮空，是非久坚。"④ 所谓"四大"，指组成肉身的四种元素，这里泛指肉身。肉身有形之躯，存于世间的光阴有限而短暂，所以难言坚固，而易失易灭。刘处玄在《上平西》词中说，人的肉身"气不来、身卧荒郊"。⑤ 王处一在《按察使夫人患病求痊》诗中说："天生天长顺天修，不论尘寰俗骨骸。四假岂能朝凤阙，三尸那得赴瀛洲。"⑥ 丘处机在其《示众》诗中说："五行随变化，四大不坚牢，暂假因缘活，空贪岁月劳。"⑦ 又说："四大本无托，百年还有期。"⑧

---

① （金）马钰著，赵卫东辑校：《马钰集》，齐鲁书社 2005 年版，第 8 页。
② （金）马钰著，赵卫东辑校：《马钰集》，齐鲁书社 2005 年版，第 17 页。
③ （金）谭处端、刘处玄等著，白如祥校：《谭处端·刘处玄·王处一·郝大通·孙不二集》，齐鲁书社 2005 年版，第 113 页。
④ （金）谭处端、刘处玄等著，白如祥校：《谭处端·刘处玄·王处一·郝大通·孙不二集》，齐鲁书社 2005 年版，第 43 页。
⑤ （金）谭处端、刘处玄等著，白如祥校：《谭处端·刘处玄·王处一·郝大通·孙不二集》，齐鲁书社 2005 年版，第 128 页。
⑥ （金）谭处端、刘处玄等著，白如祥校：《谭处端·刘处玄·王处一·郝大通·孙不二集》，齐鲁书社 2005 年版，第 252 页。
⑦ （金）丘处机著，赵卫东辑校：《丘处机集》，齐鲁书社 2005 年版，第 47—48 页。
⑧ （金）丘处机著，赵卫东辑校：《丘处机集》，齐鲁书社 2005 年版，第 57 页。

于道显的《示众会首》诗曰："光阴有限风中烛，身世无凭水上沤。"①
姬志真的《水调歌头》词曰："回首旧乡国，风物尽荒凉。百年身，弹
指顷，鬓成霜。"② 这些均是全真宗师对肉身易灭易失，空假难凭的认
知。其中王处一的诗在表达这种认知的同时，还把全真内丹修持，否定
肉身长生永存的思想进行了阐释。金元全真宗师对肉身的否定，实则是
对其作为精神归属可能性的剥离，这无形中加剧了尘俗天地精神家园属
性的消解与破灭。

（二）脱离尘世的倡导

基于对尘俗天地难以凭借的认知，金元全真宗师倡导在追求心性圆
融的道路上，要跳出尘俗，离尘境、去尘心，阻断尘纷对自我心性的搅
扰。马钰在其《西江月·赠姚守清李守静》词中说："学道须离火院。
搜玄参访良缘。守清守静绝般般。"③ 谭处端在其《减字木兰花》词中
曰："尘心起处，隔了逍遥云水路。不起尘心，色相还空猿马擒。"④ 又
在其《踏莎行》词中说："舍俗修行，超尘归素，安恬寂淡忘思虑。"⑤
上述诗词中，脱离尘俗天地的思想倡导恳切而彰显。而这种脱离更多的
是心离，破除对尘俗的执着与贪恋，回归于对自我心性的观照之中。

于道显在其《王道人告》诗中，亦表达了离尘拔世的思想倡导。
诗曰："跳出红尘身自在，个中生死转分明。纵横无碍逍遥性，何必飞
腾十万程。"⑥ 侯善渊在其《惜婴娇》词中云："猛悟回头，把尘事都忘
了。急收心、速归大道。空里寻真，向无中传明教。"⑦ 词中脱离红尘
的倡导同样清晰明了。这种倡导，是金元全真宗师对自我心性觉悟的总

① 薛瑞兆、郭明志编纂：《全金诗》第三册，南开大学出版社1995年版，第7页。
② 唐圭璋编：《全金元词》，中华书局1979年版，第1200页。
③ （金）马钰著，赵卫东辑校：《马钰集》，齐鲁书社2005年版，第177页。
④ （金）谭处端、刘处玄等著，白如祥校：《谭处端·刘处玄·王处一·郝大通·孙不二集》，
齐鲁书社2005年版，第54页。
⑤ （金）谭处端、刘处玄等著，白如祥校：《谭处端·刘处玄·王处一·郝大通·孙不二集》，
齐鲁书社2005年版，第55页。
⑥ 薛瑞兆、郭明志编纂：《全金诗》第三册，南开大学出版社1995年版，第37页。
⑦ 唐圭璋编：《全金元词》，中华书局1979年版，第541页。

结；是对尘俗之人，迷恋于凡尘的警醒与棒喝；是先觉者对后觉者的由衷劝告。但由于尘扰纷纷，更由于世人贪恋嗜欲，人们对于先觉者的劝告往往无动于衷，不以为然，恰如尹志平在其语录中所指出："夫人性本去道不远，止缘多世嗜欲所溺，则难复于道。"① 长筌子于词中对此亦有论说，其《粉蝶儿》词曰："欲说天机，奈尘寰、世人不信。只因他凤缘无分。恋浮华，贪火院，神气亏损。贩尸骸，迷了本来心印。"② 全真宗师从执迷到觉悟，一路走来，其对于世人深恋尘俗之心境甚为了解，正是基于这种熟识与了解，所以他们的劝示才倾向于通俗、贴近于生活，意旨清晰明了而紧扣人心。

由上所述，金元全真宗师在对尘俗生命的生存现状进行深入思考中，发觉到了生命及生命修行中的心性本体；同时对尘俗天地及自我肉身，之于心性圆融的阻碍亦有深刻的洞察。因此他们对尘俗天地的难以凭借、肉身的易失易灭，进行了深入的阐述。这实际上就是对尘俗天地，原有的精神家园属性的一种消解与剥离。立足于对心性圆融的追求，在修养与修行的道路上，全真宗师倡导脱离尘俗，摆脱尘嚣对自我心境的喧扰。如果说否定尘俗天地及自我肉身，是从物质存在的角度对尘俗所拥有的精神家园属性进行的消解的话，那么倡导脱离尘俗，就是从精神趋向上，对尘俗的这一属性所进行的彻底消解。

至此可见，金元全真宗师在生命价值追寻与实现的道路上，心中原有的尘俗精神家园，逐步被否定和消解，并随着心性的觉悟与发明，而被彻底地消解与虚空。这种彻底消解与虚空，也为全真宗师探寻和回归新的精神家园，提供了莹净的心境底色与充足的心理动因。

第二节　精神家园的探寻与外置

尘俗天地原本作为精神家园的属性，被彻底否定和消解后，在心性

---

① 《道藏》第三十三册，文物出版社、上海书店、天津古籍出版社 1988 年版，第 156 页。
② 唐圭璋编：《全金元词》，中华书局 1979 年版，第 592 页。

觉识的道路上，全真宗师面临着新的精神家园的探求和寻找。在脱离尘俗的精神趋向的指导下，他们很快将目光投向了尘外天地，并于辽阔的尘外天地中构置起了自己的精神家园。

一　对精神家园的探寻——归趣物外

金元全真宗师对新的精神家园的探寻，并非盲目地寻找，而是有明确的精神指向性，那就是超脱尘俗、归趣物外。与此同时，全真宗师对尘俗精神家园的消解，是一种心境觉识下的主动行为。在原有家园消解后，新的家园构置前，他们内心并无丝毫的犹豫与彷徨。所以在归趣物外的探寻中，全真宗师没有任何精神负累，有的只是超脱的快慰、释怀的闲逸。

马钰在其《满庭芳·赠淳化老乔先生》一词中，就表达了其超脱尘俗，物外探寻的精神情态。词上阕曰：“顿抛世网，猛跳迷坑。物外兀兀腾腾。恰似孤云野鹤。来往纵横。遮枝清贫懒汉，谢心神、不肯劳生。无染著，另偎偎拖的，做著修行。”① 该阕词用语通俗，情感质朴，充斥着轻松闲淡的情感韵味。词开头三句传达的是自我跳出尘俗、云迹物外的欢快情志。从“世网”“迷坑”的措辞上，即可看出作者对尘俗的情感态度；从“顿抛”“猛跳”的用语中，亦可感知作者对尘俗的深刻决断。正是基于这样的尘俗认知，所以作者在归趣物外后，表现出一种潇洒癫狂情态。“恰似孤云野鹤。来往纵横”，就是对这种情态的具体描绘。此处以孤云野鹤相比，巧妙地凸显了自我心境与行迹的表里如一：皆为来去自由、无所挂碍。后面则是对自我行为的注脚与说明，阐释中包含着劝诫。该词看似并未着笔于精神家园的探寻，实则其已用外在行迹诠释了对精神家园的寻找。从尘网之中猛跳而出，这本身就喻示着充足的探寻精神。“孤云野鹤”“来往纵横”的外在行迹，是对物外

---

① （金）马钰著，赵卫东辑校：《马钰集》，齐鲁书社 2005 年版，第 225 页。

之境的切身感知与体受，这相对于徘徊彷徨于尘俗之境来说，就是一种行为上的探索。事实证明，全真宗师的这种探寻是成功的，物外广阔的天地，有他们所要的精神家园。

谭处端在其《沁园春》词中，亦表达了探寻物外的精神趋向。词下阕曰："除身尽是闲愁，猛割断冤情去便休。顶青巾布素，随缘度日，逍遥云水，物外遨游。闲里闲寻，损之又损，火灭烟消绝外求。将归去，这酆都路变，蓬岛瀛洲。"① 与马钰之词相比，该词的情感韵味同样以轻松闲淡见长，不同的是该词中物外探寻的心迹清晰而凸显，并将精神的终极归处——仙道境界，进行了阐释与交代。该阕词同样以"猛割"的动作，喻示去尘之志的坚定与诚笃。去尘之后便是度日随缘、云水逍遥、物外遨游的精神形态。这是一种由内而外的生命境界的阐发。下面就是作者的探寻，说"闲里闲寻，损之又损，火灭烟消绝外求"。所谓"闲里闲寻"，是指毫无刻意、随任自然的探寻。作者着重凸显一个"闲"字，意在表明"寻"的随任自然，毫无刻意。至于所寻之物，虽不可定言就是精神家园，但也可以肯定其所寻的就是自我的归宿，因为词末有"将归去"的精神指向。事实上，词中着笔于探寻与否，都已无关紧要，因为物外云水逍遥的精神趋向已清晰展露；这已经喻示着，作者物外息心的理性抉择已了然于胸，自我的精神家园将构置于广阔的物外天地之中。

刘处玄在其《上平西》词中，表达了同样的归去物外的精神指向。词下阕曰："任云水，登云路，游云外，玩云涛。厌锦衣、喜挂麻袍。清平道德，修完性命隐蓬茅。他年蜕壳朝贤圣，名列仙曹。"② 该词在阐释方式上同上述所引谭处端之词一致，前半部分点明自我的精神趋向，后半部分指明这种精神趋向下的生命终极归宿。事实上，在这种精

① （金）谭处端、刘处玄等著，白如祥校：《谭处端·刘处玄·王处一·郝大通·孙不二集》，齐鲁书社 2005 年版，第 42—43 页。
② （金）谭处端、刘处玄等著，白如祥校：《谭处端·刘处玄·王处一·郝大通·孙不二集》，齐鲁书社 2005 年版，第 129 页。

神趋向中，所聚焦的某种场景，就是精神家园与归宿的象征。该阕词开头连用四组排比，围绕"云"之意象而展开，其中别有深寄。云，高悬苍穹，其置身的高远，喻示着脱尘离俗；其行止由风，当行则行、当止则止，喻示着随任自然、因势而动；其形态万千，变幻莫测，朝则为云、暮可为雨，看似有为、实则无为，喻示着无为而又无所不为；其来则无影，去则无踪，来去无迹，喻示着圆融无碍、无牵无扯。云的行迹与理趣，实则与天地之道法相映成趣，可谓道法的绝佳阐释。词中作者对云情有独钟，说明其深解云心，深悟云理。在"登云""游云""玩云"的过程中，作者与云已形成了共鸣、达成了同构。这里作者正是以云映己，以云心映己心，以云境映己境，此生之趣唯云可解。至此作者不着尘境的境界追求，及归趣物外的精神趋向已清晰可见。

　　于道显写有《述怀》诗多首，其中一首表达了其以现实为促因，而超脱尘俗的逍遥情态。其中的精神指向与心迹清晰可见，韵味别具。诗曰：

> 红尘汩汩几时休，去作逍遥物外游。
> 好水好山行不尽，奇花奇果景何幽。
> 风来药圃清香细，月到芝田紫艳浮。
> 闲向林泉佳处隐，世间何事上眉头。①

该首七律是金元全真诗词中，典型的隐逸之作，其中的隐逸趣味丰厚，隐逸目的淳净，隐逸境界高妙。其在表现隐逸形迹的同时，其深层情感与情怀的抒发同样饱满而充沛。诗之首联"红尘汩汩几时休，去作逍遥物外游"，着眼于现实，以现实为出发点，对自我离尘去境归趣物外的精神指向，作出明确的交代，为全诗定下了一个淡绝尘味、轻松爽朗的情感基调。颔联"好水好山行不尽，奇花奇果景何幽"，承首联之

---

　　①　薛瑞兆、郭明志编纂：《全金诗》第三册，南开大学出版社1995年版，第2页。

意，对物外之游作具体的展开描述，所游之境是"好水好山""奇花奇果"。此处的山水花果，未必是实写，作者所要传达的实则是物外的美好。这里是要以山水之形寄寓林泉之美，以山水之理趣寄寓林泉之兴味。颈联"风来药圃清香细，月到芝田紫艳浮"，所写寓意更浓，精神情怀一下由人间升腾到了仙界。芝田为传说中仙人种灵芝的地方。药圃人间所有，芝田仙人所营，从人间到仙界，这是精神感知的升华，其喻示着置身物外所感之境的无比美好。尾联"闲向林泉佳处隐，世间何事上眉头"，以现实收合，在目光着陆于现实的同时，心境却有更上一层的擢升。先就"闲向林泉佳处隐"一句来说，着一"闲"字，足以展示作者物外悠游的境界高妙。在全真宗师的视域里，"闲境"已几乎等同于道境，大闲之人是独具高境之士。而林泉之"佳处"，未必是处所，而应是兴味。对于独具高境之人来说，林泉处处为佳，无忧无虑。这里作者所要归隐的不是林泉的具体处所，而是林泉所独有的兴味。在这种心境独高、兴味独赏的情境下，世间之事已无法侵入心头，所以作者说"世间何事上眉头"。尾联末句又一次回到现实，与首联的始句相回应，形成首尾呼应的外部结构。就所述之境而言，诗之首末两句可谓有着云壤之别，首句表现的是对汩汩红尘无休无止的无奈，末句表现的是超脱红尘后心境的无碍，在这两相对比中更加凸显了物外之境的美好，以及其洗涤心灵、品藻精神功效的神奇与强大。这也或多或少地喻示了，物外天地作为精神归宿与家园之属性的天然独具。

又如于道显的《陈州唐括提控告》诗，归趣物外的精神趋向更为凸显。诗曰："世网掣开身自在，凡笼跳出性尤闲。携筇直入烟霞路，惊起白云满故山。"① 该诗同样以挣脱尘俗现实为促因，而进行精神向上一路的探索，并以物外为归宿。诗中精神超脱升腾的行迹清晰可见，主题鲜明而突出。

于此可见，金元全真宗师基于尘俗现实扰扰无休的促因，在心性觉

---

① 薛瑞兆、郭明志编纂：《全金诗》第三册，南开大学出版社1995年版，第27页。

识下，而促生出归趣物外的精神指向；于切身探索与体验中，深嚼物外之兴味，深契山水之玄理，并在心尘尽涤，精神深慰中，深感物外精神可寄，身心可托，家园属性深具而凸显。

二 精神家园的外置——构置于尘外

金元全真宗师经过物外天地的一番遨游与探索后，深切感知到了物外广阔天地的可凭可依，可品藻精神、可安顿心灵，是精神天然的归处与家园。因此全真宗师在彻底消解掉心中原有的尘俗精神家园之后，便于物外构置起了新的精神归宿。如丘处机的《答乔生》诗云："物外归心绝大魔，闲中遣兴益高歌。"[①]《复游崂山留题》诗亦云："云海茫茫不见涯，潮头只见浪翻花。高峰万叠连云秀，一簇围屏是道家。"[②] 可见，这种新的精神归宿的构置，不是有形的筑垒，而是无形的凭借与寄托，是自我精神对物外天地的体认、认可与归依。具体来说，金元全真宗师这种新的精神家园的构置方式，包括以具体地点象征精神家园、以精神伴侣象征精神归宿等几种。

（一）以具体地点象征精神家园

金元全真宗师在对物外天地进行体认与审视、对自我精神进行安置与归放时，会着意寻求一些具体地点或场景，作为精神的着力之处，这些着力之处就是作者精神家园的象征。丘处机在其吟鳌山诗中曾说："山川皆属道生涯，万象森罗共一家。"[③] 又在咏崂山诗中说："青山本是道人家，况此仙山近海涯。海阔山高无浊秽，云深地僻转清嘉。"[④] 不难看出，这两首诗中，"山川""青山"皆是作者的精神归宿与家园。

金元全真宗师在诗词中，用于象征精神家园的具体地点或场景主要

① （金）丘处机著，赵卫东辑校：《丘处机集》，齐鲁书社2005年版，第20页。
② （金）丘处机著，赵卫东辑校：《丘处机集》，齐鲁书社2005年版，第34页。
③ （金）丘处机著，赵卫东辑校：《丘处机集》，齐鲁书社2005年版，第32页。
④ （金）丘处机著，赵卫东辑校：《丘处机集》，齐鲁书社2005年版，第33页。

有：茅庵、山岩、白云、山堂、洞穴、松林等。这些地点或场景于诗词中单独出现，或于诗词中共同出现，形式多样，但其象征与寓意却是一致的。

谭处端在其《赠郑仙》一诗中，这样述说其精神的归置与安顿。诗曰："舍俗幽居物外庵，潜心灭迹绝论谈。妙除污秽清贫乐，用涤无明淡素甘。蓬户不扃何所碍，一瓢常饮为忘贪。安神寂默翛然坐，认透星光日月三。"① 这是一首阐述修行理趣之诗，其中澡雪精神、安顿心灵的思想主旨清晰彰显，作者于物外构置精神家园的运思并不隐晦。不难看出，诗中首句所点出的"物外庵"，就是作者精神家园的象征。从"舍俗幽居""潜心灭迹"的倡导，到"妙除污秽""安神寂默"的所得，所有的这些修行事实，皆是围绕"物外庵"这一中心坐标而展开的。从这些既已发生的修行事实来看，"物外庵"这一方外处所，确也起到了精神家园的巨大功用。谭处端又在他的《述怀》诗中说："古佛灵岩是我家，清凉境界绝忧嗟。道人活计无他做，唯采三光炼碧霞。"② 显然，诗首句中的"灵岩"亦象征着作者的精神家园，在这个家园中生命所体、所感的是一种清凉境界。

王丹桂在其《忆王孙·自咏》词中说："本来真性唤神仙。为爱幽栖远市廛。独隐山堂妙最玄。乐恬然。欣即高歌困即眠。"③ 该首小令清新明快，行文流畅自然。抛却其中的仙道彩色，词中强烈的家园归属感便映现眼前。如词中所述的恬然之乐，欣即高歌困即酣眠的自在，皆源自自我的山堂独隐。山堂在这里给予了作者只有家园才能给予的自在与快乐。事实上，为自我所独隐的山堂，在作者的认知中，就是不折不扣的精神归宿与家园。他的另一首《心月照云溪·山居述怀》词，把自我构置精神家园于尘外的运思，表现得更为清晰显现。词曰：

---

① （金）谭处端、刘处玄等著，白如祥校：《谭处端·刘处玄·王处一·郝大通·孙不二集》，齐鲁书社 2005 年版，第 7 页。

② （金）谭处端、刘处玄等著，白如祥校：《谭处端·刘处玄·王处一·郝大通·孙不二集》，齐鲁书社 2005 年版，第 16 页。

③ 唐圭璋编：《全金元词》，中华书局 1979 年版，第 489 页。

　　既抛火院，尘事难拘检。物外乐逍遥，总疏远、征徭赋敛。粗衣淡饭，据分且随缘，青峰畔，白云中，独把清闲占。

　　茅庐一厦，相称平生愿。里面但容身，也不在、浮华妆点。锁窗寂静，恣意任高眠，红日上，两三竿，犹自柴门掩。①

和前面所引用的诗词作品略有不同，该词中象征精神家园的处所同时出现了三个，分别是青峰、白云、茅庐。这说明诗词中的物外处所，之于精神家园只是一种象征而已，并非实质意义的存在；同时也说明全真宗师于物外构置精神家园，并无具体处所的刻求与选择，而只是寻求一个具体的精神着力点而已。再回首这三处物外处所，其为作者提供了周全的身心双重的庇护，避开了现实生活中的征徭赋敛，也避开精神世界中的营营奔忙。所以作者说："茅庐一厦，相称平生愿。"此语一句，充斥于作者心中的那股家园归属感，顿时倾洒而出。

　　刘志渊写有《和武殿试赠王先生》诗，诗曰："山庵蛩迹净无尘，耕道真功日日新。一片闲心俱不染，惺惺堪继弃瓢人。"② 该诗亦是全真作品中隐居向道的代表之作。作者的隐居之所就是山间茅庵，作者的隐居之境是一片闲心，堪继弃瓢之人。诗之末句"弃瓢人"使用了"许由弃瓢"的典故，借指许由一样的真隐之士。这里作者以许由自比，暗指自我隐逸之志的坚笃与隐逸之境的高妙。而这些隐逸向道的事实，皆根植于山间茅庵。可见山间茅庵是作者净心向道的起点，亦是作者息心宁神的家园。侯善渊在其《酹江月》词中亦曾说："茅庵潇洒，静无尘、独坐垂帘孤僻。镇日闲闲清澹泊，别有恬然活计。"③ 不难看出，词中所提到的"茅庵"，正是作者于物外所构置的精神家园的象征。此家园有清静、无尘的特点，置身于此，所获得的是闲闲、淡泊、恬然的精神感受。

---

① 唐圭璋编：《全金元词》，中华书局 1979 年版，第 495 页。
② 薛瑞兆、郭明志编纂：《全金诗》第四册，南开大学出版社 1995 年版，第 583 页。
③ 唐圭璋编：《全金元词》，中华书局 1979 年版，第 520 页。

（二）以精神伴侣象征精神归宿

金元全真宗师于尘外天地中，构置自我的精神家园，除以具体的地点或场景进行象征和喻示外，还以描述和展示精神伴侣的方式，象征自我的精神归宿。而这些被视为精神伴侣的事物，皆深具物外之趣，深通物外之理，淡绝尘杂而自足圆融。

在金元全真诗词中，与全真宗师以精神相往来，被称为知己、称为友、称为邻的事物，主要有：白云、明月、野鹤、猿鹿等一些不涉尘纷的方外之物。我们且以具体的诗词进行品嚼领悟。

于道显在其《赠宋大师》诗中说："不看丹经与子书，快来心上一尘无。此身便约云为友，去住与之同卷舒。"① 该首七言绝句虽然篇幅短小，却表意深刻，意蕴悠长。通诗传达的是丹道修行的修心之理，追求的是一种逍遥无碍的自足心境。诗的前两句就把丹道修心的核心门径——修心，进行了清晰的交代，若要丹道圆成，则需心上无尘，去尘心而明元心。诗的第三句直扣心弦，"此身便约云为友"，该句诗把自我离尘脱俗，归趣物外的精神指向清晰表露，同时亦把自我的精神归处深寓其中。由前面的论述可知，作者在归趣物外之时，内心原有的尘俗精神家园已被彻底消解，在归入物外之后，便道出以云为友的诚挚的心声。此时的"云"无疑可与作者以精神相往来，以理趣相沟通。在这种沟通与往来中，"云"无疑成了作者精神的寄托与归宿。作者在行迹与心境上都要效法于云，正所谓"去住与之同卷舒"。这就是全真宗师以精神伴侣喻示精神归宿的表现。

尹志平在其《常足轩中自述二首》诗中曰："常足轩中山海全，更兼风月伴流年。人求见者无他语，尽唤长春小洞天。"② 该诗同样是以精神伴侣象征自我的精神归宿。诗中作者所说的精神伴侣便是"风月"，此"风月"既可为实指，亦可为虚指，无论实指还是虚指，这一意象的核心蕴涵就是离尘脱俗，无关尘情。所以这样的风月可以长相陪伴，相映于

---

① 薛瑞兆、郭明志编纂：《全金诗》第三册，南开大学出版社1995年版，第39页。
② 薛瑞兆、郭明志编纂：《全金诗》第三册，南开大学出版社1995年版，第94页。

流年，而这样的风月无形之中也成了作者精神的寄托与归宿。有所不同的是该诗中，可作为精神归宿的林泉风物，不止"风月"一种，首句诗中的"常足轩"，亦可作为精神的家园，而事实亦是如此。诗中的"常足轩"与"风月"，皆是作者物外构置的精神家园的象征，而这两处精神家园并不冲突，而是互相补充，相互映衬，共同诠释着物外天地的美好。

　　刘志渊在其《太陵庵》一诗中，亦展现了其物外天地中的精神归宿。诗曰："孤庵幽阒倚云山，门绝轮蹄多藓斑。读罢黄庭烟篆冷，相陪猿鹿乐安闲。"① 该首绝句意韵清幽、淡绝尘味。诗的首句"孤庵幽阒倚云山"，即交代了作者的精神归宿——孤庵，这里幽静阒寂，倚傍云山，可谓占得了天然清幽之地。第二句"门绝轮蹄多藓斑"，是对孤庵特点的继续述说，门前因绝迹车马，所以遍地长出了苔藓。诗的前两句以"孤""绝"二字突出了山庵的寂静与绝尘。这恰好满足了向道之人对精神家园的要求。诗行文至此并未结束对精神家园的展示，诗之末句又说："相陪猿鹿乐安闲"，这就道出了作者尘外天地中常相伴随的挚友——猿鹿。作者与猿鹿的相陪，毫无疑问是精神的陪伴，猿鹿的行止由心，正是作者的向往之处。由猿鹿的相伴，作者的精神可谓又多了一份共鸣与寄托。在猿鹿的相伴中，作者感悟到的是绵绵不尽的安闲之乐。这种相陪之下的安闲，反过来更加重了作者对物外天地的精神归宿之感。刘志渊在他的《山居》诗中又有同样的表达，诗曰："固穷活计居深壑，猿鹿知音外绝邻。"② 在淡绝人迹的深壑之中，有猿鹿相伴，互为知音，精神多了几分共鸣与互动，山壑也为之多了几分灵动与生机，精神家园的归属感也油然而生。这就是物外知音对家园感的促发作用。

　　综上所述，金元全真宗师在彻底消解掉自我心中尘俗的精神家园后，便于物外天地进行精神家园的探寻。在广阔的尘外天地中，他们找到了更符合自我心性要求，更加淡绝尘味的精神归处，并以具体的地点、精神伴侣作为自我精神家园构置的象征。事实上，金元全真宗师对

---

① 薛瑞兆、郭明志编纂：《全金诗》第四册，南开大学出版社1995年版，第582页。
② 薛瑞兆、郭明志编纂：《全金诗》第四册，南开大学出版社1995年版，第583页。

物外精神家园的构置与回归，并不是物质实在或精神黏着的构置与回归，而是自我精神与物外理趣的一种互映共鸣。在互映与共鸣中，自我精神对物外天地产生出一种趋向性的偏好与寄托。

第三节　精神家园的内置与回归

金元全真宗师在道德修养与宗教修行的过程中，除于尘内尘外参悟事理与机趣外，还将审视的目光投射于内观与反思中，反观自我、发现自我；并在"我命在我不在天"的思想启迪下，对自我生命与价值的自足性有深刻的认知。这也促使他们，将构置于外的精神家园移置于内心之中，并在对家园的回归中获得逍遥无碍的精神理趣。

一　精神家园的内置于心

由上一节的论述可知，金元全真宗师将精神家园构置于物外天地，无论以具体地点，还是以精神伴侣为着力点，都会显得有所依凭。在全真宗师的视域中，人的生命价值原本自足，人的"真性"原本自足，人的精神亦原本自足，而人修养与修行的目标，也是要弥补尘俗中的价值缺漏，而走向境界的自足与圆满，摆脱外在的凭借。所以全真宗师在深契天地之玄理，深解自然之机趣后，便将自我的精神家园内置于心，实现真正的脱洒与圆融。

刘志渊的《同羊任老见邀》一诗，对精神家园内置于心的情态，表现尤为形象与生动。诗曰：

> 身如不系一渔舟，寰海随流信意游。
> 兴则歌吟困则卧，阎浮一任换春秋。①

----

① 薛瑞兆、郭明志编纂：《全金诗》第四册，南开大学出版社1995年版，第583页。

该诗情韵悠扬，意境脱洒。诗的前两句即把身无挂碍、四海为家的精神情态，表露无遗。"身如不系一渔舟"，说的是身无挂碍，无拘无束，这是对自我外在行迹的一种刻画与描述。外在行迹的潇洒，映衬着内在心境的无牵无挂，因为家园不在尘俗，亦不在物外，而在于自我内心，心就是自我精神的归宿与家园。这是一种无所凭依、无所期待的情感状态，心闲则身安，心净则逍遥，身到之处皆为蓬莱。有了精神的内守，便可四海为家无须择处而居，所以作者说："寰海随流信意游"。诗的三四句是对这一情态的续继阐述，乘兴而歌，困倦而卧，一任人间更春换秋。

姬志真在其《水调歌头》词中说："端坐懒成癖，云水兴何加。襟怀洗尽尘物，别有好生涯。选甚瀛洲仙阁，闹市花街柳陌，触处是光华。"① 该词同样表述的是精神家园内置于心的情感理趣。因为家园内在无须外执，所以云水不足以增其兴，只需涤尽襟怀之物，便是好生涯。又因为家园内置，所以身到之处即是归所，故作者说"选甚瀛洲仙阁，闹市花街柳陌"。心是家园，无须再择处而居，因为处处皆是光华。

对于全真宗师来说，之所以要将精神家园内置于心，一则源于他们反观内思的文化指向，二则源于他们对"心性本体"的深刻认知。在他们看来，"心"不仅是精神的主宰，而且还是生命修行、境界修养的主宰。

对于心境主宰精神的论述，金元全真诗词中并不少见。姬志真在其《生死》一诗中说："心若虚，念自绝。除根本，无枝叶。独露堂堂真个人，万劫轮回顿超越。"② 上述所引诗句阐释的是内丹修行之理趣，倡导以修心为核心。从"心若虚，念自绝"两句的表述，即可看出"心"对"念"的主宰作用，恰如根主宰枝叶一样。于道显在其《寄李

---

① 唐圭璋编：《全金元词》，中华书局 1979 年版，第 1199 页。
② 薛瑞兆、郭明志编纂：《全金诗》第四册，南开大学出版社 1995 年版，第 333 页。

庵主》诗中曰："心地逍遥气自和，从他人世自风波。"① 又在其《田会首告》诗中说："炳焕灵明是此心，片言遮障作重阴。清虚自有真消息，莫向诸方法上寻。"② 诗中以心为主宰无须外求的意旨清晰明了。于道显在其《居山》诗中，亦表达了同样的思想理趣。诗曰：

> 蟠迹茅庵已数年，等闲无事不山前。
> 莫言闲乐不由己，自是人心著万缘。③

该诗是对自我修心经验的总结，且蕴含着深刻的劝示意味。前两句是对自我茅庵修行及心境的阐释。后两句是对自我修心经验及修行感悟的总结，不要总说闲逸之乐不由己，那是因为内心挂牵有世间万缘。言外之意是说，心中万缘若除，闲乐自至，心决定着闲乐的去与留。

全真后学张三丰在其《离尘归隐》诗中说："一片闲心绝世尘，寰中寂静养精神。素琴弹落天边月，玄酒倾残瓮底春。"④ 和前面所引作品相比，该诗更显清新脱洒，一股不杂凡尘的闲静纵逸气韵深浸其中。诗的前两句以心养神的思想意旨清晰而彰显。

对于自心主宰生命修行的思想主旨，全真宗师论述颇多。这既是他们对内丹修行核心诀窍的参证，亦是对"我命在我不在天"文化自信的阐扬。谭处端在其《西江月》词中说："学道休于外觅，灵苗出自心田。铁牛耕透见根元，全在殷勤锻炼。"⑤ 又在《减字木兰花》词中云："尘心起处，隔了逍遥云水路。不起尘心，色相还空猿马擒。"⑥ 以心为修行关枢的意旨清晰可见，在只需内观无须外求的表述中，充斥着自信。

---

① 薛瑞兆、郭明志编纂：《全金诗》第三册，南开大学出版社 1995 年版，第 5 页。
② 薛瑞兆、郭明志编纂：《全金诗》第三册，南开大学出版社 1995 年版，第 47 页。
③ 薛瑞兆、郭明志编纂：《全金诗》第四册，南开大学出版社 1995 年版，第 562 页。
④ （清）李涵虚编，蔡聪哲点校：《三丰全集》，宗教文化出版社 2013 年版，第 221 页。
⑤ （金）谭处端、刘处玄等著，白如祥校：《谭处端·刘处玄·王处一·郝大通·孙不二集》，齐鲁书社 2005 年版，第 36 页。
⑥ （金）谭处端、刘处玄等著，白如祥校：《谭处端·刘处玄·王处一·郝大通·孙不二集》，齐鲁书社 2005 年版，第 54 页。

　　具体到实际的修行中，金元全真宗师又将人心分为各种类型，包括：尘心、色心、无明心、真心、本心等。《长生刘真人语录》中有言："一分尘尽，则明一分道；十分尘尽，则明十分道。如尘心绝尽，则可全于性；色心绝尽，则可全于命；无明心尽，则可保于冲和。"① 而尘心、色心、无明心一一除尽，则本心、真心即可显现，真性可得见矣。王处一在其《随姑问心王》诗中曰："心是诸尘大法王，莫教颠倒逐飘扬。自然内外真空结，却返蓬莱认故乡。"② 该诗更把心在修行中的主宰作用凸显了出来，同时还将生命的更上一层境界——仙道境界，进行了明示。

　　于道显在其《示人》诗中曰："为佛为仙在寸心，可能尘世废光阴。蹉跎望道期程远，迤逦劳生岁月深。"③ 尹志平在其《修行五更颂》诗中云："五更五点五更残，一志坚刚静若山。休道神仙无处觅，长生只在存心间。"④ 姬志真在其《求真》诗中云："白玉石中出，黄金矿炼成。存心离爱欲，一性自圆成。"⑤ 又在《神仙》诗中说："神仙莫向外边寻，止是元初一片心。洒落万尘笼不住，立教大地变黄金。"⑥ 这些作品皆是对自我修行的主宰——心的阐释。自我修行无须外觅，为仙为佛皆由心定，因为明心即可见性，一心迷即为众生，一心悟即为仙佛。

　　除此之外，金元全真宗师还认为人心与天地之道相通，把天地之道内置于自我，那就是人心。这种内置于我的"人心之道"方可为我所用。王处一在其《赠滨州李四郎》诗中说："心是道，道是心。心合道，通古今。"⑦ 又在《李大达索》诗中说："认正本元道，般般心上扫。灵

　　① （金）谭处端、刘处玄等著，白如祥校：《谭处端·刘处玄·王处一·郝大通·孙不二集》，齐鲁书社 2005 年版，第 228 页。
　　② （金）谭处端、刘处玄等著，白如祥校：《谭处端·刘处玄·王处一·郝大通·孙不二集》，齐鲁书社 2005 年版，第 291 页。
　　③ 薛瑞兆、郭明志编纂：《全金诗》第三册，南开大学出版社 1995 年版，第 3 页。
　　④ 薛瑞兆、郭明志编纂：《全金诗》第三册，南开大学出版社 1995 年版，第 85 页。
　　⑤ 薛瑞兆、郭明志编纂：《全金诗》第四册，南开大学出版社 1995 年版，第 324 页。
　　⑥ 薛瑞兆、郭明志编纂：《全金诗》第四册，南开大学出版社 1995 年版，第 347 页。
　　⑦ （金）谭处端、刘处玄等著，白如祥校：《谭处端·刘处玄·王处一·郝大通·孙不二集》，齐鲁书社 2005 年版，第 331 页。

明透肌骨，宝鼎祥光罩。"① 若从心道相通的角度解读全真宗师的修行
理论，则更好理解了。因为心即道，所以修道只需修心，正所谓"认
正本元道，般般心上扫"。如此一来，心是道法，心就是自身的世界，
更是自我的家园。正如丘处机的语录所指出："华池即方寸也，莲苞即
性光也。身中现有佛国。"② 方寸即指人心，人心涵养真性，人心置于
身中，所以身中自有天地，自有佛国。

金元全真宗师对"心性"的本体角色认知深刻而透彻，认为自心
不仅是生命修行的主宰，而且是精神的主宰。自心世界即天地，所以他
们将构置于物外的精神家园，移置于内心之中，在生命修圆、道德圆融
中，不再参证于他物，只需反照我心。

二 回归精神家园

在生命价值终极实现的道路上，将自我的精神家园内置于心，这无
疑是实现生命自足、人生无碍道路上的一步跨越，而精神对这一家园的
回归与内守，则是对生命圆融、逍遥之境的体认与完成。

（一）回归之要径——悟闲

对于金元全真宗师来说，回归精神家园的方式很多，包括调心止
念、历世炼心、远游去境、参证法理等。其中为全真宗师所青睐，尤为
倡导的一条门径是悟闲。前面有所论及，全真宗师视域中的"闲"，非
同于尘俗所理解之"闲"，它是一种无为应缘之高境。史志经所编辑的
《长春大宗师玄风庆会图说文》"磻溪炼行"篇，对马、谭、丘、刘四
宗师的修行法门及境界进行阐释说："志贫则外披缕褐，内怀珠玉；志
是则委蛇游世，公正不邪；志闲则无为应缘，照而常寂；志志则守道不

---

① （金）谭处端、刘处玄等著，白如祥校：《谭处端·刘处玄·王处一·郝大通·孙不二集》，
齐鲁书社 2005 年版，第 324 页。

② （金）丘处机著，赵卫东辑校：《丘处机集》，齐鲁书社 2005 年版，第 152 页。

渝，应物全真。"① 这里所说的"志贫""志是""志闲""志志"，分别是指马、谭、丘、刘四人各自的悟道法门。《七真年谱》记载：大定十四年（1174）八月，"丹阳、长真、长生、长春于鄠县秦渡镇真武庙月夜共坐，各言其志。丹阳斗贫，长真斗是，长生斗志，长春斗闲"。② 事实上，"斗闲"这一悟道法门，并非丘处机所独用，从全真文献来看，"尚闲""悟闲""倡闲"是全真宗师共有的宗教思想情结。

由前文所述可知，心即道，悟道即修心，故"悟闲"的修道门径就是悟心、归心的诀窍与法门。王重阳在其《和县尉王武略》诗中说："壬交会得真闲，访金方牒发还。离尘情屏俗事，开心性与玄关。"③ 又在《清心镜赠王庵主》词中说："除性命二字，别无妄想。占清闲、自在逍遥，好豁畅豁畅。"④ 所引的这两则诗词中，"尚闲""悟闲"的修行倡导清晰可见。如第一则诗所述，若占得了"真闲"之境，则可离尘祛俗，开启自我的心性玄关。实际上对自我心性进行发明与开启，本质上就是对自我精神家园的回归与内守，只有精神回归家园，才能真正启悟心性、打开玄窍。

谭处端于其《沁园春》词中说："聪明且听微言，好放下闲愁搜妙玄。认贫闲寂淡，休生恶勘，元初一点，摆出新鲜。"⑤ 上述所引部分是对当下修心的劝示，其中"悟闲"的主张十分显现。词中指出了两种之"闲"：一则为"闲愁"之"闲"。这种"闲"的含义与世俗意义略有不同，其涵括要更加宽泛。在全真宗师看来，人除了关乎"性命"之外的愁思皆为"闲愁"。二则为"贫闲"之"闲"，这个"闲"则是指闲定之境，是一定境界下的"闲"。该词大意是说：聪明之士要能够听取微言大义，放下心中无关性命的闲愁杂绪，认得清贫闲定之境界，

① （金）丘处机著，赵卫东辑校：《丘处机集》，齐鲁书社2005年版，第497页。
② 林世田等编校：《全真七子传记》，宗教文化出版社1999年版，第498—499页。
③ （金）王重阳著，白如祥辑校：《王重阳集》，齐鲁书社2005年版，第70页。
④ （金）王重阳著，白如祥辑校：《王重阳集》，齐鲁书社2005年版，第119页。
⑤ （金）谭处端、刘处玄等著，白如祥校：《谭处端·刘处玄·王处一·郝大通·孙不二集》，齐鲁书社2005年版，第43页。

无生贪恶，则可得见元初之本心。词中所谓"元初一点"，指的就是天然之本心或真性。该词所言的重点实则就在于对自我本心的发明。发明本心，就是对自我本有世界与本有家园的发现与回归，其方法就是"认贫闲寂淡"。

丘处机的《复吴大卿德明韵》一诗，对以闲明心、以闲归心的倡导同样清晰彰显。诗曰："莫把闲人作等闲，闲人无欲近仙班。不于此日开心地，更待何时到宝山。"[①] 四句诗中连用了三个"闲"字，单独从措辞上足以看出作者内心的"尚闲"情结。这三个"闲"字，两个"闲人"之"闲"含义一致，指拥有闲定之境；而"等闲"之"闲"，则是通俗的意蕴。诗的前两句重在阐述"闲人"的高明，与仙人相比，"闲人"几乎等同于仙人。这就把"闲"的文化意义进行了绝对的提升。第三、四两句，"不于此日开心地，更待何时到宝山"，大可理解为：证得闲境之人，当下即可开启心门，大阐心境而无待他日。通诗虽未明言以"闲"修心证心，但证得闲境可回归本心的蕴涵却并不隐晦。此种思想洞识，丘处机在他的《泺里陈氏草堂》诗中，表现得更为明了。诗曰：

> 茅堂高结半原阴，乔木参差翠竹深。
> 车马不闻名利远，安闲终日好栖心。[②]

该诗既有写景，又有抒情，情景结合、情景相融。诗前两句是对草堂客观环境的描写与展现，后两句是对这一环境下的精神感受的阐发。因为车马不闻，所以可以终日安闲；因为终日安闲，所以心灵得以栖息。心灵的栖息则喻示着精神的内守与回归。由前面的论述可知，诗首句中的"茅堂"可视为作者物外的精神家园，这是精神家园外置的象征。诗的末句，可视为作者对自我精神游移的收摄，把游移的精神收摄于内心之

---

① （金）丘处机著，赵卫东辑校：《丘处机集》，齐鲁书社2005年版，第197页。
② （金）丘处机著，赵卫东辑校：《丘处机集》，齐鲁书社2005年版，第22页。

中，这实际就是把外置的精神家园，移置于自我内心之中，又以安闲之法进行回归与内守。

（二）归家之情态——逍遥

把自我的精神家园内置于心，于尘内尘外均无所执求、无所挂碍，当精神回归于心、常驻于心、内守于心，此时生命的自足与饱满，人生的无碍与圆融便会得到彰显，并由内而外，散发出一种逍遥的情态。

金元全真宗师这种回归精神家园的逍遥，首先表现为对物外天地的超越与无凭。这种超越与无凭，是在对自我的安置中展现出来的，即作者在面对物外天地时，将自我安置于一个独立自由的位置之上，我与物外天地相独立却又可以遥相共鸣，相互之间均为自足而圆融的主体。丘处机于其《平山堂》诗中云："三竿红日眠犹在，十里青山坐对闲。不觉人来幽圃外，时惊犬吠白云间。"① 又在他的《闻诏起玉阳公戏作》诗中云："三竿红日自由睡，万顷白云相对闲。"② 所引的这两则诗作，表达的皆是自我精神高度内守下的逍遥情态，均描绘了一个贪睡、散漫的懒汉形象。这显然是对自我内在精神无忧无虑、无牵无挂状态的形象化描述，而非对自我外在行迹的实际描写，因为全真教向来有炼睡魔打尘劳的修行内容，反对慵懒与贪睡。作者之所以要塑造出这样一个懒散的人物形象，就是要突出自我精神内守下的逍遥与自足。这种逍遥与自足，具体到现实场景中，就是对以青山、白云为代表的物外天地的超脱与无凭，正如诗中所说："十里青山坐对闲"，"万顷白云相对闲"。这里的"坐对闲""相对闲"就清晰地交代了"我"与青山、白云之间的相对独立，互无依附、互无凭借的关系。

于道显在其《述怀》诗中说："麻衣与葛巾，天地一闲人。荡荡超三界，巍巍出六尘。洞中仙不老，壶内景长春。走上昆仑顶，回头看北辰。"③ 该诗表现的同样是超脱物外的逍遥情态。诗的首联，就把自我

---

① （金）丘处机著，赵卫东辑校：《丘处机集》，齐鲁书社 2005 年版，第 13 页。
② （金）丘处机著，赵卫东辑校：《丘处机集》，齐鲁书社 2005 年版，第 26 页。
③ 薛瑞兆、郭明志编纂：《全金诗》第三册，南开大学出版社 1995 年版，第 18 页。

安贫、闲定的精神特征，进行了展现。"麻衣与葛巾"，喻示着安贫；"天地一闲人"，喻示着闲定。前面已论，"闲"是自我回归精神家园的重要途径，"闲人"不可否认，就是精神回归与内守之人，这就把自我的精神状态进行了交代。额联就是对这种状态下生命感受的具体描写，是"荡荡超三界，巍巍出六尘"。这显然已不仅仅是对物外天地的超脱，而是对三界、六欲的超越。这种超越分明昭示着自我仙道的证悟，已体真而证仙，所以颈联说："洞中仙不老，壶内景长春。"这里展示的依然是我与物外天地的独立关系，站在昆仑顶上，并未就此融入、依附于昆仑，而是回首仰看北辰，说明自我的精神独立而自由。我与昆仑、北辰之间，或许在理趣上有共同与共鸣，但精神主体上却是互为独立而自由。

长筌子的《一剪梅》词，同样表现了作者精神回归下的无拘与超脱，词曰：

> 身若白云任卷舒。天涯海岸，自在无拘。太虚廓落是吾庐。不羡王侯，拱璧轩舆。
>
> 一味闲闲乐有余。从他活计，冷淡消疏。归来毕竟理何如。心月辉辉，光射蓬壶。①

词的上阕，前三句即把自我的精神情态进行了交代：自在而无拘。"身若白云任卷舒"，这是对自我外在行迹的形象化描写。由外在行迹的逍遥洒脱，映衬着内心的饱满圆融，内在精神安守家园，肉身即可浪迹天涯，所以词中说："天涯海岸，自在无拘。"把精神家园安置于内心，以心为家，对天地万物不再依附，唯独不能超脱茫茫太虚，便以太虚为其修身之庐，故有"太虚廓落是吾庐"之句。后面就是对这样情态下生命体悟的描写。事实上词的上阕，已把整词的思想主旨大致展现。

---

① 唐圭璋编：《全金元词》，中华书局1979年版，第592页。

又如李道玄的《别河津和马先生韵》诗，诗曰："道人心似白云闲，动止从容自在间。忆出谷时便出谷，要归山则即归山。"① 和前面所引的诗词相比，李道玄这首诗，显得清新淡雅而又贴近现实。诗的前两句是对自我心境的展现：闲静、从容、自在。后两句是对这种心境，从外在行为上的诠释，出谷与归山，完全由自我决定，这表明了"我"与山谷之间相对独立，互不黏着与依附，亦表明了"我"在精神上对山谷的超脱与无凭。

全真宗师精神回归后，逍遥情态的第二个表现就是身无所系、到处为家。因为精神内敛于心，心就是自我的家园，而身外的天地于"我"则无所牵扯，所以身到之处皆为一境，身到之处皆为家园。

谭处端在其《踏云行》词中这样说："到处为家，鹑居无恋，要行便去云游转。"② 天地之间，所到之处即可为家，鹑居之处亦无须留恋，要行即行、云水游转。词中作者使用了"鹑居"的句典，"鹑居"一词，语出《庄子》。《庄子·天地》曰："夫圣人，鹑居而鷇食，鸟行而无彰。"③ 意思是说圣人随遇而安，无求食物的甜美，如鸟飞行而无痕迹。这里喻示自己清贫而淡泊。寥寥三句即把作者四海为家，行止无迹的逍遥情态形象地刻画了出来。

于道显的《炼心》诗亦是同调之和。诗曰："道人方寸已寒灰，无限尘纷境自回。总把乾坤为妙用，此身到处即蓬莱。"④ 和谭处端的《踏云行》词相比，于道显的此诗似乎显得宗教意味更为浓厚，这也把自我心境的圆融与逍遥，更加充分地表现了出来。首句"道人方寸已寒灰"，不可以尘俗意义解，这里的"寒灰"不是指心如灰槁，而是指尘心灭尽，所以第二句说"无限尘纷境自回"。自我方寸之间不惹半点纤尘，纵有纷纷尘扰也会竟自返回。第三句的"总把乾坤为妙用"，则

① 薛瑞兆、郭明志编纂：《全金诗》第四册，南开大学出版社1995年版，第563页。
② （金）谭处端、刘处玄等著，白如祥校：《谭处端·刘处玄·王处一·郝大通·孙不二集》，齐鲁书社2005年版，第138页。
③ 陈鼓应注译：《庄子今注今译》，中华书局1983年版，第306页。
④ 薛瑞兆、郭明志编纂：《全金诗》第三册，南开大学出版社1995年版，第21页。

把"我"与乾坤相独立的特征阐释了出来，自我不依附、不凭借于乾坤，乾坤才可为"我"所用。这就把自我从乾坤中超脱了出来。末句"此身到处即蓬莱"，仙道意味十足，把自我心境圆融已逾仙境的寓意，展示了出来。至此，作者精神回归后的逍遥情态得到了充分而形象的展现。

王丹桂于《玉炉三涧雪·和秦先生》词中曰："策杖水云游历，一身到处为家。洞天高卧养丹砂。茅屋柴篱入画。"① 又在《行香子·自咏》词中说："云水生涯。到处为家。远浮名、浮利浮华。"② 皆是对身无所系，四海为家的精神情态的形象表现。通过外在行迹的无拘与自由，我们可以看到其内在心境的饱满与无碍。这虽是对宗教修行理趣的展示，但其中修心、养心，回归于心的思想劝示亦不难看出。

由此可见，金元全真宗师在对人生与生命的审视中，注重于内在精神的圆融与超脱，亦注重于精神家园的探寻与构置。而这种探寻与构置，随着自我心性的发明，而呈现出一个逐步深入与超越的过程。从消解尘俗精神家园，到构置物外精神家园，再到置精神家园于内心，便可看出这一过程的深入。最终以圆融的心境作为自我精神的归宿，实现生命的自足与终极超越，在无凭无借中，体悟自在与逍遥。而金元全真诗词中，这种多重的精神家园感，以及对精神家园探寻与构置的文化指向，无疑对世人有着莫大的启示与规引作用，引导世人趋向更开阔、更辽远、更圆满的时空境界与家园。

---

① 唐圭璋编：《全金元词》，中华书局1979年版，第482页。
② 唐圭璋编：《全金元词》，中华书局1979年版，第492页。

第六章　金元全真诗词中的价值消解与建构

立足于对社会及人生超越的品鉴与洞识，金元全真作家在诗词中展现了深刻而系统的价值思想体系，具体体现在对价值消解的发现，对价值消解哲理指向的阐释，对生命深层价值的建构，以及对尘俗生命终极价值趋向的喻示等方面。需要指出的是，我们所谈论的价值，并非指世俗狭隘观念下的价值，而是指包括物质财富、纯真天然的心灵品质、美好的自然物序等在内的社会、人生、自然的价值总和。

第一节　金元全真诗词中的价值消解

在金元全真诗词中，我们可以清晰地探寻到尘俗价值消解的痕迹，及价值消解背后所蕴藏的深刻的文化指向。

一　价值消解的方式

在金元全真宗师看来，尘俗境域下的社会、人生价值并不持久，终归要走向消解与虚空，或消解于时空流转，或消解于世俗情欲，或消解于肉身殒灭。

（一）消解于时空流转之中

孔子在面对奔流不息的河水时，曾发出感慨："逝者如斯夫！不舍

昼夜。"① 时空的流转永不停息不可逆转，其所带来的不仅是世间的物
是与人非，而且是世间价值的消解与弥散。正如尹志平的《乙未清明
过晋祠》诗中所云："今太原，古太原，今古相参事杳然。唯有晋祠庙
前水，湛湛清流不记年。"② 庙前川流不息的河水，代表着流转不止的
时光。在时光流逝中，今太原已非古太原，古时太原城中的繁华与热
闹，已成杳不可寻的陈年往事。在今与古的交替中，曾经的辉煌已然淡
去了颜色，消解于无尽的时空变换之中。

丘处机曾以诗示众，表达其对价值消解的洞识，诗曰：

> 繁华媚春雨，衰草淡秋烟。
> 日月暗相逼，古今经几迁。③

这首五言绝句，前两句以自然之变喻示人事之迁，春日的繁华到了秋天
已成衰草一片，曾经的盎然生机消解于时空的变换之中。所以作者感叹
日月时光的逼迫，叹惜古今变迁中，曾经消解流失的繁华与美好。而这
种消解与流失却又是必然的，不可停顿，更不可逆转，由此也为世人留
下了对价值沉思的广阔空间。姬志真的《尘心》诗曰："尘心忙似水，
世事冗如麻。不省光阴促，纷纷逐落花。"④ 诗表达的同样是对时光流
转、价值消解的沉思与感慨。诗的后两句，则把对价值消解审思后的解
脱与超然的心得，充分地表现了出来：追寻世间的价值犹如追逐落花的
芬芳一般短暂而易失。

王丹桂的《凤栖梧·暮春闻莺》词亦说："昨日花开红满树。今已
飘零，狂荡逐飞絮。"⑤ 从花开满树到飘零狂荡，这种景色的转变，皆
因昨日与今日时间的不同，不停息的时间流转，消解了花的芬芳与绚

---

① 程树德撰：《论语集释》，中华书局1990年版，第610页。
② 薛瑞兆、郭明志编纂：《全金诗》第三册，南开大学出版社1995年版，第107页。
③ （金）丘处机著，赵卫东辑校：《丘处机集》，齐鲁书社2005年版，第57页。
④ 薛瑞兆、郭明志编纂：《全金诗》第四册，南开大学出版社1995年版，第358页。
⑤ 唐圭璋编：《全金元词》，中华书局1979年版，第491页。

烂。侯善渊在《声声慢》词中说："光阴迅速，暑往寒来，俄然又报新年。物换形移，都被暗里摧残。谁省人人越旧，改青春、皓发苍颜。虚过了，似落花飞絮，逝水无还。"① 该词表达的同样是对价值消解于时空流转之中的感知与顿悟。

姬志真在《鹧鸪天》词中说："争鹿人家梦未回。眼前触物尽尘埃。古人踪迹徒云耳，宿世功名安在哉。"② 该词表现的是作者对历史上权贵功名消解的认知。"争鹿"比喻政权的争斗，在滚滚的历史长河之中，有多少政权翻腾沦落，或极盛一时，或繁荣一世，但终归于物尽尘埃，宿世功名不复存在。曾经的绚烂与美好俱被时空的流转消解。长筌子的《水龙吟》词，亦表达了与姬志真相同的价值认知。词曰："俯笑人间富贵。到头来、一场虚伪。桑田暗改，人生空老，谁能适意。虎战龙争，汉兴秦灭，今成何济。"③ 人间的荣华富贵、权力更替，其尘俗的价值与意义，终归要消解于时空的转换之中。

基于对价值消解的认知，金元全真作家有更为洒脱的处世情怀，并以不执不着、随机淡泊的文化倡导劝诫世人，实现度己度人的宗教目标。

（二）消解于世俗情欲之中

世俗情欲对价值的消解，主要体现在其对个体生命的精、气、神，内在真朴，心灵澄明之境等的消解之上。在全真作家看来，人在拥有生命之初，也拥有着自足的价值资本，随着世俗濡染的深入，自我情欲逐渐膨胀，人原本具有的生命价值开始消解泄漏，直至消解殆尽。恰如王处一在诗中所指出："本无衰老与来生，只为尘寰染俗情。惹伴精神留苦海，性灵无路得圆成。"④ 诗中生命价值消解的轨迹清晰明了，生命原本处于无衰老、无轮回的境界存在之中；但于尘寰中沾染了俗情，精

---

① 唐圭璋编：《全金元词》，中华书局 1979 年版，第 506 页。
② 唐圭璋编：《全金元词》，中华书局 1979 年版，第 1215 页。
③ 唐圭璋编：《全金元词》，中华书局 1979 年版，第 588 页。
④ （金）谭处端、刘处玄等著，白如祥校：《谭处端・刘处玄・王处一・郝大通・孙不二集》，齐鲁书社 2005 年版，第 289 页。

神便陷溺于苦海，性灵也无法实现自我圆成，原本自足的生命价值迎来的是支离破碎的结局。

然而人生有限，情欲无涯，世人往往会在有限的生命历程中，执着于无限的情欲追求。这在全真作家看来，无疑是一种执迷而不悟的行为。对此丘处机作"示众"诗以劝诫众生，诗曰："色身元有限，情欲浩无涯。痴似蜂贪蜜，狂如蝶恋花。"① 又曰："六根谁是主？贪欲自招殃。一念色心动，百骸秋气伤。"② 诗中对世俗情欲消解生命价值的事实认知深刻，对世人如痴如狂的贪恋心境亦深表叹惜。

为使世人早日颖悟解脱，全真宗师多有警示之作。如姬志真《粉蝶儿》词曰："嚼蜡尘情，谁知淡然无味。贩何楼、一场儿戏。看成空，浑不懂，梦中身世。谩横陈，使机关、到头何济。"③ 这就告知世人，尘情嚼透，如蜡一般索然无味，世间百态恰如黄粱一梦，一场儿戏，纵然使尽机关、纵横捭阖，到头来终归无济于事。言外之意就是在世俗情欲中，寻找不到人生价值的永恒与真谛。

玄虚子有《警世三首》组诗，表现其对生命价值消解的认知及劝世之意，其一曰：

> 哀哉尘务苦忙忙，竞气贪财事事伤。
> 千种萦缠无可出，万端惹伴有为妨。
> 回头掣断是非锁，信脚踏翻名利场。
> 好去碧岩泉下隐，安闲养素保纯阳。④

该首七律表意深切，意旨丰厚，意蕴悠长。首联直接开门见山，点出主题，对世间生活的现状进行透视。首联中"尘务苦忙忙"着一"苦"

---

① （金）丘处机著，赵卫东辑校：《丘处机集》，齐鲁书社 2005 年版，第 57 页。
② （金）丘处机著，赵卫东辑校：《丘处机集》，齐鲁书社 2005 年版，第 57 页。
③ 唐圭璋编：《全金元词》，中华书局 1979 年版，第 1207 页。
④ 薛瑞兆、郭明志编纂：《全金诗》第一册，南开大学出版社 1995 年版，第 350 页。

字，把世人贪求执着的心态淋漓展现；"竞气贪财事事伤"，则把尘俗情欲损伤生命价值的事实一语道破。颔联"千种萦缠无可出，万端惹伴有为妨"，就生命价值消损的事实深入扩展开来，指出世俗情欲对生命的千种萦缠、万端惹绊，致使精神无可出，行为有所妨。颈联则转折开来，由执迷之情忽入顿悟之境，"回头掣断是非锁""信脚踏翻名利场"，彻底摆脱是非、名利等情欲的纠缠。此时生命的价值得到了应有珍视与守护。尾联"好去碧岩泉下隐，安闲养素保纯阳"，是一个超越性的收合，下隐岩泉、保养纯阳，生命得到了最好的安置，生命的价值得到了充分的实现。可以看出，该诗既有对生命价值消解的洞识，亦有对价值守护与实现的方向指引，是集劝示与规引于一体的哲理之作。

（三）消解于肉身殒灭之中

尘世之中，肉身的生命是有限的。人生百年，七十古稀。如丘处机的《示众》诗所云："四大本无托，百年还有期。"[1] 伴随着肉身的殒灭，生前所拥有的以财富、名利、妻儿、恩情等为标签的生命价值，也会随机消解。所以于道显劝世说："浮名浮利总悠悠，系绔人心早晚休。一向经营忘了日，几曾富贵到骷髅。"[2] 该诗在教人破除尘俗执念的同时，又指明了尘俗价值以肉身殒灭为终结的深刻卓识。

谭处端曾以"题白骨诗"为题，写有一首七律，其中对生命价值的消解认知颇为深刻。诗曰：

> 我今伤感叹骷髅，艳女骄儿恋不休。
>
> 留意勤勤贪贿赂，无心损损做修持。
>
> 生前造下无边罪，死后交谁替蒉囚。
>
> 精血尽随情欲去，空遗骸骨卧荒丘。[3]

---

① （金）丘处机著，赵卫东辑校：《丘处机集》，齐鲁书社 2005 年版，第 57 页。

② 薛瑞兆、郭明志编纂：《全金诗》第三册，南开大学出版社 1995 年版，第 8 页。

③ （金）谭处端、刘处玄等著，白如祥校：《谭处端·刘处玄·王处一·郝大通·孙不二集》，齐鲁书社 2005 年版，第 61—62 页。

该诗是以"骷髅"为核心意象而展开的对生命价值的审美。诗以感叹兴起，对骷髅生前恋儿女、贪贿赂、无心修持、造下罪恶、精血耗尽等行为，而发出一连串的叹惜，最终以骸骨卧荒丘结束，韵味深长。尾联两句是点题之笔，其中"精血尽随情欲去"阐释的是价值消解于情欲之中的审美指向；"空遗骸骨卧荒丘"则表明生命价值以肉身殒灭而终结，其中着一"空"字，意在表明随着肉身的殒灭，尘俗生命的价值也消解殆尽。

诸如此类阐释全真宗师对生命价值消解认知的作品还有很多，如王丹桂的《金鼎一溪云·骷髅喻》词曰："日日迷花酒，朝朝竞气财。偶然命尽掩泉台。郊外暴遗骸。"① 同样以骷髅为核心意象，以骷髅的最终结局，喻示其生前尘俗价值的幻化与消解。长筌子有《花心动》一词，其中对价值消解的解读及劝示之意更为深刻而显现。词曰：

> 百岁光阴，似飘风浮沤，电雷轰掣。返照速修，急景难留，不觉鬓莘如雪。万缘羁绊何时了，谩昏晓、寸心愁结。劝英杰。莫教釜破，断绳难接。
>
> 一失人身万劫。叹伶俐惺惺，不遭缧绁。欲浪恩山，玉杻金枷，谁肯猛然抛撇。一朝大限临门，唤见阎老，怎生推说。恁时节。追思圣贤妙诀。②

词之上阕，阐述了人生光阴的有限与易逝，如风驰电掣一般。而在这短暂的生命历程中，却有着万缘羁绊，无止无休，致使青鬓霜染，寸心愁结，生命的价值在慢慢消解。词之下阕则述说了生命价值消解对终点的趋近。这种不曾休止的趋近，其动力源自欲浪恩山、玉杻金枷，这正是世人戚戚而难以释怀的世俗追求。生命的有限性终归要得到验证，大限来临，阎老召见，随着肉身的殒灭，生命的价值也会随之消尽，恁时再

---

① 唐圭璋编：《全金元词》，中华书局1979年版，第484页。
② 唐圭璋编：《全金元词》，中华书局1979年版，第587页。

追思圣贤妙诀，为时晚矣。可见该词中既有对生命价值消解的洞识，又有对世人执迷尘俗情欲的劝诫。

二 价值消解的哲理指向

金元全真宗师在对尘俗价值的消解进行深刻洞察的同时，又对价值消解的哲理寓意与指向，进行了深度的揭示，指出在尘俗价值的消解背后，蕴藏着人事沉浮不定、历史兴衰难测、造化推移难凭、时光转瞬即逝等哲理寓指。

（一）人事沉浮不定

通过前面的论述我们可以看出，世俗价值的消解如同滚滚东逝之水，不可逆转。但在这终归性的趋向中，消解的过程又呈现出纷繁多样，恰似浪花的汹涌起伏，跌宕回旋。《老子》第五十八章曾曰："祸兮，福之所倚；福兮，祸之所伏。孰知其极？其无正。"[1] 古语常曰："塞翁失马，焉知非福。"具体到现实生活中，其哲理寓意指向的就是人事的沉浮不定。

立足于时空无涯，人生有限的审美视角，金元全真宗师对于人事沉浮的认知似乎更加透彻与理性。丘处机在《无俗念·乐道》词中云："迎古送今，叹春花、秋月年年如约。物换星移人事改，多少翻腾沦落。家给千兵，官封一品，得也无依托。"[2] 春花秋月年年如约，指出的是时空轮回的无限性。"物换星移人事改，多少翻腾沦落"，一方面诠释出了生命价值于时空轮回中的消解，另一方面则指出了世间人事的沉浮不定、兴衰难测。"家给千兵，官封一品，得也无依托"，则明确点出了世俗价值走向消解的终归趋向，这无疑是对尘俗价值真相的赤裸暴露。他在《满庭芳·警世》词中又说："百尺危楼，千间峻宇，艳歌出入从容。幻身无赖，何异烛当风。旧日掀天富贵，当时耀、绝代英

---

① 陈鼓应注译：《老子今注今译》，商务印书馆 2003 年版，第 284 页。
② （金）丘处机著，赵卫东辑校：《丘处机集》，齐鲁书社 2005 年版，第 65 页。

雄。百年后，都归甚处，一旦尽成空。"① 是词中，价值消解于时空变换之中的痕迹清晰可见，而这种消解又展现出由繁华走向沉寂、由绚烂走向黯淡的特点，进而凸显了人事的兴与衰、沉与浮难测的特点，恰如风中烛火，明灭不定。

全真后学于道显在其《示众会首》诗中，阐释了同样的哲思。诗曰："光阴有限风中烛，身世无凭水上沤。当念朱颜须改色，休教白发早临头。贪中爱欲消磨尽，妙里希夷仔细搜。"② "风中烛"与"水上沤"的特点是存无难测、明灭不定，喻示着人事的沉浮不一、不足为凭。所以作者劝示众人要早除心中的爱欲，探寻生命里的希夷之妙。姬志真对此有同调之和，其《偶成》诗曰："人间万事轻浮云，消长起灭随时新。或吹繁华变霜晓，或吹枯槁回阳春。孰能肝肠如铁石，谁能眼孔如车轮。尽情冗冗逐虚幻，顷刻一窖同埃尘。"③ 该诗开头运用了比喻的修辞手法，把人间世事喻为空中浮云，消长起灭、变幻莫测。接着又使用排比的修辞手法，把人间万事于繁华、霜晓、枯槁、阳春间轮换的随机场景进行展现，充分印证出人事沉浮不定的生命哲理。

（二）历史兴衰难测

翻开浩瀚的历史典籍，我们不难发现，在滚滚的历史长河中，朝代的兴衰与更替，恰似旋转的走马灯一般，翻腾而起伏。此如丘处机的《凤栖梧》词所云："日月循环无定止。春去秋来，多少荣枯事。五帝三皇千百禩，一兴一废长如此。"④ 古往今来时光的循环无限，而人间的荣枯有涯，自三皇五帝而下，兴与废的更替则是历史的常态。

放眼古与今，跳出历史的局限，站在人类长河的彼岸，纵观历史的风起云涌，一股由兴衰难测的史实激荡而出的厚重与空漠感迎面而来，而这种兴与衰终归走向价值消解的结局，更加重了历史兴衰难测的幻化

① （金）丘处机著，赵卫东辑校：《丘处机集》，齐鲁书社 2005 年版，第 70 页。
② 薛瑞兆、郭明志编纂：《全金诗》第三册，南开大学出版社 1995 年版，第 7 页。
③ 薛瑞兆、郭明志编纂：《全金诗》第四册，南开大学出版社 1995 年版，第 291 页。
④ （金）丘处机著，赵卫东辑校：《丘处机集》，齐鲁书社 2005 年版，第 198—199 页。

色彩。此一体悟丘处机在《水龙吟·警世》词中表现得尤为凸显。
词曰：

> 算来浮世忙忙，竞争嗜欲闲烦恼。六朝五霸，三分七国，东征
> 西讨。武略今何在，空凄怆，野花芳草。叹深谋远虑，雄心壮气，
> 无光彩，尽灰槁。
>
> 历遍长安古道。问郊墟、百年遗老。唐朝汉市，秦官周苑，明
> 明见告。故址留连，故人消散，莫通音耗。念朝生暮死，天长地
> 久，是谁能保。①

作者以洞达不执的文化心态，为该词奠定了落寞而又旷达的情感基调，
读之让人有种悲情而又通脱之感。全词传达的是历史兴衰难测的文化主
题。词之上阕着重就历史上出现的雄霸一时的风流人物而展开述说。词
开头两句"算来浮世忙忙，竞争嗜欲闲烦恼"，是以尘俗价值终归消解
的价值理念，对历史风云人物所做的总体概括。接着对六朝三国时东征
西讨的雄君霸主做结局性的讨论。他们当年的雄心武略，今已杳不可
见，光彩尽失，留下的只有一片野花芳草、灰土瓦砾，空有凄怆。词之
下阕则对历史上朝代的兴衰更替展开具体的评说。该阕以历朝古都长安
为论说焦点，以建都于此曾经强盛而文明的周、秦、汉、唐的依次更
替，来彰显历史兴衰存亡的难凭难测。曾经的兴盛与衰败俱已成为过
往，留下的只有曾经无限煊赫的都城故址，昔日的故人早已消散不见，
音耗难通。丘祖这首词似乎与唐代杜牧《登乐游原》诗，有异曲同工
之妙。杜诗曰："长空澹澹孤鸟没，万古销沉向此中。看取汉家何事
业，五陵无树起秋风。"② 诗中前两句的"长空澹澹""万古销沉"，传
达的是空间与时间的无限性。而在这无限的时空中，曾经辉煌至极的汉
家事业，却走向了消解与湮灭，只剩下连树木都没有的五座陵墓，萧瑟

---

① （金）丘处机著，赵卫东辑校：《丘处机集》，齐鲁书社2005年版，第68页。
② （清）彭定求等编：《全唐诗》，中华书局1960年版，第5954页。

于阵阵秋风之中。杜牧是诗，以结局的悲凉性更加印证了历史的兴衰难测。

全真后学姬志真写有《燕然感旧》一诗，诗曰："金源失鹿走中州，不觉灰飞五凤楼。披卫宫庭成草野，衣冠人物尽沙丘。"[①] 诗首句"金源失鹿走中州"，是对金元交戈，金廷被迫南迁史实的客观述写。金朝曾一度统治中国的北部，迫使宋室南迁，与南宋割据并峙，可谓雄霸一时。然而在蒙元铁蹄的威迫之下，贞祐迁都之后，曾经辉煌喧腾的宫廷长满了野草，衣冠华丽的权贵尽归沙丘。由金盛宋衰、元兴金亡的历史演变事实，使人能够更加清晰客观地认知到，在历史的长河中没有永久的兴，也没有永久的衰，一兴一废间蕴含的是历史的难凭与难测。所以于道显在《述怀》诗中云："人间兴废成古今，云气翻腾变晦明。只有老松并怪石，青青不改四时荣。"[②] 人间的兴废犹如天空中的云气，翻腾之间明晦已别，变幻难测；唯有老松怪石，纵使人间万千翻腾，它们依旧青青如旧，不改四时荣貌。这就通过自然的恒久不变，凸显出人间历史的兴衰翻腾。

（三）造化推移难凭

由上述两节的论说可以看出，世俗价值的消解有着很大的随机与或然性，由此也导致了世间人事的沉浮不定与历史的兴衰难测。而世俗价值消解的随机与或然，在某种程度上也映射出了天地间造物演化的随机与难凭。

丘处机在其《凤栖梧》一词中指出："造物推移无定止。昨日歌欢，今日愁烦至。今日不知明日事。区区著甚劳神思。"[③] 词意明了易晓。造物随机而无凭，昨日至今日已是欢歌与烦愁之别，今日也无法知晓明日之事，所以世人无须为昨日悔恨懊恼，亦不必为明日而忧思劳神，只需珍视今日与当下。姬志真的《寄路才卿》诗云："造物弄人如弄丸，

---

① 薛瑞兆、郭明志编纂：《全金诗》第四册，南开大学出版社1995年版，第315页。
② 薛瑞兆、郭明志编纂：《全金诗》第三册，南开大学出版社1995年版，第2页。
③ （金）丘处机著，赵卫东辑校：《丘处机集》，齐鲁书社2005年版，第199页。

无端幻惑巧相谩。"① 这是一种拟人的说法，意在表明世间造化的推移莫测。事实上造物本无意弄人，更无须弄人，只是造化有其自我的随机性，与世人既定的设想与期望时有出入或相左而已。正如于道显在《示韩会首》诗中所说："日月亏盈皆运数，阴阳生杀岂疏亲。我观造化南柯梦，谁作蘧然睡觉人。"② 事实上，日盈月亏、春生夏长、秋收冬藏，皆有显现的规律可寻，而造化的"其为物不二，则其生物不测"③之因，远非世人所可全解和掌控，所以对于世人来说，所可感知的依旧是造化的推移不定、幻化不测。

姬志真有《化空》一诗，其中韵味非同尘俗。诗曰：

> 造化相谩人不识，变态神通谁委悉。
>
> 电转机关不可防，黯黯前程暗如漆。
>
> 翻掌存亡与消息，朝四暮三颠倒七。
>
> 忧喜横生没奈休，一团虚幻看成实。④

该首七律在阐释哲理的同时，亦深寄着觉悟者的劝化。诗之首联"造化相谩人不识，变态神通谁委悉"，首先向世人阐述了世间造化推移难测的哲理。颔联、颈联具体对这种推移难测进行阐述。尾联"忧喜横生没奈休，一团虚幻看成实"，则是一个有力的收合，世人之所以一生充斥着忧喜，原因就在于没有真正把握生命的真实，错把虚幻看成了真实。尾联实际上是解脱者对执迷者的劝示，世人往往苦恼于造化弄人，却不知造化的随机与自然；世人往往执着于人生的刻意与有为，却不懂生命的随缘与无为，人生中的钻营投机皆为虚幻，唯有随机达观才是真实。

---

① 薛瑞兆、郭明志编纂：《全金诗》第四册，南开大学出版社 1995 年版，第 293 页。

② 薛瑞兆、郭明志编纂：《全金诗》第三册，南开大学出版社 1995 年版，第 5 页。

③ （宋）朱熹撰：《四书章句集注》，中华书局 1983 年版，第 34 页。

④ 薛瑞兆、郭明志编纂：《全金诗》第四册，南开大学出版社 1995 年版，第 309 页。

至此，我们不难看出，对造化随机无凭哲理的阐释，并非金元全真宗师的根本目的，而借以警醒世人破除对尘俗的执着，才是他们诗词创作的意旨所在。

（四）时光转瞬即逝

尘俗价值的消解与湮灭，根本的原因在于它的当下性，或者说其缺少穿越时空的永恒性。而这种当下意义下的尘俗价值，在面对转瞬即逝的时光时，走向消解与虚空无疑是其唯一的归途。因此时光的转瞬即逝，是金元全真诗词中价值消解的又一重要的哲理指向。

对于时光流逝的感知，金元全真宗师在诗词中表述较多，如谭处端的《沁园春》词曰："虚幻浮华，百岁光阴，叹一刹那。谩区区碌碌，争名利，纵荣华富贵，贪得如何。"① 时光转瞬即逝，刹那之间已过百岁；而名利、荣华这类只具有当下价值的世俗之物，随着时光的流逝，都会消失殆尽，纵然贪得，终归如何？所以姬志真以诗警世曰："春去秋来不暂停，两轮催促太无情。蜗牛角上争名利，石火星中寄死生。"② 春去秋来，时光的脚步不曾有片刻的停留，而世人却不在意于时光的流逝，而执着于名利的争斗，这无异于蜗牛角上争名，石火星中寄生。

尹志平写有《凤栖梧》词，表现其对时光流逝的惋惜与无奈。词曰："岩上春光将欲暮。可惜春光，无计留连住。春去秋来分四序。一来一去成寒暑。"③ 岩上春光无限美好，只可惜临近迟暮、无计留连。时光在春去秋来中四序轮回，来去无痕。正如长筌子在其《叹世》诗中所云："君不见年华促，昼夜相催如转毂。百岁匆匆弹指间，俄尔桑田变陵谷。又不见叶辞柯，过隙人生能几何。"④ 时光的流逝如车轮的转动，滚滚而去，弹指之间已是匆匆百年，人生亦如白驹过隙忽然而已。足见作者对光阴流逝体悟至深。于道显亦在诗中说："有数光阴销易尽，无

---

① （金）谭处端、刘处玄等著，白如祥校：《谭处端·刘处玄·王处一·郝大通·孙不二集》，齐鲁书社 2005 年版，第 42 页。
② 薛瑞兆、郭明志编纂：《全金诗》第四册，南开大学出版社 1995 年版，第 320 页。
③ 唐圭璋编：《全金元词》，中华书局 1979 年版，第 1174 页。
④ 薛瑞兆、郭明志编纂：《全金诗》第四册，南开大学出版社 1995 年版，第 576 页。

涯岁月去难留。"①"有数光阴"是对尘世人生而言;"无涯岁月"是就时间长河来说,在有限与无涯的对比中更能凸显尘世生命的短暂与易逝,无论怎样都无法改变光阴易逝、岁月难留的客观事实。

金元全真宗师在对尘世价值消解的终归性进行洞察与揭示的同时,亦对世俗价值消解中所渗透出的哲理寓旨展开阐述,以企通过对人事沉浮不定、历史兴衰难测、造化随机无凭、时光转瞬即逝等指向的诠释,警醒世人,破除他们对尘俗中只具当下意义的价值的追求与贪恋,进而建立更贴近生命真实,更有超越性的价值体系与价值标杆。

第二节　超越尘俗的价值建构

前面有所论及,金元全真宗师对尘俗价值消解的真相,进行撕开与暴露,其真实的目的不在于否定和虚空尘俗中的生命意义,而是要通过层层剥离生命中的尘俗负累,探寻和建构出具有绝对与超越意义的价值体系。

一　人本自足与价值建构

人之所以能够自我建构起具有绝对和超越意义的价值体系,是因为人本自足,人天然具有价值建构的资本与条件。这是人自我建构价值的一个必要前提。金元全真宗师在诗词中,将人所具有的这一必要的前提,进行了充分的论证与阐述,主要从核心价值本有、无待于尘俗、无待于他人、无待于仙佛等方面,进行展开。

（一）核心价值本有

对于生命个体来说,价值的终极实现便是和合仙道,证道而仙,实现生命境域与时空的超越,获得存在的无限性。而证道而仙的价值体系

---

① 薛瑞兆、郭明志编纂:《全金诗》第三册,南开大学出版社1995年版,第22页。

建构，就要求世人具有和合仙道的可能，这种可能就是价值建构的核心素质。金元全真宗师认为这种核心素质就是人的"真性"。

"真性"又称为"道性"，其源自天地道法。因为其源自道，又可回归于道，与道相通，所以"真性"是人生命的核心价值之所在。人要循道而仙，就要先发明自我的真性，使真性彰显不黏不着、澄澄湛湛，便可融通性海，皈依道法。在全真宗师看来，尘世生命降生之初，便拥有一副澄湛的"真性"，且这种承载生命价值核心的"真性"，人人皆有。就如同佛教认为的人人皆有"佛性"一样。如全真诗词中所说："普劝门中友，妙药人人有。先师亲说下，与君修。"① "说与人间烈丈夫，时人都有夜明珠。"② 又说："大觉光明，不须外觅，人人各有如来。"③ 如此一来，世人自我的价值建构便有了先天的根基、原始的资本。

（二）无待于尘俗

生命的这种原本自足，就决定了人的德行圆满与价值建构无待于尘俗。这种无待性主要是指，对尘俗价值评判标准与尘俗人情的无待。也就是说尘俗的价值评判与人情牵涉，丝毫无助于人的德行完善与价值建构。所以全真宗师否定尘俗的评判标准，亦否定尘俗人情。

谭处端在他的《述怀》诗中说："真功真行密安排，十载殷勤细细栽。俗境心忘超彼岸，凡情意灭到蓬莱。"④ "俗境心忘"，即是对世俗境域的否定与超脱，而否定超脱的直接结果就是抵达心灵的彼岸，这标志着自我德行的完善与圆满。"凡情意灭"，意指对尘俗情欲的摒弃与涤除，摒弃涤除的效用就是归迹蓬岛，这标志着生命价值的终极实现。至此我们已可看出，诗中作者把自我对尘俗否定与超越的倡导，进行了明确的阐释，同时生命价值无待于尘俗的理念亦深浸其中。

---

① （金）谭处端、刘处玄等著，白如祥校：《谭处端·刘处玄·王处一·郝大通·孙不二集》，齐鲁书社 2005 年版，第 348 页。

② 薛瑞兆、郭明志编纂：《全金诗》第三册，南开大学出版社 1995 年版，第 17 页。

③ 唐圭璋编：《全金元词》，中华书局 1979 年版，第 583 页。

④ （金）谭处端、刘处玄等著，白如祥校：《谭处端·刘处玄·王处一·郝大通·孙不二集》，齐鲁书社 2005 年版，第 11 页。

　　金元全真宗师，对尘俗价值评判标准的否定充分而具体，包括对功名利禄、荣华富贵、是非荣辱等的否定与斥破。这一内容已在第四章第二节"金元全真诗词的生活劝诫"中作了具体的阐述，此不多述。

　　无待于尘俗的第二个表现，就是对世俗人情的否定。全真宗师之所以要否定世俗人情，是因为在他们看来，世俗人情不仅无助于生命价值的建立，反而会阻碍个人的修养与修行。王重阳在其《唐公求修行》诗中说："学道修真非草草，时时只把心田扫。悟超全在绝尘情，天若有情天亦老。"① 谭处端在他的《劝众修持》诗中曰："听我洗心方，翛然滋味长。无无中妙用，有有内含光。人被欲情染，情生神气伤。人还情欲断，步步履仙乡。"② 通过对所引的这两首诗进行对比即可发现，王重阳在诗中只是阐述了一种修真的理念，并未具体展开；而谭处端在诗中却说得具体而详细，析理透彻。但两首诗的观点却一脉相承，皆在阐释价值构建对世俗人情无待的深刻哲理。

　　尹志平曾于诗中表达情志说："守道忘尘累，安居慕德邻。坐中无俗客，席上尽高人。"③ 诗中所述即是作者对自我守道修真经验的总结，亦是作者对世人及后学的由衷劝诫，其中忘俗安居以守道近德的倡导十分显现。王丹桂的《玉炉三涧雪》词说："欲要超离苦海，先需割爱忘情。从来坑堑划教平。不入荒凉斜径。"④ 所谓"超离苦海"，即是寻找和建立生命的更高价值，这种建立要以割爱忘情为前提。侯善渊在他的《红窗迥》词中亦说："弃凡情，归真理。击双关、玄门高启。"⑤ 从这些所例举的诗词中，我们已可充分地感受到，人的根本价值的追寻与建构，无涉于世俗人情，更无待于世俗人情，而唯有摒弃俗情，方能内全神气涵养德行，以体证生命价值之真。

------

① （金）王重阳著，白如祥辑校：《王重阳集》，齐鲁书社 2005 年版，第 41 页。
② （金）谭处端、刘处玄等著，白如祥校：《谭处端·刘处玄·王处一·郝大通·孙不二集》，齐鲁书社 2005 年版，第 17—18 页。
③ 薛瑞兆、郭明志编纂：《全金诗》第三册，南开大学出版社 1995 年版，第 101 页。
④ 唐圭璋编：《全金元词》，中华书局 1979 年版，第 483 页。
⑤ 唐圭璋编：《全金元词》，中华书局 1979 年版，第 540 页。

（三）无待于他人

在金元全真宗师看来，人的德行能否完善，价值能否建立，完全取决于自我，而无待于他人，因为他人之于自我已是外在的、独立的个体。而独立于外的他人无法真正影响和改变内在的自我。

马钰写有《瑞鹧鸪·赠斗门李公》词，其中颇有文化深蕴。词曰：

> 不须远远远寻师。自是神仙自是师。真净真清真至理，至微至妙至真师。
>
> 爱憎不尽难求道，人我仍存枉拜师。你意不能随我意，我心怎做你心师。①

该词通俗质朴类于口语，却意蕴深长。词上阕四句是对生命价值本有的洞识与阐扬。该阕首句"不须远远远寻师"，即点出了价值建立，无待于他人的思想主题。次句作出注释，交代了原因，是"自是神仙自是师"，因为自我已是价值的完整体，所以自己只需师法自己。这两句合在一起，就是对全真"我命在我不在天"的自信文化的阐扬。上阕的后两句是对修行诀窍的揭示。词下阕紧扣上阕开启的思想主题，并对其作具体的阐释。该阕首句"爱憎不尽难求道"，切中尘情对价值追寻不仅无助反会阻碍的肯綮，教人摆脱对尘情的贪恋与依附。次句"人我仍存枉拜师"，则又一次言明他人对自我价值建构的无助。因为内心有人我的分别之念，纵使拜师也无济于事。该阕三、四句，"你意不能随我意，我心怎做你心师"，是对第二句的具体解说，亦是对整词主题的诠释，因为每个人都是独立的个体、每个人的意识也是独立的思维体系，所以你的意识无法跟随我的意识，我的心自然也引导不了你的心。这就充分说明了在心境圆融与价值建构上，完全要依靠自心、师法自我，而无待于他人。

---

① （金）马钰著，赵卫东辑校：《马钰集》，齐鲁书社 2005 年版，第 202 页。

王处一在他的《郝官人索》诗中说："物物了然休，般般绝外求。虚名皆是妄，实行最堪修。"① 这里的"绝外求"意旨凸显，却又意蕴多重，既可指无求于尘俗，亦可指无求于他人，无论指于哪端，都要归结于一种无待的思想主张。

于道显的《徐道冲问道》诗，传达了与马钰相同的思想情致。诗曰："你有真师更问谁，同茶同饭几曾离。我今指破知端的，举念生心总是伊。"② 由诗的题目及内容，即可看出，该诗是于道显就徐道冲向自己问道一事，而做出的自己的回答。诗以反问开头，告诉徐道冲他自己本有真师，无须询问他人，言外之意是纵使问了他人也得不到真正的解答。而这个本有的真师是谁呢？诗的末句作了回答，"举念生心总是伊"，这个真师原来就是自己。这就告诉我们，能够真正启悟自我心智、开启自我心扉的真师是自己，在寻找和建立价值的道路上，我们只需师法自己，而无须依凭他人。

（四）无待于仙佛

在全真价值思想体系中，生命价值的终极实现是体证道法、合道而仙。而在合道归道的征途中，人先天具有归道的"真性"，又有主动选择修道的能动性，所以人合道成仙与否完全取决于自心。而仙佛对于生命个体来说，依然是外在于心的存在。在成就自我，和合仙道的道路上，人对于仙佛依然是无待的。

全真宗师这种无待于仙佛的文化倡导，源自"我命在我不在天"的文化自信，源自对天道自然的深刻洞识，更源自对人本自足的价值认知。谭处端曾以诗示门人说："修行休向法中求，著法寻求不自由。认取自家心是佛，何须向外苦周游。"③ 在这里谭处端向门人阐述的是自我的修行经验与由衷劝示，告诫门人在修行中休要拘泥于法，而要认取

---

① （金）谭处端、刘处玄等著，白如祥校：《谭处端·刘处玄·王处一·郝大通·孙不二集》，齐鲁书社 2005 年版，第 319 页。

② 薛瑞兆、郭明志编纂：《全金诗》第三册，南开大学出版社 1995 年版，第 30 页。

③ （金）谭处端、刘处玄等著，白如祥校：《谭处端·刘处玄·王处一·郝大通·孙不二集》，齐鲁书社 2005 年版，第 12 页。

自家根本。自家的根本就是自心，自心即是佛，我心即我佛。若能认取自家心佛，便无须依凭于心外之佛。所以他在《述怀》诗中又指出："不会搜空向外寻，蛟龙猛虎倒颠擒。朝昏懒慢修香火，十二时中只礼心。"① 在修行、求真的道路上，无须外求，只用打理自心。唯有自心才能真正为"我"所用，仙佛于"我"则是外在。

丘处机在他的《丘祖语录》中指出："今世祈长生者，不向本命元神自发大愿，乃从仙佛乞灵，是舍本而求末矣。究竟于我何与哉？"② 在丘处机看来，欲求得长生的生命价值，不能乞求仙佛，那是舍本逐末的表现，而应向本命元神发大愿。所谓本命元神，所指就是自我的本心元性也。意思是说，在建立长生的价值体系时，外在仙佛之于人是无待的，唯有本心元性，方可承载和实现自我之大愿。丘处机在他的《沁园春·示众》词中说："悟性宗合道，恩山易挫，神舟得岸，苦海难迷。行满功成，仙游羽化，物外何如土底归。无他事，要升天入地，俱在心为。"③ 这是丘处机以词阐道示众之作。其中"无他事，要升天入地，俱在心为"之说，切中要害，完全革除了传统道教修行中，祈望仙真点化提携以超脱的外求观念，而是将价值建立与实现的基点放置于内心。以心为用，体真悟道，便就无待于外在了。

立足于人本自足，人的核心价值先天具有，人在建立和实现自我价值时便无待于尘俗、无待于他人、无待于仙佛。这就为世人建构属于自我而又超越尘俗的价值体系，提供了理论担保与文化自信，亦为价值的实现提供了原始动力与理路参照。

二　追寻、自证与价值建构

由前面的论述可以得知，生命的尘俗价值有终归消解的趋向。当尘

---

① （金）谭处端、刘处玄等著，白如祥校：《谭处端·刘处玄·王处一·郝大通·孙不二集》，齐鲁书社 2005 年版，第 15 页。

② （金）丘处机著，赵卫东辑校：《丘处机集》，齐鲁书社 2005 年版，第 149 页。

③ （金）丘处机著，赵卫东辑校：《丘处机集》，齐鲁书社 2005 年版，第 67 页。

世生活的面纱逐渐被揭开，生活的真相赤裸于世人面前之时，对于人的深层价值的追寻与求证，就显得必要而亟须。这也是金元全真教价值思想体系的重要内容。在金元全真诗词中，我们可以清晰地发现，其中对深层价值追寻与求证的文化旅程。这既是金元全真宗师对自我求解生命价值的心迹展现，也是他们对世人价值心态的规引。

全真宗师的这种追寻与求证，依然立足于现实生活，以尘俗生活的真相，与生命应有意义之间的矛盾与冲突为逻辑起点。如王丹桂在其《桃源忆故人》词中曰："愁思俗态知多少，萦绕谁能分晓。方欲强迫言笑，翻复成忧恼。春花秋月虽然好，总被功名误了。才见儿童年少，又早容颜老。"① 生命应有的境域与状态，应如春花秋月一般美好，然而尘俗生活的真相，却是被无限愁思烦恼萦绕，耽于功名贪求，今日青春年少，明日便容颜衰老。在这种矛盾冲突之下，必然要引发人们对生命深层价值的追寻与求证。所以侯善渊在《减字木兰花》词中劝示世人说："浮生苦恼，尘世忙忙何日了。一旦无常，福致他人业自当。君还省悟，弃舍冤亲寻出路。万事都休，性命之中子细搜。"② 浮生在世，忙忙碌碌却空惹无尽苦恼，而世间又福祸无常，所以世人还应早日省悟，摒弃俗情、割舍万缘，于"性命"之中细细搜求。这便是追寻与自证的价值探寻的倡导。而这种追寻与自证对于人的价值建构，无疑具有重要的牵引作用。

（一）追寻与价值建构

当生命的尘俗价值走向或已然进入消解之时，世人心中必然会产生价值信念的虚空与迷茫。如丘处机的《凤栖梧》词所云："今日思量当日故。知我前程，迢递时难度。福祐不弘天不助。匆匆欲去无门去。"③ 这是一种当下无助，来日无凭的彷徨心境。对于世俗之人来说，多能接纳并适应这种心理彷徨；而对于觉悟者而言，则要在彷徨之中入定、沉

---

① 唐圭璋编：《全金元词》，中华书局1979年版，第499页。
② 唐圭璋编：《全金元词》，中华书局1979年版，第515页。
③ （金）丘处机著，赵卫东辑校：《丘处机集》，齐鲁书社2005年版，第78页。

思，对生命深层的价值进行彻底的探求与追寻。谭处端的《骷髅》诗如是述说："爱欲无涯身有限，至令今日作骷髅。作骷髅，尔听取，七宝人身非易做。须明性命以悬丝，等闲莫逐人情去。故将模样画呈伊，看伊今日悟不悟。"① 不难看出，该诗是对生命价值追寻的劝化与警示。作者教人早日认清尘俗的生命状态，以骷髅为诫，早日省悟，追寻生命的深层价值。

丘处机有《解怨结·自咏》一词，表达了其昔日对生命价值探求与追寻的过程及心得。词曰："当初学道，凭空炼己，志冲天、人间无比。放旷山林，次后复、逍遥云水。过夷门、又临秦地。飘蓬十载，游程万里。度关津、崎岖迢递。事事请来，但悟了、般般总弃。只随缘、布裘芒履。"② 丘处机十九岁斥破红尘皈依玄门，于昆嵛山修道，次年拜师王重阳，跟随祖师修道传教，足迹遍布山东、河南，后又于陕西磻溪、龙门等地隐修十数载。词之上阕就是对这一学道求真过程的客观描述。词之下阕则是对求真学道后心得体悟的阐发，"但悟了、般般总弃。只随缘、布裘芒履"，这是一种精神的解脱，也是生命价值得以发掘后心境充盈的情态。由此也有力地证明了，追寻是生命价值建构的必要途径和有效的手段。

姬志真有词曰："万论千经，俱涉猎、欲求真觉。"③ 尹志平有诗曰："莫觅尘中景，好寻方外春。含光成大德，出语自惊人。"④ 刘志渊亦在诗中说："营营远离诸疑网，念念能开众妙门。认破妄缘无执相，皎然心镜不曾昏。"⑤ 此类诗词表达的皆是对生命深层价值的追寻，同时也是对人的超越尘俗价值的发掘与建立。追寻与探求是对生命真相与现状的暴露与正视，也是生命价值建构与实现的一个逻辑起点。

---

① （金）谭处端、刘处玄等著，白如祥校：《谭处端·刘处玄·王处一·郝大通·孙不二集》，齐鲁书社 2005 年版，第 22 页。

② （金）丘处机著，赵卫东辑校：《丘处机集》，齐鲁书社 2005 年版，第 89 页。

③ 唐圭璋编：《全金元词》，中华书局 1979 年版，第 1201 页。

④ 薛瑞兆、郭明志编纂：《全金诗》第三册，南开大学出版社 1995 年版，第 105 页。

⑤ 薛瑞兆、郭明志编纂：《全金诗》第四册，南开大学出版社 1995 年版，第 587 页。

（二）自证与价值建构

金元全真诗词中价值的建构，除依循追寻的逻辑视角外，更多的则是借助于自证的方式实现。所谓"自证"，是以人的自足为前提，通过对自我透视与内观，进而发现生命深层价值的审美模式。这种自我解构与建立，不需任何外在的依附与凭借，而完全立足于自我生命本身。

王重阳写有《啄木儿》联章体词作，共六首，着重阐述了人的价值的自证与建立。其中有曰："自悟自悟，汞中建铅库。好频频顾长相觑，上下冲和知去处。渐渐入，云霞路。"① 此中的"自悟自悟"，则表明了价值求证的自发性与独立性，其无须外求，这就是价值的自证。而自证的结果，则是上下冲和，渐入云霞路，这是深层价值的发现，也是对自我价值的肯定与证明，终归的趋向则是人的价值建构与树立。谭处端在其《述怀》诗中说："谭马丘刘四个师，逍遥自在做修持。周天磨炼无穷宝，一片灵光自得知。"② 此处的"自得知"，就是对价值自证过程与心得的凝练概括。

于道显有《展姑告》一诗，充分展示了其对价值自证的倡导。诗曰：

> 了得真源万事无，尘缘不许污灵珠。
>
> 水源澄净全身现，云散寥天月自孤。③

诗的前两句阐明的是人的价值的本有，生命有其真源，且身怀灵珠。后两句则展示的是价值的自证，河水的源头要展现自身的本来面目，就要自我澄净；天空要展现月的明朗，就要散去飘浮的乌云。这里用了象征的艺术手法，水源、天空象征人的生命，而"全身现""月自孤"则象征生命价值的展现。而这一展现过程，完全无待于他物，而是要在自我

① （金）王重阳著，白如祥辑校：《王重阳集》，齐鲁书社 2005 年版，第 79 页。
② （金）谭处端、刘处玄等著，白如祥校：《谭处端·刘处玄·王处一·郝大通·孙不二集》，齐鲁书社 2005 年版，第 16 页。
③ 薛瑞兆、郭明志编纂：《全金诗》第三册，南开大学出版社 1995 年版，第 30 页。

自发中完成，这就是生命价值的自证。

又如侯善渊的《益寿美金花》词说："回头问己，认取无生真妙理。内阐灵光，升入蟾宫点桂霜。"① 姬志真的《酹江月》词亦曰："争似抽身闻早省，时把狂心休歇。世网冲开，玄关拨转，自得真仙诀。功成归去，一轮江上明月。"② 这当中自证的踪迹并不隐蔽，如"回头问己，认取无生真妙理""争似抽身闻早省，时把狂心休歇"，皆是自证之语。而自证之后，无疑生发出的是价值的建构。诸如"内阐灵光，升入蟾宫点桂霜""玄关拨转，自得真仙诀"是也。

总而言之，金元全真诗词中价值的建构，是以追寻与自证为有效的途径与方法的。

三 价值建构的方式

金元全真诗词中，价值的消解与构建，其痕迹与理路都显得清晰而易寻。多数情况下两者又有交织与汇融，消解中寓有建构，建构中渗有消解。单就价值的建构而言，金元全真宗师为我们展现了多重的建构方式，具体有：化有为无、化无为有、化有为无再化有等方式。

（一）化有为无的价值建构

所谓"化有为无"，是指在价值的建构过程中，将本有的生命意义进行打破与解构，营造出一种价值视域的虚空，而为新的价值目标的寻找提供一个无限的空间。这种打破原有、虚空当下、实现思维净寂的方式，是金元全真诗词中较为简单的价值建构模式。

我们且以具体的诗词为例，体悟其中化有为无的价值建构。丘处机有《心月照云溪》词，其上阕曰："阴阳变化，万古同于此。得失暂时间，又何必、欣生恶死。存亡寿夭，都在百年中，回头看，北邙山、累

---

① 唐圭璋编：《全金元词》，中华书局1979年版，第528页。
② 唐圭璋编：《全金元词》，中华书局1979年版，第1199页。

累皆相似。"① 该阕词开头是对万古以来，阴阳变化的共有规律进行总结，得出得与失皆为暂时，不必欣生与恶死的结论。接下来就是对原有价值的打破与解构，"存亡寿夭，都在百年中"，此"百年中"是生命价值的时间标杆，也是生命价值存有的时光标识。然而"回头看，北邙山、累累皆相似"，原有的"百年中"的价值却在苍茫相似的北邙山中化为乌有，纵使生前贫富也好，寿夭也罢，在一片片苍茫中已找不到任何区别的痕迹。此时生命尘俗价值进入了一片虚空，原有既定的人生思维也停止在了寂净之中。这种虚空与寂净不是一片死寂，而是为生命价值的自证与建立留下了足够的空间。这就是金元全真诗词中化有为无的价值建构模式。

刘处玄在其词中总结说："想百年，如一梦，几多时。"② 王处一亦于诗中说："处世如虚空，浮生似梦间。"③ 皆是对尘俗之中生命价值的解构与虚空，化有为无。李道玄写有《和王志隐新春》一诗，其中化有为无的价值建构模式同样清晰可寻，诗曰：

> 革故东君造化知，鼎新春色景熙熙。
>
> 莺迁乔木风犹软，燕近寻巢日渐迟。
>
> 半雨半晴桃露脸，轻寒轻暖柳舒眉。
>
> 一年一见一回老，白发功名总为谁。④

该诗前三联意象清新、意境舒展，读之心境晃朗，目悦神怡。从景熙熙、枫犹软、日渐迟、桃露脸、柳舒眉的视点描绘，到新春色、半雨半晴、轻寒轻暖的触觉感知，一幅新春变奏图赫然眼前。然而这些生机与

---

① （金）丘处机著，赵卫东辑校：《丘处机集》，齐鲁书社 2005 年版，第 93 页。

② （金）谭处端、刘处玄等著，白如祥校：《谭处端·刘处玄·王处一·郝大通·孙不二集》，齐鲁书社 2005 年版，第 128 页。

③ （金）谭处端、刘处玄等著，白如祥校：《谭处端·刘处玄·王处一·郝大通·孙不二集》，齐鲁书社 2005 年版，第 325 页。

④ 薛瑞兆、郭明志编纂：《全金诗》第四册，南开大学出版社 1995 年版，第 545 页。

美好，却在尾联的煞然收合中黯然失色。"一年一见一回老，白发功名总为谁"，这或许是作者触景生情的感叹，或许是对世人有意的棒喝，总之生命世俗的追求，在"白发功名总为谁"的疑问中走向了虚空与消解。原有的价值带来的饱满感瞬间随风而逝，一阵悬空与寂净之感迎面扑来。此时再读于道显的《赠孙伯英四首》（其四）诗，便会产生强烈的思维共鸣。诗曰："美目修容得几秋，忽然枯骨卧荒丘。生前伎俩千般巧，到此英雄一旦休。"① 尘俗中生命所拥有的美目修容，在时光的流逝中，忽然之间就沦为了枯骨荒丘。随着肉身生命的结束，生前孜孜念念的千般伎俩、万般雄豪，终究化为乌有。

这就是金元全真诗词为世人提供的化有为无的价值构建模式，其在彻底虚空和消解原有价值的同时，所带来的不是人生信念的毁灭与绝望，而是适合智慧火花探寻游走的无限空间。

（二）化无为有的价值建构

金元全真诗词中价值建构的第二种方式，就是化无为有。与化有为无的建构方式相反，化无为有是在生命的尘俗价值，展现出消解与湮灭的状态之时，探寻或发掘出生命原本具有的永恒而超越的价值存在。"化无为有"在逻辑上是以"化有为无"为基础和前提的，亦是"化有为无"的价值建构的逻辑实现。

我们先以丘处机的《沁园春·示众》词为例，探寻其中的价值建构理路。词曰：

> 世事纷纷，似水东倾，甚时了期。叹利名千古，争驰虎豹，丘原一旦，总伴狐狸。枳棘丛中，桑榆影里，乱冢堆堆谁是谁。君知否，谩徒劳百载，空皱双眉。
>
> 争如归去来兮。放四大、优游无所为。向碧岩古洞，完全性命，临风对月，笑傲希夷。一曲玄歌，千钟美酒，日月循环不老伊。

---

① 薛瑞兆、郭明志编纂：《全金诗》第三册，南开大学出版社1995年版，第13页。

童颜在，镇龟龄鹤寿，罢唱黄鸡。①

该词是金元全真诗词中阐述价值建构的典型之作。词之上阕与下阕论说主题鲜明有别，各有侧重。上阕着重传达的是世俗价值消散与湮灭的情形，世事纷纷如东倾之水，千古之下名利的争斗，终归于一片荆棘之中，乱冢堆里已分辨不出谁是谁，百载的营蝇俱为徒劳，空惹后人皱起双眉。可见该阕词传达的是价值的空与无，亦是化无为有价值建构的逻辑起点。词之下阕阐述的则是在空无之中探寻到的生命的深层价值。该阕开头，以归去来兮引入主题，效渊明弃尘俗而归隐。接着展示的是生命之真发现与实现的状态，于碧岩前古洞中，临风对月笑傲希夷，完全性命，高歌玄曲，畅饮美酒，任日月循环，却不觉衰老，童颜依旧在，与龟鹤同寿。此时的生命已跳出尘俗的羁绊，超越自然的束缚，进入逍遥自在之境。这便是生命价值终极意义上的"有"。价值从无到有的过程中，关键在于其中一"化"，这一"化"便是"归去来兮"的精神审视视角的转化。这一视角转化的完成，也促使了化无为有价值建构的实现。

王处一在《徐公求口诀》诗中说："日落西山性命枯，速修速炼下功夫。灰心渐得无衰老，阴尽阳纯药一炉。"② 该诗中化无为有的价值建构模式同样清晰可见，其中"速修速炼下功夫"，是无中生有的关键性转折。再如姬志真的《世事》诗曰："虚幻一团物，悲欢百种情。死生车转毂，劫运芥填城。自作无门狱，甘沉业火坑。转流无暂歇，苦楚没前程。大悟如求免，翻身道上行。莫于他处觅，心地早填平。"③ 王丹桂的《朝中措·抛俗》词曰："宦途好似水，东流得失几时休。选甚王侯黎庶，无常限到难留。争如解放名缰锁，且免了闲愁。异日三丹结正，携云却访瀛洲。"④ 如是诗词中，化无为有的价值建构模式并不隐

① （金）丘处机著，赵卫东辑校：《丘处机集》，齐鲁书社 2005 年版，第 66 页。
② （金）谭处端、刘处玄等著，白如祥校：《谭处端·刘处玄·王处一·郝大通·孙不二集》，齐鲁书社 2005 年版，第 296 页。
③ 薛瑞兆、郭明志编纂：《全金诗》第四册，南开大学出版社 1995 年版，第 297 页。
④ 唐圭璋编：《全金元词》，中华书局 1979 年版，第 492 页。

晦，其中之"无"，皆寓指生命尘俗价值的当下性，随着时光流逝而消解的状态；而"有"则指生命价值内核质素的发掘与展现。在"有"的状态下，生命则处于一种与道合一，逍遥自足的境界存在。

（三）化有为无再化有的价值建构

如果说前面所论述的"化有为无""化无为有"的价值建构模式，是就生命历程中不同的片段境域而阐发的话，那么化有为无再化有的价值建构，则是围绕生命历程的完整而贯通的境域而展开。所谓"化有为无再化有"，是指生命价值的建构所经历的，从价值拥有到消解再到深层价值发现与超越的过程。

丘处机写有《杂咏》诗若干首，其中之一则较好地展现了化有为无再化有的价值建构模式。诗曰：

> 人生得意如花好，花开恨迟谢恨早。
> 百岁光阴能几何，幼壮转眼成衰老。
> 可怜红颜美少年，北邙山下埋荒草。
> 何不学仙超轮回，丹经朗朗如月皎。
> 参同本有长生诀，谈道人多明道少。①

诗一开头，交代的是人生意义的美好，所谓"人生得意如花好"，这是价值的"有"。接下来就是从"有"化"无"的价值转变，从"百岁光阴能几何"到"北邙山下埋荒草"，是生命尘俗价值逐渐消散殆尽的过程。第四联"何不学仙超轮回，丹经朗朗如月皎"，是一种审美转化，审视视角由执着于尘俗而转向于超越尘俗，与其让生命在尘嚣中损耗，不如摒弃尘染访道学仙超出轮回。最后一联既有肯定又有否定，肯定的是人生更上一层境界实现的可能与可行，正所谓"参同本有长生诀"；否定的是世人参道悟道的结果，现实的情况是谈道论道者多，而

---

① （金）丘处机著，赵卫东辑校：《丘处机集》，齐鲁书社2005年版，第160页。

体道明道者少。该联虽有否定与抱憾之意，但并不影响生命超越价值的发现与崛立。第四联与第五联展现的是价值从"无"到"有"的建构轨迹。至此，全诗中化有为无再化有的价值建构模式，已完整连贯地映现在了读者面前。

姬志真的《满庭芳·全真》词，所展现的价值建构方式同样明了易见。词曰：

> 全本无亏，真元无妄，从来何少何多。灵源亘古，天地与同科。奈染诸缘万境，生情识、招致群魔。难超越，虚生浪死，苦海任奔波。
>
> 聪明求出离，回机一念，决证无何。勘元初本有，些子鏦讹。应现头头总是，分明在、依旧山河。高悬鉴，又还打破，拍手笑呵呵。①

不难看出，词之上阕论述的是价值的化有为无。"全本无亏，真元无妄"，所述的是生命价值的先天素质，其来自亘古灵源与天地同科。然而当生命进入尘俗境界之后，便会染着万缘、萌生情识，坠入执着贪恋的深渊，进而虚生浪死，苦海奔波，迷失真我，难以超越。至此生命价值趋于消解，归于了"无"。和上述丘诗相比，对于生命原有价值的展现，前者指向的是尘俗后天的价值，后者指向的是超尘先天的价值，但两者都为生命原本所拥有。词之下阕，则勾勒了价值化无为有的行迹。该阕开头的"聪明求出离，回机一念，决证无何"，是实现价值无中生有的重要关节。若使生命从尘俗湮灭的境域中得到解脱，就需自我回机转念，把审视的目光由探求于外而转向致思于内，如此方可"勘元初本有"发明本真，实现生命的返璞归真，打破旧习般般，跃尘出境而皈依道境。

诸如此类的阐述所见甚多，又如谭处端的《长思仙》词。词曰："金要多，银要多，奴马田园苦要多，临行孳更多。贫如何，富如何，万事

---

① 唐圭璋编：《全金元词》，中华书局1979年版，第1202页。

无心只恁何，将来奈我何。"① 刘处玄的《酹江月》词曰："寿过彭祖，更官高一品，石崇贵富。古往今来人世事，觉了不堪重虑。归去渊明，乘舟范蠡，先已超升去。真通道德，趓却死沉阴路。"② 此中价值的来与去、散与立皆轨迹明了，价值的终极指向与树立亦明确而有力，且行文多能行而下，贴近人情与人性，这也无形中增强了诗词价值观念的渗透力。

综上所述，全真金元诗词中，蕴含着丰富而多样的超越凡俗的价值建构模式，以"有"为价值建构的逻辑起点，以"无"或称价值的消解，为价值建构的内在动力，又以超越之"有"为价值建构的逻辑归宿，形成了来去连贯的价值思想体系。其中化有为无的价值建构模式，着重的是对尘俗价值消散的警示，以及对新的价值探索的寂净空间的提供。化无为有的价值建构模式，侧重的是对尘俗价值湮灭事实的暴露与正视，以及对超越价值的探寻与崛立。化有为无再化有的价值建构模式，则倾向于对生命价值应有的终极走向的指引，以及对生命价值转化的连贯过程的展示，是人生价值构建更为透彻的示范与指引。

第三节　金元全真诗词价值观念的文化指向

从价值的消解到价值的建立，可以看出，金元全真诗词中蕴含着一整套的价值体系与观念，而且价值观念中又有着清晰的文化指向，主要体现在我命在我不在天——价值的本有与自信；抖落凡尘——价值的凸显与崛立；证道而仙——价值的实现与永恒等三个方面。

一　我命在我不在天——价值的本有与自信

立足于内丹的修持指向，金元全真宗师对人的自足性有充分的认

---

① （金）谭处端、刘处玄等著，白如祥校：《谭处端·刘处玄·王处一·郝大通·孙不二集》，齐鲁书社2005年版，第51页。

② （金）谭处端、刘处玄等著，白如祥校：《谭处端·刘处玄·王处一·郝大通·孙不二集》，齐鲁书社2005年版，第133页。

知，所以在生命审美及价值建构中，他们一改以往外丹修行对外在的依凭，而倡导自我的能动性与决定性。王重阳在《南乡子·邵公索要下手修行》词中说："我命不由天，熟耨三田守妙玄。"① 郝大通"金丹诗"其五亦曰："一七元中九六年，始知我命不由天。炎风鼎内消红雪，偃月炉中炼瑞莲。"② 我命在我不在天，自我生命轨迹由自己把握，这充分体现了金元全真诗词价值观念中，价值本有与自信的文化指向。

价值的本有，立足于人的自足性，其核心的质素指向的是人的道性的本有。这种本有的价值，就决定了人的终极去向——归趋仙道。王处一的《一枝花·药方》词说："普劝门中友，妙药人人有。先师亲说下，与君修。"③ 于道显的《王副观告》诗曰："说与人间烈丈夫，时人都有夜明珠。"④ 长筌子的《满庭芳》词说："大觉光明，不须外觅，人人各有如来。"⑤ 李道纯的《满江红·赠密庵》词亦曰："一粒金丹，这出处、孰知年劫。若不认根源，怎生调燮。况是自家元有底，何须著相胡施设。"⑥ 所述诗词中的"妙药""夜明珠""如来""金丹"等，这些人人皆有之物，其实指则是人体内的"真性"，亦即"道性"，称呼不同而已。而这种真性则是人的核心价值之所在。王处一在《赠刘先生》诗中指出："万般方术都归假，千种机关总成空。唯有灵明常不坏，百年随手一团风。"⑦ 与世间万般方术、千种机关相比，"真性"恒常不坏的性质得以凸显，这也充分展示了生命价值的本有与珍贵。

价值的本真，在仙道层面喻示着人的自足与无待。人人皆有道性，

---

① （金）王重阳著，白如祥辑校：《王重阳集》，齐鲁书社 2005 年版，第 67 页。

② （金）谭处端、刘处玄等著，白如祥校：《谭处端·刘处玄·王处一·郝大通·孙不二集》，齐鲁书社 2005 年版，第 423 页。

③ （金）谭处端、刘处玄等著，白如祥校：《谭处端·刘处玄·王处一·郝大通·孙不二集》，齐鲁书社 2005 年版，第 348 页。

④ 薛瑞兆、郭明志编纂：《全金诗》第三册，南开大学出版社 1995 年版，第 17 页。

⑤ 唐圭璋编：《全金元词》，中华书局 1979 年版，第 583 页。

⑥ 唐圭璋编：《全金元词》，中华书局 1979 年版，第 1231 页。

⑦ （金）谭处端、刘处玄等著，白如祥校：《谭处端·刘处玄·王处一·郝大通·孙不二集》，齐鲁书社 2005 年版，第 280 页。

人人皆可成仙，正如丘处机所指出："凡七窍者，皆可成真。"① 所以王丹桂在其《临江仙·诚释道相辩》一词中说："不须方外谩劳形。人人俱有分，个个总圆成。"② 如此一来，人在价值终极实现的道路上，便有了充足的自信与无待。

丘处机曾作诗以示众曰："圣贤非道远，功德在人修。不向此心觅，更于何处求。"③ 其中"功德在人修"一句，阐明了人的价值的自证，这种自证只需内觅于自心而无须外求，这就充分展示了作者价值观中自信的一面。

姬志真深承前期宗师之思想，在诗词中亦表现出充足的价值自信，如其《疑网》诗曰："明知万法本因心，何更将心向外寻。自有丹砂求自得，谁为猿马使谁擒。"④ 又如其《求己》诗说："自在天真莫外求，幻尘土梗事俱休。虚闲一片清凉地，白璧黄金未足酬。"⑤ "丹砂自有""天真"自存，在对自我价值本有进行认知的同时，亦增进了价值自信的文化心态。

由此可见，人先天价值的本有，为人的价值自信提供了充足的理由与条件；而人的价值自信，则是对价值本有客观认知与认可的心态映射，两者共同促生了金元全真诗词中我命在我不在天的价值理念与文化指向。这一指向不仅激励着全真后学在求真路上勇往直前，而且增进了中国文化自信、无待的精神质素。

二 抖落凡尘——价值的凸显与崛立

尘世间万种尘纷与尘境蒙昧心源，遮蔽真性，使人耳不聪，目不明，心神癫狂。正如老子所指出："五色令人目盲；五音令人耳聋；五

---

① （金）丘处机著，赵卫东辑校：《丘处机集》，齐鲁书社 2005 年版，第 150 页。
② 唐圭璋编：《全金元词》，中华书局 1979 年版，第 487 页。
③ （金）丘处机著，赵卫东辑校：《丘处机集》，齐鲁书社 2005 年版，第 60 页。
④ 薛瑞兆、郭明志编纂：《全金诗》第四册，南开大学出版社 1995 年版，第 312 页。
⑤ 薛瑞兆、郭明志编纂：《全金诗》第四册，南开大学出版社 1995 年版，第 340 页。

味令人口爽；驰骋畋猎，令人心发狂；难得之货，令人行妨。"① 金元全真作家对此深有洞察，他们在标引出价值本有与自信的文化指向的同时，亦提倡抖落凡尘，以达到价值的凸显与崛立。

丘处机有《宣德州朝元观二绝》诗，其一就把这种价值观的文化指向进行了清晰的喻示。诗曰："长河耿耿夜深深，寂寞寒窗万虑沉。天下是非俱不到，安闲一片道人心。"② 诗开头两句把作者朝元观寒夜独坐，仰观星河的情境与感受进行了表述，并为整首诗奠定了清凉闲静的情感基调。夜深人静，星河闪亮，窗寒人孤，万虑消沉。这是凡尘摇落序幕的渐渐拉开。第三句突然摇身一抖，"天下是非俱不到"，把天下间纷纷扰扰，剪不断理还乱的是非人情一下耸身摇落，不留丝毫的牵扯。第四句则稳稳地着于实处，"安闲一片道人心"，凡尘落尽之后，剩下的是内心的安然与闲静。生命的真实与美好，很多时候不能用喧腾与纷繁去标识，而淡然恬静反倒是最恰切的诠释。此时生命本有的价值得到了凸显与崛立。

这种抖落凡尘的功夫，并非轻而易得，须于心境上着力。丘处机曾教导弟子说："待尔心上除了一分功，除了十分有十分功，除了九千九百九分，只有一分不除，不名清净，直须除尽。"③ 王处一亦在其《神光灿》词中说："石中隐玉，蚌内藏珠，须凭匠手功夫。"④ 依循苦心虔志的功夫，假以时日，必定能心尘涤尽，凡虑尽除，而实现心性的顿悟与猛省。谭处端的《神光灿》词下阕有曰："瞥地廓然猛省，勘元初一点，有甚闲愁。落魄婪耽，云水恣访仙俦。有似开笼俊鹘，又还如、解镤猿猴。我去也，把般般、打破便休。"⑤ 心性猛省，识得元初一点，这便是价值的凸显与崛立。此时心上纷尘早已般般扫落，心上枷锁——

---

① 陈鼓应注译：《老子今注今译》，商务印书馆 2003 年版，第 118 页。

② （金）丘处机著，赵卫东辑校：《丘处机集》，齐鲁书社 2005 年版，第 187 页。

③ （金）丘处机著，赵卫东辑校：《丘处机集》，齐鲁书社 2005 年版，第 143 页。

④ （金）谭处端、刘处玄等著，白如祥校：《谭处端·刘处玄·王处一·郝大通·孙不二集》，齐鲁书社 2005 年版，第 346 页。

⑤ （金）谭处端、刘处玄等著，白如祥校：《谭处端·刘处玄·王处一·郝大通·孙不二集》，齐鲁书社 2005 年版，第 27 页。

尽除。王处一的《赠中都赵知观》诗说："顿忘天下欲，渐赴大罗乡。日月光交绽，灵明满十方。"① 心境顿然明朗，抛却天下俗欲，踏尘而去、归赴仙乡，该诗表现的同样是凡尘抖落，凸显生命价值的文化指向。

事实上，金元全真宗师在抖落凡尘的倡导中，所要抖落的不仅是身外的滚滚红尘，而且自我的肉身亦在摇落范围之内。于道显有《赠孙太师夫人》一诗，诗中说："功名未了身先老，白发苍颜下手迟。顿悟此身非我有，真空不动片云飞。"② 此中"顿悟此身非我有"，即在表明作者对肉身抖落以破执的价值指向。该诗化用苏轼《临江仙》词中语句，亦不乏东坡词中的超脱顿悟之境界。诗的末句，收合于澄净的心境之上，"真空不动片云飞"看似写自然天空，实则是描绘心境的内景。心境空净、澄湛若水，任云来云去。这是生命价值凸显与崛立后的精神体验与感受。当由肉身之外的纷尘所带来的束缚与羁绊俱被摇落之时，生命的精神主体则会归于绝对的逍遥时空，感受深层价值崛立时的真实与美好。如姬志真《形幻》诗中所云："颖脱出尘坌，表里绝绸缪。亘古性月在，辉辉天霁秋。"③ 诗用语通俗，却意韵悠长。其中抖落凡尘、精神上趋的个中真味耐人品嚼。

三 证道而仙——价值的实现与永恒

金元全真诗词中，证道而仙——价值的实现与永恒，这一文化指向，是依循价值的本有、价值的凸显，两个文化指向生发而来的，是二者方向与境界的延伸与提升。和前两个文化指向相比，证道而仙，显然更具有终极性与超越性。这是全真文化中，深具终极关怀质素的又一体现。

---

① （金）谭处端、刘处玄等著，白如祥校：《谭处端·刘处玄·王处一·郝大通·孙不二集》，齐鲁书社 2005 年版，第 325 页。
② 薛瑞兆、郭明志编纂：《全金诗》第三册，南开大学出版社 1995 年版，第 47 页。
③ 薛瑞兆、郭明志编纂：《全金诗》第四册，南开大学出版社 1995 年版，第 295 页。

金元全真诗词中证道而仙的文化指向，同样清晰明了，其具体指向的是生命深层价值的实现与永恒。由前面的论述可知，生命所本有的深层的价值，体现在对"道性"或"真性"的拥有上。而经过对凡尘的剥离与抖落，这一深层价值便可得到突现与崛立，而其最终实现则体现为"真性"的回归、与道合一、证道而仙。人的"真性"一旦与道合一，回归来处，便会展现出瞬间即永恒、当下即永久的主体特征。

丘处机曾于一首《沁园春》词下阕中说："壶中异景堪怜。是别有风花雪月天。玩四时时现，祥云瑞气，三光光罩，玉洞琼筵。满泛流霞，高吟古调，骨健神清丹自圆。真堪爱，待功成一举，永镇飞仙。"①从宗教的视角来看，该阕词描述的是仙道天地与境界。词以"壶中异景堪怜"引起，对别样天地的景色进行宏观的展示与映射，包括风花雪月、祥云瑞气、日月星三光、玉洞琼筵等，可谓别有风光。对这一风光的浏览，得益于自我"骨健神清丹自圆"。所谓"丹自圆"，指的是功成行满后内丹的圆成。而内丹一旦圆成，便是"功成一举，永镇飞仙"。这里作者所阐释的，便是瞬间即成永恒的精神体悟，也是生命价值彻底实现后的境界存在。

刘处玄的《上敬奉三教道众并述怀》诗说："壶天妙景，昼夜非常。花开不谢，阆苑仙乡。海变松枯，永免丘荒。养成道体，体挂云裳。大罗归去，朝现天皇。"②和丘词一样，该诗阐释的是仙道时空与精神体验。此中较为突出的特点是价值恒久性的凸显。"花开不谢"喻示的是美好事物的长存；"海变松枯，永免丘荒"，喻示着生命存在的永恒；而"大罗归去，朝现天皇"，则点明了生命证道而仙的实现。这些则共同构成了作者对价值实现的倡导，以及价值永恒的文化指向。

于道显曾写有《述怀二首》诗，其二就是围绕证道而仙的文化指向而具体展开的。诗曰：

---

① （金）丘处机著，赵卫东辑校：《丘处机集》，齐鲁书社 2005 年版，第 66 页。
② （金）谭处端、刘处玄等著，白如祥校：《谭处端·刘处玄·王处一·郝大通·孙不二集》，齐鲁书社 2005 年版，第 122 页。

　　　　道念坚弥熟，人情自远疏。

　　　　清虚为活计，寂淡养真如。

　　　　铅汞烹金鼎，玄霜炼玉炉。

　　　　功成归去后，永永住仙都。①

与上述所例举的诗词作品相比，该诗在主题表达上并无特别之处，有所不同的是，诗中对证道而仙的方法有所交代，那便是清虚与寂淡。颈联两句"铅汞烹金鼎，玄霜炼玉炉"，有宗教隐语的味道，其所表达的实质是内丹修炼中阴阳的调合。尾联是点题之语，"功成归去"是指明心见性后，真性对自然之道的回归。回归道法喻示着得道成真，所以才有下句"永永住仙都"，其中"永永"二字，凸显了生命价值实现后的永恒与超越。

　　总括而言，若依循着金元全真诗词中价值的文化指向，人的生命境界有更上一层的充分条件，亦有更上一层的必然要求。所以生命终极价值的实现，也成为金元全真宗师在诗词中对世人价值观念与心态的由衷劝示与规引。恰如尹志平在《西江月》词中所感怀的那样，"幸得为人通道，道中别有归投。功成云步看瀛洲，万古名传不朽"。②

---

① 薛瑞兆、郭明志编纂：《全金诗》第三册，南开大学出版社 1995 年版，第 18 页。
② 唐圭璋编：《全金元词》，中华书局 1979 年版，第 1170 页。

第七章　金元全真诗词的多重天地与情怀

和世俗作家有所不同，金元全真宗师除于尘俗之中历练人生感悟生命外，还于林泉山水中品藻性情、洗涤精神。更为不同的是，他们还于宗教境界中遨游神思、驰骋心怀。这就促使他们拥有较一般作家更为丰富、更为多层的人生觉识与生命体证。映射于诗词作品中，就体现为诗词天地的多重与相应情怀的多样。具体来说，其中就包含尘俗天地、林泉天地与仙道天地等三重天地，以及与之相应的尘俗情怀、林泉情怀、仙道情怀等多种情怀。

第一节　尘俗天地与情怀

前文有所论及，金元全真宗师虽倡导世人出家修行，但这种出家仅为心灵上的超尘脱俗，而肉身并不能绝对脱离尘世。就如王重阳在《立教十五论》"离凡尘"一论中所指出："离凡世者，非身离也，言心地也。身如藕根，心似莲花，根在泥而花在虚空矣。得道之人，身在凡而心在圣境矣。今之人欲永不死而离凡世者，大愚不达道理也。"① 可见全真教在立教理论中，并没有弃世、避世之论。而在实际修行中，全真宗师又倡导内修"真功"，外修"真行"。而"真行"就是济世度人，

① （金）王重阳著，白如祥辑校：《王重阳集》，齐鲁书社2005年版，第279页。

遍拔苦众的积善之举，被视为筑仙基，而这部分活动则要完全于尘世中完成。所以对于尘世，全真宗师并不陌生，并有着非同世人的体认与感知。在诗词中，全真宗师为我们展现了"全真"视角下的尘俗天地与尘俗情怀。

一　尘俗天地

由于审视与认知视角的不同，全真宗师于诗词中为我们展现了一个不同于尘俗视域的尘俗天地。这一重天地与世人所感知的天地并无时空的不同，亦无存在性与质地的差别，所有不同就在于审视者认知与感受的不同。这是同一事物在不同的审美者眼中，展现出面貌的差异性而已。全真宗师眼中的世俗世界，有如下的特征。

（一）乱人心性

本着知来处方知去处的审视理路，金元全真宗师对生命与人生，有更为深刻而系统的体认与洞察。他们认为，人在降生尘世之初，拥有一副澄湛圆融而饱满的元心与真性。这一真性超出五行之外，源于天地之大道，虚静绵邈，逍遥莹彻。王处一在其《江神子·投真》词中对真性描绘曰："本源真性静寥寥。任飘飘，恣逍遥。便是虚空，天外显灵苗。独乐闲闲无彼我，呼皓彩，吸清飙。"① 而随着时间的推移，世间纷繁的欲望与尘情开始濡染人心，搅扰真性，进而阻碍生命寻真与回归元初的进程。就此谭处端于《酹江月》词中指出："一灵真性，又因何、漾入凡胎尘域。迤染浮华贪爱恋，展转昏迷真迹。旷劫难逃，如今又错，罪孽重重积。本来模样，怎生分解寻觅。"② 人的真性在坠入凡胎之后，便渐受世间浮华贪爱习气的濡染，变得昏迷失聪，不识来时行

---

① （金）谭处端、刘处玄等著，白如祥校：《谭处端·刘处玄·王处一·郝大通·孙不二集》，齐鲁书社2005年版，第352页。

② （金）谭处端、刘处玄等著，白如祥校：《谭处端·刘处玄·王处一·郝大通·孙不二集》，齐鲁书社2005年版，第25页。

迹、难认本初模样。王处一在《中都张盐副问趋生死》诗中亦说："本无衰老与来生，只为尘寰染俗情。惹绊精神留苦海，性灵无路得圆成。"① 人的元初真性本无衰老之变，更无轮回之苦，但只因沾染俗情，精神受到羁绊而滞留苦海，内在元心无以发明，真性无以圆融，生命之真也就无以体证。而这一结局，皆源于尘俗天地对人心性的迷乱与搅扰。

尘俗之中乱人心性之物，主要是滚滚翻腾的各种私欲与物欲，包括名利、是非、酒色财气、声色荣华等。恰如老子所指出："五色令人目盲；五音令人耳聋；五味令人口爽；驰骋畋猎，令人心发狂。"② 人们在面对声色犬马财货之时，最易昏聩心智，迷失本真。王重阳在其《黄莺儿》词中曰："堪嗟浮世如何度。酒色缠绵，财气沈埋，人人都缘，四般留住。因上上起荣华，节节生迷误。总夸伶俐惺惺，各斗机关；皆结贪妒。"③ 人们在面对尘俗中的酒色财气的诱惑时，不由自主地会生出贪恋之心，对富贵荣华心生向往，并施展手段、用尽机关。王重阳又于《解红》一词中叹惜道："叹嗟浮生，被荣华、驱策名和利。人人斗作，机心起百般奸计。嫉妒愈增，佻巧重生俱相效，皆贪爱、何曾停住，常若是。"④ 在这里王重阳可谓把世人驱使于荣华名利的情态，及世人甘受驱使且乐此不疲的心态淋漓地展现了出来。而世人这种"机心起百般奸计。嫉妒愈增，佻巧重生俱相效"的心理，正是原本澄湛的心境受到尘俗欲望搅扰后的失控反映。词作表面上是在描写浮世中世人的日常生活及心态，其深层则是在阐释尘俗天地中物欲的横流及其对世人心性的侵害。

面对尘俗之中搅扰心性的祸根业种，全真宗师多处劝人要勤加提防，免受其害。王重阳的《惜黄花》词说："人须猛省，人须猛悟。独

① （金）谭处端、刘处玄等著，白如祥校：《谭处端·刘处玄·王处一·郝大通·孙不二集》，齐鲁书社 2005 年版，第 289 页。

② 陈鼓应注译：《老子今注今译》，商务印书馆 2003 年版，第 118 页。

③ （金）王重阳著，白如祥辑校：《王重阳集》，齐鲁书社 2005 年版，第 51 页。

④ （金）王重阳著，白如祥辑校：《王重阳集》，齐鲁书社 2005 年版，第 169 页。

不省，独不悟，巧机越做。"① 此中警人醒悟的急切之情字字可见。马钰写有《十六障》诗，例举了尘俗之中搅人心性的十六种业障，以此劝诫世人。诗曰：

> 火风地水结皮囊，眼耳鼻舌四魔王。
> 人我是非招业种，气财酒色斩人场。②

每句诗的前四个字所指的皆是业障，四句中共例举了十六障。其中"风火地水"是佛教中借指组成人体的四种元素。在全真家看来，人体肉身是束缚真性的物质存在，也是产生七情六欲的物质基础，所以全真宗师对肉身持以否定的态度，称其为"行尸走肉""臭皮囊"。而结成肉身的四种元素"风火地水"，自然亦在被排斥否定之列。"眼耳鼻舌"是佛教"六根"中的四根，是色、声、香、味欲望产生的根源，所以作者称之为"四魔王"。"人我是非"是人的四种分别之心，有了人我是非的分别，人的心性便产生了执着，人的无尽的烦恼之源也从此开启，故作者称之为"招业种"。"气财酒色"损精耗神，搅扰心性自不必说，被作者称为"斩人场"。至此我们可以看出，诗中所论并非作者虚张声势夸大其词，而实为作者警诫世人的肺腑之言。

于道显在他的《示张都监》诗中说："莫恋浮华悟此身，好将恬淡养天真。眼前便是梦中梦，觉后方知身外身。"③ 诗之劝示之意清晰而彰显。劝人莫被空华所误，要以恬淡的心境涵养本性之真。眼前繁华之态皆为梦幻，唯有梦醒，方可识得身外之身。此"身外身"所指便是"真我"或称元初"真性"。识得"真我"或"真性"，生命的深层价值才最终得以彰显和实现。

王玠曾写有《沁园春》词数首，其中有一首以"全真家风"为题

① （金）王重阳著，白如祥辑校：《王重阳集》，齐鲁书社2005年版，第171页。
② （金）马钰著，赵卫东辑校：《马钰集》，齐鲁书社2005年版，第18页。
③ 薛瑞兆、郭明志编纂：《全金诗》第三册，南开大学出版社1995年版，第4页。

目者。其上阕曰："不恋功名，不求富贵，不惹闲非。盖一间茅屋，依山傍水，甘贫守道，静掩柴扉。读会丹经，烧残宝篆，终日逍遥任自为。真堪悦，遇饥来吃饭，冷即穿衣。"① 该阕词可视为作者对自我生活情状的客观描绘，亦可看作作者对世人生活心态的规引，其中的劝示之意充足而显现。词一开头便是一连串的劝导性语言，告诉读者对功名富贵、闲是闲非要避而远之，其中原因作者并未明言，但却显而易见，是因为它们皆是搅扰心性的祸根。为更好地避开尘俗的搅扰，作者的选择是依山傍水建一间茅屋，于此甘贫守道、隐遁行迹，心会于丹经神领于宝篆，终日逍遥以自为，以至于饥来吃饭，冷来穿衣。事实上词中所述的隐遁后的生活形态，是内在心性得以涵养后的外在表现，这是一种内在惺惺外若痴的大智若愚的生命状态。而这一状态实现的前提，则是自我心性免受尘俗的搅扰。

由以上所述，可以看出，在全真作者眼中，尘俗的天地中充斥着搅扰心性的各种私情与物欲，而世人就是在这些情与欲中晕头转向，迷失真我，找不到回归淳真的方向。所以全真作者劝示世人远离尘俗的种种情欲，持一份恬淡的心境，涵养本我"真性"，以体悟生命更上一层境界，映现出本有的身内之身。

（二）消损生命

基于对尘俗天地中滚滚情欲对世人心性侵蚀的洞察，以及对世人在尘俗中迷失癫狂表现的审视，金元全真宗师深刻地认知到尘俗对世人生命的损耗。对于穿梭于尘俗天地中的生命个体来说，生命历程中的每一份贪求与执着，都是对精气神的一种消耗与泄漏，当自身所拥有的精气神消耗殆尽之时，生命也就在尘俗中走向了殒灭。

在金元全真诗词中，我们随处可以看到"牢笼""火院""苦海"等字样，这些字词皆是对尘俗天地的别称。这充分显示出全真宗师对尘俗天地的否定与排斥，同时我们也应该看到，这种否定与排斥并非具有

---

① 唐圭璋编：《全金元词》，中华书局1979年版，第1261页。

全面彻底性，而是具有一定的特指性，这种特指性所指向的就是尘俗天地对生命精神的消磨。尘俗时空在赋予世人生命外在肉身形体的同时，亦在用种种情欲侵蚀和消损人的内在精神。就此王重阳在其《金蕉叶》词中指出："扑入尘凡世俗，这恩牢、更兼爱狱。被玉杻金枷紧束，受无穷不足。百岁光阴迅速，更朝磨、夜磨催促。"① 该词用语简朴，近似白话，表意亦清晰明了。词中多处使用比喻，把世俗恩情比作牢笼，把个人爱欲比作牢狱，又把金玉比作枷锁。尘俗之人对此尚不觉察，因为这些都是一种无形的形体与精神上的负累。随着光阴的流逝，这些负累对人的精神就会产生一种消磨，且昼夜不息。马钰对此亦有同感与共鸣，其在《赠庆真徐清神》诗中这样说道："火院常耽没彻头，一身空为一家愁。与他了干终难了，不若灰心休更休。"② 此处"火院"所指正是尘俗天地。诗以质朴的语言传达了作者对尘俗煎熬生命的担忧，以及对解脱之路的探寻。其中指出了尘俗对生命消损的无休无止，也指出了尘俗忧愁的空不依凭。

谭处端于《神光灿》一词中亦说："茫茫苦海，逐浪飘沦，痴如蜂蜜蛾灯。一向迷迷，妻妾儿女恩情。遭他恁般系绊，限临头、独赴泉冥。"③ 该词以世人的角度展开对尘俗天地的审视。"茫茫苦海"所指同样是尘俗社会。在尘俗洪流之中，世人随波逐浪，昏转迷蒙，对于尘俗情欲，如飞蛾扑火，执着黏附。世人不觉自我的心神已被尘俗系绊不得超脱，等大限临头，唯一的结局便是独赴幽泉。世人的生命价值最终消解在尘俗之中。

丘处机曾写有《无俗念》词数首，其中题为"赞师"的一首，则表达了其对尘俗时空消损吞噬生命的无限感叹。词之上阕曰："漫漫苦海，似东溟、深阔无边无底。逯逯群生颠倒竞，还若游鱼争戏。巨浪浮

---

① （金）王重阳著，白如祥辑校：《王重阳集》，齐鲁书社 2005 年版，第 86 页。

② （金）马钰著，赵卫东辑校：《马钰集》，齐鲁书社 2005 年版，第 8 页。

③ （金）谭处端、刘处玄等著，白如祥校：《谭处端·刘处玄·王处一·郝大通·孙不二集》，齐鲁书社 2005 年版，第 27 页。

沉，洪波出没，嗜欲如痴醉。漂沦无限，化鹏超度能几。"① 该词与上述所引谭处端的《神光灿》词，有着相同的切入视角，亦是以世人的表现来映射尘俗天地。词作运用比喻的手法，将尘俗天地中情欲的无边，及世人心灵被尘情吞噬淹没的情境进行了形象的描绘。在作者看来，尘俗中的情欲如东海之水无边无际，而世人却不觉其忧，反于其中优游嬉戏，在巨浪翻腾中，贪情嗜欲如痴如醉。所以作者感叹，在这尘俗漂沦中，能够挣脱樊笼化鹏展翅者能有几人呢？该阕的结尾一句，也就把尘俗对世人生命和心性的吞食与消损的巨大威力，给予了形象客观的展现。

基于上述的认知，金元全真宗师对尘俗洪波中的世人多有劝诫与警醒，以企世人对自我生命精神的消损有所认知与醒悟，并能寻求到跳出尘俗洪流的路径，以实现自我济度与超脱。王重阳于《上兄》一诗中对兄长劝示说："同胞谁悟水中金，己卯壬辰各自寻。顾我已归云水老，劝兄休起利名心。恩山爱海何时彻，火宅凡笼每日侵。莫为土坡牵惹住，蓬莱别有好高岑。"② 诗之首联"同胞谁悟水中金，己卯壬辰各自寻"，点出了劝人省悟并自寻出路、自证价值的思想主题。颔联"顾我已归云水老，劝兄休起利名心"，就自我归趣山水的经验，现身说法，劝导兄长要戒生名利之心。颈联"恩山爱海何时彻，火宅凡笼每日侵"，目光一转，转到了现实人生，现实生活的情境是爱海恩山束缚心性，火宅凡笼侵蚀精神，且日日无休止，遥遥无彻期。尾联"莫为土坡牵惹住，蓬莱别有好高岑"，再次收合于劝化之上，又一次告诫兄长及世人，不要被尘俗牵绊，蓬莱圣境另有高山。尾联的收合似乎显得疲软而乏力，劝化之中渗透着无奈，正是这种乏力与无奈，恰恰反射出了尘俗天地对世人精神损耗的凶猛与无情，以及世人的不觉与痴迷。这也从一定意义上，照应了首联所点出的自寻自证的思想主题，再次表明了，在出尘解脱的征途中，世人只能自我省悟，别人于己则爱莫能助、无能为力。

---

① （金）丘处机著，赵卫东辑校：《丘处机集》，齐鲁书社 2005 年版，第 64 页。
② （金）王重阳著，白如祥辑校：《王重阳集》，齐鲁书社 2005 年版，第 8 页。

王重阳在其《苏幕遮·劝世》一词中，表达了同样的劝诫情怀。词曰：

> 叹人身，如草露。却被晨晖，晞转还归土。百载光阴难得住。只恋尘寰，甘受辛中苦。
>
> 告诸公，听我语。跳出凡笼，好觅长生路。早早回头仍返顾。七宝山头，作个云霞侣。①

词之上阕是对尘俗天地消解生命的形象阐述，运用比喻的手法，增进了阐释的效果。把人身喻为草上晨露，虽晶莹剔透，却易被阳光灼烧而尽。词中的晨晖，暗指的就是尘俗中损精耗神的尘扰。而世人不悟，却对尘俗心生眷念，甘心于受辛受苦。词的下阕是对世人的劝示，在劝止世人痴迷尘俗的同时，亦指出生命更好的归处。与王重阳此词的委婉劝诫有所不同，马钰这首《警愚人》诗则显得情绪激烈，情感急切。诗说："堪叹人人忒煞愚，身居火院觅红炉。不唯不得清凉地，怎奈腥臊臭秽渠。"② 该诗无疑是对世人痴迷于尘俗的当头棒喝。作者对世人身居火院而不觉，反却于火院中再觅红炉的行为痛心疾首，却又无可奈何。而世人如此执迷的结果，只能是不仅不得清凉之地，反又辗转于腥臊臭秽之渠。诗于正面展示尘俗中世人痴迷情态的同时，实则也于暗处隐含了对尘俗天地消解世人价值，消损生命精神的揭示。

（三）虚浮不定

基于对时空无限的认知，金元全真宗师对尘俗天地的审视，便不再就尘俗而论尘俗，而是选择了以无限的历史长河作为观照的坐标。面对浩瀚而无限的历史时空，当下的尘俗天地就显得虚幻而不实，沉浮聚散难测。这种虚幻不实并非就尘俗天地的存在性而言，而是就其诸多事与物的难以恒久而论。在无限的时光长河中，当下尘俗的繁华与喧腾显得

---

① （金）王重阳著，白如祥辑校：《王重阳集》，齐鲁书社 2005 年版，第 75 页。
② （金）马钰著，赵卫东辑校：《马钰集》，齐鲁书社 2005 年版，第 17 页。

短暂而易逝，亦幻亦灭。所以在全真宗师眼中，当下的尘俗天地拥有沉浮不定、虚幻不实的特征。

王重阳在其《换骨骸·韩公索叹世》词中这样说道："百年韶景风灯影，怎留他光莹。"① 百年时光相对于无限的时间长河来说，只不过是转瞬之间，所以作者叹道"怎留他光莹"，时光东逝，白驹过隙，无可停留。他的《浪淘沙·叹虚飘飘》词说："石火不相饶，电里光烧。百年恰似水中泡。一灭一生何太速，风烛时烧。"② 时光如石火电光一般，瞬息瞬灭，纵使百年光阴，也就像水中浮泡，眨眼破灭，所以世间的生与灭之间轮转疾速，沉浮难测。这是就当下尘俗天地时光维度下的短暂而展开的论述。

就尘俗中世人所拥有的富贵名利等身外之物来说，更加难以长久。王重阳在《浪淘沙·唐秀才索春寒秋热词》词中说："恰似这浮华，人做生涯。得时温燠失来邪。贪富热寒应不定，浪里淘沙。"③ 又说："阴照复阳登，阳喜阴增。人当衰处转夸能。天欲明而仍暂暗，祸福交承。"④ 又在《蓦山溪》词中云："水中沤起，来往相随走。旋旋被风吹，便生灭、暂无还有。忽亡忽聚，遄速没人知，如浮世，不坚牢，名利难长久。"⑤ 词作用语浅显，表意明了，清晰地点出了贫富不定、祸福交承、名利难久的尘俗特征。

丘处机曾因落花有感而写有一诗，诗曰："昨日花开满树红，今朝花落万枝空。滋荣实藉三春秀，变化虚随一夜风。物外光阴元自得，人间生灭有谁穷。百年大小荣枯事，过眼浑如一梦中。"⑥ 诗因落花而创，也以落花开篇。首联以昨日、今朝花开花落的不同景象作对比，以凸显尘俗天地中美好事物的短暂与虚幻。颔联承接而来，就如花一般美好事

---

① （金）王重阳著，白如祥辑校：《王重阳集》，齐鲁书社 2005 年版，第 55 页。
② （金）王重阳著，白如祥辑校：《王重阳集》，齐鲁书社 2005 年版，第 84 页。
③ （金）王重阳著，白如祥辑校：《王重阳集》，齐鲁书社 2005 年版，第 84 页。
④ （金）王重阳著，白如祥辑校：《王重阳集》，齐鲁书社 2005 年版，第 84 页。
⑤ （金）王重阳著，白如祥辑校：《王重阳集》，齐鲁书社 2005 年版，第 85 页。
⑥ （金）丘处机著，赵卫东辑校：《丘处机集》，齐鲁书社 2005 年版，第 15 页。

物的荣枯变化的原因作出分析，指出滋荣依赖于三春的时节，盛衰之变
却随一夜之风。而三春之秀与一夜之风俱为速变之事，无可依凭。颈联
转向于形而上的理的总结，物外的光阴不求而得，人间生灭之理无人能
穷。尾联收合于整个人生，百年的时光，无数的大小荣枯之事，而随着
时间的流逝，皆为昨日一梦。诗虽以"花开"启篇，看似状写花开花
落的自然变化，实则是以花喻人与事，喻示人的一生所拥有的财富名利
与荣耀等一切美好的事物，它们共同的特点就是昨日今朝盛衰的立变。
诗的尾联"百年大小荣枯事，过眼浑如一梦中"，又一次点题，直言人生
荣枯难测，虚幻如梦，形成事理首尾照应，情感有开有合的完整结构。

　　尘俗天地给一般的世人所带来的是沉浮难测的命运，那给古今的英
豪们带来的又是什么呢？丘处机的《沁园春·列鼎雄豪》词这样描述：
"列鼎雄豪，兔走乌飞，转头悄然。似电光开夜，云中乍闪，晨霜迎日，
草上难坚。立马文章，题桥名誉，恍惚皆如作梦传。"① 可见古今英豪
们于尘俗天地中，所得到的同样是虚浮不定的人生。姬志真借《酹江
月》一词表达了同样的思想卓识，词曰："功名富贵，似无绳缚尽、英
雄豪杰。古往今来同影戏，顷刻存亡兴灭。"② 古往今来的历史以及历
史中无数英雄豪杰，如皮影嬉戏一般，轮番登上历史舞台，但终归都逃
不脱兴灭存亡顷刻而变的尘俗命运。这也正是对尘俗天地虚浮不定特征
的深刻印证。

　　尘俗天地既有虚浮不定的特征，尘俗之中的世人则应有所洞识与觉
醒，不可依附凭借于尘俗的虚浮。马钰曾以《爇心香》词赠彭官人，
对其进行劝示说："昨日官人，今日仙俦。悟浮生、水上浮沤。忽生忽
灭，难保难留。便做风狂，成风雅，骋风流。心意清闲，云水遨游。"③
词中既有对生命现状的审视，又有对生命去处的指引。生命的现状是浮
生若沤，这是由尘俗天地所决定的；生命的去处是作风狂、骋风流，清

---

① （金）丘处机著，赵卫东辑校：《丘处机集》，齐鲁书社 2005 年版，第 66 页。
② 唐圭璋编：《全金元词》，中华书局 1979 年版，第 1199 页。
③ （金）马钰著，赵卫东辑校：《马钰集》，齐鲁书社 2005 年版，第 102 页。

心净意云水悠游。这是以精神解脱的方式探寻到的生命的归处。谭处端
亦有不少同样的劝示之作，如他的《连理枝》词，词曰："算荣华富
贵、电中光，好回心改悔。早早寻出离，默默搜玄秘。寂淡贫闲，随缘
度日，道人活计。"① 同样是在正视尘俗天地虚浮不定的基础上，指出
生命应有的更好归处。王处一曾因孙一翁见子出家大哭一事作诗以赠
之，诗曰："贩骨如山岳，时来暂托生。保朝不保暮，出离是前程。"②
持有同样思想基调的作品又如他的《自在》诗，诗云："处世如虚空，
浮生似梦间。悟真超造化，步步出尘寰。"③ 皆是立足于尘俗天地的虚
浮难凭，而劝人跳出尘寰，寻求生命别样的归程。

（四）处事艰辛

金元全真宗师深历于尘俗，深感于尘俗，既知天地之中世事的虚
浮，又谙生活之中世事的艰辛。这种艰辛既有疲于应付的精神负累，又
有空于奔忙的生活无奈。而促生处事艰辛这一生命感知的社会现实，就
是人生有限而情欲无涯、世事无涯。

尘俗天地中人生光阴有限，这是一个不争的事实，古语常说的
"人生七十古来稀"，就是对人生有限且短暂的精辟概括。这是尘俗之
中生命存在的客观真相。全真宗师对此多有概述，王重阳在其《留客
住》一词中说："但人做，限百年、七旬难与。"④ 谭处端在其《临江仙》
词中曰："百年浑似梦，七十古来稀。"⑤ 他又在《赠京兆府安王解元》
词中说："算人生七十，古来云少。"⑥ 然而这区区有限的人生，却充斥

---

① （金）谭处端、刘处玄等著，白如祥校：《谭处端·刘处玄·王处一·郝大通·孙不二集》，
齐鲁书社 2005 年版，第 39 页。
② （金）谭处端、刘处玄等著，白如祥校：《谭处端·刘处玄·王处一·郝大通·孙不二集》，
齐鲁书社 2005 年版，第 325 页。
③ （金）谭处端、刘处玄等著，白如祥校：《谭处端·刘处玄·王处一·郝大通·孙不二集》，
齐鲁书社 2005 年版，第 325 页。
④ （金）王重阳著，白如祥辑校：《王重阳集》，齐鲁书社 2005 年版，第 57 页。
⑤ （金）谭处端、刘处玄等著，白如祥校：《谭处端·刘处玄·王处一·郝大通·孙不二集》，
齐鲁书社 2005 年版，第 39 页。
⑥ （金）谭处端、刘处玄等著，白如祥校：《谭处端·刘处玄·王处一·郝大通·孙不二集》，
齐鲁书社 2005 年版，第 39 页。

着无限的情和欲，且受其无休止的支配与困扰，使短暂的生命碌碌奔忙，身心疲惫。丘处机在其《示众》诗中就说："色身元有限，情欲浩无涯。痴似蜂贪蜜，狂如蝶恋花。"① 谭处端于《骷髅》诗中说："爱欲无涯身有限，至令今日作骷髅。"② 又于《沁园春》词中说："爱欲无涯，有限形躯，休苦苦疲。"③ 在无限尘俗情欲的诱惑及误导下，世人渐渐迷失自我，于执着与贪求中如痴如狂。

在有限的尘俗岁月里，世人面对的除无涯的情欲外，还有纷繁无尽的尘事。尘俗天地中无涯的世事恰如满天飞絮，一川烟草，可谓剪不断理还乱。丘处机曾以《沁园春》词示众曰："世事纷纷，似水东倾，甚时了期。"④ 世间之事绵邈浩浩，如东倾之水无止无休。马钰曾遇世人执着于古人的一副对联，联曰：先须历遍人间事，然后搜寻出世机。马钰深感此联理未尽其善，便作诗一首，以共勉于世人。诗曰："世事无涯无了期，若言历遍却成非。不如识破都无著，自是通玄达妙机。"⑤ 对于马钰所解古人之联是否恰切，我们姑且不管，但就马钰诗中所言而论，却不无深刻的哲理。世事本就无涯，而人生却很有限，若执着于历遍世事，岂不自寻苦恼？王丹桂的《踏云行·自遣》词亦表达了自我对尘俗世事的感悟，词上阕曰："世事纷纷，尘情扰扰。余闲思想真堪笑。荣枯得失几时休，兴亡成败何年了。"⑥ 该词所阐之理与前述诗词同调而和，皆是对尘俗天地中世事的无涯有感而发。词中所论的尘情、枯荣、兴亡、成败等实则皆属世事，词中对世事议论进行了具体的展开。诸如此类的诗词之作还有很多，不可备引。

事实上，在尘俗天地之中，情欲的无涯与世事的纷扰并非截然分开

① （金）丘处机著，赵卫东辑校：《丘处机集》，齐鲁书社 2005 年版，第 57 页。
② （金）谭处端、刘处玄等著，白如祥校：《谭处端·刘处玄·王处一·郝大通·孙不二集》，齐鲁书社 2005 年版，第 22 页。
③ （金）谭处端、刘处玄等著，白如祥校：《谭处端·刘处玄·王处一·郝大通·孙不二集》，齐鲁书社 2005 年版，第 42 页。
④ 唐圭璋编：《全金元词》，中华书局 1979 年版，第 455 页。
⑤ （金）马钰著，赵卫东辑校：《马钰集》，齐鲁书社 2005 年版，第 17 页。
⑥ 唐圭璋编：《全金元词》，中华书局 1979 年版，第 485 页。

的，而是一种相互促生、相互激发的循环关系。尘俗无涯的情欲，必然促使世人汲汲于营营与贪求，世人的种种钻营便是世事纷扰的起因，而纷繁的世事又会反向刺激尘俗的情欲，如此一种循环不休的尘扰模式便充斥于尘俗天地之中。

当世人久置于这种尘俗天地之中，疲于应付、空于奔忙的负累感与无奈感久而久之会深植于心，觉与不觉这都是一种客观的事实。全真宗师有着先觉之智，对此深有所感。王重阳的《留客住》一词就说："夺名争利，强恁徒劳辛苦。金飞玉走催逼，老死还被，儿孙拖入土。"①对于尘俗生活的辛苦，世人或许会有感知，但对于辛苦的徒劳，世人未必深解。在全真宗师看来，生命价值与人生道德的实现与完善，完全不依附于外在尘俗，在人生意义追寻与实现的征途中，这种尘俗的辛苦皆为徒劳。所以王重阳以现身说法劝诫世人说："余今省悟，舍攀缘爱念，一身无虑归去。云水长游，清闲得遇。"② 这种省悟，显然是立足于对尘俗天地中世事艰辛而徒劳的洞识之上的。一旦省悟，便能舍去攀缘爱念，抖尽凡尘，清闲无碍云水长游。马钰对于尘俗天地有同王重阳一样的感知，他在《借黄英卿殿试韵》诗中表露情志说："家累辛勤重担担，往来来往贩皮衫。看看又入深坑窖，怎得丹炉火炼三。"③ 在马钰看来，尘俗之中世人生命轮回，更换的只是肉身皮衫而已，而尘俗中的辛苦重担并无任何改变。而这种无休止的辛劳轮回，只能使人从一个深坑跳入另一个深坑，而无缘于寻丹问炉。尘俗之中要想寻得人生更好的归处，探寻到生命的真正意义，就要摆脱尘俗的负累与艰辛，又如马钰所说："一舍家缘不再担，口淡玄妙不言衫。衣披毡毯心怀道，元本婴儿匪念三。"④ 唯有家缘舍弃、脱去身心负担，才能体悟道法玄妙，视见元初本性。

---

① （金）王重阳著，白如祥辑校：《王重阳集》，齐鲁书社 2005 年版，第 57 页。
② （金）王重阳著，白如祥辑校：《王重阳集》，齐鲁书社 2005 年版，第 57 页。
③ （金）马钰著，赵卫东辑校：《马钰集》，齐鲁书社 2005 年版，第 21 页。
④ （金）马钰著，赵卫东辑校：《马钰集》，齐鲁书社 2005 年版，第 21 页。

至此我们可以看出，尘俗天地中情欲无涯世事纷繁，而生命的时光却有限而短暂。当面对无涯的情欲、无绪的世事时，有限的生命便备受困扰与艰辛，营营于成败、汲汲于得失。而这种身受疲惫、心负煎熬的苦与辛，于人生终极意义的实现却是一种徒劳。正所谓"火院空耽空累人，算来空苦亦空辛"。① 这种终极意义的虚空与缺失，更加重了尘俗天地中为人处事的艰辛。

二　尘俗情怀

由上一节的阐述可以看出，金元全真宗师对于尘俗天地，有着深刻而细微的体察，这种体察是需要倾注大量心血才可获得的生命智慧。这也在一定层面上印证了全真宗师不厌世不弃世的社会心态，以及别有深寄的尘俗情怀。通过对金元全真诗词的深刻解读，我们领悟到了全真宗师对尘俗天地所寄寓的那份思想情怀，主要体现在于尘俗中砺心、于尘俗中筑基两个方面。

（一）于尘俗中砺心

尘俗天地中充斥着种种情欲与诱惑，也充满了诸多坎坷与艰辛，这对于一般世人来说是人生价值消解、生命精华损耗的主要导因，但对于像全真宗师这样有志于寻求生命彼岸、精神归途的觉悟者来说，却是砥心砺志的基石。所以尘俗天地对于全真宗师来说，不但不能乱其心性，反倒可以明鉴心田。

相比之下，喧嚷的尘世更有利于出世之人锤炼心境。"静处做好，闹处做更好"，② "道通瘴寐，道达幽明，动静不拘。至于大修行人，活活泼泼，外圆内方，何妨在市居朝"。③ 正如丘处机在《陇山松》诗中

---

① （金）马钰著，赵卫东辑校：《马钰集》，齐鲁书社 2005 年版，第 53 页。
② （金）丘处机著，赵卫东辑校：《丘处机集》，齐鲁书社 2005 年版，第 154 页。
③ 刘仲宇：《刘一明学案》，齐鲁书社 2010 年版，第 176 页。

云："高歌物外归去来，大隐鄽中益开悟。"① "归去来"化用了陶渊明的"归去来兮辞"，作者显然对陶渊明"采菊东篱下，悠然见南山"② 的闲散心境以及"结庐在人境，而无车马喧"③ 的大隐境界饱含崇敬之情。

大定十四年（1174）丘、刘、马、谭为祖师王重阳守孝除服，四子便各寻其志，刘处玄居于洛阳，在之后的数年内他便往来穿梭于繁华的洛阳市井，在烟花巷陌间炼心励志。《长生真人刘宗师道行碑》说："先生（刘处玄）独遁迹于洛京，炼性于尘埃混合之中，养素于市廛杂沓之丛。管弦不足以滑其和，花柳不足以挠其精。心灰为之益寒，形木为之不春。"④《七真禅赞》曰："伟矣长生，风标秀出。厌尘土之腥臊，悟宗风之消息。心游物外之烟霞，迹混鄽中之鼓笛。花簪阆苑之红，桃咀蓬壶之碧。跃出洪波万丈高，灵光一点无人识。"⑤ 马钰在《望蓬莱》词中云："修大道，何必住深山。混俗和光都看破，万千尘冗不相干。别有一般般。"⑥ 可见全真宗师在对待尘俗的态度上，并无丝毫的逃避心态，而是保持和光同尘的豁达心境，居尘而不染尘。其中的一个主要目的就是在尘俗中砥志砺心。

王处一在《牛殿试施简板求教》诗中说："物物洪纤总合真，都缘方寸得良因。从教混迹浮华境，透体金光不染尘。"⑦ 该诗简短凝练，却表意丰赡深刻。首句阐释的是天地之道无处不在，万物巨细总合于道法之真的宗教哲理。这与庄子所说的道"无所不在"的哲理思想相合一。次句"都缘方寸得良因"，则点出了体道的关键：在于方寸之间，所谓"方寸"寓指人心。该句言明了悟道由心的窍诀，实又暗指了人

---

① （金）丘处机著，赵卫东辑校：《丘处机集》，齐鲁书社2005年版，第43页。
② （晋）陶渊明著，逯钦立校注：《陶渊明集》，中华书局1979年版，第89页。
③ （晋）陶渊明著，逯钦立校注：《陶渊明集》，中华书局1979年版，第89页。
④ 陈垣编纂，陈智超、曾庆瑛校补：《道家金石略》，文物出版社1988年版，第470页。
⑤ 《道藏》第二十四册，文物出版社、上海书店、天津古籍出版社1988年版，第310页。
⑥ （金）马钰著，赵卫东辑校：《马钰集》，齐鲁书社2005年版，第172页。
⑦ （金）谭处端、刘处玄等著，白如祥校：《谭处端·刘处玄·王处一·郝大通·孙不二集》，齐鲁书社2005年版，第284页。

心即道的玄机。第三句"从教混迹浮华境",所论的是尘俗砺心的修行策略,肉身穿梭混迹于浮华之境,这是一种品嚼尘味的修行。第四句"透体金光不染尘",则点出了历尘炼心的结果,金光透体不染纤尘,心境的尘埃得到了彻底的抖落,唯有晃朗且散发金光的真性,此时肉身虽着于尘俗天地,而心却丝毫不染于尘纷。

在诸多历世炼心的方法中,乞食是全真宗师最为倡导的方式。任继愈主编的《中国道教史》指出:"全真立教之初,仿印度佛教初期僧尼乞食之制,令出家修道者离乡云游,乞食为生。此风至元代犹存于乡野道士间。"[1] 全真教在教制方面是否有意仿效印度佛教,我们且置之不论,但就乞食这一倡导,全真宗师确有着历世炼心之目的。王重阳曾指出:"修行助饥寒者唯三事耳:乞觅上,行符中,设药下。空如此无作用,亦未是。"[2] 他于诗中说:"乞觅行符设药人,将为三事是修真。"[3] 在王重阳看来,修真之事有三,其上者便是乞食。王重阳初到山东传教,便于市井中乞食过活。马钰对门人弟子讲述此事曰:"祖师尝到登州时,顶笠悬鹑,执一筇,携一铁罐,状貌奇古,乞于市肆。"[4]

乞食这一行为之于修真,最大的功效便是磨炼心境。马钰家境殷实,为宁海首富,号称"马半州",经王重阳一番点化,皈依全真。为了锤炼他的心境,王重阳同样令其上街乞化。后马钰终悟师意,顿抛旧念,心境渐明。他于《赠长安孔公昆仲彭子元》诗中说:"悟来不耻乞残余,名利安能引我躯。奉劝诸公休著有,早随马钰学寻无。"[5] 曾经衣食无忧、富抵半州的宁海首富能有如此心境,其中功绩不能不归结于尘俗天地中的乞化砺心。

除王重阳、马钰外,全真宗师的诗词作品中,多有对乞食于俗、砥志炼心的阐述。如谭处端的《落魄》歌曰:"饥即巡门觅一钱,饱来万

① 任继愈主编:《中国道教史》,上海人民出版社1990年版,第542页。
② (金)王重阳著,白如祥辑校:《王重阳集》,齐鲁书社2005年版,第8页。
③ (金)王重阳著,白如祥辑校:《王重阳集》,齐鲁书社2005年版,第8页。
④ (金)马钰著,赵卫东辑校:《马钰集》,齐鲁书社2005年版,第241页。
⑤ (金)马钰著,赵卫东辑校:《马钰集》,齐鲁书社2005年版,第6页。

事齐抛却。"① 其《神光灿》词说："悟舍家缘，忘心展手街前。"② 其《满庭芳》词曰："随时，缘分过，饥来觅饭，逐处投栖。"③ 可以看出诗词中乞食的倡导，多与抛世事、弃家缘、随缘分等锤炼心境的行为相伴随，由此也证明了作者对乞化行为砥砺心境的功效，有充足的自信与认可。所以谭处端以词告诫门人弟子曰："欲入全真门户，行住坐卧寂寥。存心乞化度终朝，尘事般般屏了。"④ 终朝于尘俗中乞化炼心，尘事般般终会摒弃殆尽，再一次将乞化砺心的功用给以肯定。

与谭词同调，晋真人亦有同类之诗，如其《日用》诗曰："养性忘情为日用，沿门乞化是生涯。来去自由无挂碍，清风明月作邻家。"⑤ 全真宗师所言的"日用"，皆为日常修养修炼的自持功夫。全真以涵养本性抛却尘情为修养功夫，以沿门乞化为修行的重要方式，如此方能澄明心境，来去无碍，证道于清风之中明月之畔。

全真后学对先师所倡导的砺心尘俗的乞化行为深有所悟，并能身体力行，同时也喜以诗词述己情怀，以企与世人共勉共进。如王丹桂以《心月照溪云》词赠赵德备曰："但凡入道，屏弃繁华早。柔弱守清贫，把灵台、时时拂扫。尘心起初，宜向死前观，凭乞化，做生涯，余事绝论讨。"⑥ 该阕词纯为宗教的修行劝示，其表意清晰而不隐晦。告诫入道修行之人，要尽早摒弃繁华，保持柔弱清贫的精神情志，并视乞化为修行生涯，其余诸事，无挂于心。从全真宗师的著述之作及他们修行的实际证悟来看，于尘俗之中乞化炼心，确实有助于尽早地嚼开尘味，勘破物情，而证得无为心境。姬志真在其《寄南宫旧友》诗中，把历尘

---

① （金）谭处端、刘处玄等著，白如祥校：《谭处端·刘处玄·王处一·郝大通·孙不二集》，齐鲁书社 2005 年版，第 22—23 页。

② （金）谭处端、刘处玄等著，白如祥校：《谭处端·刘处玄·王处一·郝大通·孙不二集》，齐鲁书社 2005 年版，第 28 页。

③ （金）谭处端、刘处玄等著，白如祥校：《谭处端·刘处玄·王处一·郝大通·孙不二集》，齐鲁书社 2005 年版，第 30 页。

④ （金）谭处端、刘处玄等著，白如祥校：《谭处端·刘处玄·王处一·郝大通·孙不二集》，齐鲁书社 2005 年版，第 36 页。

⑤ 薛瑞兆、郭明志编纂：《全金诗》第一册，南开大学出版社 1995 年版，第 240 页。

⑥ 唐圭璋编：《全金元词》，中华书局 1979 年版，第 496 页。

炼心后的湛然之境进行描绘说:"世味嚼开浓似蜜,物情勘破醉如泥。而今各得心无用,月在青天水在溪。"① 这是一种心尘抖尽、心镜明朗的境界感受,此时之心无识而无不识,无用而无不用,乾坤上下,各安其位,月居青霄水聚溪流,可谓朗然分明。这种心境是入道全真后的修行者,皆有的修持体悟,由此也有力地印证了全真宗师所倡导的,于尘俗中砺心砥志之法的必要与可行。

(二) 于尘俗中筑基

金元全真宗师的尘俗情怀,除倡导于尘俗中砥志砺心,体证心境的无为外,还提倡于尘俗中施济接引,践行对尘俗的"有为"。这种"有为"主要表现为以仁爱无私之心行善于世,诸如济贫救苦,与物无私,先人后己,传道度人等。就全真的修行理念而言,这种"有为"功夫是在积累自我的"真行",亦被称为筑立仙基,亦可称为修"人道"。全真所主张的"功行双全"的修持功夫,亦即"人道""天道"相合一的修行过程。而这一"筑仙基"的"有为"功夫,则主要于尘俗之中完成,因此尘俗天地在全真宗师看来,便是一个度人度己的筑基场所。

值得指出的是,全真宗师于尘俗天地中积累"真行"的"有为功夫",其"有为"实则是从"无为"之中发明的"有为"之用,这种"有为"丝毫没有刻意与外求之意,而是一种"无为"心境下的"有为",不可以外在行为去标识。在一定境界下,"无为""有为"已不能靠外在的行为举止来分辨,因为在一定的境界下"有为"与"无为"已无本质区别,变成了相通之事。正如丘处机在《西江月》词中所说:"莫把无为是道,须知有作方真。"② 丘处机并没有否定"无为"的修行理念,而意在说明修行者不要为了"无为"而"无为",内心执着于"无为"也就变成了"有为"。在无所执着的心境中,需为则为,方能体现真正的"无为"境界。《清和真人北游语录》对此阐述得十分清晰,曰:"又知无为有为本无定体,无为有所恃着,即有为也;虽有为,

---

① 薛瑞兆、郭明志编纂:《全金诗》第四册,南开大学出版社 1995 年版,第 321 页。
② (金) 丘处机著,赵卫东辑校:《丘处机集》,齐鲁书社 2005 年版,第 156 页。

无所恃着即无为也。"① 有为、无为本无定体，全在于心念的执与不执，着与不着。全真宗师那些于尘俗中施济接引的"有为"行迹，完全是随机应缘的结果，皆是"无为"心境下的"有为"功夫。

丘处机作有《西江月》词数首，其一这样说道："要觅金乌玉兔，求之总在红尘。"② 另一首曰："道本有为有作，原非枯坐空顽。修丹何必弃家园。混俗和光取便。"③ 词之表意显而易见，告诫修行之人无须逃避尘俗，因为尘俗无碍于对金丹大药的寻觅。王处一的《赠赣榆县徐福店酒监》诗，表达了同样的尘俗情怀，诗曰："不舍尘情去又来，拔亡救苦免凶灾。化缘济度开心月，四序金莲火里载。"④ 与丘词不同，该诗对主题的阐释更加贴切而具体，把筑基于尘俗的所及事项——列举，包括拔亡救苦、化缘济度等。之所以要救苦济度于尘俗，是因为"不舍尘情"；而对尘俗进行救苦济度之后，自我的体悟则是心月渐开，心性渐明。正是基于这样的"不舍尘情"的情怀，全真宗师始终倡导于尘俗天地中积累"真行"，以施仁爱于芸芸众生。

刘处玄在他的《五言绝句颂》中说："无争祸不侵，有道圣贤钦。积行生生贵，福真莫外寻。"⑤ 王处一在其《劝众内外勤修》诗中云："内趱轮回外救忙，外持内照两无妨。助缘助教功勋著，扶困扶危寿命长。"⑥ 王丹桂的《喜迁莺·赠康德机》词曰："日用持清净。积累内功，外行心平等。"⑦ 尹志平的《巫山一段云·秋阳观作》词说："道德峥嵘功大。行满决超三界。"⑧ 诸如此类的倡导不胜枚举，皆意在鼓励

---

① 张广保：《尹志平学案》，齐鲁书社 2010 年版，第 178 页。
② （金）丘处机著，赵卫东辑校：《丘处机集》，齐鲁书社 2005 年版，第 156 页。
③ （金）丘处机著，赵卫东辑校：《丘处机集》，齐鲁书社 2005 年版，第 157 页。
④ （金）谭处端、刘处玄等著，白如祥校：《谭处端·刘处玄·王处一·郝大通·孙不二集》，齐鲁书社 2005 年版，第 315 页。
⑤ （金）谭处端、刘处玄等著，白如祥校：《谭处端·刘处玄·王处一·郝大通·孙不二集》，齐鲁书社 2005 年版，第 96 页。
⑥ （金）谭处端、刘处玄等著，白如祥校：《谭处端·刘处玄·王处一·郝大通·孙不二集》，齐鲁书社 2005 年版，第 259 页。
⑦ 唐圭璋编：《全金元词》，中华书局 1979 年版，第 489 页。
⑧ 唐圭璋编：《全金元词》，中华书局 1979 年版，第 1171 页。

全真门人及向善之士施仁于尘俗，积善于天下。

具体来讲，全真宗师对筑基于尘俗的倡导及践行，体现在以下几个方面。

首先，济贫救苦。济贫救苦是全真教尘俗筑基、积累"真行"的重要内容。全真晋真人指出：所谓"真行""须是修仁蕴德，济贫拔苦，见人患难，常行拯救之心，或化诱善人，入道修行。"① 王重阳在《赠友入道颂》中说："长怀平等心，人疴须要救护。"② 更要求弟子们怀有"见彼过如余口过"③ 的仁者之心。丘处机的《造物》一诗，可谓道出了千古圣哲济贫救苦的强烈心声。诗说：

> 造物通神化，流形满大千。
> 群迷长受苦，万圣不能悛。④

看到群迷在遭受苦难，那些觉悟的圣哲就不能停止他们救助的重任。这既是丘处机对圣人设教救人的一种解读，更是其对自我施救于人的仁义之心的表述。又如他的《愍物》一诗说："皇天生万类，万类属皇天。何事纵陵虐，不教生命全。"⑤ 该诗当是对兵燹四起、残伤百姓的社会现实的声讨，芸芸众生皆属皇天，本是同根，为何要互相残害呢？其中深寄着作者痛疾刀兵、爱惜民瘼的仁者情怀。

具体来说，金元全真宗师于尘俗中济贫救苦的"有为"行迹，主要表现为以下几点：其一，收容难民。金元之际兵燹四起、战争频仍，民不聊生，致使流离失所、无家可归者不计其数。全真教便广开教门，收容难众，为他们提供一个安身避难之所。《元史·列传》卷八十九《释老》载，丘处机在西觐成吉思汗归燕京后，即命弟子持太祖所赐金

---

① （金）王重阳著，白如祥辑校：《王重阳集》，齐鲁书社 2005 年版，第 160 页。
② （金）王重阳著，白如祥辑校：《王重阳集》，齐鲁书社 2005 年版，第 140 页。
③ （金）王重阳著，白如祥辑校：《王重阳集》，齐鲁书社 2005 年版，第 5 页。
④ （金）王重阳著，白如祥辑校：《王重阳集》，齐鲁书社 2005 年版，第 56 页。
⑤ （金）王重阳著，白如祥辑校：《王重阳集》，齐鲁书社 2005 年版，第 55 页。

符，"招求于战伐之余，由是为人奴者得复为良，与滨死而得更生者，毋虑二三万人。中州之人至今称道之"。① 《无为抱道素德真人夏公道行碑记》载："贞祐中，四夷云扰，有大寇据海州，州之道众无计可出，宗师命公（夏志诚）往救之，即不辞而去。既至，方便援引，获免者甚众。"②

其二，行医设药。王重阳在《立教十五论》中提出了"和药"一论，谓医药之术"肯精学者，活人之性命……学道之人，不可不通。若不通者，无以助道"。③ 还在其诗中说："救人设药功尤大。"④ 全真后人遵从其旨，行医施药者颇多，如刘处玄的弟子崔道演，禀赋优异、不念尘俗，洞晓仁德之大义，"假医术筑所谓积善之基，富贵者无所取，贫窭者反所多给，是以四远无夭折，人咸德之"。⑤

其三，建斋设醮。在深入践行济贫救苦这一"真行"实践时，全真教还承袭以往道教建斋设醮的救世传统，为民祈福禳灾。全真教在启教之初本不尚斋醮活动，但因为民众之求、现实之需，全真宗师便沿用传统的道教，尤其是正一教的斋醮科仪进行设醮活动，并于日后逐步建立了符合全真教理教义的斋醮科仪体系。事实上，在修道者看来，"斋醮科仪乃人与三界神祇沟通之法，大则安镇乾坤，保制劫运；中则复元始之性，获修仙之路；小则祈福禳灾，济生度死"。⑥ 所以金元全真宗师既是内丹修行的大家，又是"活跃于金元法坛的斋醮大宗师，常建大型醮仪为国祈福"。⑦

其次，先人后己，与万物无私。全真晋真人在解释施仁于尘俗的"真行"时又说："所为之事，先人后己，与万物无私，乃真行也。"⑧

① （明）宋濂等撰：《元史》，中华书局 1976 年版，第 4525 页。
② 陈垣编纂，陈智超、曾庆瑛校补：《道家金石略》，文物出版社 1988 年版，第 570 页。
③ （金）王重阳著，白如祥辑校：《王重阳集》，齐鲁书社 2005 年版，第 276 页。
④ （金）王重阳著，白如祥辑校：《王重阳集》，齐鲁书社 2005 年版，第 143 页。
⑤ 陈垣编纂，陈智超、曾庆瑛校补：《道家金石略》，文物出版社 1988 年版，第 495 页。
⑥ 彭理福：《道教科范：全真派斋醮科仪纵览·序》，宗教文化出版社 2011 年版，第 2 页。
⑦ 彭理福：《道教科范：全真派斋醮科仪纵览》，宗教文化出版社 2011 年版，第 13 页。
⑧ （金）王重阳著，白如祥辑校：《王重阳集》，齐鲁书社 2005 年版，第 160 页。

王重阳对此深表赞同,并教导弟子及世人曰:"伏愿诸公,早垂照鉴。"①
王重阳的门人高足对此皆深有同感、深有所悟。马钰劝诫众人道:"戒
无名业火,常行忍辱,以恩复仇,与万物无私。"② 并于《清心镜·赠
孙可道》词中说:"处心与、万物无私,略无些诣诈。"③ 丘处机指示门
人说:"舍己从人,克己复礼,乃外日用。""先人后己,以己方人,乃
外日用。""修仁蕴德,苦己利人,乃真外日用。"④ 所谓外日用,指的
就是日常的外修行为,也就是于尘俗之中积累"真行"的修为。《长生
刘真人语录》说:"若心上无私,常清静做彻,便是道人。"⑤

经过早期全真宗师的大力倡导,全真后学在尘俗中体历"真行"
时,皆以先人后己、与物无私为行为准则。尹志平在其《悟南柯·劝
世》词中说:"莫觅他人短,唯思自己长。处身谦让性和光。与物无
私,心地得清凉。"⑥ 又在《虞美人·劝世》词中曰:"迩来似觉精神
涌。认破人间梦。皆因恬淡乐清和。与物无私,光照遍山河。"⑦ 王玠
在他的《沁园春·全真家风》一词中这样说:"且藏锋挫锐,先人后
己,和光混俗,岂辨高低。"⑧ 从上述所引诗词可明显感知到,全真后
学对先人后己、与物无私的处世宗风的深承与倡导。

在实际的日用修为中,这一倡导同样均被着于实处,全真门人以实
际行动深刻诠释着"先人后己、与万物无私"的思想内涵。元好问的
《紫虚大师于公墓碑》载:于道显"为人伟仪观,器量宽博,世俗毁
誉,不以关诸心,独于周急继困,解衣辍食,恒若不及也"。⑨ 李庭的
《玄门弘教白云真人綦公本行碑》中载:"泰和乙丑(1205)岁饥,民

---

① (金)王重阳著,白如祥辑校:《王重阳集》,齐鲁书社2005年版,第160页。
② (金)马钰著,赵卫东辑校:《马钰集》,齐鲁书社2005年版,第259页。
③ (金)马钰著,赵卫东辑校:《马钰集》,齐鲁书社2005年版,第117页。
④ (金)丘处机著,赵卫东辑校:《丘处机集》,齐鲁书社2005年版,第144页。
⑤ (金)谭处端、刘处玄等著,白如祥校:《谭处端·刘处玄·王处一·郝大通·孙不二集》,
齐鲁书社2005年版,第228页。
⑥ 唐圭璋编:《全金元词》,中华书局1979年版,第1185页。
⑦ 唐圭璋编:《全金元词》,中华书局1979年版,第1187页。
⑧ 唐圭璋编:《全金元词》,中华书局1979年版,第1261页。
⑨ 陈垣编纂,陈智超、曾庆瑛校补:《道家金石略》,文物出版社1988年版,第463页。

有菜色，（綦志远）自发私廪为粥以给之，赖以全活者甚众。"① 王鹗在《浑源县真常子刘君道行记》中记载："属岁饥僵馁，立志不少衰。既又如太原泊神霄宫，有饶益院僧贤而饭之，道获楮币千二百贯，君（刘道宁）榜求其主，逾月竟不至，悉以给贫乏，而一无所私。"② 元好问在《圆明李先生墓表》中言："全真家乐与过客饵，道院所住，至者如归。尝岁饥，资用乏绝，先生（李志源）辟谷数旬，以供给来者，其先人后己类此。"③ 全真门人所到一处，不思索求，唯思施济。如郝大通的弟子王志谨于关中开渠引水，受益之人颇多，此事《栖云王真人开澇水记》中有详细的记述；马钰法孙李守宁于秦地凿泉济人，惠泽于民。全真家诸如此类的事迹还有很多。于此我们便可对全真后学真切之践行窥得一斑。

除上述两点外，全真宗师所倡导的于尘俗天地中施仁筑基的实践，还包括传道度人，该部分内容已于前面章节有所论述，此处不再重复。

综上所论，金元全真宗师对于尘俗天地，有着别于尘俗之人的审视与洞察，其以绵邈无限的时空作为观照坐标，敏锐地体察到了尘俗天地乱人心性、消损生命、虚浮不定、处事艰辛等特征，并以此劝化世人，挣脱尘俗火坑、苦海、枷锁的禁锢，寻求生命更好的归宿。与此同时，全真宗师对于尘俗天地并无躲避、厌弃的念头，而是以客观的心态对待之，并对之持有积极的情怀，把尘俗天地视为砥心砺志的场所，以及行善施仁的对象；倡导修行之人于尘俗之中寻求心境澄湛的同时，亦要广施善举，救苦济贫，先人后己、与物无私，传道度人，以无为之心行"有为"之事，广筑仙基，度己度人。

第二节 林泉天地与情怀

林泉是与尘俗处于同一时空维度，又相对独立的另一重天地。其因

---

① 陈垣编纂，陈智超、曾庆瑛校补：《道家金石略》，文物出版社1988年版，第662页。
② 陈垣编纂，陈智超、曾庆瑛校补：《道家金石略》，文物出版社1988年版，第493页。
③ 陈垣编纂，陈智超、曾庆瑛校补：《道家金石略》，文物出版社1988年版，第497页。

远离尘嚣、清幽自然而颇受方外之人的青睐。道教向来就有"十大洞天"、"三十六小洞天"和"七十二福地"之说，具体到现实世界中，这些洞天福地多错落于大地名山之间。《云笈七笺》卷二十七"洞天福地"章对此有详细的描述。金元全真宗师除于尘俗天地之中历世炼心、施善筑基外，亦热衷于方外林泉生活。在金元全真诗词中，我们可以看到全真宗师眼中独具大美、清净长久、富有自然机趣的林泉天地，以及全真宗师寄寓其中丰富而深厚的林泉情怀。

一　林泉天地

金元全真教在创立之初，便注重云游传教修道。王重阳在《立教十五论》中倡导以"登巇崄之高山""渡喧豗之远水"①的方式云游访师问道。如此一来，全真宗师于身心双重层面，都更加亲近和熟识于自然林泉。加之全真宗师先觉的审美境界与超越的审美视角，促生了他们对林泉天地，较世人更加深刻、更加切真的体察和感知。从某种意义上说，全真宗师眼中的林泉，是一重崭新的别具自然意蕴的天地存在。而这一重天地有着独具大美、清净长久、富有自然机趣的特点。

（一）独具大美

清风、皓月、白云、绿水、崇山、修竹……这些自然风物天然具有悦目怡神、息心凝虑的神奇力量，我们把这种力量抽象地称为"美"。与儒家传统的"山水比德"的审美观点所不同，金元全真宗师对林泉天地的解读与体认，似乎更加纯净、天然与真切。金元全真诗词对林泉之美的展现，主要从形质之美、内蕴之美、道性之美三个方面进行展开。形质之美主要就是山水林泉的外美，内蕴之美和道性之美则是林泉的内在超越之美。这种超越之美，与外在形质无关，更与审美活动无涉，我们称其为"大美"。

---

① （金）王重阳著，白如祥辑校：《王重阳集》，齐鲁书社2005年版，第275页。

1. 形质之美

山水林泉之于全真宗师，起初仍然是作为一种单纯的审美欣赏对象而存在的。就如同一般的游览者"看山水明秀、花木之红翠"① 一样。纵使对外在形质的观览，全真宗师也发现了其中秀美与壮美的两种风格。这两种风格的区分，主要是就诗词的意象及意境所构成的艺术风貌而言的。所谓秀美是指诗词所展现出的清新、秀丽、明雅、宜人的艺术风格；而壮美则是指诗词所展现的雄浑、壮大、遒劲、宏阔的风格气势。

先就秀美而言。丘处机游览家乡公山，于公山之阳作诗十数首，现录其中两首，以观其中的秀美气韵：

其一

公山高隐白云宫，宫压公山第一峰。

峰上白云飞不断，悠悠来去惹青松。

其二

参差山色有无中，半入幽溪半入空。

依约天涯寻不见，飘飘常被白云笼。②

这两首诗的描写，可谓尽现了公山的秀美面目，读之给人以悠闲、自适、清新、疏放之感。第一首运用顶真的修辞手法，把白云宫、山峰、白云、青松等意象很流畅地串联起来，构成了审美视线的弧形飞动，给人以轻松、明快、流动的审美感受。第二首把公山云雾缭绕，秀色隐约的朦胧之美淋漓刻画，山色参差、白云飘浮，山之秀美中浮现着几分灵动。

尹志平作有《巫山一段云》词数首，多为描摹林泉山水之作。其中《寄天长道众》一词的上阕这样写道："山后春将暮，龙阳景渐佳。

---

① （金）王重阳著，白如祥辑校：《王重阳集》，齐鲁书社 2005 年版，第 275 页。
② （金）丘处机著，赵卫东辑校：《丘处机集》，齐鲁书社 2005 年版，第 27 页。

东园巴榄正开花。随分有生涯。"① 其《龙门川溪水，同瞿老赏月》词上阕说："溪水迎霜冷，山花带露鲜。良朋共赏玉蟾圆。高会兴无边。"② 词中所绘林泉之美自不必说，而其中清新明丽的艺术氛围则摄人心脾。

金元全真诗词中林泉的壮美，则是另外一番景象。丘处机《磻溪集》中收有二十余首咏鳌山之作，诗前附有小序云："东莱即墨之牢山，三围大海，背俯平川，巨石巍峨，群峰峭拔，真洞天福地、一方之胜境也。然僻于海曲，举世鲜闻，其名亦不佳。予自昌阳醮罢，抵于王城永真观，南望烟霭之间，隐隐而见。道众相邀，迁延数日而方届。遂闲吟二十首，易为鳌山，因清畅道风云耳。"③ 现择其中两首以观之：

其一

卓荦鳌山出海隅，霏微灵秀满天衢。

群峰削蜡几千仞，乱石穿空一万株。④

其二

鳌山三面海浮空，日出扶桑照海红。

浩渺碧波千万里，尽成金色满山东。⑤

和前面所引诗词的清秀、俊雅风貌相异，这两首诗则展现出了一股宏阔、壮丽、辽远、飞腾的雄浑气势。从前一首的山出海隅、霏满天衢、峰削千仞、石立万株，到后一首的海浮苍穹、日照海红、碧波万里、色笼山东，这些充斥着宏与大的意象，无不在彰显山的巍峨峻峭、海的绵延浩渺。概括来说，这就是林泉天地的雄壮之美。

---

① 唐圭璋编：《全金元词》，中华书局1979年版，第1171页。
② 唐圭璋编：《全金元词》，中华书局1979年版，第1172页。
③ （金）丘处机著，赵卫东辑校：《丘处机集》，齐鲁书社2005年版，第29页。
④ （金）丘处机著，赵卫东辑校：《丘处机集》，齐鲁书社2005年版，第29页。
⑤ （金）丘处机著，赵卫东辑校：《丘处机集》，齐鲁书社2005年版，第32页。

又如丘处机的《无俗念·述怀》词，上阕云："群山四渎，暮天晴、挥斥阴魔潜伏。太一岩前风道快，千尺波翻蟾足。怒雪惊涛，冲堤拍岸，雷辊云翻逐。青鸥白鹭，月明江上飞速。"① 词状写的是临崖览江的壮美景观。太一岩前风雷滚动，惊涛拍岸气势逼人。俄尔云散月出，青鸥白鹭江上疾飞穿梭。词虽简短却把江水冲击崖岸，风起云涌的汹涌之势尽现眼前，充分展现了大自然的雄浑与瑰丽。

在金元全真诗词中，表现林泉形质之美的作品所见并不很多，但也已然成为全真文学长廊中一道独特的风景线。全真宗师多以纯粹的目光体察林泉，所解读出的美的信息也更加饱满而真实。

2. 内蕴之美

由前面的论述可以看出，林泉的形质之美给人的多是感观的冲击，无涉于精神品藻与心灵慰藉。而人们对林泉的品读，绝不仅仅停留于外在形美的赏玩层面，而是欣喜于深挖林泉的内蕴之美。南朝吴均在其《与朱元思书》中就曾指出："鸢飞戾天者，望峰息心；经纶世务者，窥谷忘反。"② 此语一出，千载共鸣。吴均描述了一个事实，但未曾点明其中因由。峰谷之所以能够使人息心忘返，是因为其拥有不染尘嚣的内美之质，富有涤心洗尘的天然磁力。不染尘嚣、涤心洗尘便是林泉内蕴之美的灵魂之所在。

全真祖师王重阳在教导门人云游悟道时，就告诫他们要戒除对山水林泉纯粹的形质观览，因为这样"虽行万里之途，劳形费力，遍览天下之景，心乱气衰"③，仍是一种虚游。全真宗师皆深悟此理，他们在面对林泉时，起初虽有形质之美的观览，但是紧接着会进行内蕴与道性之美的体察。所以金元全真诗词中，展现林泉天地的内蕴之美，是一大思想主题。

依循逻辑而论，林泉山水之所以拥有深厚而独到的内蕴之美，是因

① （金）丘处机著，赵卫东辑校：《丘处机集》，齐鲁书社2005年版，第65页。
② （清）严可均校辑：《全上古三代秦汉三国六朝文》，中华书局1958年版，第3306页。
③ （金）王重阳著，白如祥辑校：《王重阳集》，齐鲁书社2005年版，第275页。

为其具有不染尘嚣的天然本质。丘处机作有《神清观十六绝》，诗前有序曰："予自栖霞而来，泊八年，重阳寻至。后因西迈，偶历关中二十余年。重游此地，睹其嵚岩突兀，千变万状，不可名目，选其磊落孤高出群者，标以名耳。"① 其中一首曰："碧洞烟霞苦不深，红尘车马卒难寻。清溪道士无人识，坐啸云中阅古今。"② 诗序交代了神清观（原名全真庵），所在之地长松岭的独特之美，为诗的述写作出铺垫。该诗简短却清新淡雅、意韵悠扬。诗在展现神清观道士逍遥自在的生活情态的同时，也点明了碧洞烟霞不染尘嚣的天然特质。正因为这里"红尘车马卒难寻"，所以生活其间的道士才能"坐啸云中阅古今"。而道士潇洒的表现，也更加印证了此一方天地内蕴之美的深厚。又如他的《山居》诗，诗曰："独自深山摒寂寥，闲云作伴屏喧嚣。耽慵不念生涯拙，好静唯便熟境销。"③ 诗意明了，传达的是林泉不沾尘情，而且能够摒除尘嚣的审美事实。

全真后学侯善渊亦有不少体悟林泉之作，其中一首《西江月》词表达了其对林泉内蕴之美的审美感知。词曰：

> 寂静茅庵潇洒，危峰密锁烟霞。朝阳轩外一枝斜。待客清茶淡话。
> 默坐翛然净洁，不占半点尘沙。冰台心似白莲花。长在西江月下。④

整首词抖落凡尘、设境物外，以疏放、淡雅为情感基调。上阕主要以写景为主，对茅庵所在的环境作简略的交代。从茅庵的寂静到烟霞的密锁，再到轩外花枝的倾斜，无论怎样都品咂不出世间那股钻营得失、计较是非的呛鼻尘味。这里是一方不沾尘嚣的林泉胜境，此处的待客之

---

① （金）丘处机著，赵卫东辑校：《丘处机集》，齐鲁书社 2005 年版，第 179 页。
② （金）丘处机著，赵卫东辑校：《丘处机集》，齐鲁书社 2005 年版，第 180 页。
③ （金）丘处机著，赵卫东辑校：《丘处机集》，齐鲁书社 2005 年版，第 10 页。
④ 唐圭璋编：《全金元词》，中华书局 1979 年版，第 511 页。

道皆为清茶。下阕是对此境之中自我心境的描述，与外在的林泉之境相应，自我内在的心境也同样表现出净洁、绝尘的特点。词之末尾以比喻作结，把自我脱尘莹彻的生命感知，形象地表现了出来。此时的心灵本体就如长于西江月下的一朵白莲花。月光本就皎洁、不惹纤尘，白莲花亦出淤泥而不染，双重衬托下，更显心境的澄明。事实上，整首词通过对下阕心境的描述，来映照林泉不染尘嚣的特征，心境愈澄湛，愈能彰显林泉内美的丰厚。

与侯善渊此词相类似，尹志平的这首《西江月》词，同样尽现了林泉不沾尘埃的内蕴之美。词曰：

> 窗外横山入画，门外流水堪听。洞天幽处少人行。不是尘寰路径。
> 占得静中风月，却回闹里人情。湛然六识自安宁。一任闲歌闲咏。①

在表现手法上，与侯善渊上述之词一致，该词采用的也是上阕写景下阕述情的方式。上阕之景突出的特点是景美人少，原因就是此非尘寰路径，是与尘寰有别的另一重天地。下阕之情的特征是湛然、安宁、悠闲，之所以如此，是因为占得了风月之静、摒弃了闹市人情。下阕湛然之情的获得实源于上阕林泉之景的促使，洞天的幽处，已在客观上阻隔了尘嚣的喧腾。

林泉天地不沾尘埃、不涉尘情的天然之美，给置身其中者的一大功效就是凝心息虑，涤心洗尘。王重阳于《问清闲》一诗中这样说道："穿峰明月为吾友，过岭孤云是我曹。作伴为邻归去后，任游三岛访蟠桃。"② 诗句浅显质朴，表意明了，但四句诗中却隐藏着逻辑的推衍。我们可以看到在明月孤云作伴为邻，与任游三岛访蟠桃之间，存在认知的跳跃。能够游三岛访蟠桃者，皆为体道证仙之人，而这种体道证仙的

---

① 唐圭璋编：《全金元词》，中华书局1979年版，第1169页。
② （金）王重阳著，白如祥辑校：《王重阳集》，齐鲁书社2005年版，第13页。

过程，诗中未曾指明，而只道与云月作伴。这就在逻辑认知上告知我们，体道证仙是云月作伴的最终结果，证仙的宗教修行得益于云月。这种益处自然少不了涤心洗尘的心性阐发。

如果说王重阳此诗，对林泉凝心息虑审美功效的表述不够显现的话，那么丘处机的这首《水龙吟·春兴》词则足够彰显。该词上阕曰："洞天春色盈盈，乱山秀出千堆锦。云收雨敛，晓晴烟淡，碧空横枕。高卧怡怡，顿开怀抱，释迷忘寝。看仙花瑞草，迎风照日，腾光彩，异凡品。"① 词行文至此，林泉天地释心开怀的审美功效已充分彰显。该阕词前半部分着重阐释的是林泉天地不染纤尘、不杂尘味的天然特征，后半部分阐述的是在这种内蕴之美浸润下的生命感受。从春色盈盈、秀山似锦、云收雨敛、晓晴烟淡、横空碧蓝的林泉意象均可看出，这是与尘俗相去云壤的别样天地。当我们置身于这种别样天地之中时，目之所及、身之所感的那种铅华洗尽、澄湛莹净、淡绝尘味的自然存在，必然会散射出一股透彻心扉、涤人心尘的天然力量。这种力量，使你我怀抱顿开，忘寝释迷。这就是林泉内蕴之美的魅力与力量。

尹志平曾于山中仰望大雨过后的中宵圆月，有所感而作诗三首，表达人月互惜、心月交融的赏月盛情，其中不乏对林泉大美的赞赏，以及对此种大美涤人心尘的深刻体悟。如其第三首曰："山静云收入夜清，月光澄澈九霄明。照人肝胆无他虑，惟有诗情与道情。"② 诗中"照人肝胆无他虑"一句点中主题。清静的夜空中，明月高悬，澄澈的月光洒满天地，照彻九霄，也透彻肝胆，原有的尘情杂虑一扫而光，剩下的唯有诗情与道性。这就是林泉天地大美之下的精神感知。

再就尹诗而论，其结语指出"惟有诗情与道情"，"诗情"也好，"道情"也罢，都无关于尘情，这可谓一种脱尽尘杂的淳净之境了。然而问题在于这种淳净之境下，内心还依然有诗情与道情的存在。那么在林泉天地中能否将诗情与道情也一并忘却，达到诸情皆祛的境界呢？姬

① （金）丘处机著，赵卫东辑校：《丘处机集》，齐鲁书社2005年版，第69页。
② 薛瑞兆、郭明志编纂：《全金诗》第三册，南开大学出版社1995年版，第88页。

志真的《居山》诗给了我们肯定的回答，诗曰：

> 自与云山旧结缘，烟霞占断不拈钱。
> 溪边石上闲游戏，不问人间不学仙。①

该首七言绝句，诗意浅近，却深境独蕴。首句"自与云山旧结缘"，直接言明置身林泉的事实，"旧结缘"表明置身林泉时间的长久。次句"烟霞占断不拈钱"，承接而来，摆出自我烟霞独占的日常状态。第三句"溪边石上闲游戏"，更进一步，具体说明生活中的一个细节，常于溪边石上悠闲游戏。这一细节的揭示，已在显示自我心境的潇洒无碍。最后一句点中关节，把林泉天地中的心境所得和盘托出，是"不问人间不学仙"。"不问人间"，大都能解读，是心无尘念，无涉尘俗的精神境界；而"不学仙"，则多少会让人惊诧，因为对于全真道士来说，证道成仙是其宗教修行及人生的终极目标，而在久居林泉后，却有了"不学仙"的境界体悟，这似乎与其投身林泉的初衷与目标背道而驰。事实并非如此，"不学仙"的境界一出，恰好说明了投身林泉目标的彻底实现。所谓"不学仙"是指不刻意不执着于求仙与学仙，这正是仙道自然的修仙诀窍之所在，"不学仙"恰好是在修仙，"不学仙"恰好能够成仙。这是心境彻底觉悟，万情涤尽的智慧体认。到此我们便透彻地认知到了，林泉之美对心境的洗涤功效；也更加深刻地感知到了，林泉天地不沾纤尘的内蕴之美的魅力与力量。

3. 道性之美

全真后学姬志真在其《居山》一诗中这样说道："盘石巍巍权宝座，柔莎冗冗代青毡。灵岩月窦排幽胜，风伯山灵助法筵。溪水茂林俱演道，野花飞鸟尽通玄。须臾迳及无何有，不待言传总是仙。"② 该首七律展示的是作者林泉悟道的情境，及其对林泉之美深刻的体悟。其中

---

① 薛瑞兆、郭明志编纂：《全金诗》第四册，南开大学出版社 1995 年版，第 343 页。
② 薛瑞兆、郭明志编纂：《全金诗》第四册，南开大学出版社 1995 年版，第 304 页。

颈联两句意蕴非常，"溪水茂林俱演道"，是说潺潺的溪水，茂密的树林俱在演示天地之道法；"野花飞鸟尽通玄"，是说遍地的野花，穿梭的飞鸟尽能通达自然的玄理。加之额联"灵岩月窦排幽胜，风伯山灵助法筵"两句，不难推出诗中所传达的，是林泉万物皆含道性的思想主旨。事实上，对林泉天地所深蕴的道性之美的品悟与展示，正是该诗的核心意旨之所在。

和世俗之人游山玩水寻求赏心悦目的视觉冲击，或释情山林寻觅淳真天然的精神慰藉所不同，金元全真宗师对林泉天地的体认，更倾心于深层道性层面的审视与解读。因此在金元全真诗词中，我们可以看到全真宗师视域中林泉天地所蕴含的道性之美的一面，这也是其与世俗之人眼中的林泉天地相比，所独具之美。

王重阳所作诗词多为劝化阐道之作，但也有一些体悟林泉的作品，其中不乏对林泉道性之美的阐释，如其《题竹》一诗即是这样的作品。诗曰：

> 人言潇洒月明中，我道清虚本意深。
> 不是害风来到此，怎生引动此君吟。①

该诗的蕴味之深寄在于开头两句，这两句通过人、我对竹认知不同的对比，来阐明我之所寓的深意与特指。"人言潇洒月明中"，这是对世人体竹咏竹所识的概括。一般人对竹的认知，多从其挺拔、潇洒、常青的外在形体着手，对其吟咏亦是如此。而王重阳与之不同，他从竹的清虚切入，"我道清虚本意深"，他看到了竹子形体之外，内在清虚的秉性。这种清虚启人心智，发人深思，使人想到了天地道法的清虚自然，所以王重阳说其"本意深"。这就道出了竹子深寄道性、助人悟道的天然秉性。

---

① （金）王重阳著，白如祥辑校：《王重阳集》，齐鲁书社 2005 年版，第 4 页。

再如他的两首咏雪之诗，其中一首以"雪"为题目。诗曰："六花偏与我相违，飘落人间压是非。"① 另一首以"咏雪"为题目，诗中有曰："得其真趣绝搜寻，物物般般总不侵。碧落湛澄非有意，白云来往本无心。盈盈明月增佳致，细细清风送好音。"② 这两首诗对雪的吟咏，皆包含着对雪的道性之美的阐释。前一首重在言说雪飘落人间弥合是非的特点，六瓣的雪花晶莹透澈，簌簌飘落大地，顿时天地之间一片苍茫，原来搅扰不清的黑白是非，在雪的到来中销声匿迹。这就是白雪不争是非，平等而无分别的天然本性，无疑与自然道法的平等如一、圆融而无分别的秉性相映成趣，这实际也是对道法这一秉性的承袭与阐扬。后一首与前一首不同，题为"咏雪"，诗中却不着雪之踪迹，而又处处紧扣雪之精神，实则是在阐扬雪之道性之美。诗开头便说"得其真趣绝搜寻"，此处"真趣"指的就是雪花的真趣。这句诗实则告知我们两个信息，一是雪花蕴有真趣，二是若悟得雪花的真趣则就无须外寻他物。三、四两句是就雪的真趣而展开，是对真趣内涵的具体诠释。"碧落湛澄非有意"，是说雪缘起于碧霞满空、湛澄之间，本无意于为雪，却又天然成雪，这就指明了雪的"无为"的本性。"白云来往本无心"，说的是雪的又一缘起，缘起于逍遥自由的白云，白云在无心之间促生了雪花，这也就道明了雪的"自然"的又一本性。五、六两句说的是晶莹的雪花形成后、飘落大地之上，月光为其增佳致，清风为其送好音。天地之间雪的美丽原非其刻意而为，而是任随外在机缘凑合，这便又阐明了雪的"随缘"的又一本性。雪的"无为""自然""随缘"的特征，与天地道法的"无为""自然""随缘"实无二致，实则就是雪本有道性的天然展现。

继王重阳之后，全真弟子诗词中亦多有对林泉道性之美的阐释之作。如丘处机的这首《梅花引·磻溪旧隐》词，词曰：

---

① （金）王重阳著，白如祥辑校：《王重阳集》，齐鲁书社 2005 年版，第 44 页。
② （金）王重阳著，白如祥辑校：《王重阳集》，齐鲁书社 2005 年版，第 142 页。

　　无名客。无牵迫。无桑无梓无田宅。古岩前。老松边。长歌隐几，徐徐考太玄。玄中默论无生死。实际何曾分彼此。贯千经。协三灵。包含万化，都归一念冥。

　　行不劳，坐不倦。任行任坐随吾便。晚风轻。暮天晴。逍遥大道，南溪上下平。溪东幸获忘形友。月下时斟消夜酒。酒杯停。月华清。披襟散发，欣欣唱道情。①

整首词形象地刻画了作者隐居磻溪时期，自放林泉的逍遥情态，在这种情态描写中又寄寓了作者对林泉道性之美的参悟与体认。词之上阕着重阐述了作者林泉悟道参玄的生活场景与感悟。词之下阕则重点述说了，作者与林泉在道法层次上的互证与交流。作者自放林泉之后，在山水的涤心洗尘之下，获得了潇洒自由的心境，行往坐卧皆由心。暮天朗晴、晚风徐徐、南溪缓缓流淌，此种悠悠不迫的林泉之境，使人顿悟大道之逍遥，天地之自然。这种觉悟或是自我心性的发明，或是林泉道性的促使，但受林泉之境的熏染却毫无疑问。而由词末的"欣欣唱道情"，似乎又可证得林泉道性对自我的促发。事实上这种"道情"由何促发并不重要，重要的是作者于林泉中所体悟的那种逍遥湛然的心境，以及对林泉之美的那份欣喜与陶醉。

　　于道显有《题石碙庵》一诗，同样传达了其对林泉大美的体认与证悟。诗曰：

　　极目烟岚锁翠微，道人来此便忘机。
　　眼前总是真清净，耳畔全无闲是非。
　　远岫云边横翡翠，细泉门外滴珠玑。
　　红尘咫尺如天远，寂寞松阴昼掩扉。②

---

① （金）丘处机著，赵卫东辑校：《丘处机集》，齐鲁书社 2005 年版，第 76—77 页。
② 薛瑞兆、郭明志编纂：《全金诗》第三册，南开大学出版社 1995 年版，第 15 页。

该首七律是金元全真诗词中林泉审美的代表作品，读之清新、朗利、悦人心神，大有凡尘俱却、精神大振之感。全诗的内容主题有三：一则展示林泉的天然淳净之美，二则阐释林泉涤心洗尘的自然功效，三则揭示林泉深蕴的自然道性。前两则的内容展示清晰而凸显，而道性之美的展示，则寄寓于对林泉涤心洗尘的功效及天然淳净之美的阐释之中。诗之首联开篇点题，"极目烟岚锁翠微"，道出了林泉的天然之美；"道人来此便忘机"，点明了林泉天地不沾尘埃、涤心洗尘的特性，为整诗的抒写奠定了一个不落尘俗的阐释基点。颔联更进一步，对忘机的情境做具体的阐述，其中"眼前总是真清净"一句，深韵独具，既道明了道人忘机的原因，又说出了林泉道性深具的事实。所谓"真清静"，指的就是非同于尘俗意义的清静，着一"真"字，意旨大显。全真教之所以称为"全真"，就在于其求全觅真的文化本质与倡导。全真诗词中凡用"真"字之处，皆有脱尘而近于仙道的意旨。此处的"真清静"，显然是指富含仙道意味的清静，这种清净于外则展现为一种深刻的超脱之美。此处作者还使用了通感的艺术手法，将"视觉"通于"心识"，富含道性的清静虽是一种大美，但其只可用心去感受而无法用眼去观察，说"眼前总是真清净"实则是说"心中总是真清静"。"耳畔全无闲是非"一句，既可看作对"真清静"状态的注释，又可看作对"忘机"原因的列举。颈联又回到林泉之美的描写上，这两句既可看作实写，又可视为虚拟，而摹写的主旨则不离脱尘远俗。事实上这种不杂纤尘，意出自然的天然风物，本身就深浸着自然道性。尾联收合自然，却意韵悠远，重在"红尘咫尺如天远"一句。该句表面意思是说红尘之境与此处相距咫尺，但凡尘却不到此处，所以红尘距此又如远在天边。而此句还有深层所指，从首联的道人忘机，到颔联真清静、无是无非，我们不难得知，此时此刻道人的境界存在，与凡尘已不在同一时空维度。当下之境与尘俗天地已非距离远近的差别，而是存在境域的不同，或者说此刻的道人已置身于仙道境界，其与尘俗天地自然相距云壤。到此，作者眼中的林泉天地的特征得到了全面的展现，其所深蕴的道性之美也得到了充分的彰显，这种美由此也成为与世俗文人眼中的林泉天地本质不同之处。

此种沉醉于林泉大美、忘俗于溶溶道性的深挚情怀，我们于长筌子的《二郎神》一词中，同样可以清晰地感受到。该词上阕曰："离尘俗，便点检林泉雅趣。竹杖芒鞋青箬笠，泛烟波、绿蓑柔橹。月夜江天无尽乐，品短笛、潇湘蓼渚。此消息，千金不卖，好对渔樵分付。"①该阕词亦是在对林泉之美的描绘中，寄寓自我独特而深刻的审美之乐。词中既有回归林泉的情致抒发，又有对林泉道性的慧眼独识，还有对自我境界体认的自信。词一开头，在点出回归林泉的精神向往时，便指出了林泉独具雅趣的这一审美结论。对于修行之人来说，这种雅趣绝不是凡尘之趣，而应是在体道、悟道中的愉悦感知。接着"竹杖芒鞋""泛烟波、绿蓑柔橹"等行为表现，是作者在嚼破林泉雅趣后的外在行迹，潇洒而脱尘。在"品短笛、潇湘蓼渚"之后，作者又一次感受到了月夜江天的无尽之乐，同样这种"无尽乐"绝无半点尘味，因为在全真作者眼里，尘俗之乐是短暂而易逝的，难具"无尽"的特点。这里作者用"无尽"二字概括此种之乐，意在表明乐的绵延悠长，这与天地之道的恒常永久互映融通。从对林泉雅趣的点检，到对无尽之乐的品嚼，我们可以看出，作者对林泉淡绝尘味、趋近仙道的特质，及悠远恒常而又素朴的大美有了充足的透视与体认。该阕末尾三句，又表达对这种透视与体认的充足自信，说"此消息，千金不卖，好对渔樵分付"。事实上，此种消息与金钱无关唯与心境相通，作者之所以说"千金不卖"，意在表明此种消息的弥足珍贵。就像尹志平在《盘山栖云观》诗中所云："云生添瑞景，风动转清音。此地全真乐，予知胜万金。"② 我们通过对作者回归林泉的情致、独识于林泉道性、自信于境界体认的品味与解读，亦深刻感受到了作者眼中林泉道性之美的丰足与悠远。

至此可见，金元全真诗词中林泉天地之美，既有外在形质之美，又

---

① 唐圭璋编：《全金元词》，中华书局 1979 年版，第 590 页。
② 薛瑞兆、郭明志编纂：《全金诗》第三册，南开大学出版社 1995 年版，第 105 页。

有内在绝尽尘纷、富于道性的深刻悠远之美。其中外在的形质之美，与世人眼中的林泉之美并无二致，只需用目光去审美和观览，此种之美无关灵魂洗涤，只是赏心悦目。而绝尽尘纷、富于道性之美，则是林泉深蕴于外美之中的内在大美，此美无法目睹，只可心观，是凡情尽泯、尘心尽灭后方可通览的恒久之美，此美为修行之人眼中的林泉天地所独具。此种大美小则可涤心洗尘品藻精神，大则可促发心性、体悟道玄，它是生命终极归途中的一把月光、几缕清风，给人以明朗与清醒。

（二）富有机趣

和尘俗天地的喧闹翻腾、幻化虚浮相比，林泉天地则显得静谧，真实而醇美，且富有机趣。具体来说林泉天地的这种机趣，则表现为恒常不变之机与生机自然之趣。

1. 恒常之机

如前所述，金元全真宗师认为尘俗天地，有朝存夕失、幻化易灭的根本特点，原因就在于尘俗之中的种种物与事，转瞬即逝、缺乏恒常之性。而相对于尘俗的林泉天地则与之不同，与世间的翻腾沦落相比，林泉天地则具有常新、常存、永固的特性。

对于林泉天地常新的特点，刘处玄在其《蓦山溪》词中说："人间华丽，恰似风前烛。万事转头空，世外隐、仙家清福。灵峰霞洞，四序不知秋，松为伴，竹为邻，闲唱无生曲。"① 词中所谓"四序不知秋"，是指灵峰霞洞处，一年四季皆无秋的萧条，是一种常新之态。他又在《武陵春》词中说："遥望嵩山山正好，莹莹正芬芳。佳节春温春昼长，最好泛霞浆。"② 词中虽未直接指明林泉的常新之性，但言辞之中对林泉不同于尘俗瞬息幻灭的特点，已表露无遗。开头两句即阐明了嵩山当

---

① （金）谭处端、刘处玄等著，白如祥校：《谭处端·刘处玄·王处一·郝大通·孙不二集》，齐鲁书社 2005 年版，第 135 页。

② （金）谭处端、刘处玄等著，白如祥校：《谭处端·刘处玄·王处一·郝大通·孙不二集》，齐鲁书社 2005 年版，第 140 页。

下的"正好"状态，及其历久弥新的事实。崮山何时存立于天地之间已无从得知，但相比于此生之世，显然历史久远；而从久远中走来的崮山，此时处于"正好"之态，且"莹莹正芬芳"，此已证得崮山秀色已历久远，至今弥新。此中的"遥望"，可有两解。一则为距离之遥，远距而视，清晰可见崮山的莹莹芬芳，说明崮山之新充沛而透彻；二则为时间之遥，历久而望，依然见得崮山正好的容颜，说明崮山之新恒久而不变。两种解读均在表明崮山容貌正新、生机正盛。

于道显写有《述怀八首》诗，其中一首有曰："人间兴废成今古，云气翻腾变晦明。只有老松并怪石，青青不改四时荣。"[1] 这里的"青青不改四时荣"一句，就把林泉常新的特征一语点破，"青青"意指林泉容貌之新，"不改四时荣"意指容貌常新。

常存是林泉天地恒常特征的又一表现。丘处机曾游山东鳌山，吟诗数十首，其中一首曰："洞有佳名号白龙，不知何代隐仙踪。至今万古人更变，犹自嵌岩对老松。"[2] 该诗意旨彰显，意在阐明白龙洞的万古常存。在作者看来，此洞仙机独存，不知何代曾隐迹仙踪，时至今日人间已不知更换了多少个轮回，而此洞依旧稳嵌岩边，独对老松。又如他的《无俗念·乐道》词曰："迎今送古，叹春花、秋月年年如约。物换星移人事改，多少翻腾沦落。"[3] 春花、秋月迎今送古，年年如此，岁岁依旧，而人世间物换星移，不知经历了多少翻腾沦落。两相对比之中，花月常存的特性被凸显了出来。

除常新、常存的特征外，林泉之恒常的另外一个表现则是永固。丘处机于其《寄题磻溪太公庙》诗中曰："一景通高下，三峰镇古今。路穿云洞滑，祠隐钓溪深。出窦飞泉迸，参天古柏阴。快哉清绝地，堪畅野人心。"[4] 该首五律在描摹磻溪美景的同时，亦把其历史足迹与文化

---

① 薛瑞兆、郭明志编纂：《全金诗》第三册，南开大学出版社1995年版，第2页。
② （金）丘处机著，赵卫东辑校：《丘处机集》，齐鲁书社2005年版，第31页。
③ （金）丘处机著，赵卫东辑校：《丘处机集》，齐鲁书社2005年版，第65页。
④ （金）丘处机著，赵卫东辑校：《丘处机集》，齐鲁书社2005年版，第51页。

底蕴揭示了出来。磻溪位于陕西宝鸡东南，相传姜太公曾垂钓于此，而遇周文王。自姜太公时代至作者隐居磻溪之时，已逾两千多年，而姜太公之前的磻溪已流淌多久，我们已无法得知，由此也证明了磻溪历史的悠久。若溪水的常流只能说明林泉的常存的话，那么诗的首联则可说明林泉的永固。首联曰"一景通高下，三峰镇古今"，"镇古今"三字足以把山峰稳固常存的特性表露无遗。

由上述所引诗词，我们发现金元全真宗师，在对林泉恒常的特征进行描绘与展现时，多以尘俗天地为参照，用尘俗的翻腾转变、瞬息幻灭，来反衬林泉的恒久长新。事实上，这种对比性的阐释方式，则显示了林泉天地恒常的相对性。天地之间有形之物没有绝对的永恒性，海曾枯、石曾烂，大海亦可变桑田。正如《丘祖语录》所云："生灭者，形也；无生灭者，神也，性也。有形皆坏，天地亦属幻躯，元会尽而示终。"① 全真宗师之所以要展示林泉天地相对的恒常性，是因为他们希望以林泉的相对恒久，指引世人超脱尘俗的方向，以林泉深蕴的大美促使众人开启心扉、发明心性。

2. 自然之趣

林泉天地因其远离尘俗，云深无踪迹，山峻少人行，所以毫无人声的鼎沸，浮事的喧腾，拥有的却是独具生机的自然之趣。丘处机曾于《答宰公子许秀才》诗中说："森森绿桧锁天涯，峭壁中藏野客家。碧洞经年无火烛，青山终日有烟霞。虚心实腹唯求饭，待客迎宾不点茶。自乐安闲微得趣，门风何足向人夸。"② 诗中所云"自乐安闲微得趣"，其中之趣，显然是对林泉"绿桧锁天涯""峭壁藏客家""碧洞无火烛""青山有烟霞"等淡绝尘味的自然之趣的品咂。

展开来说，在林泉天地之中，月之朗、云之闲、风之清、鹤之灵、林之静、竹之清虚、雪之晶莹……无不在彰显着林泉天地自然之趣的充足与昂然。

---

① （金）丘处机著，赵卫东辑校：《丘处机集》，齐鲁书社2005年版，第149页。
② （金）丘处机著，赵卫东辑校：《丘处机集》，齐鲁书社2005年版，第7页。

（1）月之朗

月，历来为世人吟咏和鉴赏，月之机趣也广为世人深嚼和熟识。月高悬太空，潇洒脱尘，晃朗万里，且光而不耀，人人俱可仰观。所以对于月的皎洁与朗练，世人最为倾心。《诗经·陈风》中的《月出》一诗就说："月出皎兮，佼人僚兮。……月出皓兮，佼人懰兮。……月出照兮，佼人燎兮。"① 这里运用比兴的手法，以明月之皎洁喻佼人之妩媚。佼人在明净素洁的月光照耀与衬托下，更显娇美与娴雅。而对于林泉天地来说，有了月光的朗照也倍显清幽与净洁。月之晃朗无形之中，倾泻着山水林泉无限的天然之机趣。丘处机曾于潍州城北玉清观赏中秋之月，作诗十数首，其中一首这样写道：

> 一片清光万里开，无分茅屋与楼台。
> 家家尽得闲吟赏，更有清风助快哉。②

此诗着重展现了明月的清辉遍洒，及其给世人带来的快哉之情，月愈朗而情愈浓。他还以"月"为题写有《无俗念》词，阐释其对月之理趣的品嚼与体悟。词上阕曰："偎岩傍陇，扼长更、萧索昏魔非一。皓月澄澄山上显，天角辉辉初出。露结霜凝，金华玉润，淡荡何飘逸。清临寰宇，发扬神秀资质。"③ 词一开头交代的是自我林泉悟道的精神情态，偎岩傍陇，漫漫长夜中，被诸多昏魔搅扰，但这并不影响月之机趣的散发。月逾山头，便澄澄辉辉，霜露也因之显得金华玉润，淡荡而飘逸。作者忽有所悟，明月高居九霄，临照寰宇，其不仅仅在倾泻莹净的光辉，更在发扬神秀与资质，这种天然与脱尘对于修行之人来说，有莫大的警醒与启发。这就是朗朗明月所浸蕴的天然之机趣。

---

① 李学勤主编：《十三经注疏·毛诗正义》（标点本），北京大学出版社 1999 年版，第451—452 页。

② （金）丘处机著，赵卫东辑校：《丘处机集》，齐鲁书社 2005 年版，第36 页。

③ （金）丘处机著，赵卫东辑校：《丘处机集》，齐鲁书社 2005 年版，第64—65 页。

　　谭处端在其《酹江月·上元夜观月》一词中，亦展示了朗月天然独具的蕴味之美。词中曰："素魄当空澄湛湛，独现寒光无着。皓彩乾坤，无私遍照，万古无瑕膜。浑如宝鉴，莹然悬向寥廓。"① 由词所述我们可见，月之机趣不仅表现于澄湛的光辉、圆明的形态之上，更体现在其精魂的素朴与遍照的无私，其在给人以莹然的审美愉悦外，还散发着万古不变的涤人心尘的情怀。月亮这一内外如一的洁净之美，同样映现于刘处玄的《满庭芳》一词中。词曰："迷云散，一轮皓月，无缺照无方。"② 皓月充盈、流光饱满，倾泻之下无边无际，笼覆于万物之上，而无择处之私。而月的晃朗而出，又总是相伴于云消雾散。这又喻示着世人若要心境湛明，就要扫尽内心的尘纷，破除凡俗的执迷。这是明月天然之性给予世人的智慧启迪，亦是明月天然之趣无声的散射与浸润。

　　尹志平写有《山中雨过赏月》诗三首，其中一首这样说："雨过西山月最明，中秋共赏称幽情。寒光照破昏魔胆，一夜无眠彻骨清。"③ 诗中月亮晃朗的品性得到了极致的展现，中秋之月在雨过天晴后，分外明净自不必说，而其祛昏逐魔的天然功效，却令人受用不已。而词中"昏魔"并非他指，而是喻指自我的心垢。所谓"寒光照破昏魔胆"，实则是在表述月光涤尽心垢的精神体悟。月光朗照，心垢尽除，所以就有了"一夜无眠彻骨清"的审美收获。尹志平的这首诗，与前面所引之作相比，可谓将月之理趣进行了更深层的阐释，于月光明朗之外，探寻到了明月源自天然的那份洁净与"魔力"，并将其淋漓展现。

　　（2）云之闲

　　与明月常伴左右，出没碧霄的则是白云。白云行止由风，卷舒随缘，行则无迹、驻则无痕，变幻莫测，充分彰显了逍遥自然、无为随缘的天然秉性。在全真作者的林泉天地中，云还有着另外一个天然的理

　　① （金）谭处端、刘处玄等著，白如祥校：《谭处端·刘处玄·王处一·郝大通·孙不二集》，齐鲁书社2005年版，第25—26页。

　　② （金）谭处端、刘处玄等著，白如祥校：《谭处端·刘处玄·王处一·郝大通·孙不二集》，齐鲁书社2005年版，第129页。

　　③ 薛瑞兆、郭明志编纂：《全金诗》第三册，南开大学出版社1995年版，第88页。

趣——闲。

金元全真宗师话语体系中的"闲",非同于世俗之闲,而是一种无为无我状态下的或行或止、行止皆为无心的精神形态。而云意出自然的形态与行止,恰好诠释了全真之"闲"的真谛。谭处端在其《踏莎行》词中说:"云水闲人,娄耽布素,逍遥物外烟霞步。……水定云闲,不随他去,烟消灭清凉趣。"① 词中作者以"闲人"自居,逍遥于物外烟霞,并拈出"水定云闲"的林泉深趣,且说"不随他去"。所谓"不随他去",意指不为他物所牵扯而去,意在表明要深嚼于"水定云闲"之真趣。

丘处机写有《平堂山》诗四首,其中一首有曰:"山堂高洁倚天凉,天外清风入坐长。青鸟有时来顾盼,白云终日自飞扬。"② 诗中虽未传达参修云境的精神向往,但却把云闲之情态逼真地表现了出来。所谓"白云终日自飞扬",着一"自"字,就把白云潇洒自由以及云心自证,行止自然的境界存在一语道破。这种"自"之内涵,亦阐释了白云深具丰足机趣的特质。又如他的《题诸潘庵》诗说:"山深海阔相依映,地僻云闲任卷舒。"③《闻诏起玉阳公戏作》诗说:"三竿红日自由睡,万顷白云相对闲。"④《题艾山》诗又说:"天垂沧海阔,地镇白云闲。"⑤ 皆在阐释白云所深具的"闲"之理趣。

王丹桂在其《临江仙·晚景》一词中说道:"万里碧天澄似水,云闲不动毫厘。昭昭明月弄晴辉。圆光含法界,灵验射瑶池。"⑥ 该词所引部分的前三句是以景喻境,分别喻示着澄境、闲境与朗境。其中云的毫厘不动,则是对云所拥有的闲定之境的行为阐释。于道显的《寄陕州会首》诗曰:"神丹常在掌中握,玄鉴只宜心上安。照破世间虚幻

---

① (金)谭处端、刘处玄等著,白如祥校:《谭处端·刘处玄·王处一·郝大通·孙不二集》,齐鲁书社 2005 年版,第 55 页。
② (金)丘处机著,赵卫东辑校:《丘处机集》,齐鲁书社 2005 年版,第 12 页。
③ (金)丘处机著,赵卫东辑校:《丘处机集》,齐鲁书社 2005 年版,第 13 页。
④ (金)丘处机著,赵卫东辑校:《丘处机集》,齐鲁书社 2005 年版,第 26 页。
⑤ (金)丘处机著,赵卫东辑校:《丘处机集》,齐鲁书社 2005 年版,第 52 页。
⑥ 唐圭璋编:《全金元词》,中华书局 1979 年版,第 487—488 页。

境，自然身似野云闲。"① 这是一首讲述内丹修行理趣的诗，首句"神丹常在掌中握"，意在阐明我命在我不在天的修持之理。次句"玄鉴只宜心上安"，指出了内丹修行在于修心的诀窍。第三句"照破世间虚幻境"，则道出了内丹心性修持"明心去境"的关键环节。末句"自然身似野云闲"，是对前三句的逻辑总结，若前边所述的三种修持之理皆已勘破，则自然可以臻于野云一般的闲定之境。这里是用云之闲境，来形象喻示内丹修持的至境，由此也反面说明了野云闲定之趣的湛然与高深。

正是基于对云的闲定之趣的深悟与品嚼，所以全真宗师在表述自我闲境，或传达对闲境的精神向往时，多喜于以白云做衬托。如丘处机的《山居》诗曰："独自深山扼寂寥，闲云作伴屏喧嚣。耽慵不念生涯拙，好静唯便熟境销。"② 王丹桂的《玉炉三涧雪·谢道友访及》词说："尘劳放下万缘除。高卧白云深处。"③ 丘诗中欲以闲云作伴，寄寓的是对云闲之境的向往；王丹桂之词，则以高卧白云深处，来喻示自我所拥有的如同白云一般的闲定心境。

从对白云闲迹的描绘，到对白云闲趣的品咂，再到对白云闲境的归趋，我们可以看出，全真宗师视域中云之"闲"味的丰赡与深厚。

（3）风之清

促使白云变幻莫测、即行即止，却又来去无迹的是山间清风。在全真宗师看来，林泉之中或狂飙乍起，或徐徐而来，风都有着不携凡杂、一尘不染的清净。风之清，是林泉天地富有自然机趣的表现，也为林泉平添了几分灵动与生机。

丘处机在复游崂山时，创有二十首描绘崂山美景之诗。其中一首这样写道："松风涧水两清幽，尽日清音夜未休。野鹤时来应不倦，闲人

---

① 薛瑞兆、郭明志编纂：《全金诗》第三册，南开大学出版社 1995 年版，第 45 页。
② （金）丘处机著，赵卫东辑校：《丘处机集》，齐鲁书社 2005 年版，第 10 页。
③ 唐圭璋编：《全金元词》，中华书局 1979 年版，第 483 页。

欲去更相留。"① 松间之风、山间之水，相互以清促幽、以幽应清，使清音阵阵昼夜未休。野鹤也恋此佳致，频频相顾而不知倦怠，有闲定之境的人亦欲去更留。诗以野鹤、闲人的着迷之态，衬托出了林泉松风涧水所深具的清幽之趣与魔力。他又于《山堂雨霁》诗中这样说："高吟神愈畅，远眺目增明。雨后檐前润，风来座上清。"② 该诗亦是在展现林泉所独具的兴味中，凸显风之清净与爽利。

又如姬志真《鹧鸪天》词说："云散风清雨后天。新荷擎露碎珠圆。清泉汨汨流尘外，白石岩岩赖醉眠。"③ 尹志平在其《游五华五绝答王子正》诗中说："天赐老身闲自在，五华池畔快哉风。"④ 又在《题南庵》诗中云："闲步南庵去，南庵最适情。门前溪水绿，窗外竹风清。"⑤ 在诸如此类的诗词中，我们不难感受到林泉天地之中，穿梭于林间、山外、溪边、花前的阵阵清风，其所独具的透人心扉，娱人心神的清净与爽朗。

（4）鹤之灵

在金元全真宗师所描绘的林泉天地中，经常出没穿梭且为己所驭的一种通灵之禽就是鹤。在中国仙道文化中，鹤被视为长寿的象征，且又通于仙道，故有"仙鹤"之称。而道教中成真证仙之人大多会以鹤为坐骑，所以鹤常为仙人所驭使，而翩翩于仙凡之间，来去自如。林泉天地的清幽秀美与富足的道性，向来为鹤所青睐；而鹤之灵性及其穿梭与驻足，也丰富了林泉的自然理趣与活力。

在金元全真宗师的视域中，鹤与其他飞禽相比，最大的特征就是通灵，富有天地之灵气。丘处机在其《春晓雨》诗中说："洞口时闻三岛鹤，天隅来访一蓑衣。"⑥ 又在其《山居》诗中云："饮食高呼天外鹤，

① （金）丘处机著，赵卫东辑校：《丘处机集》，齐鲁书社 2005 年版，第 34 页。
② （金）丘处机著，赵卫东辑校：《丘处机集》，齐鲁书社 2005 年版，第 53 页。
③ 唐圭璋编：《全金元词》，中华书局 1979 年版，第 1213 页。
④ 薛瑞兆、郭明志编纂：《全金诗》第三册，南开大学出版社 1995 年版，第 100 页。
⑤ 薛瑞兆、郭明志编纂：《全金诗》第三册，南开大学出版社 1995 年版，第 103 页。
⑥ （金）丘处机著，赵卫东辑校：《丘处机集》，齐鲁书社 2005 年版，第 6 页。

摩云仰看峡中雕。"① 谭处端在其《神光灿·赠赵先生》词中曰："功行满，赴蓬莱鹤引，彩仗云霞。"② 从"三岛鹤""天外鹤""蓬莱鹤引"的具体描述中可以看出，鹤所出没的场所皆非凡尘处所，而是仙道之境。能够出入仙域者，自然身富仙灵之气。丘处机于《鹤》一诗中直呼鹤为灵禽。其曰："一种灵禽体性高，丹砂为顶雪为毛。"③ 鹤之为灵禽，于外在观之，其特征表现为：头顶丹砂羽毛雪白，游迹三岛，长唳九皋。于内在视之，其特征表现为：精神洒落、超凡脱俗，心志昂扬，气接仙曹。对此谭处端亦有描绘，其《咏鹤》诗云："停停独立对秋风，黑白分明造化功。休讶得延千纪寿，为他顶上结丹红。"④ 可见鹤无论外在行迹，抑或内在志气，均散射出一股脱尘通灵的仙道气息。

（5）竹之清虚

在林泉天地中经冬不枯，青翠挺拔的竹，亦为富有生机与天然理趣之物。在全真宗师看来，竹为草木异品、花木奇材，且以清虚自立，独占清幽。王重阳的《咏竹》一诗云："夜月照对金琐碎，清风拂处玉玲珑。岁寒别有非常操，不比寻常草木同。"⑤ 谭处端在《酹江月·咏竹》中赞其曰："终不凋零材异众，岂似寻常花木。傲雪欺霜，虚心直节，妙理皆非俗。天然孤淡，日赠物外清福。"⑥ 又在《咏孤竹》一诗中说："一竿碧玉出芳丛，直节虚心众莫同。耐雪欺霜坚岁月，自然时复有清风。"⑦ 诗词对竹经冬不凋、傲雪欺霜的外在品格进行阐述的同时，亦对其虚心直节、孤淡、清雅的内在气韵进行展示，凸显了竹异于寻常花木的独特真趣。

---

① （金）丘处机著，赵卫东辑校：《丘处机集》，齐鲁书社 2005 年版，第 10 页。

② （金）谭处端、刘处玄等著，白如祥校：《谭处端·刘处玄·王处一·郝大通·孙不二集》，齐鲁书社 2005 年版，第 28 页。

③ （金）丘处机著，赵卫东辑校：《丘处机集》，齐鲁书社 2005 年版，第 37 页。

④ 薛瑞兆、郭明志编纂：《全金诗》第一册，南开大学出版社 1995 年版，第 339 页。

⑤ 薛瑞兆、郭明志编纂：《全金诗》第一册，南开大学出版社 1995 年版，第 210 页。

⑥ （金）谭处端、刘处玄等著，白如祥校：《谭处端·刘处玄·王处一·郝大通·孙不二集》，齐鲁书社 2005 年版，第 25 页。

⑦ （金）谭处端、刘处玄等著，白如祥校：《谭处端·刘处玄·王处一·郝大通·孙不二集》，齐鲁书社 2005 年版，第 14—15 页。

丘处机曾以"竹"为题，作有《无俗念》词，以展现翠竹的清虚神韵。该词上阕曰："虚心翠竹，禀天然，一气生来清独。月下风前堪赏玩，嘲谑令人无俗。嫩叶萧骚，隆冬掩映，秀出千林木。英姿光润，状同玄圃寒玉。"① 词一开头便点出翠竹内在清虚的特点，并接着指出，竹之清虚源于天然，秉继天地清淡之气，且此种清虚独具神韵，可涤人心尘，令人无俗。又说竹之"嫩叶萧骚，……英姿光润，状同玄圃寒玉"。至此竹的源于天然、不事雕琢的清虚理趣，被深刻地展示和阐发了出来。王丹桂就丘处机此词曾继韵一首，以"咏竹，谨继长春真人韵"为题目。词上阕这样说："一竿修竹，有天然标本，森然唯独。槛外窗前横翠影，幽雅真非寻俗。内蕴虚心，外彰高节，超越凡材木。静吟风月，韵同敲击冰玉。"② 该词同样展示了竹的清虚高洁的超凡品格，并指出竹的这种天然品格，深蕴着非同寻俗的幽雅真趣。

除此之外，在金元全真宗师的视域中，林泉之趣还体现在林之静、水之柔、雪之莹澈，月桂仙格等方面，此不再一一阐述。

金元全真宗师于诗词中，为我们展现了一个非同尘俗的林泉天地。这一天地以绝尽凡尘、深富道性的天然品质，凸显着林泉独具深蕴的大美之境，这种美为尘俗天地所不具。相对于尘俗天地来说，林泉天地又拥有丰厚的自然之机趣，包括相对恒常的特性与源自天然的理趣。正是基于对林泉大美之境与自然机趣的洞识，方外修行之人向来对林泉山水格外青睐有加，并借林泉以修心、借山水以悟道，于林泉之中寻求人生及生命的终极归路。这也恰好于侧面印证了林泉天地魅力与韵味的独特与深刻。

二　林泉情怀

从上述所论不难看出，金元全真宗师在对林泉天地的大美与机趣，

---

① （金）丘处机著，赵卫东辑校：《丘处机集》，齐鲁书社 2005 年版，第 64 页。
② 唐圭璋编：《全金元词》，中华书局 1979 年版，第 486—487 页。

进行深刻而独到的阐述时，亦深寄着自我对林泉真挚而丰厚的情怀。这种情怀具体体现在欣喜于林泉、证道于林泉、回归于林泉等三个方面。

（一）欣喜于林泉

金元全真宗师在登奇险之高山，渡喧轰之远水的云游悟道过程中，对林泉天地的形质之美、内蕴之美及道性之美，皆有深刻的认知与体悟；并对林泉天地所独具的自然机趣深谙于心。所以无论置身于尘内尘外，他们对林泉天地皆有一份欣喜的情怀。

刘处玄在其《酹江月》词中这样说道："最好福地清居，依山临水，自在携筇到。占得真欢霞洞隐，无事闲看圣教。"① 词句表意清晰，直言世间最好的洞天福地是依山临水之处，置身于此境，便可悟得逍遥自在，独嚼真欢之味，深品闲定之趣。他又于《行香子》词中曰："历遍人间，却羡名山。洞天清、坐听潺湲。万株松桧，千倾云烟。好伴琴书，真念道，乐安闲。"② 该词中作者对林泉的欣喜之情更是溢于言表。词之开头即阐明观点，指出人间历遍，只欣羡于名山大川。接着阐明"羡名山"的原因：山中洞天清净、溪水潺潺，且有万株松桧围绕左右，千倾云烟往来其间。置身其中可静心于琴书，安心于道玄。这样的环境对于参玄问道之人来说，无疑是绝佳的选择。

全真后学尹志平在其《过高家铺》诗中云："大山心里小庵儿，暂过何曾一日期。却爱洞天人不到，迁延住了许多时。"③ 诗中对林泉的喜爱之情十分明显，因为洞天少有人迹，所以在此已迁延了许多时日。"迁延"一词，把作者对林泉洞天的那份欲去还留、眷恋不舍的情怀表露淋漓。又如他在《临江仙》词中这样说："数载崎岖天下遍，而今幸遇林泉。饥来吃饭困来眠。离城几一舍，别是小壶天。坐上山水俱秀

① （金）谭处端、刘处玄等著，白如祥校：《谭处端·刘处玄·王处一·郝大通·孙不二集》，齐鲁书社 2005 年版，第 132 页。

② （金）谭处端、刘处玄等著，白如祥校：《谭处端·刘处玄·王处一·郝大通·孙不二集》，齐鲁书社 2005 年版，第 134 页。

③ 薛瑞兆、郭明志编纂：《全金诗》第三册，南开大学出版社 1995 年版，第 95 页。

发，池中开满青莲。老来功行卒难全。未能三岛去，先作五华仙。"①
该词之题目较长，为《五华山夏住，时有道众见，以词赠之》② 可见该
词作于夏季的五华山中。该词与上述刘处玄的《行香子》一词，表述
方式一致，也是开头亮出自我对林泉的欣喜情怀，崎岖数载走遍天下，
如今幸遇林泉，欣喜感慨之情杂陈其间，接下来就是对林泉美景及林泉
生活的具体描述。词下阕末三句"老来功行卒难全。未能三岛去，先
作五华仙"，言语间充斥着抱憾之意，却又不乏满足之情。抱憾的是年
事已高，功行实难完全；满足的是，纵使不能跨鹤三岛，亦可于五华山
上逍遥为仙，言外之意是说，五华山的林泉生活胜似三岛神仙。从开头
的对林泉天地的欣喜，到末尾对林泉生活的满足，无不在展示作者林泉
天地情怀的浓厚与诚挚。

姬志真也曾游宿五华山，并写有《宿五华山》一诗。诗曰："真仙
重修五华宫，盘郁山颜锦绣中。落落清泉鸣静夜，潇潇瘦竹弄清风。地
偏境绝排幽胜，人力天成妙化工。借问炼丹何所在，满山乔木夕阳
红。"③ 和上述刘处玄及尹志平的诗词不同，姬志真的该诗，并未明指
自我对林泉的欣喜之情，而是把焦点集中于对五华山清幽之境的描绘
中。但恰恰是这种不动声色的客观描绘，却浸透着作者内心的欣喜情
怀。诗之首联"真仙重修五华宫，盘郁山颜锦绣中"，对所描绘的对象
进行了审美定位，五华宫位于郁郁葱葱的锦绣之中。这就在环境审美
上，为全诗定下了娱心悦目的抒写基调。颔联"落落清泉鸣静夜，潇
潇瘦竹弄清风"，是对这种锦绣环境所作的具体聚焦，选取了清泉与瘦
竹两个林泉意象，并将它们置于静夜与清风的背景之中，以突出它们落
落、潇潇的天然气格。颈联"地偏境绝排幽胜，人力天成妙化工"，由
具体的聚焦转向整体的概括，指出五华山是地偏境绝，以清幽见胜，是
人力巧工与自然天成的妙化之作。此联的"境绝""妙化工"二语，已

① 唐圭璋编:《全金元词》，中华书局 1979 年版，第 1176 页。
② 唐圭璋编:《全金元词》，中华书局 1979 年版，第 1176 页。
③ 薛瑞兆、郭明志编纂:《全金诗》第四册，南开大学出版社 1995 年版，第 315 页。

将作者对五华胜境的欣喜情怀表露一二。尾联以幽境收合，"借问炼丹何所在，满山乔木夕阳红"，一问一答间意境全出。该联看似未说什么，却又余味绵绵。五华山是当地道教圣地，于此隐修出没者多为修道炼丹之人，今欲寻求金丹修炼之所，看到的却是满山乔木夕阳红。事实上这两句是以满山的美景，来消解对金丹修炼的执着之情。满山美景之下，炼不炼丹已无关紧要，因为置身此境，已然成了陆地神仙，而丹道的精髓也恰在这满山乔木、层林尽染之中。再回首此诗，从首联的审美定位到颔联的审美聚焦，又到颈联的整体概括，再到尾联的破执解悟，全诗未言欣喜却是处处俱透着欣喜之情。

由上述所引诗词可知，金元全真宗师对林泉天地的欣喜之情，着力点在于林泉的淡绝尘味、少有人踪、清幽自然、富有道性。和尘世之人欢喜于林泉给予的观感冲击，满足于林泉带来的精神慰藉所不同，全真宗师对林泉的欣喜，是一种心境与物境对等情况下自发的欢喜之情；是人与物在同一境界存在下，理趣的融通与共鸣。

（二）证道于林泉

基于对林泉富于道性的洞识与觉察，金元全真宗师在悟道生涯中，除于世俗中历心体世外，还喜于林泉之中涵咏天地之真趣、品嚼自然之道味，用参玄证道的实际行迹，阐释自我证道于林泉的精神情怀。

丘处机入道全真，随师传道西行，后又入陕西磻溪、龙门山等地隐修十数年。陈时可所撰《长春真人本行碑》载："师（丘处机）乃入磻溪穴居，日乞一食，行则一蓑，虽箪瓢不置也，人谓之'蓑衣先生'。昼夜不寐者六年。既而隐陇州龙门山七年，如在磻溪时。"① 丘处机之所以选择磻溪、龙门两地隐修，是因为这两地林泉清幽、景色朦胧，易于促人心性、发人觉识。丘处机就此写有不少诗词，传达自我林泉悟道的心志与毅力。如其《秦川》诗曰：

---

① （金）丘处机著，赵卫东辑校：《丘处机集》，齐鲁书社 2005 年版，第 412 页。

秦川自古帝王州，景色蒙笼瑞气浮。

触目山河俱秀发，披颜人物竞风流。

十年苦志忘高卧，万里甘心作远游。

特纵孤云来此地，烟霞洞府习真修。①

诗的前两联是对秦川一带自然景色与人文气韵的宏观概括；后两联是对自我秦川参玄悟道的心志表达；尾联两句则把作者林泉证道的人生志趣充分展现。

尹志平在其《庚寅年通仙观，醮罢复回，以诗别道友元帅监军》诗中说："千里纵横一带山，数年留意几来还。行时不避崎岖险，指望终身永占闲。"② 又在其《因得平遥县清虚观》诗中说："每求淡薄念深山，却得清虚伕老颜。古柏静观堪作伴，无心无虑四时闲。"③ 这两首诗所传达的，同样是证道于林泉的思想情怀。从上一首的"行时不避崎岖险"，到下一首的"每求淡薄念深山"，可以看出作者林泉情怀的浓厚与诚笃。与上述所引丘处机的《秦川》诗所不同，尹志平的这两首诗，把林泉悟道的具体目标给予展示，那就是求得身心安闲，正所谓"指望终身永占闲""无心无虑四时闲"。事实上"闲"是全真宗师参玄悟道的核心法门之一，若能悟取"真闲"之境，同样可走向终极解脱之路。

长筌子在他的《天香》词中说："白茅半间而已。畅情怀、四时吟醉。"④ 又在他的《小重山》词中云："无事恼心间。猿鹤为朋友，养成丹。白云深处乐幽闲。明月下，一曲小重山。"⑤ 这两首词所引部分，皆渗透着作者鲜明的林泉情怀。前一首不言悟道只道畅情，后一首却直指修丹，寓言悟道的圆成。事实上前一首的畅情，所畅之情也非尘情，

① （金）丘处机著，赵卫东辑校：《丘处机集》，齐鲁书社 2005 年版，第 5 页。
② 薛瑞兆、郭明志编纂：《全金诗》第三册，南开大学出版社 1995 年版，第 90 页。
③ 薛瑞兆、郭明志编纂：《全金诗》第三册，南开大学出版社 1995 年版，第 96 页。
④ 唐圭璋编：《全金元词》，中华书局 1979 年版，第 589 页。
⑤ 唐圭璋编：《全金元词》，中华书局 1979 年版，第 594 页。

而是令人沉醉的悠悠道情。无论畅扬道情抑或圆成金丹，作者均把理想的处所指向了林泉，此中之寓意已不言而明了。

（三）回归林泉

在对林泉天地进行一番审视与体察之后，尤其在鉴识和品嚼到林泉的大美与真趣之后，金元全真宗师对自我的悟道生涯，做出了回归林泉的理性抉择。这种抉择受到了物、我两境对等下理趣共鸣的促发，亦受到了以物性促心性的智慧启迪。而这一回归的真谛，不在于遁迹山林的行迹融入，而在于消解物我的精神归依。

谭处端在他的《述怀》诗中说："古佛灵岩是我家，清凉境界绝忧嗟。道人活计无他做，唯采三光炼碧霞。"① 又在其《神光灿》词中云："速悟前途险路，早回头、步步却入仙宗。袍布青巾，结交霞友云朋。休外他搜密妙，认灵源、莲结丹红。趣真处，玩山头、明月清风。"② 这两首诗词，所述说的皆是对悟道生涯归途的选择。《述怀》诗中悟道生涯的归途，指向的是古佛灵岩，那里境界清凉而无忧嗟，这是修道者的绝佳去处，因为道人的活计并无他般，只有摄采三光和烧炼碧霞。《神光灿》词把这一归途，指向了山头明月与清风，因为在月之朗、风之清中，浸润着无限的真趣与消息，值得修行者去静心品味与解悟。

丘处机亦写有《述怀》诗多首，其中一首曰："野鹤孤云闲活计，清风明月道生涯。千山磊落收云气，四海光明耀日华。"③ 又如他的咏鳌山诗，其中一首曰："山川皆属道生涯，万象森罗共一家。"④ 丘处机的这两首诗，皆语言清新通俗，表意通达自然，是典型的畅道之作，畅述自我修道的体悟与卓识。而回归林泉的思想情怀渗透其中。"述怀"一诗明言清风明月是修道生涯的归处，"咏鳌山"一诗，指明了修道生

---

① （金）谭处端、刘处玄等著，白如祥校：《谭处端·刘处玄·王处一·郝大通·孙不二集》，齐鲁书社 2005 年版，第 16 页。
② （金）谭处端、刘处玄等著，白如祥校：《谭处端·刘处玄·王处一·郝大通·孙不二集》，齐鲁书社 2005 年版，第 27 页。
③ （金）丘处机著，赵卫东辑校：《丘处机集》，齐鲁书社 2005 年版，第 23 页。
④ （金）丘处机著，赵卫东辑校：《丘处机集》，齐鲁书社 2005 年版，第 32 页。

涯归属于山川，并指出万象森罗共一家，言外之意是无论清风，无论明月，抑或山川，皆为林泉万象中的一物，无论回归体证于哪种林泉风物，皆是对林泉天地的修行回归。

侯善渊在他的《诉衷情》一词中，亦表达了对林泉回归的精神指向，词曰：

> 逍遥无系乐清闲。信步且随缘。人来问归何处，遥指曲江边。杨柳岸，半笼烟。乍晴天。潇潇清夜，悄悄无人，月满空船。①

词之上阕是对自我生命旨趣及人生归处的阐释。就生命旨趣来说，以逍遥、清闲、随缘为核心内容；就人生归处而言，则定格于曲江之畔。这里的曲江之畔，或实指或虚指，无论实指抑或虚指均有代指林泉的文化意蕴。至此作者回归林泉的精神情怀得到了展现。词之下阕是对人生归处静好之态的具体展示：杨柳扶岸，烟霞半笼，晴日之夜清净寂寞，杳无人踪，唯有满载月光的小船。这是一幅极度唯美的画面，画面中尘俗的痕迹被作者一一剔除，留下的只有不染尘味的美好与理趣。而这种纯画面的聚焦与描写，看似无半点情感抒发，却深浸着满怀的喜悦之情，且喜悦中喻示着向往与回归。又如他在另一首同调之词中说："林泉退隐作生涯。寂寞弃繁华。山中翠微仙子，满目泛灵砂。"② 词中回归林泉的人生指向同样清晰明了。

于道显在其《述怀》诗中这样说道："翠岸西畔道人家，门外闲田遍野花。"③ 只引此两句，我们对作者的意旨已了然于心。而这两句诗作似乎还有着画面拼接的特点，即翠岸西畔的道人家，门口未必就有闲田且长满了遍地的野花，作者把这些图景拼接一起，目的是凸显道人人生归处的清净与美好，以增强自我对林泉的回归情怀。

---

① 唐圭璋编：《全金元词》，中华书局 1979 年版，第 513 页。
② 唐圭璋编：《全金元词》，中华书局 1979 年版，第 538 页。
③ 薛瑞兆、郭明志编纂：《全金诗》第三册，南开大学出版社 1995 年版，第 1 页。

由前面的论述可以想见，金元全真宗师在回归林泉之后，所获得的那种脱尽俗态的精神情致与生命感受。对此全真宗师有明确的阐释。如姬志真在他的《偶遇》诗中说："临水近山新事业，好风明月旧因缘。目前草木皆通理，蟋蟀秋吟夜论玄。"① 与世俗的生活相比，林泉生涯则是一种崭新的人生状态，所以作者说临水近山是"新事业"。"新事业"所带来的是新体悟与新境界，便有了"目前草木皆通理，蟋蟀秋吟夜论玄"的生命感知。这些新的体悟与感知，皆源于林泉天地的促发与熏染。李道玄在他的《别河津和马先生韵》诗中，同样传达了回归林泉后的所感与所获。诗曰：

乐寓山庵未卜归，征鸿唤省思依依。

如今已得逍遥趣，拟学孤云自在飞。②

诗的前两句，传达的是自我对林泉生活的眷恋与不舍。后两句阐述的是自我回归林泉后的所感与所获，包括逍遥之趣、自在之情。这种感与获是对尘俗境界与尘俗生活的擢升与超越，亦是回归林泉的根本鹄的之所在。

事实上，在现实生活中能够真正回归林泉，并臻于心向往之的林泉之境，并非易事，非人人皆可为也。能为之者，应为有脱尘之趣或已然脱尘的"闲"人。姬志真就曾以"闲人"为题，写有一诗。诗曰："风林月障照山花，岩石溪流共一家。唯有闲人堪作主，无惰无我伴烟霞。"③ 不难看出该诗亦是一首畅道述怀之作，阐述自我林泉悟道的切身感知。诗的前两句是对林泉天地特征的概括，亦是作者置身其间对林泉的深刻认知。第三句可视为点题之句，指出唯有"闲人"方可称为林泉天地之主人。实际上这里的"堪作主"不应解为"做主人"，天地

① 薛瑞兆、郭明志编纂：《全金诗》第四册，南开大学出版社 1995 年版，第 313 页。
② 薛瑞兆、郭明志编纂：《全金诗》第四册，南开大学出版社 1995 年版，第 562 页。
③ 薛瑞兆、郭明志编纂：《全金诗》第四册，南开大学出版社 1995 年版，第 347 页。

万物之中人做不了他物的主人，更别说林泉了。此处把"堪作主"理解为林泉合格的常客较为合适。总之这里所要表达的是，唯有"闲人"才能真正归于林泉并证悟于林泉的思想主题。诗的最后一句是对"闲人"思想特征的阐释：无惰、无我。所谓"无惰"，当以勤苦精诚解，是指在悟道、明心去境的征途中勤于精进；"无我"则是忘我，破除我执。无惰、无我之下方可常伴烟霞。

对于回归林泉的"闲人"的日常情态，李道玄在他的《暇日述怀》诗中这样描绘："门柳庭松地种瓜，药炉经卷老生涯。戏惊啼鸟敲芳树，闲引游蜂弄野花。襟袖舞风从展转，簪冠枕石任欹斜。有人笑问安栖处，万叠云深是我家。"① 由诗惟妙惟肖的描绘，我们对林泉之中"闲人"的形象已了然于心。闲人不修边幅、随心任我的外在行迹，恰与林泉天地意出自然、随缘就势的内在气韵相契合。而与这种外在行迹相映照的，则是内在澄然无碍的大闲心境。既有外在行迹的不拘，又有内在心境的超脱，如此方为回归林泉的真正"闲人"。

综上所述，金元全真宗师对林泉天地，饱含着欣喜于林泉、证道于林泉、回归于林泉等多种情怀，这些情怀具有逐层深入、递进承接的内在关系。这种关系是对林泉天地审美认知的逻辑依循，亦是对全真林泉天地建立和完善过程的投射。

第三节 仙道天地与情怀

金元全真诗词作为宗教文学，突出的宗教性是其与世俗作品相区别的重要标志。这种宗教性一方面体现在其对内丹心性修持的阐述上，另一方面映现于其对仙道文化的展示中。其中仙道天地与情怀，则是其仙道文化的一个重要组成部分。

---

① 薛瑞兆、郭明志编纂：《全金诗》第四册，南开大学出版社1995年版，第543页。

一　仙道天地

金元全真诗词中，天地的多重并不隐晦。就时空维度来说，尘俗天地与林泉天地处于同一时空维度，而仙道天地则是另外一重时空的存在。天地时空的多重，一方面反映了全真宗师生命审美视域的开阔，以及对生命本质透视的彻底；另一方面展现了全真宗师，对生命存在境界的诚笃探寻与开拓。天地时空的多重为世人精神的超脱提供了逻辑的指引，亦为世人精勤的修养与修炼，提供了终极的归处与家园。

在全真宗师的视域中，仙道天地是一个完美的生命时空，是完全不同于尘俗的又一重天地。王处一曾以"仙境"为题目写有一诗，对仙道天地进行描绘。诗曰："仙境巍巍世莫猜，满空异馥杂琼埃。霓旌绛节朝金阙，羽盖云旗映宝台。三界圣真同际会，五方童子久徘徊。古今不改谁能见，除是通灵道眼开。"① 至此仙境的美好已映现于读者的脑海。诗中交代了仙境庄重而华丽的特点，其中仙花馥郁、旌旗招展、仙真同聚、万古如一，皆为世间难睹之景，所以诗首句即言"仙境巍巍世莫猜"，尾联又说："古今不改谁能见，除是通灵道眼开"。金元全真诗词中的仙道天地，除上述诗中所述的特点，加之绝对的永恒性之外，还有如下特征。

（一）四时常春

"春"在中国传统文化中，是一种美好绚丽而又生机盎然的象征。金元全真宗师所展现的仙道天地，便有着四时常春的外在特征。这显然是对世俗天地四序更换、夏暑冬寒的否定与超越。前面论述林泉天地时，曾说到林泉天地具有常新的自然特征。林泉的常新与仙道天地的四时常春相比，二者有着本质的区别。林泉常新相对于尘俗天地具有恒常性，而相对于仙道天地来说，则是短暂的，因为林泉未脱有形之列，有

---

① （金）谭处端、刘处玄等著，白如祥校：《谭处端·刘处玄·王处一·郝大通·孙不二集》，齐鲁书社 2005 年版，第 255 页。

形皆有坏；仙道天地的四时常春，则有绝对的永恒性，因为其超越于有形物质而存在。

刘处玄在其《述怀》诗中说："人间世爱，应景芬芳。仙家美景，四序有常。觉花无谢，隐在中央。天香坠落，自然异香。"①又在其《蓦山溪》词中说："壶天妙趣，别有四时春，真应物，宝光明，今古谁人省。"②这两首诗词所要展现的，皆为仙道天地的四时恒常、四时恒春的特征。上述《述怀》诗以人间应景芬芳的短暂作对比，来凸显仙家美景的恒常。《蓦山溪》词则直道壶天妙趣的丰足，凸显于四时常春、宝光圆明，并以今古世人多不能省而心存惜惋。王处一在其《徐法师索》诗中说："混沌潜真火，昆仑出至神。一时超世外，万劫景长春。"③这是一首宗教阐道之诗，阐释宗教的修行与超脱。诗并未言仙道天地，却未曾脱离仙道天地。诗句"一时超世外"，说的是丹道修行的瞬间顿悟。瞬间顿悟，便可觉证永恒。"世外"即尘外，所指就是仙道天地。觉证于仙道天地之后，所拥有的便是万劫长春之景。"万劫"是虚指，喻示永恒。诗的最后两句，所突出的实则就是仙道天地四时常春的特征。

丘处机在《修道》诗中说："药圃芝田净，金坛玉宇新。壶中天不夜，物外景长春。"④显而易见，该诗题目为"修道"，内容自然以畅道为主。诗前两句是内丹修行的隐含性论述，后两句则是对仙道天地的概括。诗句"壶中天不夜"，是说壶中仙境只有光明而无黑夜。道教向来以"壶天"喻仙境。壶天与下句的"物外"同为仙道天地的代名词。"物外景长春"一句，其意已十分彰显，是说仙道之境中四时常春。姬志真在其《万年春》词中这样说道："浩浩灵空，不夜神光皎。谁能

---

① （金）谭处端、刘处玄等著，白如祥校：《谭处端·刘处玄·王处一·郝大通·孙不二集》，齐鲁书社2005年版，第117页。
② （金）谭处端、刘处玄等著，白如祥校：《谭处端·刘处玄·王处一·郝大通·孙不二集》，齐鲁书社2005年版，第136页。
③ （金）谭处端、刘处玄等著，白如祥校：《谭处端·刘处玄·王处一·郝大通·孙不二集》，齐鲁书社2005年版，第318页。
④ （金）丘处机著，赵卫东辑校：《丘处机集》，齐鲁书社2005年版，第62页。

· 310 ·

金元全真文学研究

晓。与君知道。永劫春难老。"① 由所引录的词句，我们可以知道，仙境之中没有黑夜，而是神光晃朗，此景世人难以知晓。作者于末句告知此景为"永劫春难老"，"永劫"与"万劫"一样表示时间极长，寓有永恒之意。该句是说仙境之中四时常春，永无衰枯。

由上述所引诗词不难看出，仙道天地之中本无四季变换之说，而是光景始终如一，如此一来，便无春、夏、秋、冬的四季分别。说其四时如春，显然是以尘俗的光景作对比。作者之所以如此表述，其目的只有一个，那就是突出仙道天地的美好，以人间春色相比拟，便于世人理解和想象，进而起到劝化和规引的作用。

（二）庄重而华美

在金元全真宗师对仙道天地的描绘中，庄重而华美是其凸显的特征。全真宗师的这一述写手法，显然受到了传统道教对仙境描绘手法的影响。《抱朴子》"杂应篇"在叙述老子形象时说："左有十二青龙，右有二十六白虎，前有二十四朱雀，后有七十二玄武。"② 气势雄壮，威仪恢宏，场面庄重而华美。全真宗师承继这一艺术手法，在对仙道天地描绘时，亦注重凸显其庄重而华美的气势。

王重阳在其《青玉案·带马行》一词中，对仙道天地进行描绘说："灵光不动神光聚，便攒簇、银霞护。满插金花频返顾。青衣鸾鹤，共同来赴，瑶马驻，搬在清凉路。"③ 王重阳笔下的仙境，虽不及太上老君出场时的排场与庄重，但也颇有场面与阵势。从"灵光不动神光聚"到"银霞护。满插金花频返顾。青衣鸾鹤，共同来赴"，不难看出其中的威严与气势。

谭处端在其《酹江月》词中说："瑞气祥烟笼宝殿，金碧霞辉交错。烂醉蟠桃，彩云归去，殊袂飘香络。"④ 王处一在其《示门人校勘

---

① 唐圭璋编：《全金元词》，中华书局1979年版，第1216页。
② 王明：《抱朴子内篇校释》（增订本），中华书局1985年版，第273页。
③ （金）王重阳著，白如祥辑校：《王重阳集》，齐鲁书社2005年版，第187页。
④ （金）谭处端、刘处玄等著，白如祥校：《谭处端·刘处玄·王处一·郝大通·孙不二集》，齐鲁书社2005年版，第26页。

功行》诗中云："天然一境实恢洪，应合希夷理自同。生育无名清净体，变通不坏杳冥宗。旌幢闪闪排云汉，环佩珊珊下太空。接引圆明真了了，法轮常转运玄风。"① 这两首诗词中，谭处端之词倾向于描绘，王处一之诗着重于说理，但两者都对仙道境界的华美进行了展示。谭处端之词，从"瑞气祥烟""金碧霞辉"到"烂醉蟠桃""殊袂飘香"的措辞用语，可以看出，此中凸显的烘托、渲染的艺术手法，其中不乏一些夸张和想象。通过这种描绘以增加仙道之境的神秘与高妙，映衬出尘俗天地的忙乱与喧腾，进而起到宗教劝示的作用。相比之下，王处一的《示门人校勘功行》诗理趣独具，以哲理见胜。诗之首联"天然一境实恢洪，应合希夷理自同"，指出仙道天地源自天然，又富于虚寂玄妙之理。这道出了仙道自然的本质特征。颔联"生育无名清净体，变通不坏杳冥宗"，是说仙道之境中孕育出一种无名的清净之元体，其恒有而不坏，是奥秘莫测的变化之源。这种奥妙莫测之变化，实则道出了仙道生生不息的大德。颈联"旌幢闪闪排云汉，环佩珊珊下太空"，是对仙道天地的特写与聚焦，突出其庄重与气势。尾联以现实收合，以"接引圆明"与斡运玄风的宗教目标与门人共勉。整体来看，王处一的诗突出展现了仙道天地的哲理之美。

丘处机曾以"仙景"为题写有《无俗念》词，描述其视域中的仙道天地。词曰："十洲三岛，运长春、一夜风光无极。宝阁琼楼山上耸，突兀巍峨千尺。绿桧乔松，丹霞密雾，簇拥神仙宅。"② 词一开头便交代了自我所述之景的具体位置：十洲三岛。"十洲三岛"是向来被道教视为人间之外的仙道天地。《云笈七签》卷二十六载："十洲"为"祖洲、瀛洲、玄洲、炎洲、长洲、元洲、流洲、生洲、凤麟洲、聚窟洲"③，"三岛"为：方丈、蓬丘、昆仑。其上多有不死仙草与灵药、不死鸟

---

① （金）谭处端、刘处玄等著，白如祥校：《谭处端·刘处玄·王处一·郝大通·孙不二集》，齐鲁书社 2005 年版，第 257 页。
② （金）丘处机著，赵卫东辑校：《丘处机集》，齐鲁书社 2005 年版，第 65 页。
③ （宋）张君房编，李永晟点校：《云笈七签》，中华书局 2003 年版，第 590 页。

兽，亦多仙家居处。久而久之，十洲三岛也便成了仙境的代名词。丘词之中这一仙境的风光同样华美无比，宝阁琼楼巍峨千尺，耸立于群山之上，茂密的松桧、层层霞雾，围绕簇拥着神仙府地。并且这里终古长春，常新无衰，万古光明而无黑夜。姬志真在他的《鹊桥仙》词中，亦有对仙道天地的描绘，词曰："瑶台琼岛珠林琪树，香霭神风引步。几回海上看蟠桃，千岁里、花开一度。"① 其中的华美之景亦十分凸显。

（三）仙人集聚

上文中提到，诸如"十洲三岛"这样的仙域，皆是仙人聚居之所，因此仙道天地中自然少不了仙人的聚集与出没。对此全真宗师多有描绘。如谭处端的《酹江月》词说："姑射绛阙琼楼，群仙赴会，云坠停鸾鹤。"② "姑射"指仙山。《庄子》"逍遥游"中有曰："藐姑射之山，有神人居焉，肌肤若冰雪，绰约若处子。"③ 谭处端之词中说的是姑射仙山上，广布绛阙琼楼，群仙时常赴会于此。王处一在其《安丘陈县君出家求教》诗中说："来往清朝法海中，去游蓬岛不空空。饥餐内宝真元秀，渴饮丹霞玉性红。一气周流清净体，万神齐会绛霄宫。"④ 又在其《青玉案》词中说："玉楼金殿空中满，万象相交贯。一颗明珠光灿烂。瑶池仙会，万神都聚，永永居霄汉。"⑤ 诸如此类的描述还有很多，皆是对仙道天地中神仙聚集的展示，且多以华美的环境作背景。

上述三点，是针对仙道天地本身而论的，展现的是仙道天地本身的特征。以下两点，则是就生活于仙道天地之中的仙人而说的，一是超脱轮回，二是逍遥无烦恼。这两点皆因置身于仙道天地才具有，所以亦可视为仙道天地的一种附带特征。

---

① 唐圭璋编：《全金元词》，中华书局 1979 年版，第 1211 页。

② （金）谭处端、刘处玄等著，白如祥校：《谭处端·刘处玄·王处一·郝大通·孙不二集》，齐鲁书社 2005 年版，第 26 页。

③ 陈鼓应注译：《庄子今注今译》，中华书局 1983 年版，第 21 页。

④ （金）谭处端、刘处玄等著，白如祥校：《谭处端·刘处玄·王处一·郝大通·孙不二集》，齐鲁书社 2005 年版，第 261 页。

⑤ （金）谭处端、刘处玄等著，白如祥校：《谭处端·刘处玄·王处一·郝大通·孙不二集》，齐鲁书社 2005 年版，第 348 页。

（四）超脱轮回

在金元全真宗师的视域中，尘俗中的世人生于尘俗又死于尘俗，终究脱离不了尘俗的轮回之苦，所以他们多以跳出轮回为据凭，对世人进行宗教劝化。如谭处端的《踏莎行·赠兴平赵六士》词说："早悟轮回，惊生惨切，割情舍爱亲玄诀。"① 刘处玄的《望远行》词说："达道完性命，永免轮回苦。"② 王处一的《述怀》诗曰："跳出轮回造化间，满空真圣列云端。十方三界堪游赏，随步天光辊玉坛。"③ 依据全真的宗教理论，跳出轮回之法即是修道证仙之理，若能证道而成仙，自然能脱免世间之轮回，所以仙道天地中的仙人，皆为超脱轮回之觉者。

王重阳有《忆王孙》一词，很好地阐释了觉证仙道与脱免轮回之间的关系。词曰："长安为甚便归来，使我莲花五叶开。别有清光旧镇醅。独倾杯，免了轮回九狱灾。"④ 该词可视为一首畅道之作，讲述自我的悟道经过与得道体悟。首句"长安为甚便归来"，拈出了"长安"意象。与唐宋世俗文人作品中的"长安"意象所指不同，王重阳此词中的"长安"，喻指长安终南道教胜地，也喻示着作者修道的终极目标。次句"使我莲花五叶开"，其中"莲花"喻指心莲也即清净之心，"莲花五叶开"，喻指自我心境大明而本性得见，证得了终极道果。这两句合起来，意思就是：之所以要回归长安，是为了自我能够心莲绽放，真性彰显。第三句"别有清光旧镇醅"，含用了自身的一则典故。正隆四年（1159）王重阳于终南甘河镇饮酒，会遇二仙人，二人被发披毡而年貌同一。王重阳受其点化、得授真诀，从此真性开悟，弃俗入道，创立全真。这里的"旧镇"，所指就是当年得遇真仙的终南甘河镇。此句可视作王重阳对昔日甘河证道的回忆。上述三句，就是作者对

---

① （金）谭处端、刘处玄等著，白如祥校：《谭处端·刘处玄·王处一·郝大通·孙不二集》，齐鲁书社 2005 年版，第 57 页。
② （金）谭处端、刘处玄等著，白如祥校：《谭处端·刘处玄·王处一·郝大通·孙不二集》，齐鲁书社 2005 年版，第 140—141 页。
③ （金）谭处端、刘处玄等著，白如祥校：《谭处端·刘处玄·王处一·郝大通·孙不二集》，齐鲁书社 2005 年版，第 303 页。
④ （金）王重阳著，白如祥辑校：《王重阳集》，齐鲁书社 2005 年版，第 202 页。

自我证道过程与道果证得的总结。末句"免了轮回九狱灾",指出了仙道证得后的现实应验,那就是生命得到超脱,免于生死轮回之灾。

基于上述所论,全真宗师在对仙道天地的超脱轮回这一特征的展示中,多与修道证仙的宗教实践相联系,既论证二者之间的逻辑因果,又凸显仙道天地的超越与美好。如刘处玄在其《上敬奉三教道众并述怀》诗中说:"炼成三宝,蜕下凡躯。趁却轮回,升入虚无。大罗朝圣,永住天都。"① 又在其《酹江月》词中说:"渴饮霞浆仙会处,童稚唇歌舌诞。趁了轮回,完全性命,迷者应难赶。"② 王处一在其《出尘》一诗中说:"跳出轮回入道来,玄机默默满胸怀。顿超内外诸尘网,不落周围众苦涯。"③ 又在其《述怀》诗中云:"一点灵光空里开,空来空去没轮回。怀包日月通今古,混沌无名任去来。"④ 由这些所引诗词,可以看出,超脱轮回实际上成了成真证仙的标志与代名词,也是驻足仙道天地的必要条件之一,由此不难证得,仙道天地中所驻足长居者,必定是超脱轮回之人。

(五)逍遥无碍

在全真宗师的视域里,世人经过明心见性、积功累行、功行双全,证得终极果位之后,便可云步霄汉,驻迹蓬岛,永居仙道天地,这便是对世俗的终极超越。由尘境跃入仙境,精神感知亦会有质的飞腾,在仙道天地之中,精神所感知的只有无尽的快乐、洒脱与自由,而无任何烦恼、挂碍与拘囿。这便是仙道天地给予人的逍遥无碍的精神之境。

刘处玄在《酹江月》一词中这样说:"厌居人世,似孤云飘逸,鹤升霄汉。自在无拘空外去,撒手直超彼岸。到处为家,琴书为伴,信笔

---

① (金)谭处端、刘处玄等著,白如祥校:《谭处端·刘处玄·王处一·郝大通·孙不二集》,齐鲁书社 2005 年版,第 118 页。

② (金)谭处端、刘处玄等著,白如祥校:《谭处端·刘处玄·王处一·郝大通·孙不二集》,齐鲁书社 2005 年版,第 133 页。

③ (金)谭处端、刘处玄等著,白如祥校:《谭处端·刘处玄·王处一·郝大通·孙不二集》,齐鲁书社 2005 年版,第 258 页。

④ (金)谭处端、刘处玄等著,白如祥校:《谭处端·刘处玄·王处一·郝大通·孙不二集》,齐鲁书社 2005 年版,第 303 页。

闲吟叹。洞天高卧，任他人笑懒慢。"① 不难看出，该词所述的是身著心离下的精神超升。金元全真教倡导内丹修行，不再追求形体飞升，而着力于真性发明、元神全聚，寻求精神的超越与飞升。该词中"撒手直超彼岸"，所指即为精神的超升。从"孤云飘逸""鹤升霄汉""自在无拘""信笔闲吟""洞天高卧"等的表述中，可充分感受到作者精神情态的逍遥与无碍。侯善渊的同调而和之词这样说："孤然洒脱无双，于中清净，不许纤尘著。养就胎仙神貌雪，出入无间绰约。紫府游行，瑶宫饮宴，赐我逍遥乐。金童捧盏，妙音引上龙阁。"② 如果说刘处玄上述之词仙道天地描写不足，精神感受阐述有余的话，那么侯善渊的词就显得恰到好处。其在对仙境游玩的描述中，传达出自我精神主体的感受，包括孤然洒脱、清净而不着纤尘。并直抒感慨，"紫府游行，瑶宫饮宴，赐我逍遥乐"，把逍遥之乐归结为紫府、瑶宫所赐。依照全真宗师精神主体自足的观点，自我的快乐或痛苦，无关于外在，完全取决于自心，纵使仙道天地，也无法赐予任何人逍遥之乐，唯有心境臻于逍遥，才有逍遥之体受。这里作者之所以要如此表达，无外乎是想通过对切身感受的传达，以现身说法的形式来证明和显示仙道天地的美好。

姬志真亦有不少传达仙道天地中的逍遥无碍之作，其《鹧鸪天》一词即是。词曰：

> 门外黄尘点浼人。山童不敢启云扃。石坛清坐神游北，径及无何接玉京。
>
> 香蔼蔼，气盈盈。蟠蛟飞凤会云朋。自倾碧洒重玄饮，醉里乘风下太清。③

① （金）谭处端、刘处玄等著，白如祥校：《谭处端·刘处玄·王处一·郝大通·孙不二集》，齐鲁书社 2005 年版，第 133 页。

② 唐圭璋编：《全金元词》，中华书局 1979 年版，第 521 页。

③ 唐圭璋编：《全金元词》，中华书局 1979 年版，第 1214 页。

该词是一首叙事性较强的畅道之作，讲述的是自我神游仙境的过程与感受。与上述刘处玄的《酹江月》一词一致，该词所阐述的同样是精神的超升。词之上阕展示了自我神游的缘起，身为深受黄尘点污之人，山童不敢为我打开清净的山门，无奈之下便石坛清坐神游北极，恍惚之间便游于无何之乡、仙道之境。作者逍遥愉快的仙境遨游之路就此开启。词之下阕是对遨游过程及感受的具体描述，仙境的美好自不必说，重在结尾的"自倾碧酒"与"醉里乘风"，一则是说自由无拘，一则是说逍遥无碍。这就是作者遨游玉京的最终所获，亦是作者宗教修行的最终目标。该词以逍遥无碍的精神情态作结，重在突出宗教修行的超脱之境，也意在凸显仙道天地中的自由与无拘。

姬志真的《巫山一段云》词，同样传达了仙道天地中的逍遥与无碍。词曰："法雨神山秀，灵风瑞草香。洞天无处不清凉。日月景遐长。玉珮金铛摇曳。飞步太虚游戏。五云深处饮琼浆。沉醉太平乡。"[1] 词的上阕是对神仙洞府美景及特征的描写；词的下阕是对自我仙道天地中，云步遨游情境的述说，同样以狂饮沉醉作结。事实上，对于臻于仙道之境的人来说，本已无须以饮酒麻醉神经来获取逍遥之乐，酒醉之乐亦非真乐，但全真作者还是多处以沉醉畅饮来表示自在逍遥，这实则是言筌之法。对于世人来说，沉醉之乐皆有所体、皆有所感，言之皆有共鸣，若云他种逍遥之乐，便会因无所体验而不知所云，如隔靴搔痒，不关痛处。所以全真宗师便依照世人的生命体验，姑且以饮醉之乐喻示逍遥，以便收到应有的表达效果。

由上所述，金元全真宗师于诗词中，为我们展现一个非同尘俗的仙道天地，并将其四时常春、庄重而华美、仙人集聚、超脱轮回、逍遥无碍等特征一一举证，凸显了仙道天地的美好。在具体的描写手法上，全真诗词显然受到了传统仙境表现艺术的影响，但其中的深刻寓意亦十分富足而显现。全真宗师着意凸显的仙道天地的特征，皆是对尘俗天地相对应特征的否定与超越，两相对比中仙道天地的美好更加显现。这对于有着归仙之趣、神仙之好的向道之士来说，吸引力自然不言而喻，纵使对于尘俗之中身心负累的一般世人而言，同样具有莫大的吸引力，这就在无形中会起到宗教劝示与精神接引的度世济人的社会功效。

二　仙道情怀

金元全真宗师作为道门中人，其仙道情怀自然浓郁而强烈。慕道修仙、体玄证真，是他们宗教生涯的终极目标，归趋仙道是他们人生之所好，亦是他们对生命绝好的安置。他们在悟得仙道诀窍、证得仙道果位后，并未自了尘外，逍遥烟霞，而是将超脱的金针传于他人，救人于苦海，度人于痴迷，遍拔众生，孜孜不倦。全真宗师这种浓烈的宗教情怀，充分展现于其诗词作品之中。具体来说，体现在两个方面：其一处处念道与劝道，其二事事存仙与倡仙。马钰在其《劝世》诗中说："学道修仙作异人，一心越苦更越辛。虎龙易位成玄趣，日月交光发好音。"① 于道显在其《示许姑》诗中曰："修仙先要除人我，学道须防较是非。七宝山头烟火灭，五明宫里证牟尼。"② 诸如此类的作品，皆是对仙道的向往以及修行的劝示，集中体现着全真宗师深刻而浓厚的仙道情怀。

（一）处处念道与劝道

"道"可谓金元全真诗词创作的核心意象与主题。在诗词中全真作者传达了自我乐道、向道、慕道、敬道、念道、学道、得道、守道等思想情怀。而这种情怀皆发自天真、源于本性，毫无刻意与做作。下面就以具体的诗词为例、感受其中深寄的情怀。

——乐道、向道、慕道

---

① （金）马钰著，赵卫东辑校：《马钰集》，齐鲁书社 2005 年版，第 52 页。
② 薛瑞兆、郭明志编纂：《全金诗》第三册，南开大学出版社 1995 年版，第 38 页。

美酝开尊会众贤，乐道谢高天。①

宛转寻村来访道，因循乐道暂偷闲。②

幼稚抛家，孤贫乐道，纵心物外飘蓬。③

乐道逍遥豁畅人，自无劳苦与劳辛。洞内炼烹金鼎药，壶中赏玩玉楼春。④

悟来乐道恣情咍，醮食须求面一杯。幸遇黄冠行法事，助他清醮谨让灾。⑤

吾之向道极心坚，佩服丹经自早年。遁迹岩阿方十九，飘蓬地里越三千。⑥

修真慕道，乐清虚、任意陶陶兀兀。富贵荣华都不恋，甘分清贫彻骨。⑦

——敬道、念道

敬道高真祐护，保命安身养素。⑧

敬道修因果，颠猿紧锁。得自然真慧，住行坐卧。⑨

念道觉真安，命清胜炼丹。通天全至行，跳出死生关。⑩

---

① （金）谭处端、刘处玄等著，白如祥校：《谭处端·刘处玄·王处一·郝大通·孙不二集》，齐鲁书社2005年版，第140页。
② （金）丘处机著，赵卫东辑校：《丘处机集》，齐鲁书社2005年版，第8页。
③ （金）丘处机著，赵卫东辑校：《丘处机集》，齐鲁书社2005年版，第70页。
④ （金）马钰著，赵卫东辑校：《马钰集》，齐鲁书社2005年版，第58页。
⑤ （金）马钰著，赵卫东辑校：《马钰集》，齐鲁书社2005年版，第67页。
⑥ （金）丘处机著，赵卫东辑校：《丘处机集》，齐鲁书社2005年版，第6页。
⑦ 唐圭璋编：《全金元词》，中华书局1979年版，第1236页。
⑧ （金）谭处端、刘处玄等著，白如祥校：《谭处端·刘处玄·王处一·郝大通·孙不二集》，齐鲁书社2005年版，第85页。
⑨ （金）谭处端、刘处玄等著，白如祥校：《谭处端·刘处玄·王处一·郝大通·孙不二集》，齐鲁书社2005年版，第138页。
⑩ （金）谭处端、刘处玄等著，白如祥校：《谭处端·刘处玄·王处一·郝大通·孙不二集》，齐鲁书社2005年版，第95页。

念道玉浆多，得真欢、大笑呵呵。①

念道真无罪，新愆不造异。清通合圣经，保命神超彼。②

——学道、得道、守道

学道修真与世违，孤身飘逸断篷飞。随缘且过消前过，视死如归一不归。③

学道同初，抱守神珠。证明三宝，不动如如。④

得道免轮回，厌世隐、神堂古观。⑤

得道自然真，青莲出垢津。罣碍心无碍，蜕形身外身。⑥

得道不争空，混尘众垢容。他年真厌世，洞外伴森松。⑦

守道悟完颜，自然慧目看。灵虚真弗朽，清彻古长安。⑧

一志孤清守道。十地遍生芝草。百行谨行持，千日炼成真宝。⑨

守道忘尘累，安居慕德邻。坐中无俗客，席上尽高人。⑩

诸如此类的诗词俯拾皆是，不可备引。由上述所引作品，我们已可

---

① （金）谭处端、刘处玄等著，白如祥校：《谭处端·刘处玄·王处一·郝大通·孙不二集》，齐鲁书社 2005 年版，第 139 页。

② （金）谭处端、刘处玄等著，白如祥校：《谭处端·刘处玄·王处一·郝大通·孙不二集》，齐鲁书社 2005 年版，第 146 页。

③ （金）谭处端、刘处玄等著，白如祥校：《谭处端·刘处玄·王处一·郝大通·孙不二集》，齐鲁书社 2005 年版，第 19 页。

④ （金）谭处端、刘处玄等著，白如祥校：《谭处端·刘处玄·王处一·郝大通·孙不二集》，齐鲁书社 2005 年版，第 331 页。

⑤ （金）谭处端、刘处玄等著，白如祥校：《谭处端·刘处玄·王处一·郝大通·孙不二集》，齐鲁书社 2005 年版，第 135 页。

⑥ （金）谭处端、刘处玄等著，白如祥校：《谭处端·刘处玄·王处一·郝大通·孙不二集》，齐鲁书社 2005 年版，第 143 页。

⑦ （金）谭处端、刘处玄等著，白如祥校：《谭处端·刘处玄·王处一·郝大通·孙不二集》，齐鲁书社 2005 年版，第 145 页。

⑧ （金）谭处端、刘处玄等著，白如祥校：《谭处端·刘处玄·王处一·郝大通·孙不二集》，齐鲁书社 2005 年版，第 146 页。

⑨ （金）马钰著，赵卫东辑校：《马钰集》，齐鲁书社 2005 年版，第 187 页。

⑩ 薛瑞兆、郭明志编纂：《全金诗》第三册，南开大学出版社 1995 年版，第 101 页。

充分感知金元全真宗师，对天地道法的那份诚挚的向往与敬慕的情怀，以及他们对道法多角度多层面的参悟与体认。全真宗师在诗词中，除传达自我的念道、向道等情怀外，还处处展现自我学道、修道的感受与体悟，并以此劝示和规引世人学道修道。

王重阳在他的《赠王哥》诗中这样说："修行学道并无师，只要心中自己知。净处常常生智慧，闲居每每起慈悲。搬柴运水唯闻做，观相存思各自为。减食忘情为慷慨，任欢取乐是修持。救人设药功尤大，戒酒除荤行最宜。直待开门观宿性，宿缘堪可便相随。"① 该诗既可看作王重阳对自我学道经验的总结，亦可视作他对全真后学向道学道的具体指导。其中学道的精髓包括：净处、闲居、日常悟道、观相存思、减食忘情、任欢取乐、救人设药、戒酒除荤、内观宿性等。这些学道之法，无疑是全真修行体证的诀窍与门径，王重阳于诗中进行清晰的展示，无非是想告知门徒及世人，修行学道并非难事，有法可依，有据可凭，以此劝示和规引更多的世人入道学道，皈依仙道。

谭处端在《神光灿》词中，就曾对自我的学道经历与感悟进行追述。词曰：

> 当初学道，迤入玄门，逍遥物外优游。占住庵儿，日夜不免寻求。殷勤来来往往，惹尘劳、怎悟真修。这踪迹，看何时功满，得赴瀛洲。
>
> 瞥地廓然猛省，勘元初一点，有甚闲愁。落魄婪耽，云水恣访仙俦。有似开笼俊鹞，又还如、解镣猿猴。我去也，把般般、打破便休。②

词的上阕以叙事的手法讲述了作者初入玄门，学道急切而不得法，以至

① （金）王重阳著，白如祥辑校：《王重阳集》，齐鲁书社 2005 年版，第 143 页。
② （金）谭处端、刘处玄等著，白如祥校：《谭处端·刘处玄·王处一·郝大通·孙不二集》，齐鲁书社 2005 年版，第 27 页。

萌生迷茫的初学过程。词的下阕阐述的是自我迷茫之后的顿悟，以及顿悟之后自在逍遥的精神感知。对词中所述的具体细节我们姑且不管，暂就其表达的思想主题而论，作者是以现身说法的方式，来论证道法的可证、可修以及道不远人，以企能够引导和劝化世人入道学道。和谭处端相同，丘处机也曾于诗词中追述自己的学道生涯，如其《诉衷情·自咏》词曰：

> 当初学道，凭空炼己，志冲天、人间无比。放旷山林，次后复、逍遥云水。过夷门、又临秦地。
>
> 飘蓬十载，游程万里。度关津、崎岖迢递。事事谙来，但悟了、般般总弃。只随缘、布裘芒履。①

该词上阕同样运用叙事的手法，讲述自我初学入道的情境。和谭处端之词不同的是，该阕并未展示学道的迷茫，而是凸显学道心志的诚笃与坚定，所谓"志冲天、人间无比"。词下阕着重于阐释十载学道的宗教体悟，那就是"般般总弃""只随缘"。不难看出该词的主题意旨与谭词一致，亦以劝引为目标。

从上述所引的这两首词来看，作者在讲述自我学道生涯以及修道感悟时，其中或隐或显地蕴含了内心深处的那份自豪与满足。这种自豪与满足的情怀，不能不说就是作者心中那份诚挚的仙道情怀的一种展示。

尹志平在其《赠牛山》诗中说："学道须凭识见高，遇魔不退转坚牢。若能悟得无生灭，免向人间更一遭。"② 于道显在其《示道人》诗中云："学道先须泯见识，众中缄口最相宜。"③ 李道玄在他的《诚执者》诗中亦云："学道先须诚执刚，执心自擅作强梁。相如避路忘颜厚，廉氏携荆乞罪当。和气至柔穿厚地，泉流虽弱贯高冈。处谦受益终

---

① （金）丘处机著，赵卫东辑校：《丘处机集》，齐鲁书社2005年版，第89页。
② 薛瑞兆、郭明志编纂：《全金诗》第三册，南开大学出版社1995年版，第100页。
③ 薛瑞兆、郭明志编纂：《全金诗》第三册，南开大学出版社1995年版，第6页。

无咎，违众超群大不祥。"① 这些所引之作，皆是全真宗师对自我学道经验的总结，也是他们对后学者由衷的指示与劝告。正是这种发自心底的劝示与指导，对于世人来说却是一种极为贴心的宗教劝化与济度。

从乐道、向道、敬道、念道等情感的表达，到自我修道、学道经验的总结，再到对世人入道、归道的劝引，可以看出，金元全真宗师对天地道法的那份诚笃与敬仰，亦可看出他们对道法的深悟与自信。在诸多诗词中，处处可见他们对道法的那种深刻而诚挚的情怀。

（二）事事存仙与倡仙

由前面所引马钰的《劝世》诗、于道显的《示许姑》诗可以看出，"学道"与"修仙"是互不分离的两种宗教活动。实际上，学道与修仙在本质上并无二致，是同一事物的两种不同视角的观照。在中国道教文化中，仙道是核心。仙与道就是结果与途径的关系，成仙是修道的结果、修道是成仙的途径。具体到金元全真宗师而言，成仙同样是他们学道的宗教目标。他们在对浓厚的仙道情怀的阐释中，自然少不了对成仙向往的表达、对世人修仙的劝示、对仙境的罗列以及对仙人的追述。

首先，对成仙向往的表达。金元全真宗师视成仙为人生的终极目标，认为得道成仙是对生命最佳的安置，亦是生命价值的终极实现。所以对于成仙向往的表达，在全真诗词中处处可见。

谭处端在他的《神光灿·赠赵先生》词中说："火灭烟消，灵腑自吐黄芽。无私性停命住，意心清、玉结丹砂。功行满，赴蓬莱鹤引，彩仗云霞。"② 刘处玄在其《感皇恩》词中说："他年功行满，升仙界。"③ 丘处机在他的《沁园春·示众》词中云："满泛流霞，高吟古调，骨健神清丹自圆。真堪爱，待功成一举，永镇飞仙。"④ 马钰在其《勉门人》

---

① 薛瑞兆、郭明志编纂：《全金诗》第四册，南开大学出版社1995年版，第550页。
② （金）谭处端、刘处玄等著，白如祥校：《谭处端·刘处玄·王处一·郝大通·孙不二集》，齐鲁书社2005年版，第28页。
③ （金）谭处端、刘处玄等著，白如祥校：《谭处端·刘处玄·王处一·郝大通·孙不二集》，齐鲁书社2005年版，第140页。
④ （金）丘处机著，赵卫东辑校：《丘处机集》，齐鲁书社2005年版，第66页。

诗中说："丹成雪弹明金鼎，性结霜球晃玉台。常有白云飞洞口，行功圆备赴蓬莱。"① 王丹桂在他的《满庭芳·赠刘四郎》词中云："无萦绊，功成归去，高步访瀛洲。"② 长筌子在其《绛都春》词中云："杳冥中、修成仙果。了然归去，绵绵九天高卧。"③ 尹志平在他的《巫山一段云》词中云："合是全真一会。功成行满待他年。携手上云天。"④ 李道玄在其《水调歌头·赠实庵》词中曰："行满功成日，谈笑谒仙都。"⑤ 诸如此类的诗词，皆是全真宗师对自我得道成仙向往的表达。其中"功成行满"，这一成仙的条件被多次强调，这实则是全真宗师对自家门派修道证仙特殊门径的显示。在全真宗师看来，修仙之人需将"真功""真行"也即"仙道"与"人道"俱修完备，达到功行双圆，方可臻于仙境。全真宗师将这种功行双全的修行法门加以凸显，既显示了他们对自家宗风的持重，亦说明了他们对自家门风的自信。

其次，对世人修仙的劝示。金元全真宗师在展示自我修仙向往的同时，亦不时传达出对世人入道修仙的劝示，希望世间众生也能够像自己一样，了悟云端，超脱物外。马钰在他的《十报恩·赠泾阳张书表》词中这样说道："六旬有四卦将休。猛悟灰心离俗游。访我搜真归正觉，搜玄索隐做持修。头分丫髻云霞友，手显擎拳风月俦。稽首更明珍重理，自然得去赴瀛洲。"⑥ 词中劝人效己修仙的劝示思想显而易见。

更多的时候，全真宗师在劝示中会把修仙的要诀一同告知，一则显示劝示的中肯，二则喻示修仙的简便而易行。如马钰的《慎终如始》诗，如是说：

入道十一年，常常搜己病。我欲做神仙，怎敢昧心镜。

① （金）马钰著，赵卫东辑校：《马钰集》，齐鲁书社2005年版，第63页。
② 唐圭璋编：《全金元词》，中华书局1979年版，第480页。
③ 唐圭璋编：《全金元词》，中华书局1979年版，第585页。
④ 唐圭璋编：《全金元词》，中华书局1979年版，第1172页。
⑤ 唐圭璋编：《全金元词》，中华书局1979年版，第1234页。
⑥ （金）马钰著，赵卫东辑校：《马钰集》，齐鲁书社2005年版，第98页。

我欲做神仙，怎敢行邪经。我欲做神仙，怎敢迷尘境。

我欲做神仙，怎敢受钦敬。我欲做神仙，怎敢忘性命。

我欲做神仙，怎敢亏功行。功行两无亏，神仙自来请。①

该诗使用排比句式，形成一种往环复沓的语言结构，营造一种情感逐步强化，气势逐步增强的语言氛围。作者在这六组排比句式中，将修仙的要诀逐一交代，其中的六次"我欲做神仙"的重复与强调，与其说这是作者对自我心志的表达，不如说是对有着神仙之好者的召唤，以及对世俗众生的警醒与劝示。

如果说上述马钰之诗的劝诱意旨，阐释得不够凸显的话，那么谭处端的这首《神光灿·赠穆先生》词则表意足够直白。词下阕曰："日用擒猿缚马，处无为清净，暗契真师。境灭心忘，神凝气结灵芝。得得逍遥自在，任诗词、劝诱愚迷。功行满，指蓬瀛路稳，跨朵云归。"② 词中不仅把日常修心、清净无为、明心祛境等修仙理路，进行了清晰阐释，而且还把劝化世人归道修仙的思想意旨，给以了着重凸显，可谓道出了全真宗师遍拔群迷的宗教心声。

于道显在其《寄费庄李官人》诗中说："学仙未到弃尘缘，海岳涓埃积渐然。更向玄门轻进步，蓬莱别有洞中天。"③ 李道玄在他的《诱众》诗中亦曰："学仙一段妙机关，尽在生成造化间。水火推移逢即返，木金动变遇须还。二轮日月阴阳息，六合乾坤天地闲。此个功夫行得到，始知随处有蓬山。"④ 这两首诗歌皆为阐道之作，若剥去其宗教修行技法的内容，则其劝人修仙的思想主题依然十分凸显。对于全真宗师来说，证道悟仙的诀窍与法门，早已了悟于心，他们之所以还要以诗词形式进行反复阐释，目的就是想以此启迪后学并劝示时人。

---

① （金）马钰著，赵卫东辑校：《马钰集》，齐鲁书社 2005 年版，第 80—81 页。

② （金）谭处端、刘处玄等著，白如祥校：《谭处端·刘处玄·王处一·郝大通·孙不二集》，齐鲁书社 2005 年版，第 28 页。

③ 薛瑞兆、郭明志编纂：《全金诗》第三册，南开大学出版社 1995 年版，第 44 页。

④ 薛瑞兆、郭明志编纂：《全金诗》第四册，南开大学出版社 1995 年版，第 555 页。

再次，对仙境的罗列。金元全真宗师在以诗词展示自我浓厚的仙道情怀时，一个突出的技法就是对仙境的描写与罗列。通过对具体仙境的描绘与罗列，营造一个浓厚的仙道氛围，达到抒发自我仙道情怀的目的。

在金元全真诗词中，全真宗师为我们罗列的具体仙境有：十洲三岛、蓬莱、瀛洲、洞天、烟霞紫府、玉京、瑶台阆苑等。如王重阳的《黄河清》词曰："显现祥光瑞耀，更来往、随鸾引凤。十洲三岛，神仙喜庆迎共豇。"① 谭处端在其《述怀》诗中曰："烟霞紫府应将到，云路瀛洲去不回。不夜玉京谁有分，长春仙子四人陪。"② 又说："俗境心忘超彼岸，凡情意灭到蓬莱。"③ 丘处机的《青莲池上客·入关》词曰："云朋霞友，爽邀风月，笑指蓬瀛去。"④ 刘处玄的《酹江月》词云："不夜仙乡无苦恼，阆苑瑶池清宴。"⑤ 他的《望蓬莱》词曰："结就丹阳蓬岛去，仙乡别有洞天春"⑥ 等。其中蓬莱，又称蓬丘，是"十洲三岛"中的"三岛"之一；瀛洲是"十洲三岛"中的"十洲"之一。道教又有十大洞天，三十六小洞天，七十二福地之说。加之烟霞紫府、玉京、瑶台、阆苑等，这些皆为相传的神仙居住之所。全真宗师对其进行罗列展示，并作为自我生命的终极去处，目的就是要显示自我的归仙之好，映射自我的仙道情怀。

最后，对以往仙人的追述。全真宗师在诗词中追述以往的仙人，一则营造诗词的仙道氛围，二则为自我及后学树立学道修仙的宗教目标。在金元全真诗词中，常被提到的神仙人物有：王乔、钟离权、吕洞宾、

① （金）王重阳著，白如祥辑校：《王重阳集》，齐鲁书社 2005 年版，第 163 页。

② （金）谭处端、刘处玄等著，白如祥校：《谭处端·刘处玄·王处一·郝大通·孙不二集》，齐鲁书社 2005 年版，第 10 页。

③ （金）谭处端、刘处玄等著，白如祥校：《谭处端·刘处玄·王处一·郝大通·孙不二集》，齐鲁书社 2005 年版，第 11 页。

④ （金）丘处机著，赵卫东辑校：《丘处机集》，齐鲁书社 2005 年版，第 82 页。

⑤ （金）谭处端、刘处玄等著，白如祥校：《谭处端·刘处玄·王处一·郝大通·孙不二集》，齐鲁书社 2005 年版，第 133 页。

⑥ （金）谭处端、刘处玄等著，白如祥校：《谭处端·刘处玄·王处一·郝大通·孙不二集》，齐鲁书社 2005 年版，第 142 页。

刘海蟾、西王母、东王公、庞居士、许真君等。

　　王重阳在《赠李道友》诗中说："有个王乔还识否，同归蓬岛跨云霞。"① 谭处端在《酹江月》词中曰："吾门三祖，是钟吕海蟾，相传玄奥。"② 马钰在《赠烛律诗拐》诗中曰："叔祖海蟾携宝拐，功成云步超三界。"③ 又在《满庭芳·赴莱州黄箓大醮作》词中云："师祖钟离传吕，吕公得、传授王公。王公了，秘传马钰，真行助真功。"④ 刘处玄在其"藏头拆字"诗中说："从了道朝王母，载成真访木公。"⑤ 又在其《上平西》词中曰："许君庞氏，了然先到碧霄中。"⑥ 全真宗师在追述以往仙人中，多少有着追溯门派师传的意识倾向。这反映了他们思想深处尊师、重教的归依情怀。全真教向来有"五祖"的师法传承体系，即王玄甫—钟离权—吕洞宾—刘海蟾—王重阳。正如马钰、谭处端词中所述。对师传的追溯，一来感念师恩、弘其教法；二来为我所学、所传正名；三来宣扬仙法可传、可授、可行，以此招引更多的向道者，归道修仙。而这三者皆隐含着全真宗师深刻的仙道情怀。

　　全真宗师在对以往的仙人进行追述罗列的同时，还喜于将常伴仙人左右，为仙人所役使的仙童、灵禽、神兽等进行展现。以此喻示仙人的出没，以及自我或修行者仙道果位的证得。在金元全真诗词中，经常出现的灵禽仙兽有：黄鹤、青鸾、白鹿、青牛、丹凤等，这些要么是仙境所特有，要么是仙人常用之坐骑。如马钰在其《十报恩·谢长春庵主姜公同众道友赠车》词中曰："青牛白鹿与黄羊。稳驾云舆昼夜忙。"⑦ 又在其《巫山一段云·赠三一居士》词中说："黄鹤松间睡，青鸾涧畔

　　① （金）王重阳著，白如祥辑校：《王重阳集》，齐鲁书社2005年版，第148页。
　　② （金）谭处端、刘处玄等著，白如祥校：《谭处端·刘处玄·王处一·郝大通·孙不二集》，齐鲁书社2005年版，第24页。
　　③ （金）马钰著，赵卫东辑校：《马钰集》，齐鲁书社2005年版，第26页。
　　④ （金）马钰著，赵卫东辑校：《马钰集》，齐鲁书社2005年版，第147页。
　　⑤ （金）谭处端、刘处玄等著，白如祥校：《谭处端·刘处玄·王处一·郝大通·孙不二集》，齐鲁书社2005年版，第95页。
　　⑥ （金）谭处端、刘处玄等著，白如祥校：《谭处端·刘处玄·王处一·郝大通·孙不二集》，齐鲁书社2005年版，第128页。
　　⑦ （金）马钰著，赵卫东辑校：《马钰集》，齐鲁书社2005年版，第99页。

栖。白牛困卧紫灵芝。丹凤宿瑶池。唯有灵童放耍。来往恣情游冶。通天彻地月明中。显现至真功。"① 王处一的《兴题》诗曰:"前驱紫凤舞云光,后引青鸾入帝乡。"② 郝大通的"金丹诗"曰:"携酒宴阑乘兴逸,坐骑白鹿入云霞。"③ 丘处机的《月中仙·山居》词曰:"来宾去友,递日常幽谷,骖鸾骑鹤。"④ 这些灵童、仙禽、神兽,是为世人所共知的仙道存在标识,其时常出没,无疑大大增加了诗词的仙道氛围,也彰显了全真宗师浓厚的仙道情怀。

金元全真诗词中尘俗、林泉、仙道等多重天地至此已清晰地展现在我们面前,尘俗天地的搅扰与喧腾,林泉天地的清幽与机趣,仙道天地的灵逸与美好,亦被充分地展示和凸显。对多种天地深刻的洞察与体认,有力地证明了金元全真宗师生命觉识维度的多向,与生命境界存在的多重;亦印证了全真宗师对生命存在境域的探索与开拓;展现了他们思想深处所蕴藏的那份勇于超越的文化基因及力量。

金元全真宗师在对其视域中的多重天地及其特征,进行展示和阐述的同时,亦倾泻着其多种相应的情怀,包括砥心砺志、度人筑基于尘俗天地;涤心洗尘、品嚼道味于林泉天地;循道证仙、终极归宿于仙道天地等。

---

① (金)马钰著,赵卫东辑校:《马钰集》,齐鲁书社 2005 年版,第 195 页。
② (金)谭处端、刘处玄等著,白如祥校:《谭处端·刘处玄·王处一·郝大通·孙不二集》,齐鲁书社 2005 年版,第 258 页。
③ (金)谭处端、刘处玄等著,白如祥校:《谭处端·刘处玄·王处一·郝大通·孙不二集》,齐鲁书社 2005 年版,第 428 页。
④ (金)丘处机著,赵卫东辑校:《丘处机集》,齐鲁书社 2005 年版,第 73 页。

参考文献

一　古籍类

程树德撰：《论语集释》，中华书局 1990 年版。

《道藏》，文物出版社、上海书店、天津古籍出版社 1988 年版。

（汉）班固撰，（唐）颜师古注：《汉书》，中华书局 1962 年版。

（汉）董仲舒著，苏舆撰：《春秋繁露义证》，中华书局 1992 年版。

（汉）刘安等著，何宁撰：《淮南子集释》，中华书局 1998 年版。

（汉）王符著，（清）汪继培笺，彭铎校正：《潜夫论笺校正》，中华书局 1985 年版。

（汉）严遵著，王德有译注：《老子指归译注》，商务印书馆 2004 年版。

黄寿祺、张善文撰：《周易译注》，上海古籍出版社 2001 年版。

（金）谭处端、刘处玄等著，白如祥辑校：《谭处端·刘处玄·王处一·郝大通·孙不二集》，齐鲁书社 2005 年版。

（金）马钰著，赵卫东辑校：《马钰集》，齐鲁书社 2005 年版。

（金）丘处机著，赵卫东辑校：《丘处机集》，齐鲁书社 2005 年版。

（金）王重阳著，白如祥辑校：《王重阳集》，齐鲁书社 2005 年版。

（金）元好问：《元好问全集》，山西人民出版社 1990 年版。

（晋）葛洪著，王明校释：《抱朴子内篇校释》（增订本），中华书局 1985 年版。

（晋）陶渊明著，逯钦立校注：《陶渊明集》，中华书局 1979 年版。

黎翔凤撰，梁运华整理：《管子校注》，中华书局 2004 年版。

李耳著，陈鼓应注译：《老子今注今译》，商务印书馆 2003 年版。

李耳著，朱谦之校释：《老子校释》，中华书局 1984 年版。

李学勤主编：《十三经注疏》（标点本），北京大学出版社 1999 年版。

列子著，杨伯峻集释：《列子集释》，中华书局 1979 年版。

（明）何良俊撰：《四友斋丛说》，中华书局 1959 年版。

（明）吕坤、洪应明：《呻吟语·菜根谭》，上海古籍出版社 2000 年版。

（明）吕坤撰：《吕坤全集》，中华书局 2008 年版。

（明）宋濂等撰：《元史》，中华书局 1976 年版。

墨翟著，吴毓江校注：《墨子校注》，中华书局 1993 年版。

（南朝宋）范晔撰，（唐）李贤等注：《后汉书》，中华书局 1965 年版。

（秦）吕不韦等著，许维遹撰：《吕氏春秋集释》，中华书局 2009 年版。

（清）严可均校辑：《全上古三代秦汉三国六朝文》，中华书局 1958 年版。

（清）陈确撰：《陈确集》，中华书局 1979 年版。

（清）郭庆藩撰，王孝鱼点校：《庄子集释》，中华书局 2004 年版。

（清）况周颐：《蕙风词话》，上海古籍出版社 2009 年版。

（清）彭定求等修纂：《全唐诗》，中华书局 1960 年版。

（清）阮元校刻：《十三经注疏》（影印本），中华书局 1980 年版。

（清）王先谦撰：《荀子集解》，中华书局 1988 年版。

（清）张志聪集注，方春阳等点校：《黄帝内经集注·灵枢集注》，浙江
　　古籍出版社 2002 年版。

（清）张志聪集注，方春阳等点校：《黄帝内经集注·素问集注》，浙江
　　古籍出版社 2002 年版。

（清）赵执信、（清）翁方纲著，陈迩冬校点：《谈龙录·石洲诗话》，
　　人民文学出版社 1981 年版。

（宋）吕祖谦撰：《吕东莱文集》，中华书局 1985 年版。

（宋）苏轼撰，王松龄点校：《东坡志林》，中华书局 1981 年版。

（宋）张伯端撰，王沐浅解：《悟真篇浅解》，中华书局 1990 年版。

（宋）张君房编，李永晟点校：《云笈七笺》，中华书局 2003 年版。

（宋）朱熹注：《四书章句集注》，中华书局 1983 年版。

王明编：《太平经合校》，中华书局 1960 年版。

（魏）嵇康著，戴明扬校注：《嵇康集校注》，人民文学出版社 1962 年版。

文子著，王利器疏义：《文子疏义》，中华书局 2000 年版。

（五代）谭峭撰，丁祯彦、李似珍点校：《化书》，中华书局 1996 年版。

（元）陶宗仪撰：《南村辍耕录》，中华书局 1959 年版。

（元）张三丰著，方春阳点校：《张三丰全集》，浙江古籍出版社 1990 年版。

周振甫：《文心雕龙今译》，中华书局 1986 年版。

左丘明著，邬国义等译注：《国语译注》，上海古籍出版社 1994 年版。

二　近人、今人专著类

蔡元培：《中国人的修养》，四川文艺出版社 2010 年版。

查洪德：《元代诗学通论》，北京大学出版社 2014 年版。

陈宏铭：《金元全真道士词研究》，花木兰出版社 2007 年版。

陈铁民选注：《王维诗选》，人民文学出版社 2002 年版。

陈霞主编，陈云、陈杰副主编：《道教生态思想研究》，巴蜀书社 2010 年版。

陈垣：《南宋初河北新道教考》，科学出版社 1958 年版。

陈垣编纂，陈智超、曾庆瑛校补：《道家金石略》，文物出版社 1988 年版。

邓绍基主编：《元代文学史》，人民文学出版社 1991 年版。

丁放：《金元词学研究》，中国社会科学出版社 2002 年版。

丁放：《金元明清诗词理论史》，安徽大学出版社 2000 年版。

丁原明等：《早期全真道教哲学思想论纲》，齐鲁书社 2011 年版。

方智范、邓乔彬等：《中国词学批评史》，中国社会科学出版社 1994 年版。

何建明：《陈致虚学案》，齐鲁书社 2011 年版。

何立芳：《道教社会伦理思想之研究》，巴蜀书社 2010 年版。

洪建林编：《仙学解秘·道家养生秘库》，大连出版社 1991 年版。

胡道静等主编：《藏外道书》，巴蜀书社 1994 年版。

胡孚琛编著：《丹道实修真传》，社会科学文献出版社 2012 年版。

金正耀：《道教与科学》，中国社会科学出版社 1991 年版。

乐爱国：《中国道教伦理思想史稿》，齐鲁书社 2010 年版。

李大华：《李道纯学案》，齐鲁书社 2010 年版。

李艺：《金代词人群体研究》，首都师范大学出版社 2008 年版。

刘仲宇：《刘一明学案》，齐鲁书社 2010 年版。

卢风：《应用伦理学：现代生活方式的哲学反思》，中央编译出版社 2004
　　年版。

卢国龙：《道教哲学》，华夏出版社 1997 年版。

陆锦川：《仿佛谈道录·三宗五秘》，华夏出版社 1997 年版。

么书仪：《元代文人心态》，文化艺术出版社 1993 年版。

彭理福：《道教科范：全真派斋醮科仪纵览》，宗教文化出版社 2011 年版。

任继愈主编，钟肇鹏副主编：《道藏提要》，中国社会科学出版社 1991
　　年版。

任继愈主编：《中国道教史》，上海人民出版社 1990 年版。

沈文华：《内丹生命哲学研究》，东方出版社 2006 年版。

宋魏、董惠芳：《中国审美意识通史》（宋元卷），人民出版社 2017 年版。

隋树森编：《全元散曲》，中华书局 1964 年版。

唐圭璋编：《词话丛编》，中华书局 1986 年版。

唐圭璋编：《全金元词》，中华书局 1979 年版。

陶然：《金元词通论》，上海古籍出版社 2001 年版。

汪桂平：《东北全真道研究》，中国社会科学出版社 2014 年版。

王治心编：《中国宗教思想史大纲》，中华书局 1940 年版。

吴国富：《全真教与元曲》，江西人民出版社 2005 年版。

薛瑞兆、郭明志编纂：《全金诗》，南开大学出版社 1995 年版。

杨建波：《道教文学史论稿》，武汉出版社 2001 年版。

杨镰主编：《全元诗》，中华书局 2013 年版。

叶平：《回归自然》，福建人民出版社 2004 年版。

尹志华：《王常月学案》，齐鲁书社 2011 年版。

余虹：《禅宗与全真道美学思想比较研究》，中华书局 2008 年版。

詹石窗：《南宋金元道教文学研究》，上海文化出版社 2001 年版。

张岱年：《心灵与境界》，陕西师范大学出版社 2008 年版。

张广保：《尹志平学案》，齐鲁书社 2010 年版。

张立文主编：《中国学术通史》，人民出版社 2004 年版。

张璋、黄畲编：《全唐五代词》，上海古籍出版社 1986 年版。

章海荣编著：《生态伦理与生态美学》，复旦大学出版社 2005 年版。

赵芃：《山东道教史》，中国社会科学出版社 2015 年版。

赵卫东：《金元全真道教史论》，齐鲁书社 2010 年版。

朱贻庭主编：《中国传统伦理思想史》，华东师范大学出版社 1989 年版。

朱志荣：《中国审美理论》，上海人民出版社 2013 年版。

左洪涛：《金元时期道教文学研究》，人民出版社 2008 年版。

三 研究论文类

蔡静平：《瑶台归去恣逍遥——论金元全真道士词》，《江淮论坛》2002 年第 1 期。

长虹：《重阳真人师徒词的特色》，《中国道教》2001 年第 2 期。

伏蒙蒙：《〈全金元词〉马钰〈神光灿〉词辨正》，《古籍整理研究学刊》2018 年第 4 期。

郭中华、张震英：《论金元全真诗词的文化心态》，《文艺评论》2014 年第 2 期。

郭中华、张震英：《仙道文化的革新与升华——论金元诗词的内丹心性学说》，《中华文化论坛》2017 年第 4 期。

郭中华：《论丘处机诗词的影响》，《江西科技师范大学学报》2018 年第
　　3 期。

郭中华：《隐逸文化的淳化与深化——论金元全真诗词的隐逸观》，《中
　　华文化论坛》2018 年第 4 期。

蒋振华：《中国古代道教语录体散文的文学史意义》，《文学评论》2016
　　年第 3 期。

解秀玉、于东新：《论金代王重阳与全真七子的"杂体诗词"创作》，
　　《时代文学》（下半月）2011 年第 1 期。

金传道：《丘处机西游途中文学活动系年考略》，《内蒙古大学学报》（哲
　　学社会科学版）2014 年第 3 期。

金恺文：《〈重阳立教十五论〉思考与当代价值》，《中华文化论坛》2016
　　年第 3 期。

金启华：《金词论纲》，《词学》（第四辑），华东师范大学出版社 1986 年版。

雷晓鹏：《两宋道教审美文化》，博士学位论文，四川大学，2006 年。

刘嗣传：《悟道咏道之绝唱——读丘祖〈磻溪集〉后》，《江西社会科学》
　　2001 年第 12 期。

马西沙：《全真道承担中华文化之使命》，《世界宗教研究》2018 年第 4 期。

申喜萍：《元散曲与全真教》，《四川师范大学学报》（社会科学版）2008
　　年第 5 期。

石玲：《丘处机〈磻溪集〉：道心的诗式表达》，《全真道与齐鲁文化国
　　际学术研讨会论文集》2005 年 8 月。

舒天啸：《长春丘真人〈磻溪集〉词牌别名释解》，《中国道教》2002
　　年第 1 期。

宋晓云：《丘处机的丝绸之路诗歌创作》，《新疆师范大学学报》（哲学
　　社会科学版）2005 年第 4 期。

孙宏哲：《金代诗文与佛禅研究》，博士学位论文，吉林大学，2016 年。

陶然：《元词研究》，博士学位论文，浙江大学，1999 年。

王洞真、李瘦卿：《丘处机及其咏崂山诗词》，《中华文化论坛》2000 年

第 1 期。

王树人（老树）：《全真道教之文化底蕴初探——王重阳诗魂育全真评析》，《中国社会科学院研究生院学报》2008 年第 4 期。

吴光正：《道眼观世界——王重阳诗词的审美思维》，《学术研究》2017 年第 2 期。

吴光正：《试论金元全真高道辞世颂的史学价值和文学价值》，《武汉大学学报》（人文科学版）2017 年第 3 期。

吴国富：《金代全真词与元代散曲的俳体》，《中国道教》2005 年第 3 期。

吴国富：《全真教与元散曲讽世精神的淡化》，《江西社会科学》2001 年第 5 期。

徐平：《道教生命哲学研究》，博士学位论文，中国社会科学院，2012 年。

杨兆华：《马钰女性观试探》，《宗教学研究》2009 年第 2 期。

杨忠谦：《大定诗坛研究》，博士学位论文，华东师范大学，2007 年。

于东新：《多民族文化背景下的金代词人群体研究》，博士学位论文，河北大学，2010 年。

于东新：《论金词之别宗：全真道士词》，《求是学刊》2012 年第 2 期。

于东新：《论全真音乐机制与全真道士的诗词艺术》，《中央民族大学学报》（哲学社会科学版）2012 年第 2 期。

张仓礼：《金代词人群体的组成》，《东北师大学报》1987 年第 4 期。

张方：《全真女冠与元代社会》，《宗教学研究》2011 年第 1 期。

张广保：《全真教史家姬志真及元仁宗延祐六年〈云山集〉的史料价值》，《世界宗教研究》2018 年第 4 期。

张海新：《浸乎世风　染乎世情——全真教与元杂剧关系谈》，《上海大学学报》1999 年第 1 期。

张强：《马钰"全真"思想研究》，博士学位论文，山东大学，2010 年。

赵山林：《从词到曲——论金词的过渡型特征及道教词人的贡献》，《山东师大学报》（社会科学版）1992 年第 3 期。

赵维江：《金元词研究八百年》，《西北师大学报》（社会科学版）1999 年第 5 期。

赵益：《通俗文学的作者属性及其文学意义——以〈西游记〉与全真教、内丹道的关系为中心》，《文学研究》2016 年第 2 期。

朱越利：《〈磻溪集〉创作时间考》，《文献》1994 年第 4 期。

左洪涛：《"活神仙"丘处机的三首咏物写景词赏析》，《名作欣赏》2008年第 5 期。

左洪涛：《论金元道教词中的"姹女"》，《宁波大学学报》（人文科学版）2005 年第 3 期。

左洪涛：《论金元时期全真道教词兴盛的原因》，《新疆大学学报》2004年第 1 期。

左洪涛：《论丘处机道教词的苦修思想》，《中国道教》2002 年第 6 期。

左洪涛：《用事：王重阳词对柳永俗词的融摄》，《求索》2016 年第 10 期。